D0746238

S PARA

...ángeles caídos

"Kimmel les hace a sus lectores el inmenso regalo de invitarlos a que tomen en serio el asunto del Juicio Final... Una novela fascinante, compleja y metafísica — no es una novela típica".

—*Kirkus Reviews*

"Esta primera y poderosa novela del abogado Kimmel... explora una infinidad de conceptos espirituales de diversas religiones. El autor revela hábilmente cada nuevo personaje y equilibra inteligentemente los aspectos positivos y negativos de sus vidas. Al utilizar los recuerdos de numerosas generaciones, Kimmel ha escrito una emocionante novela de suspenso espiritual".

—*Library Journal*

"Profundamente temporal, *El juicio de los ángeles caídos* contiene un mundo espectacular de teología, filosofía y, sí, misterio. Su aspecto espiritual se equilibra bellamente con su aspecto de suspenso, siguiendo la lección de que hay un yin por cada yan. Lo que logrará para esta novela elogios infinitos, además, es el asombroso hecho de que es el primer libro de Kimmel. Su prosa está escrita en la voz de una mujer con impresionante exactitud; con maestría, el autor logra de sus lectores una plétora de emociones. ¡Qué primera novela tan increíble!"

—bookreporter.com

"Esta es una novela de interconeccciones humanas y perdón, y por eso está en la lista de Lo Mejor del 2012". —lifeafter50.com

EL JUICIO DE LOS ÁNGELES CAÍDOS

James Kimmel, Jr.

BERKLEY BOOKS,

New York

THE BERKLEY PUBLISHING GROUP
Publicado por el Penguin Group
Penguin Group (USA)
375 Hudson Street, New York, New York 10014, USA

USA I Canadá I Reino Unidol Irlandal Australia I Nueva Zelanda I India I Sudáfrica I China

Penguin Books Ltd., oficinas autorizadas: 80 Strand, London WC2R 0RL, England
Para más información acerca del Penguin Group, visite penguin.com.

Secciones de este libro fueron publicadas previamente bajo el título de *Forgiving Ararat*.

La Nota del Autor ha sido adaptada con autorización de *Suing for Peace*, de James Kimmel, Jr., cuya
segunda edición será publicada como *Legal Advice for the Soul*.

ISBN de los libros en rústica de Berkley: 978-0-451-46516-0

La Biblioteca del Congreso ha catalogado la edición de tapa dura de Amy Einhorn como:

Kimmel, James P.
El juicio de los ángeles caídos / James Kimmel, Jr.
p. cm.
ISBN 978-0-399-15969-5
1. Vida futura—Ficción. 2. Abogadas—Ficción. I. Título.
PS3611.I466T75 2012 2012009277
813'.6—dc23

. HISTORIA DE PUBLICACIÓN
Edición de tapa dura de Amy Einhorn / Noviembre del 2012
Edición en rústica de Berkley / Octubre del 2013

IMPRESO EN ESTADOS UNIDOS DE AMÉRICA

10 9 8 7 6 5 4 3 2 1

Arte de la cubierta por Getty
Diseño de la cubierta por George Long

Para John, Leo, Franz, Charles, Herman y Emily,
quienes vinieron antes.

Eso eres tú...

"Pienso claramente que debes seguirme y yo seré tu guía,
y te llevaré a un lugar eterno, donde verás los
espíritus dolientes de los antiguos".

—Dante, *Infierno*

Ya no recuerdo.

¿Eran mis ojos azules como el cielo o pardos como la tierra recién arada? ¿Se encrespaba juguetonamente mi cabello alrededor de mi barbilla o envolvía ceñudamente mis hombros? ¿Era mi piel clara u oscura? ¿Era mi cuerpo pesado o ligero? ¿Vestía trajes de seda a la medida o telas de áspero algodón y lino?

No recuerdo. Recuerdo que era mujer, que es más que un mero recuerdo de un útero y unos senos. Y por un momento, recordé todos mis momentos en tiempo lineal, que comenzaron con útero y senos, y también terminaron allí. Pero ahora todo esto se va desvaneciendo, como desechado lastre de un barco salido de la tormenta. No lamento la pérdida de nada de eso, ni soy ya capaz de lamentarme.

Me llamaba Brek Abigail Cuttler. Acabo de aprender que lo que es es lo que hace tiempo supe de niña y vislumbré dos veces en la penumbra cuando era adulta. He preferido escoger lo que es de lo que no es. Y siempre seré.

PRIMERA PARTE

1

Llegué a la Estación Shemaya después que mi corazón dejó de latir y cesó irreversiblemente toda la actividad de mi cerebro.

Esta es la definición médica de la muerte, aunque, les aseguro, tanto los vivos como los muertos resienten que sea tan terminante. La gente arguye que siempre hay un motivo de esperanza, y a veces milagros. Inclusive después de la muerte. Yo descubrí, por ejemplo, que si en el último momento no se produce un milagro que te mantenga con vida, siempre existe la posibilidad de que suceda uno después, en el Juicio Final, que te evite pasarte el resto de la eternidad deseando que se mueran otras personas.

Yo no sabía que había muerto cuando llegué a la Estación Shemaya, ni tenía ninguna razón para sospechar algo así. Cuando tu vida se acaba, nadie lo anuncia. Que yo supiera, mi corazón todavía latía y mi cerebro funcionaba; él único indicio de que algo había sucedido era que yo no tenía idea de dónde estaba ni de cómo había llegado allí. Sencillamente, me encontré sola a sobre un banco de madera en una estación de trenes urbana y vacía, con una bóveda arqueada y alta de vigas y armaduras de metal corroídas, y paneles de vidrio rotos manchados de hollín. No recordaba de haber montado en un tren, ni me acordaba de haber ido a ningún sitio. Una mal iluminada pizarra de horarios en medio del área de espera indicaba tiempos de llegada, pero no de salida, y supuse, como lo hace la mayoría de los que vienen aquí, que la pizarra estaba rota o que había problemas con las vías de salida.

Me senté y miré fijamente la pizarra, esperando que se iluminara con alguna información que me diera una pista de dónde yo me encontraba, o al menos de hacia dónde iba. Cuando la pizarra se negó a divulgar nada más, me levanté y miré larga y fijamente hacia las vías, como lo hacen los pasajeros ansiosos, con la esperanza de percibir algún movimiento o un parpadeo de luces en la distancia. Las vías desaparecían en una oscuridad total, y yo no podía decir si debido a un túnel o a una oscura noche sin estrellas. Eché una ojeada nuevamente a la pizarra y después, sin mucho entusiasmo, alrededor de la estación: diez vías y diez andenes, todos vacías; taquilla de boletos, puesto de periódicos, salón de espera, limpiabotas, todo vacío. El edificio estaba totalmente tranquilo: no había anuncios por los altoparlantes, ni silbatos, ni los chirriantes frenos de locomotoras, ni los aullantes compresores de aire, conductores que gritaran, ni pasajeros quejándose, ni músicos mendicantes. Ni siquiera el sonido de un conserje barriendo en una apartada esquina del edificio.

Me senté de nuevo en el banco y me di cuenta de que llevaba una falda con chaqueta de seda negra. Ver este traje me hizo sentir un poco más segura. En vida había sido abogada y los abogados siempre usan trajes para sentirse menos vulnerables. Este traje en especial era mi favorito, ya que me hacía sentir más confiada y con menos deseos de pedir disculpas cuando, siendo una mujer joven, entraba en el tribunal. Alisé el regazo de mi falda, admiré el peso y la rica textura de la tela y la forma en que se deslizaba sobre mis medias. Realmente, era un traje hermoso —un traje que atraía las miradas de mis colegas, de los abogados de la parte contraria y hasta de los hombres por la calle. Era traje que decía que yo era una abogada a la que había que tomar en serio. Lo mejor de todo era que lo había encontrado en el perchero de descuentos de un tienda de fabricante— un traje con poder y una ganga. Me encantaba ese traje.

Así que ahí estaba yo, sentada sola en el banco de esta desierta estación de trenes, obsesionada con mi traje de seda negra, cuando noté unas manchitas en la solapa de la chaqueta. Las manchas estaban endurecidas y de un color blanco amarillento, y supuse que probablemente había derramado capuchino sobre la chaqueta el día anterior. Era una de mis bebidas favoritas. Raspé las manchas con la punta de una uña pintada, pero astillada, esperando liberar el aroma del café; pero, por el contrario, una esencia muy diferente flotó hacia mi consciencia: leche de fórmula de bebé.

¿Fórmula de bebé? ¿Tengo un hijo...? Claro que sí... un hijo... una bebé... Ahora recordaba. Pero, ¿cómo se llama? Creo que comienza con una S... Susan, Sharon, Samantha, Stephanie, Sarah... ¿Sarah? Ay, sí, Sarah.

Pero por mucho que tratara, no podía recordar nada acerca del rostro ni del cabello de Sarah, ni la forma en que reía o lloraba, o el olor de su piel, o la manera en que pudiera haberse retorcido cuando la cargaba. Solo recordaba que dentro de mi había crecido una criatura, se había convertido en parte de mí, y luego había salido para integrarse al mundo que me rodeaba, donde yo podía verla y tocarla, pero no protegerla de la forma en que lo había hecho cuando estaba dentro de mí. Y sin embargo, aunque no podía recordar nada acerca de mi propia hija, excepto su nombre, esto no me molestaba en lo más mínimo. Sentada en ese banco de la Estación Shemaya, me preocupaban más las manchas de mi traje, aterrorizada de que alguien viera lo que yo había permitido que le pasara a mi favorito traje de seda negra tipo "yo soy parte de esto".

Raspé las manchas con más fuerza. Al ver que no se caían, me mojé los dedos con saliva para humedecerlas. Pero en lugar de desaparecer, las manchas se hicieron más grandes y pasaron de un blanco amarillento a un color vino intenso.

El tinte comienza a desteñirse... por eso es que el traje estaba en el perchero de descuentos.

Pero las manchas también comenzaron a comportarse de forma diferente. Se licuaban y hacían que me corrieran vetas carmesíes por la chaqueta, la falda y las piernas. Esto me fascinaba. Me mojé los dedos en el rojo fluido, al principio con cautela, como un niño al que le dan un bote de pintura, luego con confianza creciente, y pinté con ellos dos muñequitos de palitos junto a mí sobre el banco: una madre y su pequeña hija. El líquido se sentía cálido y viscoso, y tenía un sabor agradablemente salado cuando me puse un dedo en la lengua. Sobre el piso de concreto de la estación se formó un charquito de pintura, y me quité los zapatos y metí en la punta de los dedos de los pies, perdida en la cremosa sensación.

En medio de todo eso, un anciano se acercó a mi banco y se sentó junto a mí.

—Bienvenida a Shemaya —dijo—. Me llamo Luas.

Los ojos de Luas eran grises y húmedos, como si siempre

estuviera pensando algo conmovedor, y tenía un rostro suave y arrugado, como de un sapo, fofo y sabio como un libro muy usado. La cara me resultaba conocida, y un momento después reconocí que era el rostro de mi mentor, el veterano abogado que me había contratado al salir de la escuela de leyes.

¿A ver, cómo se llama...? Ah, sí, Bill, Bill Gwynne. Pero el viejo sentado junto a mi me dijo que su nombre era Luas, no Bill.

Luas le da la bienvenida a todos a Shemaya. A cada uno nos parece diferente, y a cada uno a su modo. A una persona puede lucirle como un mecánico de autos o un maestro, un padre o un predicador a otra, o tal vez un loco o todas estas cosas juntas. En Shemaya, todos les damos a los demás la personalidad de la persona a quien esperamos ver. Para mí, Luas fue una mezcla de los tres hombres mayores que yo había adorado en mi vida: llevaba una camisa blanca con una chaqueta de tweed que olía a tabaco de pipa con aroma de run, como olía la ropa de mi Abuelo Cuttler; y, como dije, tenía el rostro fofo de Bill Gwynne; y cuando le mostré mis pies y mi mano izquierda, todo cubiertos de rojo, indefensa como una niñita que juega con su plato de espagueti, me mostró la sonrisa sabia de mi Pop Pop Bellini, como si dijera: *Sí, mi nieta, ya veo, veo lo que temes ver, pero voy a hacerme como que no me di cuenta.*

—Ven aquí, Brek —dijo Luas—. Vamos a limpiarte.

¿Cómo sabía mi nombre?

Me miré de nuevo, pero ahora ya no llevaba ropa—ni traje de seda negra, ni blusa de seda de color crema, ni sostén, pantaloncitos, medias ni zapatos. De hecho, jamás habían existido. Solo habían habido una idea de ropa, pues yo era solo una idea, definida por quien yo había insistido en ser durante los casi treinta y dos años de mi vida. Sólo mi cuerpo quedó, desnudo y cubierto de sangre. Yo sabía ahora que el líquido rojo era sangre, y que era mi sangre, porque manaba de tres pequeños orificios de mi pecho, y porque se sentía cálida y preciosa como solo la sangre puede sentirse. De pronto mi perspectiva cambió y pareció como si yo observara desde el banco opuesto.

¿Quién es esta mujer? Me preguntaba. ¿Por qué no pone sus dedos sobre los orificios y detiene la sangre. ¿Por qué no pide ayuda? Es tan joven y bella, tiene tanto porque vivir. Pero mírala sentada aquí — no hace sino observar y solo siente lástima: lástima por los coágulos demasiado tarde, piedad por las partes de su cuerpo que una vez constituyeron el todo. Y mira cómo su cerebro titila como una luz al perder la razón primero y luego la conciencia. Escucha. El bramido de la nada llena sus oídos.

Luas se quitó su chaqueta y me la puso sobre los hombros. Yo lloraba ahora, y él me abrazó como a la nieta que yo podría haber sido. Lloraba porque recordaba un pasado que existió antes de la Estación Shemaya y de Luas, antes de las manchas de la leche para bebé y de la sangre. Recordaba mis ojos, verdes como los ojos irlandeses de mi padre, y mi cabello grueso y negro como el cabello italiano de mi madre. Recordé las mangas derechas vacías de mi ropa: dobladas con hacia atrás con alfileres y cocidas. Recordaba a la gente preguntándose —lo podía ver en sus rostros— ¿qué podría haber hecho una niña de ocho años para merecer todas esas mangas vacías? Recordé que quise decírselo, recordárselo, que Dios castiga a los niños por los pecados de sus padres.

Sí, por un breve e insoportable momento, recordé muchas cosas cuando llegué a la Estación Shemaya. Recordé las cigalas que morían bajo el sol y la crueldad de la injustica. Recordé el mal olor de los hongos podridos y la imposibilidad del perdón.

Recordé la cinta transportadora de la esparcidora de estiércol de mi abuelo al amputarme el brazo derecho desde el codo y lanzarlo al campo junto con el resto de los deshechos. Y recordé el rostro angelical de mi hija, Sarah, de sólo diez meses, joven y fresco y precioso. Recordé la leche que goteaba de su botella hacia la manga derecha vacía de mi chaqueta y el sentimiento de culpa por dejarla en el centro de cuidado infantil esa mañana y el remordimiento de culpa por sentir alivio. Recordé polvo sobre los libros de leyes y el amargo sabor del café. Recordé decirle a mi esposo que lo amaba y saber que era cierto. Recordé haber recogido a mi hija al final del día y mis chillidos de placer cuando la vi. Recordé cantarle "Té caliente y miel de abejas" en el camino a casa y preguntarme qué habría preparado mí esposo para la cena, porque él siempre cocina la cena los viernes. Sobre todo, recordé lo agradable que la vida se había hecho para mí... y que yo haría cualquier cosa... daría cualquier cosa... no me detendría ante nada... para que durara.

Y entonces mis recuerdos se desvanecieron, como si se hubiera desconectado un enchufe. Solo había leche para bebé que se había convertido en sangre, ahora por todos lados, por todo mi rostro, cuello y vientre, corriéndome por el codo y la muñeca, corriendo hacia el muñón de mi brazo derecho, pintándome de rojo las piernas y los pies y los dedos de los pies, llevándose mi vida y derramándose hacia Luas, pintándonos a los dos juntos en un solo abrazo, empapando su chaqueta y su camisa, extendiéndose hacia su cara, encharcando el piso y endureciéndose en forma de feas migajas rojas por sus bordes.

Así fue como llegué a la Estación Shemaya cuando morí.

Y en algún lugar del Universo, Dios suspiró.

2

uas me llevó desde la estación de trenes hasta una casa
no lejos de allí. Caminamos por un sendero de tierra a
través de un bosque, a través de un pastizal, un jardín,
un rectángulo de césped. La ciudad que yo había imaginado
detrás de los muros de la Estación Shemaya no existía. Estábamos ahora en medio del campo.

Mientras avanzábamos, el cielo, sin luna, era de un violeta
oscuro, e irisdiscente como un vitral. Luas me guió en silencio,
apoyándome cuando tropezaba. Yo estaba todavía atontada.
Por tramos el tiempo iba desde muy caliente a muy frío, húmedo y seco, como si el cielo también estuviera atontado. Yo
no sentía ningún dolor. En un rincón oscuro de mi memoria
mi torso vibraba y mis nervios gritaban, pero eran sensaciones
distantes, remembranzas más que sentimientos. Al moverme
sentía la piel endurecida, incrustada de sangre fresca.

La casa donde Luas me llevó tenía un portal ancho con una
balaustrada blanca y anchos escalones verdes. Una lámpara

heptagonal colgaba del techo y proyectaba bloques de luz sobre el césped. La casa me recordó la de mis bisabuelos, junto al río Brandywine al norte de Delaware, con la misma amenazante torrecilla victoriana y sus gabletes y una linda filigrana a lo largo de los aleros y bordes, como tantas casonas construidas en los años 20. Todo tenía un aire de permanencia y solidez, un bastión contra el destino y el tiempo: los pesados ladrillos rojos y el aplacado de piedra sin labrar, el techo de tejas, las ventanas y techos elevados, las anchas columnas del portal y las sólidas manijas metálicas de las puertas.

Una joven estaba en el portal, y nos saludaba con las manos: Luas me apretó la mano y me apoyó para ayudarme a subir los escalones.

—Nuestra invitada por fin ha llegado, Sofía —anunció.

Se abrazaron cortésmente, como lo hacen las parejas de ancianos y yo me preparé para los gritos de la vieja cuando se diera cuenta de que su marido había traído a una mujer desnuda, mucho más joven que él y cubierta de sangre. Pero a pesar de todo lo sangriento y escandaloso de mi presencia, pareció como si todos los invitados llegaran aquí de esta manera. Ella se acercó rápidamente y me cubrió con su cuerpo, manchando descuidadamente su vestido de gamuza azul con mi sangre antes de separarse lo suficiente para ver mi rostro y acariciarme las mejillas.

—Gracias, gracias Luas —dijo ella, sin aliento, casi llorando.

Luas me hizo un guiño y bajó los escalones hacia la oscuridad de donde yo había venido y dejando huellas de zapatos ensangrentadas.

Sin duda están enojados, pensé.

Sofía tenía un rostro mediterráneo, expresivo y orgulloso, de frente angular y labios delgados. Su canoso pelo plateado y sin brillo estaba recogido en un moño, y hablaba con acento italiano.

—Oh, Brek —susurró. —Mi niña, mi preciosa, preciosa niña.

—¿Nana?

La palabra salió de mis pulmones con un quejido, acompañada del recuerdo de una vieja fotografía: el rostro de mi bisabuela Sofía Bellini, mi Nana. Ella murió de un síncope cuando yo tenía cuatro años.

—Sí, chiquilla, oh, sí —Dijo.

Mi recuerdo más antiguo era de su funeral. Yo había dado una perreta cuando mi madre me obligó a darle un beso de despedida a Nana Bellini en el féretro abierto. Recordé la bofetada de mi madre en mi rostro, y que los ojos de Nana no se abrieron y que su sonrisa, serena y enloquecida, no cambió.

—¿Nana?

—Sí, chiquilla —dijo otra vez, abrazándome fuerte—. Bienvenida a casa.

Hice una mueca y me separé de ella.

Hay un momento en las pesadillas cuando ya no se puede creer más en lo que uno sueña, y uno debe escoger entre despertarse o dejar que siga el drama, con el consuelo de que, después de todo, es sólo un sueño.

Pasé junto a Nana, la ilusión, y deslicé los dedos por la columna blanca al final de los escalones. Efectivamente, allí estaban mis iniciales —B.A.C.— talladas con un clavo barato en una tarde de agosto, mientras sentada en el pórtico tomando té helado me preguntaba si el verano iba a terminar en algún momento y la secundaria empezaría por fin. El olor de bolas de alcanfor y ajo que emanaba de la cocina era tan propio de la casa de mis padres como lo es el aroma de las lilas al final de la primavera. La puerta de rejilla chirrió dos veces, como siempre lo hacía, y nuestras fotos de la familia estaban dispuestas en el lavabo del pasillo.

—Estoy soñando —le dije a Nana—. Qué sueño tan extraño.

Una sonrisa le recorrió el rostro, la misma sonrisa de Luas en el cobertizo de trenes, como si dijera: *"Sí, mi bisnieta, comprendo. No estás preparada aún para aceptar tu propia muerte, así que tenemos que fingir".*

—¿Es un sueño precioso? —preguntó.

—No, me da miedo, Nana —dije—. Soñé que estoy muerta y que tú... tú estás aquí, pero estás muerta también.

—¿Pero no es precioso ese sueño, querida? —me preguntó—. ¿El saber que con la muerte no termina todo?

—Sí, eso es precioso —dije—. Trataré de acordarme cuando me despierte, y trataré de acordarme de ti también. Nunca puedo recordar tu cara, Nana. Yo era muy joven cuando moriste.

Nana me sonrió divertida.

Bostecé y me estiré.

—Dios mío, es un sueño tan largo —dije—. Me siento como si hubiera estado soñando toda la noche. Pero eso es bueno. Quiere decir que estoy durmiendo bien. Estoy tan cansada, Nana. Quiero dormir un poco más, pero no quiero sentir miedo. Ahora quiero que sea un sueño agradable. ¿Podemos hacerlo un sueño agradable para no tener que despertarme y ahuyentarte?

—Sí, querida —dijo Nana mientras me abrazaba de nuevo—. Podemos hacer de este el sueño más agradable que hayas tenido.

Sin decir más, me llevó arriba, me preparó un baño en la bañera de hierro con patas de garras que da al corredor principal y colgó en la puerta una gruesa bata de tejido de toalla. El sueño ya iba mejorando. Antes de dejarme que me sumergiera en la bañera, se detuvo a mirarme el muñón en el brazo derecho. Sonreí, como siempre hacía cuando alguien notaba la amputación, para tranquilizarla. Me besó en la frente y cerró la puerta.

Aunque ya había dejado de sangrar, tuve que vaciar dos veces la bañera de agua enrojecida. En mi pecho había tres huecos: uno en el esternón y dos a través del seno izquierdo. Con indiferencia, metí el dedo en cada hueco, casi como si estuviera tocando una mancha en la piel. Podía sentir el tejido adentro —roto, grueso e inflamado— y los bordes mellados de huesos rotos.

Después del baño, me envolví en la bata que Nana me dejó detrás de la puerta y recorrí sigilosamente el segundo piso de la casa, reviviendo recuerdos, unos agradables y otros tristes. Allí estaba en el dormitorio principal la foto feliz de Nana y el bisabuelo Frank, posando frente al Teatro alla Scala en su trigésimo aniversario de bodas. Mi madre me dijo que, un mes más tarde, el bisabuelo Frank confesó haber llevado a su amante al mismo teatro de la ópera cuando estaba en un viaje de negocios en Milán. De cierta forma Nana se sobrepuso a su furia y humillación y le concedió el perdón que él pedía. A cambio, el bisabuelo Frank colgó en la pared entre las ventanas un gran crucifijo con un Cristo grande, cuyos tristes ojos vigilaban, como un recordatorio, el lado de la cama donde él dormía. Al año siguiente murió de un infarto.

Mis abuelos se mudaron a la casa después de la muerte de Nana y ahora sus pertenencias llenaban la habitación, pero el crucifijo seguía allí: alerta, vigilante, presente. En realidad recordaba la casa de ellos, no la de Nana. Bajo la cruz había un pequeño librero lleno de volúmenes de tapa dura de Locke, Jefferson y Oliver Wendell Holmes, y otros tratados menos importantes, sobre contratos y procedimientos. Eran los libros de leyes de mi abuelo y, después de mi accidente del brazo y la demanda que siguió, empecé a mirar con cierta reverencia y sobrecogimiento sus impresionantes tapas de cuero y su gran porte. Me pareció que la búsqueda de justicia era una religión mucho más noble y honesta que la que me predicaban cada domingo en la iglesia.

La habitación de al lado, la de mi tío Anthony, era como una cápsula de tiempo que había quedado sellada en 1968, el año después de la muerte de Nana. En algunas de las fotos en blanco y negro que colgaban de las paredes, se le veía apoyado en un obús, agobiado por el miedo y el cansancio, que dibujaban en su rostro una sonrisa de angustia. Las chapas de identificación y un crucifijo al que faltaba el brazo derecho colgaban de una cadena alrededor de su cuello. La única fotografía en colores que había en la habitación había sido tomada dos años antes. En esa fotografía, se ve al primer teniente Anthony Bellini, gallardo y valeroso, vistiendo su uniforme de gala completo junto a una bandera estadounidense. Mis abuelos mantenían esta imagen sobre el tocador, al lado de las chapas de identificación de soldado, el crucifijo roto y el triste triángulo azul de tela que se les entregó en el funeral de tío Anthony. Me encantaba ese crucifijo roto. A Jesucristo le faltaba el mismo brazo que a mí y, cuando lo tocaba, me parecía que de algún modo me entendía. No recordaba a tío Anthony, pues lo habían enviado a Viet Nam poco después de mi nacimiento. Cuando preguntaba por él, solamente me decían que era un héroe.

La habitación del otro lado del salón fue primero del hermano de mi abuelo, Gus, y luego de tío Alex antes de que también él fuera enviado a Viet Nam, dos años antes que Anthony. No obstante, Alex volvió entero de la guerra, por lo que mis abuelos no tuvieron necesidad de crear una segunda capilla. En lugar de ello, usaban la habitación para guardar sillas rotas, cajas y trastos para los que no había lugar en el resto de la casa.

Mi madre era la mayor de los hijos de los Bellini. Después de casarse, su habitación pasó a ser el cuarto de invitados, pero conservaron sus cosas. La cama era blanca, con un dosel deslucido que yo aborrecía. Un par de muñecas viejas y harapientas estaban sentadas con pesar contra las almohadas, como anhelando afecto y necesitadas de una limpieza. Las ventanas estaban decoradas con las cortinas de encaje que ella misma había creado a partir de un mantel viejo y, al pie de la cama, había un arcón de pino, lleno de cartas tontas, faldas plisadas y fotos de caballos y gatitos. Era la habitación de una niña y, en muchos sentidos, mi madre siguió siendo niña toda su vida. Su cuarto estaba en lo alto de la torre, como para una princesa: un refugio ovalado, protegido de ladrones y dragones, con ventanas pequeñas que daban al frente y a un costado de la casa. Mi madre y yo vivimos allí durante todo un año después que se divorció de mi padre. Dormí junto a ella, en la misma cama, todas las noches. Comíamos rositas de maíz y leíamos libros; a veces, ella lloraba hasta quedarse dormida. En esa cama, era yo la adulta y esto me hacía sentirme segura. Los adultos siempre me daban idea de seguridad. Mi madre se había ocupado de cuidarme después del accidente del brazo y yo estaba dispuesta a devolverle gustosamente el favor. Yo no podía sustituir a mi padre y ella tampoco podía hacer que me volviera a crecer el brazo, pero entre las dos nos las arreglamos para sanar de nuestras heridas. Nunca fuimos tan cercanas como suelen ser algunas madres e hijas, pero nos queríamos y nos entendíamos como solo lo pueden hacer una madre y una hija.

Después del baño, tenía la intención de vestirme y volver a bajar para hablar con Nana, pero de repente me sentí adormilada y débil, como si, dentro de mi propio sueño, estuviera descendiendo a un nivel onírico más profundo. Sucumbí al impulso y me dejé caer entre las limpias sábanas de algodón de la cama de mi madre, junto a las muñecas. Apagué la lámpara blanca de unicornio y me quedé profundamente dormida. Esa noche, empecé a soñar con mi último día en la Tierra.

3

Es temprano por la mañana y estoy dando el pecho a Sarah en la cama, con el televisor encendido. Estamos viendo a Bo en su primer mes como nuevo presentador de las noticias matutinas del canal 10. Bo trata de mantener una conversación trivial con Piper Jackson, la nueva reportera del tiempo del canal 10, una chica inconcebiblemente tonta pero increíblemente bella. Fuesen cuales fuesen las condiciones atmosféricas, las faldas y blusas apretadas de Piper garantizaban cielos despejados y altas presiones. Piper y Bo son como una pareja perfecta en el estudio y también en su foto sonriente que ocupa las lustrosas vallas recién colocadas en las carreteras, que ya han ayudado a aumentar los índices de audiencia del programa. Cada mañana hiervo de envidia... hasta que Piper abre la boca. Esta vez, mientras hablaba con Bo de un tsunami que acaba de devastar la costa norte de Japón, en lugar de decir "tsunami", Piper dice incorrectamente "samurai" y se pone a decir que de ahí debe venir el nombre de los guerreros japoneses. Bo se encoge de vergüenza.

—Se dice 'su-na-mi', Piper —la corrige.

Piper lo mira perpleja, como un cachorrito al que regañan por orinar sobre una alfombra.

—¿A qué te refieres? —pregunta.

—A cómo se dice *maremoto* en japonés.

—¡Uy! —responde Piper frívolamente.

Sus labios rojos como fresas dejan de hacer un mohín de niña reprendida y pasan a una sonrisa de niña traviesa. Luego añade:

—Entonces, supongo que por eso es que a los guerreros japoneses los llaman tsunamis.

El camarógrafo sabe exactamente lo que tiene que hacer. La toma se amplía y deja ver la blusa de escote bajo de Piper y su verdaderamente impresionante busto. Casi se puede oír el aplauso espontáneo de los hombres de todo el centro de Pennsylvania y los gemidos, también espontáneos, de sus esposas, novias y madres. Hubiera querido que Bo se concentrara en reportar los sucesos del día, pero Piper y sus senos eran más importantes y mejores que las noticias.

Termino de amamantar a Sarah, que no sabe nada de índices de audiencia, y está perfectamente contenta de ver una versión en miniatura de su padre, aunque diga cualquier cosa, desde un cajón que se encuentra sobre el tocador. A veces trata de responderle, como si estuvieran conversando.

Me ducho rápidamente y, mientras lo hago, voy pensando en cómo seguir la moción de la sentencia sumaria en la que estaba trabajando y me asomo de vez en cuando para asegurarme de que Sarah siga en la cama. A las siete, cuando el noticiero nacional de la cadena reemplaza a su papá, cambiamos de canal para ver las travesuras de Paco Pico. Entonces termino de maquillarme y me pongo mi blusa de seda color crema y mi traje negro de seda. Llevo a Sarah a la guardería y le cambio el pañal. Luego le pongo un jersey ligero de algodón, pero enseguida se lo cambio por unos pantalones y una sudadera después de recordar la advertencia de Piper de que esa tarde entraría un frente frío. Al subirle las manos para ponerle la sudadera, Sarah las mira sorprendida, como si las viera por primera vez. Como si fueran dos pájaros venidos de no se sabe dónde, que se elevan y descienden por los aires al compás de la música que pasa por su cabecita como un susurro. Hago el mayor esfuerzo posible por atesorar este momento en el recuerdo: sus grandes ojos fascinados, las delicadas contracciones de sus dedos, los rayos del sol que parecen celebrar su revelación y la piel perfectamente lisa de su barriguita. Todo esto queda bien guardado, como una joya en una caja fuerte, de donde luego podré sacarla y adorarla.

Llevo a Sarah en el auto a una guardería operada por la Universidad de Juniata como práctica para los maestros. Es un lugar excelente, iluminado, alegre y limpio, con profesores llenos de energía y estudiantes ansiosos por poner a prueba los últimos métodos y técnicas para desarrollar las mentes de los bebés. Los grupos son pequeños y Sarah nunca carece de estímulo o atención. Siempre está riendo y jugando, y su pediatra dice que sus destrezas verbales y cognitivas son avanzadas para su edad. Cuando voy a verla durante el día, me convenzo de que está mejor allí que conmigo en casa. Pero, cuando le doy un beso de despedida en la mañana y me dice adiós con sus manitas y me sigue con la mirada con sus tristes ojos pardos, me pregunto si me estoy engañando, o si soy yo la que está peor, aunque ella no lo esté.

Mientras la desato de su asiento del carro, da la vuelta a su biberón y parece derramar a propósito fórmula para bebés sobre la solapa de mi chaqueta.

—Ey, ¡para ya! —le dijo, fingiendo enojo—. Mamá no le permite a nadie que manche su chaqueta favorita, ni siquiera a una monada como tú.

Llego a la oficina a las ocho y media y saludo con un gesto a Bill Gwynne, con su cara de rana, que ya está al teléfono con un cliente y cuyo escritorio ya está completamente desordenado, aunque su secretaria lo había recogido todo la noche anterior. Nuestros despachos ocupan un edificio histórico de ladrillos rojos junto a la sala de tribunales del condado de Huntingdon, en Pennsylvania. El edificio se usó inicialmente como herrería cuando se fundó el pueblo a finales del siglo XVIII. Dejo mi portafolio y mi cartera en mi oficina en el segundo piso y me preparo una tasa de cappuccino, para lo que uso un frasco de vidrio y el horno de microondas para hacer espuma con la leche. Taza en mano, subo a nuestra pequeña biblioteca de derecho en el tercer piso, donde continúo la investigación legal en la que he estado trabajando desde hace cuatro semanas, tratando de idear una defensa que permita a Alan Fleming, nuestro opulento y lucrativo cliente, no tener que pagar los $500,000 que había tomado en préstamo de un banco. Esto puede parecer esfuerzo de tontos, o incluso algo inescrupuloso, pero en realidad es mi parte favorita de la práctica legal: el desafío intelectual de ganar un caso que la mayoría de los abogados perderían, basándome simplemente en descubrir algún dato que otros han pasado por alto o alguna ley olvidada.

Esta mañana en particular, la dama ciega de la justicia me concede un regalo generoso consistente en una regulación bancaria poco conocida, de la época de la Gran Depresión, llamada Regulación U, que impide a los bancos hacer préstamos para la compra de acciones si otras acciones que se han prometido como colateral valen menos del cincuenta por ciento del préstamo. El propósito de la regulación era impedir que los desplomes del mercado de valores arrastraran consigo al sistema bancario, pero me capta mi atención porque Alan compraba acciones con el préstamo que había dejado de pagar y, según recuerdo, prometía el pago de otras acciones que solo valían el treinta y cinco por ciento del préstamo. Si el banco sabía esto, significaba que estaba infringiendo la regulación y, por lo tanto, no podría poner una demanda a Alan para recuperar la deuda. Ganaríamos el caso por un tecnicismo.

Bajo corriendo las escaleras hasta mi oficina, en busca de la transcripción de la declaración jurada que le había tomado al funcionario de préstamos del banco, Jorge Mijares, para ver si él sabía que Alan tenía la intención de usar el préstamo para comprar acciones. La transcripción contiene varios cientos de páginas de testimonios hechos bajo juramento ante un taquígrafo, y cada línea del testimonio está numerada para facilitar la referencia. Mientras la leo por encima, recuerdo cómo, al igual que la mayoría de los testigos masculinos que había confrontado durante mi corta carrera como abogada, Jorge Mijares se había resistido a tomarme en serio por ser joven y por mujer. Pero yo me aprovechaba de esto. Había descubierto que, en lugar de oponerme y resentir la arrogancia de hombres como estos, me era más fácil derrotarlos si coqueteaba con ellos y usaba sus propios prejuicios en su contra. Inevitablemente, su vanidad sin límite los hacía distraerse, perder el cuidado... y decir bajo juramento más cosas de lo que hubieran querido.

En la página 155 de la transcripción, encuentro al fin el testimonio que buscaba, con el que pienso echar abajo los argumentos del banco. Estoy emocionada. Me dirijo al despacho de Bill con la transcripción y la regulación y se los pongo sobre el último pedacito de escritorio que aún queda libre. Bill está inmerso en un expediente y me habla sin alzar la vista.

—¿Sí? —gruñe.

Siempre está irritable en las mañanas, y esta vez más que nunca, porque se está preparando simultáneamente para dos audiencias de dos casos distintos. Sus ojos saltan de un expediente al otro y sus dedos vuelan sobre los documentos. Lleva puesto un conservador traje gris con su chaleco, camisa blanca y corbata rojo granate. Es de la vieja escuela y nunca se quita la chaqueta en la oficina, ni siquiera en pleno verano.

—Lee esto —le digo orgullosa.

—¿Por qué?

—Porque con esto es que vamos a ganar un caso que deberíamos perder.

Bill echa un vistazo a la regulación.

—¿Qué tiene que ver esto con nada?

—Mijares testificó que sabía que Alan estaba usando el préstamo para comprar acciones. Pero no puso el colateral que requería la regulación. El préstamo es nulo y sin efecto como cuestión legal. Ganamos.

Bill toma la transcripción de encima del escritorio. Se hace un silencio mientras lee el testimonio, pero entonces Bill empieza a reír.

—A Jorge se le fue un poco la mano con su declaración, ¿no?

—Le gusta pensar que es un tipo encantador —le respondo.

Bill suelta la transcripción, toma la regulación y empieza a leerla.

—No va a ser tan encantador cuando se entere de que fuiste más lista que él —dice—. Me alegro de ver que sabes cómo tratar a ese tipo de hombres. El padre de Jorge se sentiría decepcionado si leyera esto. Era profesor de arqueología en la Universidad de Juniata; un hombre de muy buenas maneras y gran cultura. Me contrató para que representara a los viticultores en el caso del cianuro. Son una familia adinerada. Los Mijares aún son dueños de viñedos en Chile.

—Vaya, ¿también te ocupaste de ese caso? —le digo, admirada como siempre de la increíble carrera de Bill como abogado.

Yo estaba estudiando en la Universidad cuando surgió el escándalo sobre las uvas rojas de mesa procedentes de Chile que estaban contaminadas de cianuro. Cuando salieron los reportajes en los que advertían a la gente que no las comieran, mi compañera de dormitorio empezó a comprarlas y a comerlas por montones. Esas uvas no le gustaban para nada, pero su novio acababa de dejarla. Dijo que, si no tenía el valor de cortarse las venas, el envenenamiento con uvas sería un método más fácil de quitarse la vida.

Bill asintió.

—Pero yo creía que en aquel entonces solo representabas a los demandantes, no a los demandados.

—Los viticultores eran los demandantes —responde Bill—. No había ninguna contaminación con cianuro. Todo fue un engaño, pero cientos de agricultores chilenos lo perdieron todo, pues se embargaron y destruyeron miles de toneladas de frutas. Pusimos una demanda al gobierno, para que retirara el embargo, y a los aseguradores, para que pagaran las reclamaciones. Y, sí, ganamos.

Al otro lado de la ventana junto al escritorio de Bill, el sol de la mañana cae sobre las relucientes hojas otoñales de un árbol de arce y le da un aspecto como si estuviera envuelto en llamas. Un pequeño gorrión se posa en una rama, corriendo el riesgo de inmolarse.

—Espero que ganemos otro caso más —le digo.

Bill no me responde y lo que sigue a continuación es un silencio embarazoso. Me doy cuenta de que me estoy frotando el muñón de mi brazo derecho y de que Bill me está mirando. El pájaro del árbol se aleja volando, después de haber sobrevivido a aquel infierno metafórico.

—¿Cuándo puedes terminar el escrito? —pregunta.

—Puedo tener un borrador para el martes.

Vuelve a colocar la regulación sobre el escritorio y se concentra en uno de los expedientes que tiene ante sí.

—Estaré en el tribunal toda la tarde y luego tengo una reunión de la junta —dice—. Que pases un buen fin de semana.

—Gracias, tú también.

Recojo mis materiales y me levanto para marcharme, pero Bill me detiene.

—Es un argumento muy creativo, Brek —dice sin alzar la vista—. A pocos abogados se le habría ocurrido.

—Gracias.

Me apresto a salir, pero titubeo. Me resulta gratificante el raro cumplido, pero de repente me da remordimiento el resultado.

—Entonces, por un tecnicismo, ¿Alan Fleming logrará quedarse con quinientos mil dólares que no le pertenecen?

Bill suspira decepcionado.

—Sí —dice—. Y, si esta tarde tengo suerte, también por un tecnicismo lograré que dejen en libertad a un pirómano. Pero la semana que viene me valdré del mismo tecnicismo para que pongan en libertad a un hombre inocente, y otro tecnicismo legal me permitirá hacer que el juez emita un requerimiento contra el basurero que está vertiendo dioxinas en el lago de Raystown y matando a todas las percas. Una cosa no es posible sin la otra, Brek. La justicia tiene los ojos vendados porque no debe ver quién manipula la escala.

4

Dejo a Bill frente a su escritorio y regreso a mi oficina. Desde mi ventana, puedo ver el río Juniata veteado con reflejos de las hojas de los árboles, de color escarlata y jazmín. Cada imagen es una expresión singular del otoño.

Bill tiene razón, pienso. *No es nada malo que defienda a mi cliente basada en un tecnicismo legal. En realidad, he cumplido mi parte a la perfección y el sistema funciona exactamente como fue concebido. Es más de lo que se puede decir sobre un sistema que permite que alguien como Piper Jackson diga el pronóstico del tiempo.* Esto me hace recordar que debo llamar por teléfono a Bo al estudio.

—Hola—me dice—. Ahora mismo iba a llamarte.

Sin querer, doy un bostezo muy sonoro.

—Ay, disculpa —le digo—. La mañana ha sido larga… ¿Qué noticias traen los cables? ¿Por fin atraparon a ese samurai que atacó la costa norte de Japón? Oí decir que causó muchos daños.

—Qué cómico —responde.

—Parece que realmente "sakeó" la costa, con *k*.

Bo emite un gemido.

—Ese chiste ya me lo han dicho tres veces esta mañana, y siempre han sido mujeres. Ustedes son tremendas cuando se ponen celosas y mezquinas. ¿Cómo te fue con Sarah en la guardería?

—¿*Ustedes?* —protesto—. ¿Celosas y mezquinas? Piper es una idiota que no sabe hablar. ¿Cómo la puedes soportar?

Bo titubea, fingiendo que trata de buscar una razón. Sé que Piper le cae bien aunque su capacidad intelectual sea motivo de vergüenza. Por último, como si se rindiera ante una fuerza irresistible, dice:

—Bueno, es que realmente tiene unos magníficos... partes del tiempo.

—Eres un cerdo, Boaz —respondo.

Odia que lo llame por su verdadero nombre de pila. Sus padres lo llamaron Boaz por el nombre del bisabuelo del Rey David y del soldado estadounidense que había rescatado a la familia de su madre de los nazis durante la Segunda Guerra Mundial.

—Me fue bien con Sarah —le digo—. Derramó fórmula para bebés sobre mi traje.

—Siempre lo hace —responde Bo—. Estoy en camino a Harrisburg. Esta tarde dictan la sentencia de Harlan Hurley. El canal quiere que yo haga el reportaje, porque fui yo quien reveló el caso.

Mi secretaria, Barbara, asoma la cabeza por la puerta para decirme que Alan Fleming está en la línea. Le pido que tome su mensaje.

—¿A qué hora llegarás a casa?

—A las seis y media o las siete si no pasa nada raro —responde Bo—. Seguro que me da tiempo para preparar la cena.

—¿Qué vamos a comer?

—¿Quieres algo en especial?

He empezado a escribir en una hoja de papel de tamaño legal un resumen de los argumentos para el escrito de sentencia sumaria de Alan, por lo que no alcanzo a oír la pregunta de Bo.

—¿Aló? —dice—. ¿Qué quieres de comida? ¿Tienes alguna idea? Me doy cuenta de que estás trabajando en algo.

—¿Qué? Sí... es el escrito del caso de Fleming. Disculpa, es que acabo de idear una defensa genial. Hasta Bill quedó impresionado. No, no se me ocurre nada para cenar, prepara lo que quieras.

—Oí decir que los cabeza rapada amigos de Hurley irán a protestar frente al tribunal. ¿Te rapaste la cabeza esta mañana?

—No —le respondo—, pero la calvicie me quedaría muy bien. Ya has visto mis fotos de cuando era bebé.

—¿Sabes una cosa? —dice Bo, poniéndome una carnada porque sabe que Bill y yo somos miembros de la Unión de Libertades Civiles—. Yo también valoro mucho la libertad de expresión, particularmente porque soy periodista, pero una manifestación a favor de la opresión y el aniquilamiento de grupos étnicos es algo que va demasiado lejos, ¿no te parece? ¿Por qué han de tener el derecho a usar un espacio público para hacer llamamientos al odio y la violencia?

Pierdo el hilo y tengo que volver a empezar el trabajo desde el principio.

—De veras, quisiera saberlo —insiste Bo—. ¿Cómo puedes defenderlos?

Esta conversación la hemos tenido cien veces.

—¿Quién decide cuáles formas de expresión son aceptables

y cuáles no? —respondo automáticamente—. Es fascinante ver cómo ustedes, los judíos liberales, de pronto se vuelven muy conservadores cuando les tocan el tema del antisemitismo. No se pueden tener las dos cosas al mismo tiempo, Bo. Si nos basamos en tu teoría, deberíamos prohibir a los judíos manifestarse a favor del Estado de Israel, porque Israel oprime a los palestinos. Incluso tu madre, que vivió durante el Holocausto, cree que los antisemitas también tienen derecho a expresarse. Quizás deberías hacerle caso a ella de vez en cuando.

—Mi madre está parcializada —responde Bo—. Además de loca. Aunque no eres judía, se pasa el tiempo diciéndole a todos en la sinagoga que tú eres mejor judía que yo porque fuiste con ella a los servicios de *Rosh Hashaná* y *Yom Kippur* este año. ¿Tienes idea de lo difícil que me estás haciendo la vida?

—Qué tiene de malo que me guste el pan *challah* —le digo.

—Hurley no es simplemente un antisemita cualquiera a quien le gusta hablar mucho, ¿sabes? —persiste Bo—. Era contralor financiero de un distrito escolar público y desvió casi cien mil dólares de su presupuesto para el plan de estudios y libros de texto para dárselo a su grupo de defensores de la supremacía blanca, para que produjeran un documental en el que afirman que el Holocausto es una patraña.

De nuevo con la misma cantinela. Juro que todo esto lo he oído antes.

—Sí, es escandaloso —le digo—. Pero Hurley no va ir a prisión por haber negado la existencia del Holocausto. Negar la muerte de seis millones de persona puede resultar ofensivo, pero está protegido por el derecho a la libre expresión. Lo van a condenar por malversar fondos escolares, y punto.

—Permíteme terminar —insiste—. Seguimos averiguando

cosas. Esto te va a encantar. Resulta que el grupo de supremacistas blancos de Hurley, *Die Elf,* también recibió fondos de
Amina Rabun antes de que ella muriera y probablemente incluso después. Parece ser que su sobrino es miembro del
grupo. Creo que se llama Ott Bowles. ¿Alguna vez te topaste
con él durante la demanda?

Ahora veo a dónde quiere llegar. No se trata solamente de
los supremacistas; es un asunto personal.

—No, nunca he oído hablar de él. Pero tienes que parar ahí
mismo, Bo. Pusimos una demanda contra Amina Rabun y la
ganamos. El caso terminó. Ella le pagó a tu madre una compensación por la propiedad que los Rabun le habían robado a
su familia en Alemania durante la guerra. Su padre y su tío
eran nazis. No es nada sorprendente que una persona como
ella o su sobrino tengan alguna relación con el grupo *Die Elf.*
Si conviertes esta historia de Hurley en una revancha personal
contra los Rabun, vas a perder toda tu credibilidad como periodista. Tienes que olvidarlo. A Hurley lo atraparon robando
dinero del distrito escolar y ahora va a ir preso por ese motivo.
Se ha hecho justicia. Ahí termina todo.

—Ey, relájate —responde Bo—. Solo mencione la conexión
entre Amina y *Die Elf* pues me pareció que te interesaría
porque la conociste. No tengo intención de hacer ningún
reportaje sobre eso. Coincido contigo en que es totalmente
irrelevante.

Baja la voz hasta casi un susurro.

—Pero esto sí es relevante. Júrame que no le dirás nada a
nadie. Nada de esto ha salido a la luz pública.

—De acuerdo.

—¿Sabes quién es el tal Samar Mansour, el hombre a quien
Die Elf le pagaba para que hiciera el documental?

—Sí.

—Bueno, pues Bobby acaba de averiguar que Mansour abandonó antes de tiempo la Universidad de Juniata hace un par de años y se marchó al Líbano. Aunque nació y se crió allí, parece ser que su padre era un refugiado palestino después que Israel ganó la guerra árabe-israelí de 1948. Tenemos fuentes que aseguran que Mansour se entrenó con el grupo terrorista islámico Hezbolá. Eso significa que, con los fondos malversados del distrito escolar, Hurley no solo estaba promoviendo el revisionismo sobre el Holocausto, sino que estaba contribuyendo al terrorismo. Eso va más allá de la libre expresión. Podría ser el primer caso documentado de una colaboración entre los defensores de la supremacía blanca y los extremistas islámicos.

—Bueno, eso sería algo muy feo...

—Sí que lo es. Pero eso no es todo. Una de nuestras fuentes acaba de decirnos que *Die Elf* tiene armas escondidas en su complejo situado en las cercanías de Huntingdon. Fusiles de asalto, lanzagranadas, ametralladoras, nitrato de amonio y combustible diesel para las bombas... todo lo que necesita una organización terrorista bien preparada. Me dijo que nos dejará a Bobby y a mí filmar todo esto después que Hurley esté debidamente tras las rejas, hoy mismo. Vamos a acabar con ellos, Brek. No solamente con Hurley, sino con toda la organización. Apostaría a que CNN va a transmitir mis reportajes en vivo en el horario estelar durante toda una semana. Este es el tipo de noticia que me podría ayudar a volver a Nueva York.

Empiezo a preocuparme. Esta es la parte que odio del trabajo de Bo. Es judío y, así y todo, se pasó varios meses trabajando de incógnito con su productor, Bobby Wilson, para infiltrarse en un grupo de supremacistas blancos. Lo podían haber matado... y aún podrían hacerlo si los seguía persiguiendo. Quiero que Bo los deje en paz. Prefiero que coquetee todas las mañanas con Piper Jackson en el estudio del noticiero antes de que vaya a arriesgar su vida por hacer reportajes investigativos que le den una oportunidad de trabajar en las cadenas nacionales.

—¿Por qué no pueden darle ese trabajo a otra persona? —pregunto—. No tienes idea de la clase de riesgos que estás asumiendo. Esa gente está loca.

—No hay de qué preocuparse —responde Bo—. No se atreverían a tocarme. Ahora mismo el FBI vigila todo lo que hacen.

—¿Pero cómo sabes que no es una trampa? La gente desesperada hace cosas desesperadas, Bo. El deseo de venganza tiende a imponerse al pensamiento racional, y encima, ni siquiera se trata de personas racionales. Tú mismo lo dijiste: son terroristas. No les importa que los maten, si con ello pueden llevarse también a un montón de gente. Ya hiciste el reportaje principal. Si el FBI los está vigilando, tienes que decírselo a ellos y dejar que se ocupen, pues ellos son los expertos. Tú no eres más que un periodista, ¿te das cuenta? Ni siquiera sabes disparar con un arma.

—Todo está bien, Brek —dice Bo con tono indulgente—. Lamento haber tocado el tema.

Siempre hace lo mismo: restar importancia a mis preocupaciones. Esto me pone furiosa, pero no digo nada.

—¿Cuál es el problema? —pregunta Bo.

—No se trata solo de una decisión tuya —le digo, tratando de hablar en voz baja para que mi secretaria no escuche nuestra discusión—. Si fueras soltero, todo sería distinto y podrías hacer lo que quisieras. Pero ahora tienes mujer e hija, Bo. ¿Qué hay de nosotros? El riesgo no es solo para ti, sino también para Sarah y para mí.

Bo cubre el teléfono con la mano. Oigo en el fondo una voz que le habla y luego Bo se pone de nuevo al auricular.

—Disculpa —dice—, el equipo de filmación me espera en la furgoneta. Tengo que salir para Harrisburg.

—Ten mucho cuidado, ¿eh? —le respondo—. Y no hemos terminado de hablar de este tema. Realmente creo que deberías dejar que el FBI se ocupe de todo.

—De acuerdo, tendré cuidado —dice—. Y podemos hablarlo esta noche. ¿A qué hora crees que terminarás hoy?

—Alrededor de las seis.

—Eso es un poco tarde para el horario de la guardería, ¿no? Incluso con dos salarios, no sé por cuánto tiempo más podremos darnos el lujo de pagar la penalización de cinco dólares por minuto cuando recogemos tarde a Sarah. Va a llegar el momento en que la expulsarán de la guardería y entonces, ¿qué haremos?

Tenía razón. Ya habíamos acumulado quinientos dólares en penalizaciones por tardanza en lo que iba de año y el director había empezado a advertirnos de forma cada vez más tajante que los adultos que incumplían también podían quedar excluidos para siempre.

—No te preocupes —le digo—. Llegaré a tiempo.

—De acuerdo, hasta luego. Te quiero —dice.

Yo sigo nerviosa.

—Ten cuidado, Bo.

—Te prometo que lo tendré.

—Está bien. Yo también te quiero. Hasta luego.

Cuelgo el teléfono y miro sobre mi escritorio la fotografía que tengo de nosotros dos en la boda de su hermana Lisa. Bo lleva puesta una kipá y tiene un aspecto muy dulce y feliz. Me enamoré de Bo Wolfson por un montón de buenas razones: porque era increíblemente bien parecido, maravilloso, sensible, cariñoso, un hombre que me hacía sentir especial, amada y completa, y que incluso aceptaba mi discapacidad como un atributo encantador en lugar de un motivo de miedo y repulsión.

Pero la religión de Bo era lo que lo hacía más irresistible. Aunque yo era católica y me había criado en una comunidad de protestantes fundamentalistas, la ascendencia judía de Bo, con sus historias de luchas y heroísmo y la promesa de ser los elegidos de Dios, lo hacían brillar como una joya exótica. Esto decepcionó a mis padres, pero desde hacía tiempo yo tenía mis desavenencias con el cristianismo. La enseñanza de Jesucristo de poner la otra mejilla que, a mi parecer, era la base fundamental de la religión, no tenía sentido en un mundo lleno de guerras y violencia, lleno de personas como Harlan Hurley, un mundo que permitía que una niña de ocho años perdiera su brazo derecho.

Ahora me concentro en la kipá que Bo tiene puesta en la foto, pero de repente este símbolo universal del judaísmo no me hace recordar, como pagana, las bendiciones de una relación de elegidos con Dios, sino el sufrimiento y el sacrificio de cinco mil años de tragedia. Un escalofrío me recorre el espinazo mientras pienso en que Harlan Hurley y el grupo *Die Elf* están tratando de volver a echar leña al fuego del odio de los nazis y, quizás, también al fuego de los incineradores. Me imagino cómo se ha de sentir un grupo que ha sido perseguido y asesinado durante siglos. ¿Soy lo suficientemente valerosa como para llevar esa carga? ¿Quiero un futuro así para mi hija?

En mi ignorancia, había creído que *Rosh Hashaná,* el Año

Nuevo judío, sería una celebración festiva y alegre, como el Año Nuevo cristiano. Pero resultó ser exactamente lo contrario: melancólico y ominoso, el día en que Dios juzga la forma en que hemos llevado la vida durante el año anterior. Las trompetas *shofar,* que llaman a la congregación al culto dentro de la sinagoga, eran aterradoras: como la voz de Dios que condena a toda la raza humana. Pero la liturgia del día, la Tefilá de Musaf, surtió el efecto de reafirmar mi creencia en que Dios y la justicia son una misma cosa, inseparable. Pensé que quizás, al ser una abogada que había aprendido a buscar la justicia, me había sumado a los elegidos y había encontrado un camino hacia la redención, desconocido por otros. Al caer la noche en *Yom Kippur,* me preguntaba si mi nombre había quedado registrado en el Libro de la Vida o en el Libro de la Muerte.

VUELVO A CONCENTRARME en mi escrito de sentencia sumaria; sigo trabajando durante la hora del almuerzo y me detengo solamente cuando me doy cuenta de que solo me quedan diez minutos para llegar a la guardería y evitar la temida multa de cinco dólares por minuto. Cuando llego, Sarah es la última niña que queda. Está mascando una galleta de barquillo hasta convertirla en una pasta pegajosa color marrón alrededor de su boca mientras mira un video del dinosaurio Barney. La vergüenza de ser la última madre en recoger a su hija casi estropea mi alegría al verla. Sarah tiene toda su pequeña sudadera y sus pantaloncitos, así como las manos, el cuello y la cara, cubiertos de manchas tenues de pintura roja. Corre torpemente hacia mí lo más rápido que puede, con los brazos extendidos, sonriendo y haciendo arrullos. Me agacho para recibirla. Me sonríe la señorita Erin, la estudiante universitaria que hace su pasantía en la guardería.

—Hola, mi nena —le digo a Sarah; la levanto en mi brazo y le doy un beso en la cara, inhalando el dulce olor de su cabello.

Miro a Erin.

—¿Cómo se portó hoy?

—Muy bien —me responde—. Se ha portado de maravilla.

Erin cursa el primer año de la Universidad y definitivamente ha encontrado su vocación. Parece como un personaje de caricatura que ha cobrado vida, con dos puntitos negros en lugar de ojos, brazos y piernas como palos y mejillas pecosas rodeadas de largas trenzas de color anaranjado. Le encantan los niños y ellos la adoran.

—Disculpe el desorden —dice Erin—. La voy a extrañar mucho. Era mi favorita.

—¿Vas a dejar el trabajo? —le pregunto, pues su respuesta me hace suponer que no volveré a ver a Sarah.

—No, solo me marcho después de terminar la jornada —responde, desconcertada por mi pregunta.

—Es que, cuando dijiste que la ibas a extrañar y que era tu favorita... supuse que querías decir que no la verías durante el fin de semana.

Erin me mira con cara extraña y le da un beso a Sarah.

—Adiós, linda —le dice—. Te quiero.

Sarah le da un besito en la mejilla.

—Gracias por ocuparte de ella —le digo y tomo el bolso de Sarah, con sus biberones casi vacíos y sus proyectos y dibujos, y miro la lista de actividades que hizo durante el día—. Que tengas un buen fin de semana.

Llevo a Sarah al carro, le ajusto el cinturón y pongo en el

estéreo un casete con la canción infantil "Té caliente y miel de abejas". Cuando arranco el carro, la miro en el espejo retrovisor y le pregunto cómo le fue el día. En lugar de responderme con palabras, produce arrullos y balbuceos.

En el camino a casa, paramos en una tienda de autoservicio para comprar leche. El estacionamiento está vacío. Una brisa otoñal refresca el carro cuando abro la puerta. Aunque todavía no son ni las seis y media, ya está oscuro como la medianoche.

Desato a Sarah de su asiento. Trata de agarrarme el cabello y, para jugar con ella, aparto la cabeza. Se ríe y deja ver su único diente. El cabello, oscuro y denso como el de su padre, le cae sobre los ojos. Mientras la llevo por el estacionamiento, voy tarareando la canción que veníamos escuchando en el estéreo.

Entramos en la tienda y me dirijo al fondo, donde están los lácteos. Tengo que arreglármelas, con un solo brazo, para sostenerla a ella y recoger medio galón de leche. Vuelvo con ella hacia el mostrador, por el pasillo de los dulces. Sarah extiende su mano diminuta y derriba al suelo una hilera de magdalenas. Cuando me agacho para recogerlas, el aire se llena del olor abrumador de setas en descomposición, lo que me parece muy extraño. Me doy la vuelta para ver de dónde proviene el olor pero, de repente, me encuentro de nuevo en la estación de Shemaya, sentada en el banco bajo el domo de acero oxidado. Sarah ya no está conmigo. Y estoy sentada junto a Luas, cubierta de mi propia sangre.

5

Los muertos dudan de la irrevocabilidad de sus propias muertes. O no creemos que estamos muertos o tratamos de buscar una manera de invertir este efecto. Aprendemos a aceptar la muerte solo de forma gradual, a nuestro propio ritmo y bajo nuestras propias condiciones. Pero esto nos causa confusión porque extendemos los fragmentos rotos de nuestras vidas sobre la herida abierta de la vida en el más allá, tratando de injertarlos en la otra. En el caso de las almas sensibles —las de los santos y poetas que vivieron sus vidas con el conocimiento de que la verdad solo existe en el mundo espiritual— la transición a Shemaya puede parecer perfectamente continua e inmediata. No obstante, para el resto de nosotros, incluida la gente como yo, que han puesto su fe en la lógica y la razón y en lo que se puede medir con instrumentos y ver con nuestros propios ojos, la transición de la vida a la muerte toma mucho más tiempo. Nos resistimos, nos negamos y en todo momento tratamos de encontrar razones para refutar nuestra mortalidad. De este modo, lo primero que olvidamos al morir es la manera en que sucedió. O, mejor dicho, esto es lo primero que decidimos no recordar, porque el hecho de recordar un suceso tan importante como ese equivale a aceptar lo inconcebible.

A la mañana siguiente, que fue mi primera mañana en Shemaya, siento al despertar un olor a café y canela. Estos eran los aromas a los que me había acostumbrado los sábados por la mañana durante mi vida y, si me preguntaban a mí, esta era simplemente otra mañana del sábado. Bo se levantaría temprano para salir a correr y nos traería el desayuno de la panadería, entrando en la casa sin hacer ruido y volviendo con una bolsa llena de panecitos y otras golosinas. Eso me encantaba. Mientras él no estaba en casa, tenía yo entonces el privilegio y el vicio de quedarme más tiempo en la cama con los ojos cerrados, disfrutando adormilada el calor del edredón.

Esa mañana, en Shemaya, me quedé en la cama como hacía los sábados, con la sensación de dicha que bordea al estado onírico, sin poder discernir el significado de los extraños sueños sobre la estación de trenes, o sobre Luas y mi bisabuela, tratando de memorizarlos antes que se disolvieran entre el ruido y las distracciones de un nuevo día. *¿Qué me dijo mi bisabuela que debía recordar...?* Ya se me había olvidado; los sueños tienden a ser así de escurridizos. El silencio reinaba en la casa, pues Sarah seguía dormida. Las imágenes surrealistas de la noche, y las posibilidades de la jornada que nos aguardaba, pasaban flotando por mi mente como luciérnagas: a algunas las podía atrapar y a otras las dejaba escapar. Sería un hermoso día de fin de semana de otoño. Unos amigos nos habían invitado a pasear por el monte Tussey y luego a ir a una huerta de manzanos para tomar sidra y pasear en una carreta de heno. Sarah se quedaría dormida sobre la espalda de Bo al ritmo de sus pasos. Había hojas que barrer, pisos que limpiar y víveres que comprar. Y el domingo tendría que volver durante unas horas a la oficina para seguir trabajando en mi escrito.

Aún tendida en la cama, pensé en que tal vez, después de todo, me estaba convirtiendo en una buena abogada. ¡Qué maravilloso despertar con esa sensación! Me quité de encima el edredón y abrí los ojos...

Había sangre por todas partes, encima de las sábanas y de mi cuerpo.

Grité y di un salto de la cama, pero me golpeé la cabeza con un poste que no era parte de mi habitación: el poste blanco del dosel de la cama de mi madre en casa de mis abuelos en Delaware.

Ah, qué lista, pensé, frotándome la cabeza y tratando de calmarme. *Me desperté de mi segundo sueño, pero no del primero.*

Miré por la ventana que daba al frente de la casa. Solamente un sueño podía explicar lo que vi. La mitad de la finca de mis abuelos resplandecía con tonos dorados, anaranjados y ocre de los colores desgastados del otoño, mientras que la otra mitad relucía con los fluorescentes tonos verdes y pastel de la primavera. A un extremo del jardín, los girasoles se marchitaban y, al otro, maduraban las calabazas y florecían los narcisos y tulipanes. Las ardillas rojas recogían bellotas entre los petirrojos que buscaban lombrices de tierra. Dos bandadas de ruidosos gansos canadienses volaban por encima, una con rumbo sur y la otra con rumbo norte, separadas por un área intermedia disonante en la que una intensa ventisca invernal desaparecía bajo un abrasador sol de agosto. Me maravillé ante la fusión de las estaciones, impresionada por la forma en que se habían comprimido en tiempo y espacio. Esto explicaba el calor, el frío, la humedad y la sequedad que había experimentado la noche anterior, cuando caminaba en dirección a la casa con Luas.

Nana debe haber oído mi grito. Entró en la habitación sin tocar, vestida con sus pijamas y una bata de baño con estampado de flores.

—¿Estás bien, querida? —me preguntó con tono de preocupación.

—No es real —dije con calma mientras señalaba lo que se veía por la ventana del cuarto—. Es mecánico, como un guión... como un sueño... y tú también lo eres.

Nana abrió la ventana, de forma que los aromas y temperaturas contrarios de afuera inundaron la habitación en oleadas iguales y contradictorias entre sí.

—Pero no es un sueño, querida —me corrigió, retirando del alféizar pequeños montones de polen amarillo de los árboles y de suave nieve blanca—. Durante la vida, solamente soñabas estar despierta.

Empezó a preparar la cama, sin importarle que las sábanas estuvieran empapadas en sangre.

Estiró bien el edredón y dijo:

—Bajemos a desayunar. Preparé los panqués de zanahoria que tanto te gustan. Más tarde podemos ir a ese paseo por el monte Tussey. Sé que tenías muchos deseos de hacerlo.

Me quedé mirándola, distraída por el sueño.

—Pero no es de mañana y todavía no estoy despierta —insistí—. Si estuviera despierta, tú no estarías aquí, así que creo que es mejor cambiar el tema.

Nana me colocó su mano sobre el brazo. Era una mano de anciana, que se sentía arrugada y áspera contra mi piel. Trataba de convencerme de que no estaba soñando. El efecto parecía auténtico, pero no me dejé impresionar.

—Los muertos no hablan —dije—. Y no tienen ojos para verse, ni cuerpos que se puedan tocar.

Me apretó el brazo.

—Eso es cierto, querida —dijo—. Pero por ahora te es más fácil pensar en la muerte de esa manera. Aún no estás lista para abandonar la vida.

—Pero no estoy muerta —dije—. Mira...

Di varios saltos y brincos por la habitación, moviendo mucho el brazo para demostrarlo.

Nana me complació con una sonrisa.

—Tu madre no debería haberte dado esa bofetada —dijo—. Yo también habría tenido miedo. No sé qué estaba pensando ella cuando se le ocurrió obligar a una niña de cuatro años a besar el cadáver de una vieja.

La miré llena de espanto. Este era uno de esos momentos de pesadilla, justo antes de despertar, cuando lo que uno más teme está a punto de suceder y sabe que es impotente para impedirlo, el instante que produce el máximo terror, haciéndonos gritar en plena noche. Y eso fue exactamente lo que hice.

Bajé las escaleras corriendo y gritando "¡Nooooo!" con todas mis fuerzas. Pasé corriendo por la cocina y salí por la puerta del fondo, dejando atrás el fregadero lleno de bandejas de hornear y la mesa con el plato de panqués frescos de zanahoria. Me detuve en la terraza del patio y cerré los ojos, con la esperanza de que todo desapareciera.

Me imaginé que extendía el brazo en la cama y alcanzaba la cadera de Bo, con sus calzoncillos largos recogidos, y sus piernas dobladas, cálidas y velludas. Me acurruqué contra él, haciendo que mi cuerpo adoptara el contorno del suyo, como un río que sigue la forma de su cauce, de forma que se define por lo contrario a su esencia. Su piel tenía un olor masculino y fuerte, y sus patillas me hacían erizar el brazo cuando le rocé el mentón. Le di un beso en la nuca y acompasé mi aliento a la expansión y contracción gradual de su pecho. Se desperezó y se relamió suavemente los labios. Creo que eran como las dos o las tres de la mañana, porque juraría que podía oír tenuemente la risa de los estudiantes universitarios que vivían en nuestra calle y que volvían a casa de sus farras del viernes. Pero, cuando abrí los ojos y miré el reloj sobre el tocador, me vi de pronto aún parada en la terraza del patio de Nana en Delaware, donde las estaciones del año, y mi cordura, cambiaban sin ton ni son.

—¡Bo! ¡Bo! —grité.

—Brek, querida, todo está bien —me dijo Nana desde la cocina—. Estoy aquí.

—¡Bo! ¡Abrázame! ¡Abrázame!

Pero ya no sentía su presencia.

Salí corriendo de la terraza por toda la casa, con la esperanza de que el repentino esfuerzo me obligara a despertar. Corrí por las estaciones de invierno, verano, primavera y otoño, más allá del roble con el columpio hecho de un neumático de tractor, por el jardín que a la vez se veía verde y seco, a través de macizos de tulipanes cargados de rocío y crisantemos cubiertos de nieve. Di un traspié sobre una raíz saliente y caí de bruces al suelo sobre las suaves hojas, con la bata de dormir extendida a mi alrededor como las alas de una paloma caída. Me quedé así por un instante, tratando de recuperar la respiración, sintiendo el dulce aroma de pino y buscando respuestas que fueran lógicas y materiales. *¿Qué me está pasando?*

¿Por qué no me puedo despertar? Era el sueño más aterrador que había tenido en mi vida.

Me puse de pie, me quité las hojas de la bata y miré en derredor. Para mi sorpresa, vi mi carro estacionado detrás de las azaleas. De repente, la luz mágica se retiró y se llevó consigo la idea de que todo esto era un sueño, como si la razón misma fuera un pasajero encerrado en el auto, esperando a ser liberado por mi mirada. *Frío y calor, terrores nocturnos, alucinaciones... ¿era una fiebre? ¡Claro que sí! ¡Una fiebre explicaría todo lo que me ha estado pasando!* Incluso recordaba no sentirme bien el viernes y me preguntaba si me había resfriado, porque sentía la piel fría y húmeda. Volví a mirar al jardín y a la casa. Me miré las piernas y los pies y flexioné la mano izquierda. Todo estaba donde se suponía que debía estar y todo funcionaba como se suponía que lo hiciera. Solamente las estaciones estaban fuera de lugar y esto, probablemente, era provocado por una fiebre.

Seguro que vine en el carro hasta la casa de mis abuelos en medio de un delirio y luego me desmayé.

Nana ya no estaba cuando volví adentro. Los platos del fregadero ya estaban guardados y la encimera estaba limpia. Una fina capa de polvo lo cubría todo, como si llevara semanas sin usarse. El horno estaba frío. Ni siquiera quedaba en el aire el aroma de los panqués.

Realmente lo estoy imaginando todo y estoy en casa de mis abuelos en Delaware.

Subí corriendo hasta el baño y me miré en el espejo. Mi cabello negro seguía intacto, aunque despeinado, y tenía la piel lívida y los ojos enrojecidos. Con mucho tiento y cuidado, con la punta de los dedos, abrí mi bata. Ya no estaban los agujeros del pecho ni las manchas de sangre. Reí con pesar por haber mirado. Tomé el termómetro de mercurio del botiquín y me lo puse debajo de la lengua; tenía una fiebre alta, con lo que confirmaba mi propio diagnóstico. Obviamente necesitaba ver a un médico, pero también era obvio que *¡estaba viva!*

Entré en la habitación de mis abuelos y tomé el teléfono para llamar a casa, pero respondió la máquina contestadora.

—Bo, soy yo —dije—. ¿Estás ahí? ¿Bo? No sé lo que sucedió... creo que estoy enferma. Tengo fiebre y parece que me desmayé. Ahora estoy en Delaware, en casa de mis abuelos. No sé cómo vine a parar aquí; no recuerdo nada de lo sucedido después que recogí a Sarah ayer en la guardería. ¡Ay, Dios, espero que ella esté bien! No la tengo aquí conmigo, nadie está aquí... Lo siento. Seguro que tiene hambre. Hay fórmula para bebés en el aparador y en el sótano hay pañales... No sé si debo ir a casa o tratar de ver a un médico aquí... Creo que ya me siento un poco mejor, así que tal vez trataré de volver a casa y ver cómo sigo. Siempre puedo regresar si me siento mal. Bien... estaré allí en unas horas. Dale un gran abrazo y un beso a Sarah... Los quiero mucho. Hasta luego.

Encuentro mis ropas apiladas junto a la puerta del cuarto de invitados, mi traje negro de seda con las manchas de fórmula (no de sangre) en la solapa, mi blusa, mis medias, mi ropa interior y mis zapatos. Y también estaba mi bolso con la cartera y las llaves. Me vestí rápidamente y les dejé a mis abuelos una nota en la que les decía que había estado allí y que luego les explicaría todo.

6

El sol otoñal calentaba el interior de mi carro, asando en seco las hojas caídas sobre el capó al mismo tiempo que, del lado opuesto de la entrada del garaje, florecían los árboles y los azafranes. En medio de ambas imágenes, una tormenta de nieve se derretía entre los sofocantes vapores de un día de verano. Supuse que habría contraído dengue o algún otro tipo de enfermedad tropical rara. Fuese como fuese, eso era mejor que estar muerta.

Puse la llave en el interruptor de encendido y aguanté el aliento, sin saber aún si se me había pasado la fiebre y preocupada por otras sorpresas que se pudieran presentar. El motor arrancó y cobró vida. "¡Gracias a Dios!", me dije en voz alta. Mi carro siempre había sido mi santuario, el único lugar del mundo donde, a pesar de que me faltaba un brazo, yo era igual a todos los demás y mantenía el control. Mi automóvil no tenía una placa especial y no me gustaba estacionar en los lugares para discapacitados cerca de los comercios pero, en todos los demás aspectos, era realmente un carro para una impedida física. Mis padres me lo habían regalado cuando me gradué de secundaria y mi propio abuelo Cuttler le había hecho las modificaciones necesarias en el cobertizo que tenía junto a su granero. Atornilló al volante una empuñadura rotatoria de aluminio para que lo pudiera hacer girar con una sola mano, y cambió el interruptor de encendido y los botones del estéreo al lado izquierdo de la columna de dirección. En la palanca de cambios, en el activador del limpiaparabrisas y en los controles de la calefacción, colocó extensiones que me permitían operarlos con el muñón de mi brazo derecho. Me negaba a usar prótesis, pero no tenía ningún remilgo en valerme de medios prostéticos para conducir. El día en que me dieron la sorpresa con ese regalo fue uno de los más felices de mi vida, y también de la de ellos. Con el carro, obtuve la independencia con la que había soñado y ellos obtuvieron una compensación por el pecado de mi desfiguración a una edad tan tierna.

Respiré hondo y empujé la palanca para ponerla en directa. El carro se fue acelerando hasta avanzar fluidamente, y llegué a disfrutar la posibilidad de abrirme paso entre las estaciones cambiantes, a través de las bandas alternas de lluvia, cellisca, nieve y pavimento seco. El recorrido desde el norte de Wilmington hasta nuestra casa en Huntingdon tomó unas tres horas. Traté de recordar mi viaje desde Huntingdon hasta Delaware la noche anterior: lo que había visto, lo que pensaba durante el viaje, lo que estaba oyendo en el radio. No recordaba nada. Esto me preocupó porque siempre tuve buena memoria. Recordaba los primeros capítulos de las novelas que había leído cuando adolescente y las colecciones de decisiones del Tribunal Supremo que leí cuando estudiaba derecho. Recordaba las letras de viejos temas de programas de televisión y todos los cumpleaños de los familiares de mi esposo hasta tres grados de consanguinidad. Pero no lograba recordar nada después que recogí a Sarah el día anterior en la guardería y paré en la tienda de autoservicio en el camino a casa.

El indicador de la gasolina mostraba que el tanque estaba lleno cuando salí de Delaware. No bajó en todo el viaje de regreso. Esto me pareció extraño, pero no más que todas las otras cosas que me estaban pasando. Por lo demás, el viaje no tuvo nada fuera de lo común. La carretera estaba ocupada por el número típico de automóviles y camiones, que hacían lo típico que debían hacer estos vehículos. El paisaje, el cielo, las señales de tráfico, los edificios y las vallas tenían el mismo aspecto de siempre, con la excepción de que todo estaba cubierto por diversas bandas de escenas invernales, veraniegas, primaverales y otoñales. Las montañas se erguían a lo largo de las orillas del río Juniata, como gigantescas orugas rayadas. Los bosques caducifolios mostraban en forma alterna sus hojas rojas, anaranjadas y amarillas, o sus ramas cubiertas de nieve blanca, o sus brotes y sus manchas de verdor, o la profunda exuberancia de su plena frondosidad. Era espléndido. Otro aspecto del viaje que resultó agradable, aunque inesperado, era la forma fortuita en que todas las estaciones de radio parecían tocar la música que yo quería oír, en el momento que quería oírla, sin interrupciones de presentadores ni de anuncios comerciales.

En general, con cada kilómetro que dejaba atrás, todo parecía mejor y creí que estaba cercano el fin de mi aflicción. No obstante, cuando tomé el giro hacia Huntingdon en la ruta 522, me embargó una sensación de ansiedad que me quitó todo el optimismo. Empecé a preocuparme por la naturaleza de mi enfermedad y lo que podría significar. *Quizás tenga un tumor cerebral,* me preocupé. *O tal vez mi alucinación de que estaba muerta era una premonición de un hecho real que ocurriría.* Las mujeres de la familia Bellini, desde los tiempos de mi tatarabuela, juraban que en medio de la noche recibían visitas de ángeles que les avisaban cuando alguna persona allegada iba a morir. *¿Era Nana Bellini ese ángel, que venía a prepararme para mi propia muerte?*

De repente, la posibilidad de una enfermedad terminal me resultó más insoportable que la de ya estar muerta. Me imaginé que recibía la noticia del médico y que esto me destruiría, y que luego se lo decía a Bo y abrazaba a Sarah, al saber que no llegaría a verla crecer. ¿Quién le haría las trenzas, o le prepararía los disfraces de Halloween, o le enseñaría a hacer galletas? ¿Quién le enseñaría las obras de Louisa May Alcott y Harper Lee, o la llevaría de campismo o al ballet, o le serviría de consuelo durante su pubertad y adolescencia? ¿Quién, si no su propia madre, la podría convencer de que en la vida no hay nada que ella fuera incapaz de hacer como niña o como mujer? Para cuando llegué a mi calle, ya estaba al borde de la histeria.

El carro de Bo estaba aparcado frente a la casa. Frené bruscamente y entré corriendo. Todo tenía el mismo aspecto de cuando me fui el viernes por la mañana. Pero no había nadie. El tazón de cereal de Bo, con un resto de leche en el fondo, seguía sobre la mesita de centro junto a las últimas secciones del *New York Times* que él había dejado sin leer. Sobre la encimera de la cocina había un desorden de migas de pan y potes vacíos de compota de melocotones y peras; el cuenco de comida de nuestra perra labrador, Macy, estaba medio lleno, pero no la oí ladrar cuando entré y tampoco la encontré por ninguna parte. Nuestra cama todavía estaba sin hacer, y el pelele que a última hora decidí no ponerle a Sarah todavía estaba doblado sobre la baranda de su cuna. Revisé el garaje y encontré el cochecito de correr, por lo que me di cuenta de que no podían estar corriendo. No había ninguna nota junto al teléfono. Volví a salir y miré alrededor de la casa y en el garaje. Pero no había nadie. Todo el vecindario estaba desierto.

Vivíamos en una minúscula calle en Huntingdon cerca de la Universidad de Juniata, con pequeñas casas de ladrillos que se veían diminutas junto a los viejos sicomoros que parecían brócolis gigantes. Como Bo había nacido y se había criado en Brooklyn, insistió en vivir en un pueblo que tuviera una universidad. Era la única forma en que concebía poder hacer la transición de Manhattan a la región de los Apalaches. Su sueño era llegar a ser reportero y presentador de noticias en Nueva York, pero los canales de televisión neoyorquinos le decían que necesitaba tener experiencia en un mercado pequeño antes de que pudieran mirar siquiera su video de presentación. Esto lo decepcionó y lo aterró. Cuando pensaba en los mercados pequeños de televisión, se imaginaba una estampa tercermundista de tecnología anticuada y ruido estático que ocupaba todo el espacio entre el río Hudson y las colinas de Hollywood.

En realidad, fui yo la que le dio la idea de presentar su solicitud al canal 10 de Altoona. Era una de las estaciones con las que me crié cuando iba de visita a la granja de mis abuelos por parte de los Cuttler, una de las dos que tenían transmisores de VHF lo suficientemente potentes como para que su señal llegara a la antena colocada en la chimenea de ladrillos de su casa. Si de mercados pequeños se trataba, Altoona era de lo más típico. Las escuelas y negocios de la región central de Pennsylvania cierran el primer día de la temporada de caza de ciervos y, en contraste con los rascacielos de Manhattan, las estructuras artificiales más grandes son los silos de cereales y los cargaderos de carbón. Cuando Bo recibió la noticia de que había sido aceptado, llamé a Bill Gwynne, el abogado de Huntingdon que nos había representado a mí y a mi familia después de mi accidente del brazo. Aunque Huntingdon estaba en un lugar incluso más intrincado que Altoona, Bill era considerado uno de los mejores abogados litigantes del estado y, casualmente, necesitaba un asociado. Esta coincidencia y la ubicación de Huntingdon me parecieron perfectas, como si lo hubiera dictado el destino.

Oí una música que provenía de la casa de los vecinos y me dirigí allí, con la esperanza de encontrar a alguien que tal vez hubiera visto a Bo y a Sarah. Nadie acudió a la puerta cuando toqué. Llamé insistentemente a las puertas de todas las casas de nuestra calle: algunas tenían ventanas cubiertas de escarcha y la acera cubierta de fango y nieve, y otras casi ardían bajo el calor de la tarde. Empecé a sentir pánico al ver que nadie respondía. Corrí hasta la calle Washington. La tienda de emparedados y la librería estaban abiertas, pero vacías: no había en ellas ni clientes y empleados. En todo el distrito comercial reinaba un extraño silencio, a excepción del sonido ocasional de los carros y autobuses que pasaban. Corrí por la acera, dejando atrás las bicicletas atadas a los parquímetros y los carros estacionados al borde de la calle, buscando alguna señal de vida tras las puertas de las tiendas y cafeterías vacías. No tenía sentido. Esta era la parte más animada del pueblo en un sábado de otoño. Por último, corrí hasta una hilera de carros que estaban detenidos ante el semáforo, para preguntar si alguien sabía lo que estaba pasando pero, cuando me acerqué y miré por las ventanillas, no vi en ninguno de ellos a ningún conductor ni pasajero. No obstante, cuando el semáforo se puso en verde, todos los carros aceleraron y siguieron avanzando por la calle con el flujo normal del tráfico de un sábado.

De repente, un alarido atormentado rompió el fantasmagórico silencio que reinaba en la calle. Miré en derredor para ver de dónde provenía el grito y descubrí que venía de mí. Era el sonido de la locura. Salí corriendo a lo loco por las cafeterías y tiendas, tirando al suelo lo que encontraba encima de las mesas y estanterías, rompiendo platos y objetos de vidrio. Quería que alguien, quienquiera que fuese, viniera a controlarme. Al ver que nadie aparecía, me lancé sin mirar al medio de la calle, como retando a los carros a que me atropellaran. Sin falta, todos frenaban de repente con un chirrido de neumáticos hasta que salía humo.

—¿Dónde está la gente? —grité con todas mis fuerzas—. ¿Por qué nadie me ayuda?

Para poder ver mejor, me subí al techo de uno de los carros y me quedé atónita al comprobar que el tráfico estaba atascado en ambas direcciones, mientras las estaciones del año seguían cambiando. Algunos carros tenían las ventanillas bajadas, algunos las tenían subidas, otros tenían las luces y limpiaparabrisas encendidos y otros, apagados. Dos carros patrulleros acudieron de inmediato a la escena, con sus luces intermitentes rojas y azules parpadeando y sus sirenas en acción, pero de ellos no salió ningún policía. Los patrulleros simplemente me enfilaban de forma amenazante.

Rompí a llorar sobre el techo del carro. No me quedaba nada más que hacer. Solamente en una ocasión anterior me había sentido tan aterrada: cuando era niña y me llevaron a la sala de urgencias del hospital de Tyrone y los asistentes me acostaron en una camilla y junto a mí colocaron dentro de una hielera mi antebrazo cortado. Hasta ese momento, había mantenido sorprendentemente la calma. Le creí a mi abuelo Cuttler cuando me juró en su camioneta mientras nos dirigíamos a toda velocidad hacia el hospital que, si mantenía los ojos cerrados, todo saldría bien. Pero entonces los asistentes empezaron a empujar la camilla por el corredor y pude notar la angustia en su rostro y las lágrimas que corrían por sus mejillas. La camilla abría de golpe las puertas dobles y me llevaron a la pesadilla infernal del quirófano. Estaba horrorizada y enloquecida. Me arrancaron la ropa, me llenaron las venas de pinchazos, sacaron el brazo cortado de la hielera y lo observaron bajo la luz como si fuera un trofeo de caza. Al principio, el brazo no me parecía real: la piel estaba viscosa y gris como agua de lavadero, el hueso blanco del codo sobresalía por un extremo, manchado de estiércol y sangre, y los dedos —mis dedos— estaban grotescamente retorcidos en un puño. Forcejeé con las enfermeras hasta que me colocaron una máscara de anestesia a la fuerza sobre la boca y perdí la conciencia.

Perder la conciencia... Qué más hubiera querido en ese momento, mientras daba alaridos encima del carro detenido en medio del atasco de la calle Washington. Pero Dios no lo quiso así. Permanecí encima del carro toda esa primera tarde en Shemaya hasta que el sol que tenía sobre mi cabeza se dividió en cuatro soles diferentes, uno por cada estación del año, y cada uno de ellos se puso por distintos puntos y en distintos momentos sobre la montaña, creando en el cielo un espectáculo de llamas rosadas y doradas. Me sentía inconsolable. Me bajé del carro y volví caminando a casa. El atasco se despejó y los carros continuaron su camino a ninguna parte.

Cuando llegué a mi casa, oí una voz.

—Lo siento, niña —dijo Nana Bellini.

Estaba sentada en el sillón del portal, disfrutando la hermosa velada como si simplemente hubiera pasado por casa para cenar. A estas alturas, ya me había convencido de que pronto me meterían en un sanatorio y me sedarían, pues era evidente que había perdido la cordura. Mientras esperaba a que vinieran a buscarme, decidí conversar con ella.

—¿Cómo te fue en el viaje? —le dije, adoptando su propia actitud de *todo está normal y todos estamos felices de encontrarnos aquí*.

—No estamos allí, querida —me dijo.

—¿No estamos dónde?

—¿Recuerdas cuando eras pequeña y tu cuarto se convertía en un palacio y los príncipes acudían a tu ventana cabalgando en magníficos caballos blancos?

—¿Quién eres?

—¿Lo recuerdas, niña? Jugabas a esperar con largos y vaporosos vestidos, mientras soñabas con el príncipe del castillo más cercano. Creaste un mundo dentro del mundo que había sido creado para ti. Pintaste sus cielos, construiste sus paredes y llenaste sus espacios. Como una diosa en miniatura, hiciste surgir una tierra nueva, valiéndote solo de tu mente. Pero, al crecer, te parecieron más convincentes las estructuras existentes del tiempo y el espacio y dejaste de lado tu propia facultad de crear, optando en su lugar por las creaciones de otros. Pero no habías perdido esa facultad, Brek, porque nunca se puede perder. Es natural que al principio quieras recrear los lugares que te han sido entrañables.

—¿Dónde están mi esposo y mi hija? —exigí—. ¿Dónde están todos?

Nana sonrió, con esa sonrisa paciente y cómplice que los caracterizaba a ella y a Luas, como si dijera: *Sí, mi bisnieta, inténtalo ahora; intenta buscar respuestas.*

—Ya no estamos allí, niña —dijo—. Era una ilusión maravillosa, pero ya terminó. Has vuelto a casa. No los volverás a ver hasta que también ellos vuelvan a casa. El libre albedrío es absoluto. No podemos controlar el movimiento de la conciencia de un reino a otro...

De nuevo me estaba asustando.

—¡Déjame en paz! —grité y salí corriendo por el sendero en dirección a mi carro.

—Espera, niña —dijo—. ¿Adónde vas?

No sabía a dónde. Solo sabía que tenía que encontrar a Bo y a Sarah. Tenía que buscar ayuda. Quizás no era sábado, tal vez todavía fuera viernes y podía volver a la guardería para recoger a Sarah y volver a empezar desde el principio. *No es más que un sueño,* me dije una y otra vez, *debe ser una pesadilla; tienes fiebre y te sientes mal.* Entré en el carro y arranqué el motor.

Nana me dijo desde lejos:

—¿Qué aspecto tendrá la guardería?

Nada más pensarlo, ya estaba allí. La casa se esfumó y, con ella, desaparecieron también mi carro, los árboles, la calle, todo el barrio. La áspera pared de ladrillos de la casa del vecino se transformó en la lisa pared blanca de la guardería, decorada con ballenas azules de papel que Sarah y los demás niños habían pintado con la ayuda de la señorita Erin. Donde antes estaba el jardín del vecino, ahora había alfombrillas para jugar, vistosas y relucientes. El compartimento que el viernes por la mañana yo había llenado de sábanas limpias para la cuna, pañales y toallitas de limpieza ocupaba el lugar donde antes estaba el asiento del pasajero de mi carro. Cerca del contén, estaban apilados, muy bien organizados, varios juguetes plásticos de muchos colores para edades preescolares. De los escalones del portal parecía surgir una mesa de artesanía llena de cajas de palitos de madera, frascos de pegamento y montones de papeles de colores. El aroma de talco para bebés y de ungüento para sarpullido llenaba el aire. Pero en la guardería no había ni risas, ni chillidos ni llantos. Ni niños. Ni maestros. Ni un solo ruido.

Nana permaneció en el umbral, observándome mientras yo exploraba el espacio, como si esperara que saliera un mago por detrás de la cortina.

La próxima idea que me ocupó la mente fue la del estudio del noticiero de la mañana, donde Bo había tratado de mantener una conversación animada con Piper Jackson. Tan pronto me sobrevino ese recuerdo, la pared de ballenas coloreadas se metamorfoseó en la gran foto de un amanecer que servía como telón de fondo para los presentadores del noticiero. Donde antes estaban las cunas, ahora había cámaras de televisión. Un sistema de iluminación colgaba del techo. No obstante, al igual que mi barrio y la guardería, el estudio estaba desierto.

Seguidamente, pensé en mi despacho del bufete. Al instante, me vi rodeada por mi escritorio, computadora, expedientes, estanterías, tratados, diplomas y fotos de Bo y Sarah. Luego pensé en la tienda Stan's Delicatessen de la calle Penn y en la casa de mis abuelos por parte de los Bellini en la playa de Rehoboth, seguida por el establo de mis abuelos Cuttler y mi cama en la sala de terapia física en el hospital infantil de Filadelfia, desde donde miraba cómo Bobby Hamilton, a quien le habían amputado ambos brazos, aprendía a anudarse los cordones de los zapatos con un largo gancho de crochet que sostenía en la boca. También volví a la pista de arcilla al fondo de mi escuela secundaria, donde había ganado varias carreras contra oponentes que tenían los dos brazos, causando mi propio asombro y el del escaso público presente. Pasé un rato junto a la barra de Smokey Joe's en la calle 40 cerca de la Universidad de Pennsylvania en Filadelfia, donde a veces bailaba toda la noche con mis amigas cuando estaba en la facultad de derecho. Me arrodillé ante el altar de la vieja iglesia sueca, donde mi mejor amiga, Karen Busfield, que se había hecho ministra episcopal, me preguntó si aceptaba mi compromiso con Boaz Wolfson ante Dios y nos declaró marido y mujer. Lloré en la sala de partos del hospital de Wilmington, donde mi madre me había dado a luz, y también en el hospital memorial de Blair en Huntingdon, donde di a luz a Sarah y las lágrimas de Bo cayeron sobre mis labios.

Cada habitación y espacio de mi pasado fue apareciendo inmediatamente a medida que los imaginaba, como si estuviera cayendo dentro de un pozo excavado por el mismo centro de mi vida.

Volví a pasear por las arenas de la costa de Delaware, a trepar en el henil del establo de mi abuelo, a hacer ejercicios con la máquina Nautilus que me fortalecía el brazo izquierdo para poder hacer el trabajo del derecho. En estas visitas, no solo veía los lugares, sino que experimentaba la realidad con todos sus detalles: la textura correosa y salada de la carne curada de la tienda de Stan, el humo de los cigarrillos y el olor a cerveza rancia del bar Smokey Joe's, la cálida lluvia del día de nuestra boda, los fríos estribos de la cama de la sala de partos. Nana me acompañaba, pero no intervenía. Su fascinación con la forma en que yo había llevado mi vida era casi igual a mi fascinación con la facultad de recrearla. Pero todo ese esfuerzo me dejó agotada y no pasó mucho tiempo antes de que ciertas partes de algunos de los espacios empezaran a entremezclarse con los otros. Las imágenes, las realidades, cuajaban en una sola masa sin sentido que al fin se detuvo bajo su propio peso.

Todo se quedó en blanco. Entonces se llenó de una luz indescriptible que parecía emanar al mismo tiempo de todas partes y de ningún lugar. En medio de esta luz, Nana me extendió la mano con un gesto de amor que sofocó la llama del miedo que casi me había consumido.

—Estás muerta, niña —dijo—. Pero tu vida acaba de empezar.

SEGUNDA PARTE

7

—No estás preparada para lo que presenciarías. Por eso, Brek Abigail Cuttler, debemos limitar lo que verás, y ello solamente es posible porque insististe en ver las cosas a la medida de tus creencias.

Luas dijo estas palabras mientras me ponía una venda de fieltro sobre los ojos en el vestíbulo antes de volver a entrar en la estación de Shemaya. Se parecía a mi padre, al fondo de la iglesia el día de mi boda antes de dar mi mano, irónico y pensativo, al bajar el velo sobre mi rostro, para escoltarme hacia lo desconocido. Llevaba un conjunto de traje gris, con chaleco, camisa y corbata, idéntico al que Bill Gwynne se había puesto para ir a la oficina la última vez que lo vi. El parecido entre Luas y Bill era asombroso; lo más sorprendente es que también se parecía a mis dos abuelos. A veces parecía ser los tres hombres a la vez, pues cambiaba de rasgos físicos como si fuera un holograma. Por mi parte, yo lucía tan lozana y presentable como el día de mis nupcias. Nana se había pasado la mañana ocupándose de mí, como lo haría la madre de una novia, para que mi pelo y maquillaje se vieran perfectos. Pero, en lugar de un vestido de novia, llevaba puesto mi traje negro de seda, del que ella había logrado quitar las manchas de fórmula para bebés y de sangre.

Esta ropa era mi uniforme en Shemaya: las prendas que representaban mi identidad, la prueba de que había vivido y, lo más importante, el símbolo y recordatorio para mí misma de que estaba decidida a regresar a esa vida. No estaba dispuesta en absoluto a aceptar la posibilidad de mi muerte.

Se dice que la primera etapa del duelo es la negación, como mecanismo esencial de supervivencia que protege a los que quedan atrás de la inmensidad de la pérdida que han sufrido, para permitirles seguir adelante. Esto es igualmente válido en lo que respecta al duelo de los muertos por ellos mismos y por quienes han dejado atrás. Nana y Luas querían que lo aceptara, pero yo solo pude hacerles creer que lo aceptaba, mientras dejaba pasar el tiempo hasta que me sintiera curada de la enfermedad que se había apoderado de mi mente.

Dicha estrategia me ayudaba a hacer frente a la situación y mantener la cordura, pues uno puede efectivamente volverse loco aun después de la muerte. Pero esto no me aliviaba en absoluto la desesperante añoranza que sentía por Sarah, que a cada momento me asaltaba y me ponía al borde del abismo, sin importar si yo estaba muerta o viva. *¿Dónde está ella?* Eso me preocupaba todo el tiempo. *¿Quién la cuida?* Bo era un magnífico padre y sabía lo que tenía que hacer, pero no era yo. No se iba a levantar tres veces más en la noche para cubrirla cuando se destapara. No iba a distinguir entre los llantos de hambre, de pañales sucios, de dolor de barriga o de aburrimiento. No se sabía de memoria los números telefónicos del pediatra y del centro de atención por envenenamiento. No leía la información sobre ingredientes y valores nutricionales de todo lo que ella comía ni prestaba atención a los prospectos farmacológicos sobre interacciones entre todos los medicamentos que tomara y sus efectos secundarios. No se iba a dedicar a rebuscar lo mejor en las tiendas de ropa de niña para que se viera como la más adorable de la guardería. Tampoco se tomaría el tiempo, todos los fines de semana, para reflejar en su diario de bebé todos los hitos de su vida y cuán hermosa se estaba poniendo.

Ah, ¡cuánto deseaba abrazarla! ¡Sentir los latidos de su corazón y el subir y bajar de su pecho! ¡Mi preciosa y linda niña de ojos castaños! Mi decisión de verla nuevamente era lo que me mantenía en pie. Haría cualquier cosa por volver junto a mi hija, mi esposo, mi casa y mi vida. No tenía problemas en participar junto a Nana y Luas en la fantasía de que estaba en el cielo, pues en el fondo sabía que era solamente eso —una fantasía, una alucinación— y que pronto estaría con mi esposo y mi hija.

Nana me dijo que me pasaría todo el día con Luas, pero no me dio la menor idea de a dónde íbamos ni qué haríamos. Sería mi primer día lejos de ella desde mi llegada a Shemaya. Mientras me arreglaba el cabello en el espejo de la habitación antes de salir de su casa en Delaware, le pregunté si Luas era mi bisabuelo Frank, a quien nunca conocí.

—No, no —me respondió con su acento italiano, como si le resultara graciosa la sugerencia—. Luas no es tu bisabuelo, querida. Frank ya salió de aquí. Luas es el Jurisconsulto Superior de Shemaya.

—¿Qué quiere decir Jurisconsulto Superior? —le pregunté.

—Es el abogado principal de este lugar.

—Creí que estábamos en el cielo —dije, sin demasiado sarcasmo, al darme cuenta de inmediato de la contradicción y con una sonrisa para mis adentros—. ¿Para qué se necesitan abogados en el paraíso?

Nana pareció sorprendida.

—¡No creerás que Dios permitirá a las almas enfrentar desamparadas el Juicio Final. ¿No? En la Tierra, hasta los asesinos tienen abogados que los representen y los fallos de esos juicios son solamente temporales. Aquí es más delicada la situación, pues se trata de toda la eternidad.

Me quedé sin palabras.

—Luas te lo explicará todo —me aseguró Nana—. Pero te diré un pequeño secreto. Luas necesita tu ayuda. Que no se entere de que te lo dije.

—¿Necesita mi ayuda? —repliqué—. Yo soy quien la necesita.

—Sí, querida —me contestó—, pero al ayudar a Luas te beneficiarás tú misma.

—¿Para qué, exactamente, necesita mi ayuda?

Nana se detuvo un momento y me miró desde el espejo.

—Quiere salir de Shemaya, pero no encuentra la forma de hacerlo. Es lo que les pasa a casi todos. Shemaya no es lo que parece. La verdad es que es todo lo contrario. No olvides eso. Aquí uno puede perderse tan fácilmente como en la Tierra. Solo que aquí es más fácil encontrar el camino de regreso, aunque la gente no lo sabe. Es algo que sucede automáticamente cuando se está listo.

—¿Listo para qué? —le pregunté.

—Listo para salir, querida —respondió Nana.

Me quedé confundida.

—¿No me acabas de decir que Luas quería salir?

—Ah, lo desea mucho —me dijo ella—. Pero no está listo y por eso no puede hacerlo. Solo él lo puede decidir.

—¿Qué tiempo lleva aquí? —le pregunté.

Nana lo pensó un momento.

—Creo que lleva unos dos mil años, querida —me dijo. Sonrió y dejó a un lado el cepillo de pelo—. Vámonos ya, debemos ir a verlo. Él te puede explicar mejor que yo cómo funcionan las cosas en Shemaya. Su labor es entrenar a los nuevos presentadores. Yo solo sirvo para ayudarlos a irse.

LUAS SIGUIÓ DÁNDOME instrucciones en el vestíbulo:

—La estación de trenes está repleta de recién llegados —me dice—. No oirás nada, pero sentirás su roce cuando pasen junto a ti. No intentes acercarte a ellos y bajo ninguna circunstancia te quites la venda de los ojos. La entrada de la sala de audiencias está en el otro extremo de la estación. Iremos directamente hacia allí. ¿Estás lista?

La venda de los ojos estaba bien tensa alrededor de mi cabeza y cada vez me ponía más nerviosa.

—¿Por qué no puedo verlos? —pregunté—. Y, ¿qué quieres decir con 'sala de audiencias'?

—Te lo explicaré después —me dijo, y apretó el nudo de la venda una vez más para asegurarse de que estuviera bien tensa—. Si no caminamos, nos perderemos el juicio. ¿Puedes ver algo?

—No.

—Entonces, estás lista. Sígueme.

Luas me tomó por el codo izquierdo y me instó a seguir adelante, oponiendo su cuerpo rígido al peso de las puertas. Al entrar en la estación, sentí de inmediato una gran multitud de personas agolpadas en un silencio fantasmal. Lo que suponía eran cuerpos empezaron a rozarme las caderas y hombros pero, siguiendo las advertencias de Luas, no hice ningún intento por acercarme a ellos. No obstante, a mitad de camino no pude resistirme a la tentación de ver bajo la venda que me cubría los ojos.

Lo que vi es difícil de describir.

La estación de trenes no estaba colmada de seres corporales, sino de sus recuerdos. Miles de esferas relucientes flotaban en el aire, sobre la estación, como estrellas en un cielo de medianoche. Cada esfera estaba llena de los pensamientos, sensaciones, imágenes y emociones de toda la vida de cada persona allí presente, titilando y moviéndose como descargas eléctricas de vivos colores. Eran recuerdos crudos, no las remembranzas edulcoradas que nos contamos unos a otros mientras tomamos café. Tampoco eran los recuentos más honestos que hacemos en nuestros diarios secretos, sino la vida tal como fue experimentada y recordada por quienes la han vivido. Al mirar una esfera, entraba en contacto directo con los recuerdos que contenía, sin el filtro protector de la mente de otra persona, lo que hacía parecer que los recuerdos eran míos.

De repente, como un actor en un evento de premiación, que ve cortes de escenas de toda su carrera cinematográfica, me vi reviviendo las experiencias de personas que nunca había conocido, pero que de un modo muy real parecían ser yo. En una de ellas, estoy trabajando con una máquina de coser en un taller de sueldos míseros en Saipán, mientras que en otra atravieso la pasarela de un silo de cereales en Kansas City. En una más, estoy recorriendo las calles de Bagdad a toda velocidad en el asiento trasero de un taxi, y luego estoy luchando con el timón de un barco arrastrero en un mar tormentoso cerca de Terranova, o inspeccionando los surcos de un viñedo en Australia, conduciendo un cargador frontal de un pozo de mina en Siberia, cortando con un machete la cabeza de un niño tutsi en Ruanda, o besando a un amante en el cuello en Montreal. Era más que una simple espectadora de estos sucesos. Los dedos se me acalambraron cuando la tela pasó bajo la aguja de la máquina de coser, me sentí asfixiada por las nubes de polvo que ondeaban sobre el trigo seco, mi cuerpo se inclinaba cuando el taxi giraba bruscamente para evitar a los peatones que cruzaban la calle, gritaba órdenes al personal sobre cubierta y podía ver el temor en sus ojos cuando las crestas de las olas barrían la proa, me sentí rociada de sangre cálida mientras arremetía con el machete contra el cuerpo en convulsión, o susurraba muy bajo mientras complacía a mi amante. Los recuerdos de los demás pasaban a través de mí como si estuviera emergiendo de múltiples vidas sumidas en la amnesia, haciéndome sentir confundida y perdida. Incapaz de soportar más, me volví a ajustar la venda sobre los ojos. Luas me guió hasta que por fin salimos de la estación.

—¿Estás bien? —me preguntó mientras las puertas se cerraban tras nosotros.

No pude responder; el cuerpo se me estremeció.

—Aquí —dijo Luas—, te puedes quitar la venda y sentarte.

Nos sentamos en un banco, en un pasillo lejano y vacío de la estación de trenes. Luas apartó el mechón de pelo que me cubría los ojos y sonrió.

—Sabía que mirarías —me dice—. No eres de las que obedece las reglas, ni siquiera cuando te benefician.

Dio una mirada a las puertas por las que habíamos pasado un momento antes.

—Los ves tal como son, Brek Abigail Cuttler. Tienes el don.

Me costaba trabajo entender sus palabras. Era como si me hubiera criado en una isla desierta, sin música, libros, televisión ni mapas y, de repente, haber vislumbrado el mundo. Quería ver más. Lo necesitaba. Me levanté del banco y fui hacia las puertas.

—Aún no —me advirtió Luas—. Es muy pronto. No estás lista.

Puse la mano en el tirador de una de las puertas.

—No, Brek —me dijo Luas con severidad—. Debes hacer exactamente lo que digo o dejarás de ser quien eres. ¿Entiendes?

—¿Quién soy, Luas? —le pregunté, confundida y perdida—. O mejor dicho, ¿quién fui?

Abrí hacia mí la puerta.

Luas me tomó por la manga vacía de la chaqueta de mi traje, con lo que hizo que me volviera hacia él.

—Lo hiciste a propósito —me dijo, refiriéndose a mi manga vacía—. De hecho, fue algo muy atrevido. Después de todo, no hay una chica que no se haya consolado al dormir sabiendo que, si la presionan demasiado, simplemente puede negar a sus padres lo que ellos más atesoran. Los niños actúan de la misma manera peligrosa que lo hacen los adultos con los misiles balísticos pero, a diferencia de estos últimos, la mayoría de aquellos se dan cuenta de lo inútil de tratar de ganar perdiendo. Pero tú no, Brek Cuttler. No, tú entendiste las instrucciones de tu abuelo de mantenerte lejos de la cadena transportadora como una invitación a sacrificar una porción de tu propio cuerpo a cambio del placer de ver el dolor en la cara de tus padres y sentir la pena en sus voces.

Me quedé de una pieza. Era mi más oscuro secreto. Su táctica surtió efecto al momento. Recordé quién era y que mi vida era muy distinta a la de las almas que estaban en el depósito de trenes.

—¿Cómo lo supiste? —le pregunté.

—Ah, sé muchas cosas de ti, Brek Cuttler —respondió Luas.

—Entonces, habrás de saber que se iba a divorciar —dije—, que mi madre era alcohólica y que mi padre la golpeaba y él... Sabrás que cuando me acerqué a la máquina solo pensé en herirme, no en perder el brazo. Lo único que buscaba era que me oyeran. ¿Lo puedes entender? Solo quería que siguieran juntos. ¿Es eso mucho pedir para un niño?

Fulminé a Luas con la mirada como si fuera mi propio padre, pero se quedó callado.

—No tienes derecho a juzgarme —dije—. He sido castigada toda la vida por el pecado de querer mantener a mis padres juntos. Pagué con creces mi delito, si se le puede llamar así a querer una familia. ¿Crees que conoces todos mis secretos? ¿Sabes del dolor fantasma, que te hace sentir molestia en el brazo que ya no tienes? ¿Sabes lo que es no poder abrazar a otro ser humano porque te falta un brazo para corresponderle? ¿Sabes lo que es bañarse, vestirse, comer y dormir con una sola mano, y conoces las burlas de los chicos y la crueldad de los adultos? ¿Sabes sobre lo incómodo de cada nuevo encuentro? ¿Entiendes lo que es tener ropa con mangas inútiles?

—Todo eso fue perdonado hace tiempo —respondió Luas.

—¿Perdonado? ¿De veras? No recuerdo haber perdonado a nadie.

—Por favor, Brek —me dijo—, siéntate.

Dejé la puerta y me senté junto a él en el banco. Había dos esculturas cinceladas en la pared de piedra que estaba al otro lado del banco. Una era de un templo budista en las estribaciones del Tíbet y la otra, de una sinagoga en las cercanías del monte Sinaí. Luas se dio cuenta de que las estaba observando. Parecían fuera de lugar en una estación de trenes.

—¿Has oído hablar del Libro de la Vida y el Libro de la Muerte? —preguntó.

Asentí con la cabeza.

—No existen —dijo él.

Respiré aliviada, pero mi reacción fue prematura.

—Dios no los lleva. Cada uno de nosotros es quien lo lleva. En forma de un registro de cada pensamiento, cada palabra y acontecer de nuestras vidas. De hecho, su conservación es casi perfecta. Lo incompleto es su evocación. Pero esto no es un defecto. Hay razones de peso para reducir las posibilidades. El olvido de sucesos traumáticos nos ayuda a sobrellevarlos, y existe la exquisita necesidad práctica de deshacerse de partes del cúmulo cada vez mayor de experiencias, para no ser consumidos por ellas. Los recuerdos no son la cinta magnética defectuosa que se nos ha hecho creer. Son la grabadora en sí misma, que reproduce las pistas que seleccionamos — y, a veces, las que no. Al ser reproducida en un aparato adecuado y de calidad, la música puede ser escuchada con alta fidelidad y precisión, casi tanto como en el propio momento de su creación.

Aunque eran de piedra sólida, los relieves tallados en las esculturas se metamorfoseaban mientras Luas hablaba, como si fueran animaciones reiterativas de piedra viscosa. Dos tronos elevados, rodeados de montones de pergaminos arrugados reemplazaron al templo y la sinagoga. Al frente de ellos había largas filas de personas desnudas, con las caras borradas en sus cabezas calvas de forma ovoide. Todos, fuesen delgados, gruesos, jóvenes, viejos, hombres, mujeres, altos o pequeños, llevaban un pergamino enrollado, para unos abultado y pesado;

para otros, compacto y ligero. Sobre los tronos se situaban orbes idénticos, parecidos al sol con rayos que emanaban en todas direcciones. Al pie de los tronos se hallaba un alma cubierta con una túnica que recibía el pergamino del siguiente en la fila y parecía ir leyendo en alta voz mientras se desplegaba el rollo. Al llegar al final, lanzaban los manuscritos a los montones y sus portadores desaparecían sin rumbo ni rastro, mientras eran reemplazados por la siguiente fila, con la que se repetía el proceso. Luas se detuvo para observar a la sombría procesión.

—Se te han dado el privilegio y la responsabilidad de hacer que se vuelvan a escuchar las grabaciones de otras almas —me dijo.

—No entiendo.

—Eso es lo que hacemos aquí, Brek —explicó Luas—. Es la razón por la que hemos sido traídos a Shemaya, para leer y diseccionar el registro de la vida e interceder ante el Creador por la imperfección de lo creado, como si el óleo y el lienzo pudieran explicar al artista los defectos de textura y color, o como si las cuerdas y el arco pudieran dar al compositor las claves de las perturbaciones de inflexión y tono. Nuestra misión, Brek, es contar la otra parte de la historia: describir los miedos y arrepentimientos, la complicidad y la victimización, la codicia y el sacrificio. Estamos aquí para que se haga justicia en el Juicio Final.

Las palabras de Luas debían, literalmente, haber sembrado en mí el miedo a Dios, pero, como dije antes, en ese momento aún no había aceptado que estaba muerta. Por el contrario, estaba a la espera de una oportunidad de regresar a la vida que había dejado atrás. No obstante, lo que Luas me dijo era tan raro que mis pensamientos anteriores de fiebre y enfermedad dieron paso a creer en la posibilidad de haber sufrido un terrible accidente que me habría ocasionado una lesión cerebral seria.

Tal vez habrá sido un choque de autos o me habré despeñado al escalar el monte Tussey. O quizás así era el estado de coma. O, puede ser que, cuando Nana me estaba vistiendo antes de entrar a la estación de trenes, ella fuera realmente la enfermera que me preparaba para la operación y Luas, el neurocirujano. Tal vez, la venda de los ojos que me puso era una máscara de oxígeno que me mantenía con vida.

Me refugié en tales esperanzas mientras Luas me explicaba cosas terribles que no podía comprender ni aceptar. Cosas que no podían ser así a menos que, en efecto, estuviera muerta.

—Bien —le dije, siguiéndole la corriente, con miedo a que, si se daba cuenta de que no le creía, pudiera cometer algún error en la operación y matarme o dejarme en estado vegetativo—. Entonces tú eres mi abogado y estás tratando de ayudarme para no ser enviada al infierno por haber puesto la mano en el dispersor de estiércol, ¿no es cierto? ¿Me puedes conseguir un convenio con la fiscalía o algo así? ¿O un crédito por la parte cumplida de la condena?

—Difícilmente —rió Luas—. ¿Por qué Dios prometió no repetir el Diluvio Universal?

En mi rostro se dibujó una expresión de desconcierto.

—Ah, no me digas que no sabes de qué hablo —sacó una pipa y un poco de tabaco del bolsillo de su chaqueta y llenó bien la cazoleta mientras hablaba—. Estoy seguro de que conoces la historia. Las cosas no iban bien luego del fracaso en el Edén. Caín mató a Abel y después uno de sus hijos acabó con la vida de otro chico. Los seres humanos comenzaron a tener relaciones sexuales con los animales y se entregaron a todo tipo de libertinajes. Dios estaba furioso, y con razón. Decidió arrasar con las personas como era justo pero, cuando las aguas comenzaron a bajar, sintió remordimiento. Imagina eso, Brek. Un Dios que se arrepiente de lo que ha hecho. ¿Increíble, no? Entonces, nos hizo una promesa: "No lo haré nunca más". Y trazó los arcoiris entre las nubes como recordatorio de esto. Primero, consideró que la exterminación de la raza humana era la solución final (para usar una frase odiosa), pero tan pronto como puso a la humanidad al borde del precipicio, todo fue perdonado y nuestra supervivencia quedó garantizada, aun cuando volviéramos a nuestros antiguos vicios. ¿Por qué ese cambio de parecer? Por ejemplo, ¿por qué salvó a Noé?

—Imagino que haya sido porque fue el único que le obedeció —le respondí.

Luas se detuvo para encender su pipa.

—Correcto —dijo—. ¿Y si Noé no lo hubiera obedecido?

—Habría sido exterminado junto a los demás.

—Correcto otra vez —asintió Luas entre bocanadas—. Es la justicia Divina. Pero, ¿cómo explicar su segundo cambio de parecer en cuanto al resto de la humanidad? Gracias a ese asombroso cambio de opinión es que al traspasar esas puertas al final del pasillo, en la sala de audiencias, se presentarán argumentos a favor y en contra de muchas almas, para que ocupen un lugar en la Luz o en la Oscuridad. Hoy conocerán sus destinos y se enfrentarán a sus eternidades. Como puedes ver, Brek, todo nacimiento de un ser humano conlleva un crimen en potencia y un juicio pendiente. Lo que se encuentra tras los arcoiris de Dios es la sala de audiencias, y no una olla de oro. Dios nos prometió que los arcoiris garantizarían un lugar para los seres humanos en el mundo terrenal del sol y las nubes, pero no se refirió a los mundos posteriores.

Luas se puso de pie y me hizo un gesto para que lo siguiera por el pasillo.

—Desde luego —continuó, mientras fumaba de la pipa—, aquí no tratamos con bodisatvas o santos, almas sojuzgadas ni demonios. Para ellos las conclusiones y las sentencias son obvias e irrefutables. En la sala de audiencias, lo que nos ocupa es el resto de la humanidad: las personas buenas que a veces se equivocaron, los malos que a veces han hecho el bien, los miles de millones que no fueron capaces de sacrificarlo todo para convertirse en sacerdotes o profetas, pero sí se resistieron a la tentación de ser demonios o semidioses. Aquí no nos hacemos falsas pretensiones. No preguntamos si hubo renunciación en el caso de los hindúes, despertar para los budistas, ajuste de cuentas para los musulmanes, salvación para los cristianos, o expiación de pecados para los judíos. Todas estas no son más que formas de enturbiar la Ley Divina. Durante el Juicio Final, solo hay una pregunta que deben responder todas las almas humanas, que es la misma que se hizo Dios antes del Diluvio Universal: ¿qué es lo que exige la justicia?

Nos detuvimos frente a las puertas.

—Las cuentas que se saldan al traspasar estas puertas son de gran costo, Brek Cuttler —me dijo Luas—. ¿Serías honesta acerca de ti allí? ¿Te condenarías si eso es lo que mereces, dejando a un lado el miedo, y honrarías la verdad? ¿Te pondrías de pie frente al Creador de la energía, el espacio y el tiempo, para salvarte? ¿Traspondrías esas puertas, sabiendo que tu experiencia de la eternidad estará para siempre moldeada por lo que dijiste y lo que no? ¿Podrías explicar lo que, durante toda tu vida, no tuvo explicación?

Comencé a entrar en pánico. No era posible que estuviera concibiendo tales palabras si mi cerebro había sido sacudido dentro del cráneo debido a un accidente de auto o por la caída desde un despeñadero. Y tampoco podía haber inventado los recuerdos que experimenté cuando pasé por el depósito de trenes, pues fueron demasiado vívidos, exóticos y reales. La posibilidad de mi propia muerte se me hacía cada vez más inevitable.

—Entonces, ¿me estás llevando a ser juzgada? —dije, dando un paso atrás—. ¿En verdad iré al infierno por haber metido el brazo en un dispersor de estiércol?

—¿Juzgada? ¿Tú? ¡Por supuesto que no! —respondió Luas, sorprendido de veras—. Te dije que todo eso fue perdonado hace mucho tiempo. Te estoy guiando para que recibas tu recompensa celestial, Brek, no para enviarte al infierno. Siempre tuviste la esperanza de llegar aquí y rezaste por ello. Shemaya ha sido el motivo en que se han basado todas tus decisiones y también ha sido el eje de todas tus interacciones desde el momento en que conociste el sufrimiento de haber perdido tu brazo, no porque ya no podrías descolgarte de las barras trepadoras, golpear la pelota con el bate de *softball* o tocar el violín, sino porque no te parecía justo que millones de otras niñas pudieran hacerlo.

Luas hizo una pausa para medir mi reacción y fumar de su pipa. Mantuve la distancia, convencida de que estaba a punto de ser condenada.

—Un miembro del colegio de abogados, no del clero, te ofreció buscar justicia después del accidente, ¿no fue así? —continuó—. Descubriste muy rápidamente que el sistema legal ofrece la redención que la religión ya no puede permitirse, y que los abogados son los verdaderos sacerdotes y los jueces, los verdaderos profetas. Ansiabas justicia más que cualquier otra cosa en tu vida. Y he aquí que el día en que tu amiga de la infancia, Karen Busfield, te contó que había sido aceptada en un seminario para ser ministra episcopal, te asaltó la desesperación, no la alegría. En ese momento ya estabas estudiando Derecho. ¿Recuerdas cómo te burlaste de ella? Le dijiste: '¿Qué harás cuando una niña con marcas de golpes en su cuerpo te dice que se las hizo su padre? ¿Decirle que rece y se ponga en las manos de Dios? Y, cuando te diga que lleva diez años rezando todas las noches, pero los golpes siguen, ¿qué le dirás entonces? Las manos de Dios no se ocupan de los niños, Karen. Si de verdad quieres rescatar del pecado el alma de las personas, no solo del de odiar a los demás y a sí mismos, sino del de odiar al Dios que les dio la vida para luego abandonarlos, no has de rezar por ellos, Karen. Has de darles una de mis tarjetas de presentación y decirles que me llamen'.

Miré fijamente a Luas, tratando de entender cómo era posible que supiera estas cosas.

—¿Y recuerdas la respuesta de Karen? —Luas continuó—. Te dijo que no la habías dejado terminar. Pensaba enrolarse en la Fuerza Aérea, como su padre, para ser capellana militar. 'La Fuerza Aérea no recurre a abogados cuando alguien los agrede, Brek', te dijo ella. 'Les lanzan bombas. Eso sí es justicia'. A lo que respondiste: 'Nunca te admitirán, Karen. Verán cómo eres'.

Luas dejó de fumar de su pipa.

—Comprendiste la gran verdad de la vida, Brek Cuttler —prosiguió—. Te diste cuenta de que ir tras la justicia es la forma más pura de religión y la aspiración humana más elevada. Te hiciste seguidora de la justicia. Ahora llegó el momento de que recibas tu recompensa. Has sido elegida para formar parte de la élite de abogados de Shemaya y defender a las almas en el Juicio Final. Bromeaba al preguntarte si podrías defenderte por ti misma en la sala de audiencias. Con esto siempre logro llamar la atención de los recién llegados. No, la única pregunta ahora es si podrás traspasar esas puertas si alguien depende de lo que digas o dejes de decir. Si hablas por la humanidad, no por ti misma. Pero esta pregunta fue respondida, en cuanto a ti, hace mucho tiempo, ¿no es así? Mi labor no es evaluar tu aptitud, sino mostrarte el camino.

Luas vació su pipa en un cenicero en la pared, luego deslizó la mano en el bolsillo de su chaleco y extrajo una llave dorada de la que colgaban una reluciente Estrella de David, la media luna del islamismo, imágenes de Shiva y Buda, el yin y el yang, y un crucifijo.

—Es para ti —me dijo extendiéndome la llave—. Es de la sala de audiencias.

No quise tomarla.

—Vamos —insistió Luas—. No es momento de miedo e indecisión—. Has esperado que Dios destruya a los malos y recompense a los buenos desde que tenías once años y llevaste a juicio a aquellos chicos por matar cangrejos de río. ¡Maravilloso! ¡Para ti, hasta los cangrejos merecían justicia! ¡Regocíjate, Brek Abigail Cuttler! ¡Tus oraciones hallaron respuesta! ¡Existe la justicia después de todo! ¡Alabado sea Dios, justicia, al fin!

8

Detrás de la casa de mi mejor amiga, Karen Busfield, más allá del montón de cenizas que quedaron de los hornos de carbón y un pequeño edificio abandonado, refulgían plácidamente las aguas del ancho arroyo conocido como río Juniata Menor. Corre en dirección norte desde los montes Allegheny, alimentándose de los riachuelos y arroyuelos que traen vida a colinas y valles. Hace un giro hacia el sur cuando llega a Tyrone, Pennsylvania, de donde es la familia de mi padre, los Cuttlers, que eran simples granjeros. Cuando el Juniata Menor llega a Huntingdon, se une con el río Juniata Mayor, que se convierte en una gran vía fluvial solamente cada veinte años, durante algún huracán, mientras que el resto del tiempo es un río normal, ni ancho, ni profundo, ni rápido. El Juniata Mayor sigue hacia el sur hasta que confluye con el río Susquehanna en Clarks Ferry, cerca de Harrisburg, y el Susquehanna, que sí es grande todo el año, prosigue hacia el sur hasta que llega a Havre de Grace, Maryland. Allí desemboca en la bahía de Chesapeake, donde hay una marina en la que la familia de mi madre, los Bellini, que tenían más fortuna y mejor educación que los Cuttlers, mantenían su velero. De este modo es que estaban conectadas mis familias paterna y materna, a través de los ríos, mucho antes de que mis padres se conocieran. Recuerdo que me quedé de una pieza al haber descubierto esta relación en el mapa, como si de pronto reconociera la forma de un conejo en un dibujo de puntos. Me preguntaba cuál sería su significado y, como un astrólogo que busca señales en el cielo, comencé a observar todo tipo de mapas para descubrir señales de lo que el futuro me depararía. Después de eso, cuando vadeaba el Juniata Menor o navegaba por la bahía de Chesapeake junto a mis abuelos, no podía dejar de pensar de dónde venían y dónde iban las aguas, y las vidas de qué personas unirían.

A mediados del verano el Juniata Menor es poco profundo, con un fondo de piedra caliza, resbalosa debido al musgo que la cubre. Karen y yo podíamos caminar millas y millas en sus aguas claras hasta la altura de las rodillas, vistiendo shorts recortados y zapatillas deportivas viejas, tropezando, deslizándonos, empapándonos y riendo de felicidad. Llevábamos nuestros almuerzos y comíamos en sus orillas; nos hacíamos pasar por exploradores precursores que trazaban el mapa del río por primera vez. Las tribus aborígenes que encontrábamos, es decir, los chicos de los barrios colindantes al río, seguían nuestros movimientos con cautela, como si en verdad viniéramos de una tierra lejana.

Las chicas nunca jugaban en el río, pero Karen y yo no éramos como las demás, no porque fuéramos más marimachas u osadas, sino porque veíamos el mundo de manera diferente. Por ejemplo, veíamos al río como algo interesante y lleno de posibilidades, lo que no era así para la mayoría de las chicas. Además, creíamos que teníamos igual derecho que los chicos a jugar allí, mientras que las demás no lo veían así. La diferencia entre ellas y nosotras era cuestión de curiosidad y perspectiva.

Una tarde calurosa de julio, mientras Karen y yo explorábamos el río, sorprendimos a los chicos, y a nosotras mismas, cuando logramos atrapar cangrejos de río con las manos. Esto no era nada fácil para una chica como yo, con un solo brazo. Los cangrejos del Juniata Menor, igual que las chicas discapacitadas, son criaturas pequeñas y tímidas, que parecen conocer su vulnerabilidad y estar avergonzados de sus extraños cuerpos. Hay que acercarse a ellos por detrás, sin proyectar sombra, mientras se asolean en las aguas bajas, sobre las verdes rocas musgosas con las que intentan mimetizarse. Se mueven inmediatamente cuando se asustan, desvaneciéndose en una nube de sedimentos en la hendidura más cercana. Hay que ser rápido y tomarlos por el caparazón para evitar sus agudas pinzas, como cuando se agarra a un gato rebelde por la nuca. Al tomarlos en esta forma, quedan totalmente indefensos. Pero, si se comete un error, dan un doloroso picotazo y hay que volver a tirarlos al agua.

Esa tarde, Karen y yo ondeamos con orgullo en el aire nuestros cangrejos de río, lanzando vítores y vociferando con el entusiasmo de los biólogos al descubrir una nueva especie. Los examinamos de cerca y nos fijamos en que sus colas se recogían como una pelota para proteger sus suaves vientres, mientras que sus pinzas procuraban alcanzar nuestros dedos y picarnos. Acariciamos sus antenas y tocamos sus carapachos con las puntas de las uñas. Finalmente, los devolvimos al río, preocupadas de que no pudieran sobrevivir si los manteníamos fuera del agua demasiado tiempo.

No hay mucho más que se pueda hacer con un cangrejo de río. Se le puede agitar en la cara a un chico para que haga una mueca, pero esto solo dará resultado una vez y, para el cangrejo, las consecuencias son nefastas. Cuando los chicos se dieron cuenta de que manipular los repugnantes bichos no era tan terrible, se lanzaron con furia al río y se desató una fuerte competencia. Rápidamente, llenaron baldes de cangrejos y empezaron a contabilizar los récords de quiénes capturaban la mayor cantidad y los más grandes. Es ahí donde las mentalidades de los chicos y las chicas se desvían en rumbos opuestos. Karen y yo nos conformamos con observar a los cangrejos por uno o dos minutos y luego dejarlos en libertad. En cambio, los chicos no quedaron satisfechos hasta haber torturado y matado a la mayoría de ellos. Sus baldes eran como mataderos.

Karen y yo estábamos horrorizadas. Les suplicamos a los chicos concluir la competencia y dejar ir a los cangrejos. Tratamos de quitarles los baldes, pero los chicos eran muy fuertes. Les tiramos piedras y los insultamos. Hasta los amenazamos con besarlos si no dejaban de hacerlo — pero no nos sirvió de nada.

Aunque no pudimos liberar a los cangrejos, estaba decidida a hacer justicia por los crímenes cometidos con ellos. Así que dispuse una especie de tribunal con piedras y troncos en la orilla y comencé los juicios. Sabía exactamente cómo hacerlo. Mi abuelito Bellini era abogado, y yo lo había visto, valiente y honrado, interrogar a los testigos. Yo misma había prestado testimonio ante un tribunal por el accidente en que perdí el brazo. Me autodesigné como fiscal y le dije a Karen que ella podía ser juez y jurado. Para mi sorpresa y consternación, ella nos traicionó a mí y a los cangrejos, pues se negó a participar. Alegó que castigar a los chicos no serviría de nada. Pensé que lo decía porque le gustaba alguno de ellos, probablemente Lenny Basilio, que a cada rato la buscaba para mostrarle sus cangrejos. Hasta los chicos dudaron de las razones de Karen. Pero, en su favor, hay que decir que sabían que habían actuado mal. Ya estaban aburridos de la matanza y pensaron que tal vez los juicios serían entretenidos.

Como Karen no quería ayudar, los chicos se ofrecieron a ser jurados para los demás, con la promesa de oír con imparcialidad la evidencia y emitir un veredicto justo. Yo no estaba a favor de esto, pero Karen, disfrutando de su papel de aguafiestas, me recordó que se supone que un jurado debe estar compuesto por iguales de los defendidos. No me dejó otra opción que aceptarlo. Yo sería tanto fiscal como juez y Karen se sentaría y observaría.

Al primero que juzgué fue a Lenny Basilio, para fastidiar a Karen. Era el más débil y sensible del grupo, el que siempre era llevado y traído. Además, era el más amable. Al principio, tuvo miedo de atrapar los cangrejos y los demás tuvieron que burlarse de él para que se sintiera empujado a hacerlo. No obstante, una vez que comenzó, se volvió muy eficiente y capturó el cangrejo más grande del día: uno grande y viejo que parecía un abuelo sabio, del tamaño de un bebé de langosta. Aunque era, con mucho, el mayor y más fuerte ejemplar en su colección, era demasiado pesado y lento para defenderse frente a los más jóvenes, por lo que se convirtió en la primera víctima en el balde de Lenny. El chico sintió remordimiento al ver morir al gran cangrejo de río. Yo sabía que sería fácil declalarlo culpable por la matanza.

Lo llamé al banquillo de los testigos —un pedazo de roca plana del río que descansaba sobre una plataforma de ramas— y le indiqué que levantara la mano derecha. No reconocimos ningún derecho contra la autoincriminación en las riberas del Juniata Menor. Todos los acusados estaban obligados a testificar.

—Lenny Basilio, ¿juras decir toda la verdad, y si no, que te ayude Dios? —dije.

Lenny se encogió de hombros y se sentó. Puse su balde delante de él, lleno de pedazos apestosos de cangrejos.

—¿Pusiste estos cangrejos en el balde?

Lenny lo miró y luego a sus compañeros.

—Recuerda que estás bajo juramento, Lenny —le advertí—. Te caerá un rayo si mientes.

Empezó a gemir.

—¡Pero el cangrejo me picó primero!

—¿Sí o no? —repliqué—. ¿Llenaste el balde de cangrejos?

—Sí.

—Así fue. Y después que lo llenaste, lo removiste para que los cangrejos se atacaran entre sí, ¿cierto?

Antes de que Lenny pudiera responder, rebusqué en el fondo del agua y saqué al cangrejo abuelo sin vida, que ya se había puesto blanco por el calor, como un camarón al vapor. Su tenaza derecha había quedado amputada, igual que mi brazo derecho. Mostré el cangrejo al jurado y les hice mirarlo bien. Aunque algunos de ellos se sonrieron disimuladamente e hicieron chistes de mal gusto, mayormente, la expresión de sus caras daba a entender que hasta ellos estaban horrorizados y entristecidos por lo sucedido. Entonces, se lo mostré desafiante a Karen y ella sacudió la cabeza en silencio. Volví a concentrarme en Lenny.

—¿Lo hiciste, verdad, Lenny Basilio? —dije—. Lo mataste. Lo sacaste del río, lo pusiste en el balde y lo mataste.

—Pero no fue mi intención —dijo Lenny en tono suplicante.

Parecía que iba a romper a llorar. Dejé caer el cangrejo en el balde y torné mi mirada hacia el jurado con indignación.

—La fiscalía ha terminado.

—¡Culpable, culpable! —exclamaron los chicos a coro.

—Un momento —dije sabiamente—. Hay que votar para que sea oficial. Hay que hacer un sondeo. ¿Qué dice usted, John Gaines?

Me dirigí a él como lo hizo el alguacil de la sala de audiencias cuando se dirigió al jurado en mi juicio. John Gaines fulminó con la mirada a Lenny.

—Culpable —dijo, inclinándose hacia adelante y mostrando los dientes para impresionar—. Culpable sin duda.

—Mike Kelly, ¿qué dice usted?

—¡Culpable! —respondió con entusiasmo.

—Bien —dije—. ¿Y usted, Robby Temin, qué dice?

Miró compasivamente a Lenny.

—Culpable —murmuró.

—¿Jimmy Reece?

Este le lanzó una piedra a Lenny y se echó a reír.

—Culpable... ¡y además es un llorón!

Todos los chicos rieron.

Me deslicé detrás del banco del juez y golpeé una piedra contra la roca del río.

—¡Orden en la sala! —grité—. ¡Orden en la sala!

Los chicos hicieron silencio al instante. Me impresionó el poder que había descubierto.

—¿Qué dice usted, Wally Miller?

Wally me miró con insolencia y malicia. Era el chico más grande y rudo, el bravucón del Juniata. Todos le temían, incluso yo. Siempre tenía un aire malévolo y se había ganado la reputación de comportarse como casi todo un delincuente.

—Inocente —dijo, con la mirada fija en mí.

Me quedé boquiabierta. Antes de que pudiera protestar, los otros chicos intervinieron:

—¿Cómo que inocente? ¡Qué va! ¡Es tan culpable como el demonio!

Wally levantó su mano y los hizo callarse.

—He dicho que es inocente —insistió.

A Lenny Basilio se le iluminó el rostro. Milagrosamente, Wally el bravucón había salido a su rescate. Seguro que era la primera vez en su vida que hacía algo así. Lenny casi se lanzó hacia Wally, con una cálida sonrisa de gratitud y amistad. Pero, en cuanto se le acercó, Wally alzó el brazo y le dio un golpe fuerte en el pecho con la base de la mano, que lo derribó al suelo. Dijo con socarronería al resto de los chicos:

—Era una broma —dijo—. ¡Culpable! ¡Es culpable como el infierno! ¡A la horca!

Los chicos estallaron en aprobación.

—¡Culpable! ¡Culpable como el infierno! ¡A la horca con él!

Rápidamente, Lenny se incorporó como pudo y retrocedió. Tenía una expresión de lástima y terror. Estaba anegado en lágrimas. Golpeé una piedra sobre la otra.

—¡Orden, orden! —clamé—. ¡Orden, o los declaro en desacato y se acaba este juicio ahora mismo!

Los chicos se callaron y entonces me dirigí a Lenny. Me miró con desesperación, pero no sentí ninguna compasión por él. Todavía tenía en la mente lo que le había hecho a los cangrejos de río.

—Lenny Basilio —dije solemnemente—, se le declara culpable de asesinar cangrejos.

Lenny bajó la cabeza.

—El homicidio es el delito más grave —continué—, pero no

podemos llevarte a la horca, porque en el Juniata no existe la pena de muerte.

Lenny se animó, pero los chicos comenzaron a abuchear y silbar. Volví a golpear las rocas.

—¡Orden!

—No podemos colgarte —dije—, pero hay que imponerte un castigo...

Pensé por un momento cuál podría ser la sanción. Miré hacia el balde y luego hacia el río.

—Sacaste a los cangrejos del río donde vivían y los pusiste en la tierra, donde murieron. La justicia establece 'ojo por ojo y diente por diente'. Lenny Basilio, como jueza de este tribunal, te sentencio a sacarte de la tierra donde vives y pasar el resto de tu vida en el río.

—¡Lancemos a Lenny al río! ¡Lancemos a Lenny al río! —clamaban los chicos.

Lenny intentó correr, pero lo atraparon y lo arrastraron al río entre patadas y gritos. Luchó por un rato pero, por fin, se dio por vencido. Luego de remojarlo varias veces, los chicos regresaron a la orilla y dejaron a Lenny de pie en medio del río, con un aspecto lastimoso, empapado de pies a cabeza, como un sentenciado tras las rejas. Yo estaba jubilosa. Se había hecho justicia. Con solo once años, había ganado mi primer juicio y la primera batalla entre el bien y el mal. Me había sumado a las filas del Sr. Gwynne y de mi abuelito Bellini, de directores de escuela y agentes del orden, de soldados y super-héroes. Era la mejor sensación que jamás había sentido en la vida; un momento glorioso. Lancé una sonrisa con aire de suficiencia a Karen, que observaba todo sin decir palabra.

—Bien, ¿quién es el próximo? —dije, examinando a cada

chico antes de plantarme frente a Wally Miller, el bravucón. Estaba ansiosa por declararlo culpable y hacer que lo echaran al río.

—Wally Miller —exclamé—, te acuso de secuestrar y matar a los cangrejos. ¿Cómo te declaras, culpable o inocente?

Wally se me acercó pavoneándose.

—Culpable —se mofó—. ¿Qué me vas a hacer?

Me volví hacia los demás chicos en busca de apoyo, pero se habían quedado helados. Ninguno iba a desafiar a Wally Miller. No dije una palabra.

Se echó a reír.

—Es lo que pensé —dijo—. No eres más que un bicho raro con un solo brazo.

Se adelantó hacia mí y me empujó con las dos manos para derribarme al suelo. Luego se volvió hacia sus compañeros y, juntos, se rieron de mí.

No iba a dejar que se fuera así como así. Enseguida me puse de pie y arremetí contra él. Los demás trataron de alertarlo, pero justo en el momento que se volvió hacia mí, blandí mi puño y le propiné un golpe en plena boca. Cayó de rodillas. Le comenzó a brotar un hilo de sangre de una herida en el labio superior.

Wally estaba atolondrado, al igual que yo. Los chicos también se quedaron pasmados... y aterrados. Habían presenciado cómo una niña manca fustigaba al bravucón del Juniata. Sabían lo que les esperaba cuando Wally tratara de recuperar su reputación. Poco a poco, fueron desapareciendo entre los árboles de donde habían salido. Wally se levantó lentamente, se limpió la boca, y miró la mancha roja en su mano.

—Pagarás por esto, Cuttler —dijo.

Desafiante, me quedé en el lugar, con el puño apretado. Él se dio cuenta de que no debía seguir luchando conmigo y se alejó.

Quedábamos Karen, Lenny y yo. Al parecer, creyendo que la derrota de Wally lo exoneraba de alguna manera, Lenny empezó a salir del río, pero lo detuve.

—Regresa al agua, Lenny Basilio —le advertí—. Tu sentencia es vitalicia.

Retrocedió obedientemente. Había presenciado lo que le había hecho a Wally y no iba a desafiarme.

Me senté junto a Karen sobre un tronco. Me dolían los nudillos por el golpe que había propinado a Wally en los dientes. No nos dijimos una palabra. Lo que había sucedido era demasiado traumático. Mirábamos hacia el río y a Lenny.

Pasados unos cinco minutos, Lenny se aburría y empezaba a ponerse inquieto. Comenzó a lanzar piedras rozando sobre el agua y a chapotear y salpicar ociosamente. Cuando se cansó de esto, empezó a caminar muy lentamente río abajo, con la esperanza de que yo no me diera cuenta, pero le ordené que regresara. Me obedeció, pero luego volvió a dar la vuelta y lo intentó nuevamente. Pronto esto se convirtió en una especie de juego. Cuando por cuarta vez le ordené que regresara, se lanzó a correr. Por desgracia para él, resbaló sobre el fango de la orilla y se hizo un tajo en una rodilla. Lo alcancé y lo hice volver al agua tomándolo de la muñeca. Trató de liberarse, pero lo tenía bien agarrado. Lo sostuve en el lugar hasta que dejó de retorcerse.

—¿Hasta cuándo lo dejarás en el río? —me preguntó Karen desde la orilla.

—Toda la vida —le dije, asiéndolo con más fuerza—. Tiene que pagar por su delito. Los cangrejos merecen justicia.

—Entonces tú también tendrás que estar ahí toda la vida —respondió Karen—. Siempre intentará huir.

Karen tenía razón, desde luego, pero yo estaba decidida a que Lenny cumpliera su sentencia. Tomé mi cinturón de tela, con una hebilla que se deslizaba. Miré en derredor en busca de algo a donde atarlo, pero no había ramas de árboles lo suficientemente cercanas al agua. Entonces se me ocurrió una idea. Me quité el cinturón, até el brazo de Lenny con el mío, y lo apreté bien con los dientes. Quedamos atados el uno al otro, el prisionero y su celadora. No podría escapar. Mientras yo estuviera en el río, él también tendría que mantenerse allí. Miré orgullosamente hacia Karen, pero ella sacudió la cabeza, como si le resultara gracioso.

Lenny y yo nos quedamos de pie en el agua. A cada rato luchaba por liberarse, pero de nada le servía. Cuando gimoteaba o protestaba, lo mandaba a callar. Cuando salpicaba agua o me hacía tropezar, le daba un codazo. No recibiría mayor piedad que la que tuvo para los cangrejos. Esto duró como media hora, aunque parecía que había sido toda la tarde. Estaba anocheciendo. A esas horas, ya debíamos tomar el camino de regreso a casa. Finalmente, Karen se levantó y dijo que se iba.

—Espera —dije—. No puedes irte. Tienes que quedarte a acompañarme.

—No, gracias —replicó ella—, remontando la orilla.

—Pero tienes que hacerlo —dije, furiosa. Karen me había traicionado durante el juicio y ahora lo hacía de nuevo.

—No, no tengo por qué quedarme —me respondió—. No les hice nada a los cangrejos y no fue idea mía dejar a Lenny en el río. Me voy.

—Entonces, ¿qué quieres que haga? —dije—. ¿Quedarme aquí sola toda la noche con Lenny?

El pobre chico se veía apesadumbrado.

—Supongo —respondió Karen—. Si lo que quieres es que se quede en el río toda la vida. ¡Que lo pasen bien!

Comenzó a alejarse.

—Espera —le supliqué—. ¿Qué otra cosa podía hacer? No tengo otra opción. Los cangrejos merecen justicia.

Se detuvo y me miró con incredulidad. Mi imagen debió ser tan patética y lamentable como la de Lenny. Regresó hacia nosotros vadeando el agua. Se veía casi angelical, su cara brillaba con el resplandor del sol de la tarde, sus ojos azules parecían lanzar destellos al reflejar la corriente. Al llegar junto a nosotros, tiró del cinturón que nos ataba a Lenny a mí.

—Brek, no puedes devolver la vida a los cangrejos —dijo con ternura—. Pero puedes liberarte tú. Ya no se trata de Lenny, sino de ti. ¿Cuánto más te quedarás en el agua?

9

Tomé la llave dorada que Luas me había dado y la inserté en la cerradura de las enormes puertas de madera de la sala de audiencias. De pronto, tanto las puertas como el depósito de trenes desaparecieron, y me quedé de pie junto a Luas en un inmenso espacio, delimitado solamente por energía. Las paredes eran traslúcidas y eléctricas y, si se le pudiera adjudicar algún color, relucían como el agua en una licorera de cristal sobre una bandeja de plata esterlina. Era un salón diferente a los demás, donde confluían el tiempo y el espacio. Era un salón en la eternidad.

Al otro lado de la sala de audiencias, la energía se condensaba en un monolito triangular de varios pisos de altura, que parecía ser la expresión inversa de una ecuación de Einstein. La piedra era oscura y luminiscente a la vez, al parecer del zafiro más puro, con una abertura triangular cerca de la parte superior, a través de la cual la luz penetraba pero no salía, con lo que no se podía ver nada hacia el interior. Un semicírculo de pálida luz ambarina irradiaba hacia afuera desde la base del monolito en un ancho arco, y esa luz formaba el propio piso. En el centro había simplemente una silla de madera, absurdamente fuera de proporción en cuanto a sustancia y dimensiones. Detrás de ella, pero más allá del círculo de luz y exactamente por el lado contrario del monolito, había otras tres sillas. Luas me indicó que me dirigiera hacia ellas e insistió en que tomara la del centro. Se sentó en la de la izquierda y se colocó las manos sobre las rodillas, cerró los ojos y me dijo:

—Toby Bowles presentará el caso de Gerard, su padre.

Un momento después, llegó otra persona y se quedó de pie en el mismo punto donde habíamos estado nosotros. Llevaba una llave dorada como la mía y la estaba haciendo girar. No era más que un niño, de unos ocho o nueve años. Tenía la piel oscura y sus rasgos eran como mediorientales, con tiernos ojos color marrón que parecían haber visto y entendido demasiadas cosas para su edad. Llevaba el pelo largo y despeinado. Estaba cubierto desde los hombros hasta el piso por una túnica de color crema. Luas se levantó al verlo, como desencantado.

—Ah, eres tú, Haissem —le dijo, frunciendo el ceño—. Esperábamos al Sr. Bowles... Y bien, aquí estamos. Te presento a Brek Cuttler, la nueva abogada de mi equipo. Brek, este es Hasseim, el presentador de más antigüedad en Shemaya. Por cierto, la llegada de Brek nos viene como anillo al dedo. Acabamos de perder a Jared Schrieberg y ahora, a juzgar por tu aspecto, también al Sr. Bowles.

Me quedé pensando... *¿Jared Schrieberg?* Qué raro. Ese era el nombre del abuelo de Bo. Haissem extendió su mano izquierda para saludarme: un gesto sutil, teniendo en cuenta que la mayoría de las personas, instintivamente, buscaban mi mano derecha y se quedaban apenados al encontrar una manga vacía.

—Bienvenida a la sala de audiencias, Brek —me dijo con una cortés reverencia, con voz aguda de preadolescente—. Recuerdo cuando estuve sentado aquí para ver la primera presentación que se hizo ante mí. Abel presentaba el difícil caso de su hermano, Caín. Pero eso fue mucho antes de tu época, Luas.

—Bastante antes —asintió este.

—No ha habido mayores cambios desde entonces —suspiró Haissem—. Luas va sacando los expedientes, aunque los casos siguen en aumento. Tenemos la fortuna de que estés aquí, Brek, y tú la de que alguien como Luas sea tu mentor. No hay en toda Shemaya mejor presentador que él.

—A excepción de ti —observó Luas.

—De ninguna manera —respondió Haissem—. Solamente me ocupo de los casos fáciles.

—Pocos considerarían que Sócrates y Judas fueron casos fáciles —replicó Luas—. Yo solo soy un asistente.

Haissem me hizo un guiño.

—No dejes que te engañe —dijo—. Sin Luas, este lugar no existiría.

—Un momento —dije azorada—. ¿Abel y Caín? ¿Sócrates y Judas? ¿De qué hablan? ¿Cuál es la broma?

Luas me miró impaciente.

—¿Crees que sus casos estaban claros y exentos de dudas? —alegó.

—Este... supongo que no... —dije—. En realidad no tengo idea; lo que pensé es que no es posible que ustedes... Bien, ¿qué les pasó entonces? ¿Cuál fue el veredicto?

Haissem le dio una palmada a Luas en la espalda.

—Debo ocuparme de mi comparecencia y prepararme —dijo—. Confío en que le expliques todo.

Haissem me tomó nuevamente por la mano izquierda y, por un instante, sus ojos parecieron enfocarse en algo dentro de mí que me trascendía por completo.

—Nos volveremos a encontrar, Brek —me dijo—. Estoy seguro de que te irá bien aquí.

Fue hacia la silla, en el centro de la sala de audiencias y Luas nos indicó que ocupáramos nuestros puestos.

—Solo presentaremos los hechos —me susurró al sentarnos. Nuestra misión aquí no es la de dar veredictos.

—Pero si se tratara de un juicio real, debería saber...

—Nada —me interrumpió Luas—. No sabemos nada de los resultados. El Juez nunca habla. Desde luego, podemos especular. Hay situaciones en las que un presentador siente que el resultado debería inclinarse más en una dirección que en otra, pero ello está prohibido estrictamente. Cuando un presentador intenta modificar la eternidad, las consecuencias permanecen para siempre. No debemos tratar de influir en el resultado.

Lo miré, tratando de ver el fondo y el trasfondo de sus palabras, aún sin dar crédito a lo que experimentaba, aferrándome a la vida de antes, buscando explicaciones sobre lo que sucedía. Nada tenía sentido.

—¿La operación no está yendo bien, doctor? —dije—. Me estoy poniendo peor. Estoy delirando cada vez más.

—No tiene sentido lo que dices —replicó Luas—. Mira, Haissem ha tomado asiento. Verás las cosas con mayor claridad después que haya presentado su caso.

Haissem se sentó en el centro de la sala, en igual posición a la de Luas, con las manos en las rodillas y los ojos cerrados, a la espera. Yo mantuve los ojos abiertos, observando. De pronto, un fuerte temblor sacudió el monolito triangular y provocó ondulaciones en su superficie lisa. Desde el centro de la piedra, de su núcleo sólido, salió un ser parecido a la escultura animada del vestíbulo, con forma y tamaño humano pero sin cabello, cara ni rasgos, vestido con una sotana gris carbón. Haissem permaneció en su posición y el ser se mantuvo de pie por un momento ante él, hasta que regresó a la oscuridad sin emitir sonido. Cuando cesó el temblor, Haissem se levantó de la silla y, exactamente en el centro de la sala, levantó los brazos a los lados en un amplio arco. La energía de las paredes y el piso palpitó violentamente y se volcó hacia él desde todas partes, como si comprimiera el espacio que lo rodeaba, como una estrella en implosión. La onda de choque estremeció el cuerpo de Haissem, evaporándolo al instante, dejando atrás en el vacío solo su voz, que detonaba como una gran explosión cósmica:

—LES PRESENTO A TOBY WILLIAM BOWLES... ¡HA ELEGIDO!

La sala de audiencias se oscureció. No había luz, sonido, ni movimiento. Entonces, la propia sala desapareció.

Lo que sucedió después me estremeció hasta el tuétano. No me había fusionado simplemente con los recuerdos de Toby Bowles mientras presenciaba el juicio de su alma, sino que me había convertido en él. Reviví su existencia exactamente como había sido. Al igual que cuando caminaba entre las almas en el depósito de trenes, Brek Cuttler dejó de existir de momento.

ME VEO EN un camino de tierra en un campamento de la Segunda Guerra Mundial. Siento el cuerpo pesado y estoy can-

sada y ansiosa. Siento la cara gruesa y áspera, cubierta de barba
y mugre. Siento en la boca un sabor raro, como el de un primer
beso. Mis brazos, que ahora son dos, son fuertes pero están
separados, como si estuviera operando una maquinaria. Siento
una agresividad que nunca antes había experimentado, una
cautela intensificada de mi entorno y las demás personas.
Mis pensamientos y mis reacciones se han acelerado y son más
analíticos; mis emociones y capacidad de apreciar las sutilezas
son escasas y poco usadas. Mi cuerpo emite muchos olores,
unos agradables y otros no. Me duele la cabeza por la resaca.

Visto un mugriento uniforme verde del ejército y botas negras nuevas. Es mi segundo par de botas en el mes: este detalle
lo conozco implícitamente sin saber cómo. También sé que
puedo disponer de cuantas botas quiera, ya que tengo a mi alcance tantas como para calzar a dos ejércitos. Son botas buenas, lustrosas, negras y cálidas, pero aquí en Saverna no se
pueden mantener limpias. Otra cosa que conozco es la ubicación del campamento. El polvo mata el brillo de las botas tan
pronto me las pongo, y aquí no hay más que polvo, que ensom-
brece al sol y atenúa los colores. Todo tiene un color marrón
como el polvo: la ropa, las tiendas de campaña, las planillas
originalmente blancas. En Saverna, hasta la comida sabe a marrón, el agua deja las cosas de ese color, las estrellas titilan en
marrón, el aire huele a marrón. Cuando los muertos llegan a la
morgue, su sangre es parda sobre un piso pardo, cenizas sobre
cenizas, marrón sobre marrón. Incluso sueño en ese color. Lo
único que no tiene ese tono en Saverna es la codicia, que tiñe
los ojos y las yemas de los dedos con un vibrante y reluciente
tono verdoso.

Al cruzar el camino de tierra, me debato mentalmente en
cuanto a si lanzarle al jefe de suministros médicos una oferta

por lo bajo o una oferta normal, y hacerle pensar que le hago un favor al vender su provisiones extra en el mercado negro. Pero, cuando llego al medio del camino de tierra, alguien grita:

—¡Toby! ¡Cuidado!

Con el rabo del ojo, veo un camión verde olivo del ejército que se me viene encima a una velocidad vertiginosa, levantando una polvareda marrón en el aire. Por un momento, el polvo parece sorprendido, como si alguien lo hubiera despertado de una siesta. Me aparto del camino, haciendo una pirueta con mis nuevas botas negras, y le agradezco a Davidson con una palmada en el hombro por haberme prevenido.

—Debes tener más cuidado, Toby —me dice—. Un día lograrás que te maten.

—¿Matarme, a mí? De ninguna manera —le respondo—. Por lo menos no me matará un maldito camión. Tendrá que ser una doncella francesa.

Davidson cuida la entrada a una tienda de campaña marrón que una vez fue de color verde olivo. El polvo levantado del camino de tierra se amontona contra el lienzo, recreando en miniatura la forma en que la nieve cae y se acumula en los pasos de montaña que hay hacia el sur y que hacen los Alpes impenetrables en esta época del año. El invierno adelantado trae vientos cortantes y helados desde los picos hasta los valles de Francia, lo que representa un golpe mortal para los heridos y enfermos del campo de batalla y los hospitales de campaña, los pueblos y ciudades. Un montañista con suficiente buena suerte como para alcanzar las cumbres de los Alpes vería guerra en todas direcciones al mirar hacia el horizonte.

La tienda de campaña se mantiene cálida gracias a una estufa de leña bien abastecida y aislada con cajas de suministros médicos, apiladas desde el suelo hasta el techo con cruces rojas polvorientas pintadas a los lados. Cada caja tiene un valor de doscientos dólares en el mercado negro francés, con lo que la tienda de campaña es un potosí. Las cajas forman un pasillo hasta un escritorio que hay en el centro. Un farol de queroseno colgado de un poste de la tienda de campaña emite una tenue filigrana de luz. Detrás del escritorio está sentado un hombre negro, delgado, con apariencia de poder. En el lado izquierdo de la ropa lleva el nombre Collins y en su hombro lucen las insignias de un cabo. Tenemos el mismo rango. Collins aplasta el cigarrillo que estaba fumando y enciende otro sin ofrecerme uno a mí.

—Andan diciendo que Patton va a cruzar el Rin cerca de Ludwigshafen —digo—. Se van a trasladar dos divisiones desde el sur de Italia para unirse a ellos. El precio de las botas y los guantes se ha triplicado.

Collins contrae las comisuras de los labios.

—¿Dónde están? —pregunta.

—Protegiéndose del frío en un castillo.

—¡No juegues conmigo, Bowles! —me dice—. Ahora no tengo tiempo para eso.

Mi estómago es un caldo ácido de sofrito y café que me sube casi hasta la garganta. *Por fin me tocará una parte de la acción,* me digo. Justo una parte de lo que todos los demás ya tienen. *No vine aquí porque quería. Mejor me hubiera quedado en casa a trabajar con los carros. Eso era lo que siempre deseé. Tengo derecho a un poco de comodidad y me molesta que un negro de Kentucky tenga más que yo.* Me asignaron a la intendencia después que exageré los síntomas de un ataque de asma durante el entrenamiento básico. Era mejor que llevar un rifle.

—Alguien tiene que alegrar a los tipos como tú, y ese alguien puedo ser yo, ¿no es cierto, Collins? —le digo—. ¿Qué quieres? Tengo de todo: uniformes, carpas, comida, aguardiente, utensilios, herramientas, radios, películas, útiles de oficina, artículos diversos. Es cierto. Como cabo de intendencia, soy como una tienda andante y todo el mundo es mi mejor amigo. Tan pronto como las abejas saben dónde está el trébol, todo el enjambre se lanza en su busca. Oficiales, soldados rasos, locales — todos me tratan mejor que a los médicos que les curan la sífilis. Me dan la mano y me preguntan cosas sobre mí: de dónde soy, si tengo novia... Por supuesto, los chicos apuestos como tú tienen novia. Diez de ellas, y seguro que bonitas. Me muestran fotos de sus chicas, sus madres, padres y hermanos menores. Solo soy un tipo normal como tú, dicen todos, y los tipos así tenemos que unirnos si queremos salir adelante. ¿Tienes escondida alguna provisión extra de whisky? Me ayuda a dormir mejor por la noche...

—No tienes nada que yo quiera, Bowles —dice Collins—. Yo soy el que tiene lo que tú quieres. Esta es mi alcancía personal, y mi soldado Davidson, allá afuera, es el guardia. ¿Quieres solicitar un préstamo o le digo a Davidson que te saque a patadas de aquí?

Me quedo un minuto, en lo que decido si le hago la oferta por lo bajo. Sé que Collins acaba de llegar junto con el comando del Secretario de Salud. Él no tiene conexiones en el área, pero sabe que está sentado sobre una fortuna, pues los suministros médicos para la población francesa escasean y la gente pagaría lo que fuera por ellos. Yo llegué tras las fuerzas invasoras y he cultivado relaciones con algunos médicos franceses que tienen fiadores desde aquí hasta Marsella. Decido hacerle una oferta tentadora para ver cómo reacciona.

—Veinticinco por caja, sin abrir, y te daré una caja de botas y guantes por cada dos cajas de suministros médicos.

—¡Davidson! —vociferó—. ¡Saca de mi oficina a este excremento de perro!

—Mira, Collins —le respondí, echándome un poco hacia atrás—. No podrías mover este material ni aunque pongas un quiosco bajo la Torre Eiffel. Te doy tres pares de botas y guantes por cada dos cajas de suministros médicos. Es lo más que puedo ofrecer.

—Ciento cincuenta por cada caja, Bowles, y puedes quedarte con tus malditas botas.

—Cincuenta.

—Ciento veinticinco.

—Setenta y cinco.

—Cien.

—Tengo costos, Collins —le digo—. No puedo permitir que te lo quedes todo. Setenta y cinco, es mi última oferta.

—Necesitaré un depósito.

—¿De cuánto?

—De mil.

—¿Qué?

—No eres el único interesado, Bowles. Eres el tercer blanco que ha venido por aquí a husmear hoy. Mil en efectivo, he dicho.

—Tengo quinientos conmigo —respondo, buscando en mi bolsillo—. Te doy la diferencia esta noche.

Collins se queda pensando.

—¿Sabes qué? —me dice, esbozando una sonrisa de verde avaricia con sus gruesos labios—. Me agradas, Bowles. Ven con el resto del dinero a las dieciocho horas.

Le doy el dinero a Collins y salgo de la tienda de campaña haciendo las cuentas mentalmente. Podría mover al menos cien cajas al mes. A doscientos dólares la caja, serían veinte mil de ganancia bruta, doce mil quinientos de ganancia neta, menos los gastos para los del equipo motorizado y la patrulla perimetral, serían unos mil como máximo. ¡Haría once mil dólares!

Casi entro al club de los reclutas para tomar una cerveza y celebrar. Pero, en el camino veo a dos hombres que abren la parte trasera del camión que casi me golpeó y que está estacionado ahora a unas cincuenta yardas de distancia. Se meten dentro y comienzan a descargar sacos negros vacíos para cadáveres en una camilla plegable, en grupos de veinte. Me detengo a mirarlos. Los de la morgue prácticamente no hablan con nadie y todos los demás se mantienen lejos de ellos. La gente niega creer en supersticiones, pero evita por todos los medios pasar cerca de la morgue. Me pregunto si los sacos serían nuevos o si se usan los mismos una y otra vez. No me parece correcto que los reutilicen, porque viola la privacidad del primer muerto e insulta al segundo. ¡Son gente que ha dado su vida, caramba! Lo menos que puede hacer el ejército es buscar sacos nuevos.

¡Once mil dólares, once mil... malditos... dólares!

Los sacos para cadáveres caen sobre la camilla como caería sobre un escritorio un montón de hojas recién mecanografiadas.

Excedente, Toby. No es más que excedente, me digo. *Las provisiones están ahí y mientras tanto hay niños franceses que mueren porque su médico no puede conseguir suficiente sulfamida y penicilina.*

Uno debería ser recompensado por ir al frente de batalla. Al volverme hacia el club de los reclutas oigo botas que corren hacia mí desde detrás, tronando como cascos. Antes de darme la vuelta para ver de qué se trata, me derriban al suelo. Tengo un dolor agudo en la espalda. Intento levantar la cabeza, pero no puedo moverla. *¡Ay, Dios mío, nos están bombardeando y me dieron!*

—¡Auxilio! —grito—. ¡Auxilio! ¡Un médico! ¡Me dieron! ¡Me dieron!

El dolor de la espalda va en aumento, como si me oprimiera un enorme peso.

—¡No grites más, maldito Bowles! —oigo que me dice una voz, muy cerca, justo encima de mí—. Estás arrestado por robo.

Dos policías militares me levantan del suelo y me esposan detrás de la espalda. Por encima de sus hombros veo a Collins en la puerta de la tienda de campaña, dándole la mano a otro policía y entregándole mi dinero.

HAISSEM ESTÁ SENTADO de nuevo en la silla situada en el centro de la sala de audiencias. Tuve la misma sensación de confusión y agotamiento que la que me había asaltado al pasar entre las almas en la estación de trenes.

—¿Me oyes ahora, Brek? —dijo Luas.

—Sí —le respondí, casi sin escucharlo, como si estuviera muy lejos—. ¿Qué quieres decir con 'ahora'?

—Te estuve hablando durante la presentación —me respondió—. Como no me respondías, le pedí a Haissem que parara.

—Ah... Lo siento. Es que parecía tan... real, como si estuviera recordando mi propia existencia —respondí, perdida, tratando de separar mi identidad de la de Toby Bowles.

—Sí, es así, ¿verdad? —dijo Luas—. Cuando Haissem comience de nuevo, presta atención a mi voz. Al principio, me escucharás como si fuera uno de los personajes de la presentación, pero lo que oirás parecerá fuera de contexto. Si no respondes, te volveré a hablar de las circunstancias de tu desfiguración. Por desgracia, no es posible enseñarte a separar tu ser del alma que está siendo presentada. Eso lo aprenderás sobre la marcha, y es una de las razones por las que te hemos pedido que observes.

—¿Qué otra razón hay? —pregunté.

—Prepararte para que tú misma presentes almas —respondió Luas.

10

Luas hizo un gesto con la cabeza y Haissem prosiguió el juicio del alma de Toby Bowles. Una vez más, la sala de audiencias desapareció y, con ello, mi identidad como Brek Cuttler. Volví a ser Toby Bowles.

LA GUERRA HA terminado y ahora estoy de regreso en su casa de Nueva Jersey. Me encuentro en el vestíbulo de la parroquia a la hora del café, luego del servicio religioso, encolerizado porque mi esposa, Claire, le ha dicho a todos que yo no ganaba suficiente dinero para mantenerla a ella y a mis hijos.

—¡¿Cómo te atreviste a decirles eso?! —le digo en voz baja, con los dientes apretados para que nadie más me oiga.

—No sé de qué me hablas, Toby —responde.

Humillado, la fulmino con la mirada y luego atravieso furioso las puertas del vestíbulo de la parroquia.

En el estacionamiento, Alan Bickel, uno de los feligreses, me sonríe y me tiende la mano.

—Buen día —digo con un gruñido y sigo de largo sin darle la mano ni hacer contacto visual.

Me acerco a nuestro viejo y oxidado Chevy Deluxe de 1949, tiro fuertemente la puerta después de entrar, arranco el motor y prendo un cigarrillo. Aspiro el humo hasta el fondo de mis pulmones y lo retengo allí junto con mi rabia hasta que no puedo aguantar más. Aún me parece increíble que Claire haya hecho ese comentario. Exhalo el humo con mucho ruido, hablando conmigo mismo, repitiendo lo que Claire dijo a Marion Hudson:

—Lo siento, Marion, pero en este momento estamos apretados de dinero. No tenemos nada extra para contribuir al fondo para el edificio.

¿Cómo pudo decir eso? ¡Nada menos que a Paul y Marion Hudson! Ahí van ellos ahora, conduciendo su nuevo Cadillac. Todos los años estrenan automóvil. ¿Y todo gracias a un negocio de lavado en seco? El marido debe estar haciendo alguna otra cosa por la izquierda o falseando las cuentas. Miro hacia otro lado y finjo no haberlos visto.

Abro la puerta trasera del auto y entran mis hijos. Primero, Tad y Todd, y luego Susan y Katie.

—Me toca la ventanilla —alerta Tad.

—Hay un gran jaleo y Tad rompe a llorar.

—Papá, Todd me golpeó y Susan no quiere moverse. Yo fui el primero en pedir la ventanilla.

—¡Tranquilos allá atrás o me quito el cinturón! —les grito—. Por Dios, Tad, eres el mayor. ¿Cuántos años tienes?, once, ¿no? Pero te pasas el tiempo llorando como si fueras un bebé. Si no te gusta lo que hacen Todd y Susan, dales duro. Eso es lo que yo le hacía a tu tío Mike cuando me contrariaba. Ya es hora de que actúes como un hombre, hijo, y desde ahora te advierto que empezarás en el fútbol en agosto. Ya basta. No quiero oír una palabra más.

Tomo otra calada de mi cigarrillo.

—¿Tú sí vas a jugar fútbol, verdad? ¿Eh, Todd, muchacho?

—Claro que sí, Papá —dice Todd—. El Sr. Dawson dice que ya me va a poner de *linebacker* y *quarterbacker*.

Aunque Todd era un año menor, le sacaba dos pulgadas de altura a su hermano y pesaba al menos quince libras más.

—¡Eso sí es un buen chico! —le digo.

Claire se sienta en el asiento del pasajero junto a mí.

—La verdad es que no entiendo por qué te enojaste tanto —me dice.

Me pongo furioso. Lanzo el cigarrillo por la ventana, pongo la palanca de cambio en primera y hundo el pie en el acelerador antes de que ella pueda cerrar su puerta. Salimos del estacionamiento a toda marcha.

—¡Toby, por el amor de Dios! —grita Claire—. ¡Todavía no he cerrado la puerta y hay niños en el carro!

—¡No! —digo a gritos por encima del ruido del motor—. Lo que hay aquí es un montón de llorones ingratos y una mujer que abochorna a su familia en público y ni siquiera es capaz de reconocerlo.

Siento que se me aprieta el pecho y se me hinchan las venas del cuello. Como es habitual, cuando sorprendo a Claire haciendo algo mal, ella se niega a responder.

—¿No tienes nada que decir? —le grito—. ¿No tienes idea de lo que te estoy diciendo?

—Las almas llegan a la estación de Shemaya como tú lo hiciste —me dice—. Se designa a un presentador para que reciba a cada postulante antes del juicio, y luego esperan en la estación de trenes hasta que les toque y se tome una decisión. Como no se les permite estar en el juicio, el presentador debe tener una comprensión total de cada decisión que ellos tomaron durante...

—¿Qué demonios acabas de decir? —le pregunto.

—¡Haz lo que quieras, Toby! —grita Claire—. Todos los días es algo. He roto una de las normas de tu libro invisible de reglas. Estás diciendo obscenidades delante de los niños hoy domingo y conduciendo el auto como un loco.

Entonces exploto.

—¿Así que 'estamos apretados de dinero, Marion'? ¿'Toby no puede mantener a su familia, Marion'? ¿'Apenas nos alcanza con lo que gana en el ferrocarril, Marion'? No creas que no me he dado cuenta de cómo miras a Paul Hudson. Pero, ¿sabes por qué no me preocupa? Porque Paul Hudson jamás va a dejar lo que tiene por unos muslos gordos y feos como los tuyos.

Claire se echa a llorar.

—¡Te odio, Toby! —exclama—. ¡Te odio! Quiero que te vayas. Vete y déjanos tranquilos.

—¡Maldición! No es asunto de ellos si estamos apretados de dinero! —le grito—. No es asunto de nadie. ¿Lo entiendes? ¡De nadie! Ellos van en su gran Cadillac a su club campestre. Y apuesto a que también son rojos. Hay comunistas por todas partes, Claire. Se aprovechan de gente normal como yo. Por eso es que no tengo un buen trabajo y nunca lo tendré. Marion Hudson se ríe de nosotros y ni cuenta te das. ¿No entiendes? Sabe que el dinero no nos sobra. Por eso hizo la petición, para que se lo tuvieras que decir. Es así como se divierten a costa de los demás. ¿Cómo puedes ser tan estúpida?

—La Sra. Hudson no es así, Papá —dice Susan desde el asiento trasero—. Cuando me quedo en su casa con Penny, siempre me preguntan por ustedes y son muy amables.

—¡Niños, no quiero que vuelvan a esa casa! —les grito—. ¿Me oyen? Por Dios, Claire, se burlan también de los niños. Puedo oírlos diciendo: '¡Cómo están tus padres, Susan? ¡Qué viejos están esos zapatos... y ese vestido. ¿Cómo es que no te han llevado de compras a Manhattan? ¡Qué pena!' Y esa Penny Hudson, tampoco quiero que vaya más a nuestra casa. Bicicletas nuevas, vestidos nuevos. Siempre tiene algo nuevo. Es una malcriada.

No me puedo controlar. La vergüenza, los celos y el odio me salen por los poros como si no hubiera nada más dentro de mí, como si yo no fuera otra cosa. Quiero comprar cosas nuevas para mi esposa e hijos. Quiero que me respeten en la comunidad. Quiero vivir en la calle de los Hudson y comer donde ellos lo hacen. Voy a toda velocidad por la avenida Greenwood, casi sin parar en los semáforos.

Al llegar a la casa, llamo a Bob para ver si pasaría por mí temprano, luego voy arriba y empiezo a poner cosas en mi morral para la semana: las luces de trabajo, las bengalas, dos pares de pantalones, algunas camisetas y dos pares de guantes de trabajo. Claire se queda abajo con los niños, para darles el almuerzo, tratando de que estén tranquilos. Me quito los pantalones de vestir, la camisa y la corbata y los pongo cuidadosamente doblados en el fondo del saco junto con un frasco de colonia *Aqua Velva*. A Sheila le gusta cuando me visto y me pongo colonia. Cree que soy un hombre de negocios importante. No me atrevo a decirle la verdad. Estoy ansioso por verla. Ella es la única que me entiende. Cierro el saco y pongo mis *Wolverines* arriba. Claire me llama desde la cocina.

—¿Quieres algo de almuerzo antes de irte? —Su voz suena fría, sin emoción.

Aún está molesta pero, por orgullo, no lo quiere demostrar delante de los niños. Sabe muy bien que Bob está por llegar, pero pregunta de todos modos.

—No. Comeremos algo en el camino a Princeton Junction.

—¿Cuándo estarán de regreso?

—No volveremos hasta el viernes.

Llevo mis cosas abajo.

—Vamos a llevar carros de basura vacíos hasta Scranton y luego llenos por Altoona hasta Pittsburgh.

Katie entra a la sala de estar con un libro de colorear y un creyón, lo más preciado para ella. Tiene solamente dieciocho meses de edad.

—Papi, ¿qué te pasó en el brazo derecho? —pregunta—. ¿Lo hiciste porque estabas furioso con tu mami y tu papi?

—Sí, voy a colorear contigo, mi amor —le digo, sintiéndome mal por haber gritado y puesto nerviosos a todos—. Ven aquí a mi regazo.

—¿Me oyes, Brek?

—¿Luas?

—Ah, estás ahí —dice él—. Por fin me pudiste oír... bien. Pensé que te habíamos perdido de nuevo.

Mi personalidad se ha dividido en dos. Una parte de mí está hablando con la hija de Toby Bowles, y la otra lo hace con Luas. Existo simultáneamente en dos mundos y dos vidas.

—Esto es un círculo, Katie. ¿Sabes decir 'círculo'?

Me mira con sus grandes ojos castaños y sus sonrosadas mejillas y me derrite el corazón.

—*Círsulo*.

—Concéntrate en tus recuerdos —dice Luas—, en Bo, Sarah, tu trabajo.

Pienso en Sarah y sus creyones. No era mucho menor que Katie. Pienso en Bo, que nunca me había gritado como lo hizo Toby a Claire, y pienso en mis padres. La distancia entre los seres crece hasta que emergen dos vidas diferentes: la mía, que tiene profundidad, sustancia y matices, y la de Tobby Bowles, que conozco bastante, pero solo por episodios. Siento sus emociones y veo a través de sus ojos, pero al fin me doy cuenta de que no soy yo, aunque sea alguien a quien he experimentado más íntima y plenamente que a cualquier otra persona.

—Entonces —dice Luas—, ¿qué crees del señor Bowles?

Puedo oír a Luas pero no lo veo. Solamente veo la sala de estar de los Bowles. Es como si Luas y yo comentáramos un evento deportivo televisado desde el área de prensa, pero con el campo rodeándonos por completo, como una pantalla IMAX gigante. Estamos en el centro de la acción, pero separados de ella, aunque tenemos la capacidad de conocer los pensamientos de los jugadores.

—No me simpatiza mucho... —digo, pero me interrumpo—. Creí que no nos estaba permitido dar juicios sobre otras almas.

—Bien pensado —dice Luas—. Pero, debo hacer una precisión. No podemos emitir juicios, pero sí observaciones. Los abogados pueden desaprobar las acciones de sus clientes pero, aun así, deben seguir abogando por sus derechos. ¿No te sucedió así con tu cliente Alan Fleming? No te parecía bien que no hubiera pagado su préstamo bancario pero, de todos modos, lo defendiste.

Ahora me es posible ver la presentación del alma de Toby Bowles sin confundir su vida con la mía. Aunque ya no estoy dentro de su cuerpo, de cierto modo conozco todos sus pensamientos y experimento todas sus emociones, como si yo fuera Dios, que mira dentro de su mente.

Bob, el amigo de Toby, detiene su carro al frente de la casa y hace sonar el claxon.

Toby envuelve en sus brazos a Katie y le da un beso. Aborrece tener que decir adiós, y ahora es peor, por la forma terrible en que se ha comportado. Claire, Susan y Todd se acercan con timidez. Toby quisiera poder retirar todo lo dicho, pero una disculpa carecería de sentido y ellos no lo entenderían. Besa con ternura a Claire y ella le responde con un largo abrazo, con el que simultáneamente lo absuelve de su delito y, al mismo tiempo, lo hiere con la generosidad de su perdón.

—Cuando vuelva, les traeré a todos algo bueno —susurra con remordimiento, aún convencido de que lo que quieren de él son posesiones materiales.

Todd y Susan le dan sendos abrazos, pero Tad se queda en la cocina jugando con su yoyo, como si fuera un perrito atado a una correa. Tad no está dispuesto a perdonar a su padre y solo balbucea un adiós después que su madre lo obliga a decir algo. Toby ya no sabe cómo lidiar con él. "A él también le traeré algo especial", dice entre dientes, "quizás el juego de revólver de fulminante y pistolera que le gusta". Toby sabe que ha sido demasiado estricto con Tad, pero lo ha hecho por su bien. Su propio padre también había actuado así antes de abandonar a la familia cuando Toby cumplió once años. Al menos Toby no se había marchado tan pronto. El claxon vuelve a sonar. Bob está esperando. Toby saluda, recoge sus pertenencias y sale por la puerta.

—¿Haissem es quien está recreando esto? —pregunto.

—Sí —replica Luas—. Extraordinario, ¿no?

SIETE AÑOS DESPÚES. Ahora Toby Bowles se tambalea bajo el peso de la mediana edad. Las lamentaciones de la juventud perdida, el deterioro de su cuerpo, el temor a la muerte que se aproxima, la búsqueda en vano de significado y reafirmación — todas estas cosas le agrian la vida y lo tornan inquieto y deprimido. Ha perdido cabello y la preocupación le ha dejado profundos surcos en el rostro.

Va andando hasta un apartamento con un pequeño jardín en Morrisville, Nueva Jersey, y entra con la llave que Bonnie Campbell le deja bajo un ladrillo suelto. El apartamento está a oscuras. Se da la vuelta para cerrar la puerta como siempre ha tenido el cuidado de hacer, pero Bonnie lo ha estado esperando y se lanza rápidamente a besarle las orejas... es como si enviara ráfagas de cálido aliento a los rincones sensuales de su mente. Toby quita la mano del picaporte y ambos se dirigen veloces a la oscuridad de la recámara de Bonnie sin dar tiempo a adaptar la vista, hasta ahora sometida al resplandor solar de la media tarde.

La bata de Bonnie cae a la alfombra dorada y revela un cuerpo de mediana edad, con arrugas y pliegues que Toby solo encuentra deseables porque la iluminación de las velas es tenue y también porque la atracción que Bonnie siente por él refuta la imagen propia que Toby ve en el espejo. Levantan de un tirón las sábanas y sus cuerpos se abrazan, uniendo con los dedos y los labios todo lo que signifique polos opuestos, lo ajeno, lo prohibido. El encuentro es delicioso y exquisito; el tiempo queda suspendido. Pero la dicha es pasajera y se ve rota de repente por el claro ruido del contacto entre metales en el cilindro de la cerradura de la puerta del frente. Toby se para de repente de la cama y Bonnie se mete debajo de los cobertores. Saca la cabeza por el otro lado, como una marmota que se asoma a su agujero. Una silueta oscura ocupa todo el umbral de la puerta del cuarto.

—Claire, ¿eres tú, querida? —dice Toby y la voz le tiembla de remordimiento, sacudido por la abrumadora oleada de culpabilidad que lo ha estado consumiendo durante su aventura amorosa de seis meses con Bonnie Campbell. Pero casi siente alivio, ahora que al fin todo terminará y él podrá confesar su falta y suplicar a Claire que lo perdone. Las velas del tocador parpadean con llama baja ante una invisible corriente de aire, y luego las recobran con más fuerza, con lo que iluminan las lágrimas que corren por el rostro del intruso.

—¡No es Claire! —grita Bonnie y tira del cubrecama hasta su mentón—. ¡Es Tad!

Bonnie Campbell conocía a Tad desde que era pequeño. De hecho, había sido amiga íntima de la madre de Tad, por lo que, para Toby, la humillación del encuentro era aun más completa que si en su lugar hubiera estado la propia Claire. Bonnie era la propietaria de la única tienda de mascotas del pueblecito y Tad, durante su niñez y adolescencia, le había comprado por lo menos una de cada criatura que Bonnie vendía. Iba ascendiendo por la cadena evolutiva en función de su capacidad de cuidar a los animales: empezó por un hormiguero, luego un pez, un lagarto, algunos jerbos y hámsteres, un conejo, un gato y, por último, un perro —un pastor alemán. Tad incluso trabajaba en la tienda de Bonnie después de salir de la escuela. Conocía a Josh, el hijo de Bonnie, que era mucho menor que él. También conocía a Joe, su esposo. Muchas veces había comido en casa de la familia Campbell.

Bonnie enciende la lámpara de la mesita de noche, indignada y sin remordimiento, llena de orgullo por lo que ha conseguido y reta a Tad a hablar. Pero este no la ve; solo ve a su padre: desnudo, jadeante y desconcertado. Las lágrimas corren por el rostro de Tad. Se da la vuelta y abandona el apartamento sin decir una palabra.

Los sentimientos de culpa y remordimiento de Toby se desvanecen tan rápido como surgieron, y dan paso a la rabia y a sentirse traicionado. Siente vergüenza, no por su propia conducta, sino por la de su hijo. Habría entendido si Claire lo hubiera buscado hasta encontrarlo, ¿pero Tad? ¿Su hijo de dieciocho años? ¿Y quedarse ahí, llorando, como lo habría hecho la propia Claire? Este bochorno supera todos los demás bochornos y decepciones que Tad le ha ocasionado a Toby a lo largo de los años: su falta de interés en los deportes, su falta de amigos, su debilidad e incapacidad de imponerse, su intención de defender a su madre contra el abuso de Toby. Tad había juzgado a Toby y lo había traicionado cada vez que tenía ocasión oportunidad, pero ahora se había propasado.

Toby apaga la luz y vuelve a meterse en la cama. Ahora posee a Bonnie con una pasión que nunca antes ha expresado, pero no porque la desee. En realidad, de repente la encuentra fea y repulsiva. Sin embargo, la posee para volver a establecer quién es el padre y quién es el hijo, para reivindicar su posición biológica como acusador y la de Tad como acusado, para reafirmar su autoridad de juzgar lo correcto y lo incorrecto y quién tiene razón y quién no. Toby se promete poseer a Bonnie Campbell más a menudo a partir de ahora y vanagloriarse de ello y echárselo en cara a Tad, pues Toby considera que ningún comportamiento es pecaminoso si se hace abiertamente y con la finalidad de enseñar una lección. Retará a Tad a decir lo contrario, lo retará a contárselo a su madre, con el riesgo de destruirla. Y, si llega ese momento, Toby está resuelto a no negarlo porque, a fin de cuentas, si él se ha fijado en otra mujer, ha sido por culpa de Claire y no por una debilidad suya.

DE REPENTE LA sala de audiencias surge en primer plano y desplaza el sórdido apartamento de Bonnie Campbell. La presentación ha terminado y se encienden las luces. Haissem hace una solemne reverencia ante el monolito y después viene caminando hasta donde estamos Luas y yo.

—El juicio ha terminado —dice—. Se ha llegado a un veredicto.

11

Después del juicio de Toby Bowles, supe que yo ya no estaba en el mundo de los vivos al que una vez pertenecí: su mundo, allá en la Tierra. Me había pasado algo trascendental, algo tan transmutador y absoluto, que la propia realidad quedaba remplazada por un nuevo arquetipo de existencia que ya no se podía posponer ni denegar. No se trataba de aceptar voluntariamente la realidad de mi muerte, como tampoco se trata de aceptar voluntariamente la realidad de la vida. Era algo aun más básico: el simple reconocimiento de que esto es lo que hay ahora y que lo otro ya no existe.

Aunque parezca extraño, aceptar mi muerte no me pareció aterrador. De cierto modo, era liberador. Ya no tenía que racionalizar las cosas extrañas que pasaban a mi alrededor y que me acontecían. Ya no tenía que buscar la cura de una enfermedad o una lesión que no existía. Lo que es más importante, me daba cuenta de que ya no tenía que llevar sobre mí las muchas cargas de la vida. Ya no tenía que ducharme, cepillarme los dientes, comer, dormir, hacer ejercicios, trabajar ni ocuparme de mi esposo ni de mi hija. En un sentido muy real, la muerte es como unas vacaciones perfectas de todo lo que nos ocupa.

Pero la muerte no me alivió en absoluto el dolor de perder a Bo y a Sarah, a quien extrañaba desesperadamente. Penaba por ella hasta el fondo de mi ser y el dolor de estar separada de ella me resultaba insoportable. Sin embargo, no sentía la agonía y la pena desgarradoras de una madre que acaba de perder a su hija. Esto se debía a que, aunque sabía que estaba muerta, el hecho de que Sarah no estuviera conmigo en Shemaya significaba que seguía viva.

La idea de que Sarah llegaría a tener una vida plena y feliz me ayudaba a aliviar el dolor de enfrentar mi propia muerte. El día en que Sarah nació, supe, como toda madre, que estaba dispuesta a sacrificar mi vida por la suya. Al darme cuenta de que yo no sería parte de la vida de mi hija, sentí una profunda decepción. No estaría presente para celebrar su cumpleaños, verla abrir sus regalos de Navidad y de Janucá, no podría ayudarla a hacer sus proyectos escolares, ni a prepararse para su primera cita amorosa, arreglar su cuarto del dormitorio estudiantil, bailar en su boda ni estar junto a ella cuando nacieran mis nietos. Pero al menos la propia Sarah podría experimentar estas cosas, las alegrías de la vida. Además, igual que yo me había reencontrado con mi bisabuela muerta, un día Sarah se reencontraría conmigo. Y también me reencontraría con Bo, a quien echaba de menos como la pérdida de mi propio cuerpo, pues estábamos unidos como un solo ser.

Así que oscilé entre la desesperación y la esperanza por el hecho de estar separada de Sarah y Bo. Pero también me vi experimentando inesperados y oscuros sentimientos de profunda vergüenza. Me era inevitable concluir que les había fallado a mi esposo y a mi hija, e incluso a mí misma. Al final, la muerte es el mayor fracaso de la vida, la condición que tememos, combatimos y evitamos a toda costa, la condición que todos nuestros instintos biológicos y todas nuestras emociones aborrecen y resisten. Hasta las palabras que se usan para describirla son peyorativas: decimos que alguien "ha perdido" su vida, como si de algún modo no hubiera tenido suficiente cuidado para conservarla, o que se la "han quitado", o que "ha desistido" o "se ha rendido".

Sí, ahora yo era una de las perdedoras. El hecho de que todos los personajes de la historia que han venido antes de mí también fueran perdedores —y que todas las personas que vinieran después de mí también terminarían por convertirse en perdedores— no hacía que mi muerte fuera menos humillante, pues yo había abandonado a mi esposo y a mi hija. Peor aun, me había abandonado a mí misma, a Brek Cuttler: ya no más ser humano, madre, esposa, hija, nieta, amiga, abogada, vecina. ¡Y ni siquiera podía recordar cómo había muerto! ¿Me suicidé? Nada podría ser más vergonzoso que eso. ¿Sería por eso que no podía o no quería recordar?

Mientras más me atormentaban estos pensamientos y más empezaba a pensar en todo lo que había perdido, más me enfurecía. La injusticia de morir después de solo treinta años de vida me irritaba más que cualquier otra cosa que hubiera experimentado antes. Era una intensa ira que se intensificaba aun más porque no tenía forma de expresar la enormidad de mi pérdida. Nana me escuchaba pacientemente, pero supuse que no era capaz de entender mi condición porque, a diferencia de mí, ella había muerto después de haber vivido una vida plena y completa, de haber criado a sus hijos hasta la edad adulta y de haber conocido a sus nietos, e incluso a sus bisnietos.

También descubrí que la vida de ultratumba, al igual que nuestra vida normal, está regida por una ley de relatividad especial. Mi muerte no me parecía que me había ocurrido a mí misma —pues, de cierto modo, aún pensaba y experimentaba cosas— , sino que se me antojaba que quienes habían muerto eran los miles de millones de otras personas que seguían vivas en la Tierra, pero que ya no podía ver. Era como si yo fuera la única sobreviviente de un Armagedón nuclear. Desde mi perspectiva en Shemaya, yo no había sido separada de mi familia, sino que esta había sido separada de mí. Perdí todo mi mundo... la tierra que me había dado abrigo, las aguas que me habían nutrido y el cielo que me había inspirado se habían desvanecido en un olvido lírico y atormentado.

No obstante, lo que al fin me doblegó —lo que me impulsó al silencio prolongado del luto que sustituye a la ira y se convierte en su alternativa— no fue la penetrante angustia de haberlo perdido todo, sino la forma sarcástica en que la vida de ultratumba se parecía a la propia vida. En este cielo no había liberación, salvación ni consuelo, no era un "mejor sitio" al que había ido después de mi muerte. En lugar de ello, lo que había era una continuación perversa de las hebras discordantes de mi antigua vida, libre de las leyes y limitaciones físicas, como si la vida y la muerte fueran simplemente estados potenciales de una misma mente cínica. ¿Dónde estaba la recompensa? ¿Dónde estaba el reposo eterno prometido por los profetas? Había descrito un círculo completo: las cargas de la vida habían dado paso a las de la muerte. Para mí, el paraíso no era más que recibir el entrenamiento necesario para trabajar en otro bufete de abogados: *Luas & Associates,* Licenciados en la Ley Divina.

El sobrecogedor juicio de Toby Bowles tuvo el efecto incongruente de hacer que mi aflicción fuera a la vez mayor y menor, al mostrarme que en realidad las cosas podían ser peores. De pie en el pasillo junto a la sala de audiencias después del juicio, Haissem indicó que solamente se había presentado una fracción de la vida del Sr. Bowles y que se había creado una imagen errada de su alma. Yo quedé estupefacta, pero Haissem parecía estar perfectamente satisfecho y Luas, completamente indiferente. Mi preocupación casi les resultaba divertida. Le pregunté a Haissem cuáles serían las pruebas que habría presentado en defensa de Bowles si el juicio hubiera continuado.

—Pues, muchas —dijo—. En realidad, Toby Bowles tuvo una vida noble.

—¿De veras? —dije con escepticismo.

—Sí —insistió Haissem—. ¿Te gustaría ver?

—Claro —respondí—. ¿Pero cómo? El juicio ya terminó.

Haissem se dirigió a Luas.

—¿Tiene usted alguna objeción a que presente el resto de la vida de Toby Bowles? —preguntó—. Creo que tenemos unos minutos antes de que comience el próximo caso.

—Me parece innecesario —replicó Luas—, pero hagan lo que quieran.

—Muy bien —dijo Haissem y entonces, con su llave dorada, volvió a abrir las puertas de la sala. Entramos de nuevo. Haissem ocupó de nuevo su posición en la silla del centro, alzó los brazos y la sala desapareció.

Lo que entonces vi fue una faceta totalmente distinta de la vida de Toby Bowles, una que nunca me habría imaginado que existía si me basaba en lo que Haissem había presentado antes. Por ejemplo, cuando el tren de Toby se detenía en el depósito ferroviario de Altoona, Toby se ponía la ropa dominguera que llevaba en su bolso y se iba a pie hasta las montañas para visitar a su hermana, Sheila, que vivía en una hermosa casa privada para mujeres con discapacidades mentales junto a la orilla de un pequeño lago de montaña. Sheila vivía en este hogar, en lugar del mísero asilo público al que había sido confinada desde su niñez porque, cada mes de cada año desde la guerra, Toby Bowles pagaba las cuentas que le permitían a su hermana vivir allí, aunque ello significara que nunca podría tener un carro nuevo ni una casa tan magnífica como la de Paul y Marion Hudson.

A veces, Toby y Sheila jugaban juntos y paseaban por las habitaciones del hogar para discapacitados en viajes imaginarios creados por la propia Sheila. Toby jugaba a ser su cliente en una tienda en la que solo se vendían abrazos, o el pasajero de un avión que volaba hasta el origen de los arcoiris. Escalaban árboles y descansaban en las nubes, o remaban hasta la otra orilla del lago, que a Sheila le parecía el sitio más exótico de la Tierra. Toby siempre tenía paciencia con su hermana y ella siempre lo llevaba hasta su cuarto antes de que él se marchara y le mostraba la foto en blanco y negro de sus padres, con sus sonrisas forzadas el día en que ella había nacido, sin querer acercar demasiado a su bebé debido a las deformidades de su rostro, brazos y piernas, los signos clínicos del síndrome de Down.

Me enteré de que Toby también había sufrido muchas injusticias durante su vida. Tenía once años cuando Sheila nació, que fue cuando se tomó aquella foto en blanco y negro. Esta era la última que tenían de su padre, Gerard Bowles, que ese día llegó a casa del hospital con el rostro ensombrecido por la vergüenza y la aversión. Le dijo a Toby que su madre había hecho algo muy malo, que Dios la había castigado y que él tendría que marcharse para nunca volver. En realidad, esto le produjo alivio a Toby al principio, porque Gerard Bowles había sido cruel con su madre y con él, al punto de zurrarlos con su cinturón mientras citaba pasajes bíblicos sobre el pecado y de la purificación del alma.

Pero pronto Toby conoció lo que significaba la pérdida de un padre, al ver que su madre no dejaba de llorar y que recogió todas las pertenencias de la familia para llevárselos a vivir con sus abuelos. Ese fue el momento en que su nueva hermana, Sheila, fue entregada a la custodia del estado. Tendido en su cama en la noche, Toby se preocupaba por la seguridad de Sheila y de su padre. Oraba por el regreso de ambos y le suplicaba a Dios que perdonara a su madre por cualquier cosa que hubiera hecho y que hubiera provocado la división de la familia.

En su adolescencia, la añoranza y el amor no correspondido que Toby sentía por su padre se convirtió en un gran odio al hombre que nunca se había dignado a escribirles una carta para hacerles saber que seguía vivo — ni para preguntar si ellos seguían vivos. En sus momentos de mayor violencia, Toby fantaseaba con la idea de tropezarse con su padre en la calle, decirle que él era su hijo, sacar un revólver del bolsillo y meterle un tiro entre los ojos. En otros momentos, cuando las posibilidades del futuro parecían grandiosas y luminosas, Toby se imaginaba que llegaba a tener gran éxito y que un día su padre lo parara en la calle para mendigarle, y entonces lo empujaría a un lado sin reconocerlo ni sentir piedad.

En la vida de Toby Bowles hubo pocos momentos en los que no sintió el dolor del abandono de su padre. Pero Sheila se convirtió en beneficiaria de esta ruptura, pues recibió el amor que Toby le habría dado a su padre. Sheila necesitaba desesperadamente un defensor como este porque su madre la culpaba de todo lo que había salido tan mal. Llegado el momento, Ester Bowles no tuvo reparo en entregar a Sheila al estado, como si se estuviera deshaciendo de una portadora de tifus. Toby llegó a tratar a Sheila con el mismo instinto de protección que reservaba para sus propias hijas. Gustosamente hubiera ido a la cárcel o a la bancarrota para ayudarla a escapar del asilo. Las dos cosas estuvieron a punto de sucederle en sus intentos de sacarla. Todo el dinero que había reunido mediante el robo y la venta de suministros en el mercado negro durante la guerra fue destinado a Sheila. Nunca lo usó para sí mismo, ni siquiera para alimentar y vestir a sus propios hijos pequeños.

La única otra fotografía que había en el cuarto de Sheila, junto a su cama, fue tomada por el director del hogar el día en que Toby le trajo a Sheila un cachorro de terrier al que ella le puso de nombre Jack y que se fue al cielo un año después, cuando cruzó la carretera. Tomados de brazos, Sheila y Toby sonríen para la cámara junto a la bolita de pelos, como hermana orgullosa y rico hombre de negocios de la gran ciudad (pues, si no era así, pensaba Sheila, ¿quién más podría darse el lujo de hacer un regalo tan extravagante?).

Sheila Bowles murió mientras dormía un año antes de que comenzara la aventura amorosa entre Toby y Bonnie Campbell. Toby la enterró en una brutal mañana de febrero en un pequeño cementerio cerca de la casa, junto al lago, no muy lejos de la diminuta cruz de madera donde ella misma había grabado la palabra "Jack". Con la voz trémula de pena y amor en medio del montículo barrido por el viento, Toby entregó a su hermana al Creador y le dijo a este, a su familia y a los pocos que vinieron del hogar, que la Tierra nunca volvería a ser agraciada por un ser de tal inocencia.

—¡Pero Dios no ha oído nada de esto! —protesté ante Haissem, con lo que se interrumpió la presentación y se restableció momentáneamente la sala de audiencias—. Llega el momento de la verdad para Toby Bowles, pero su vida, en lugar de desenvolverse desde el bien hacia el mal, lo hace desde el mal hacia el bien y es lanzado al infierno sin apelación... ¿sin rastro? ¿Qué clase de Dios es capaz de realizar un juicio semejante?

—Un Dios justo —replicó Luas—. El Dios del Diluvio Universal. Haissem expuso el caso a través de los propios pensamientos y acciones del Sr. Bowles. ¿Se puede negar algo de lo visto?

—No —reconocí—. Pero solo se presentaron sus pecados.

—Debe haber sido porque solo sus pecados eran pertinentes —respondió Luas, irritado ante mi actitud desafiante—. Brek, quien puso fin a la presentación no fue Haissem, sino el propio Juez. ¿Quiénes somos nosotros para poner en la balanza la gravedad de las faltas de Toby Bowles y determinar lo que es justo o injusto? Ya te advertí que no debías especular.

—Espera, Luas —interrumpió Haissem—. Está bien que Brek sienta preocupación. Esto demuestra que se toma en serio su cometido, y eso es exactamente lo que queremos. La capacidad de entender los errores y los triunfos de la vida de Toby puede serle útil a Brek cuando entre en la sala de audiencias para representar a su primer cliente.

Se dirigió a mí.

—Hay más detalles en esta historia. ¿Te gustaría conocer el resto?

Pero Luas no estaba dispuesto a dejar todo así.

—No quise decir que las otras partes de la vida de Toby no sean importantes —dijo—. Solo quise decir que la justicia pertenece a Dios, no a nosotros, y que siempre se hará justicia.

—Comprendo, Luas —dijo Haissem, cortante—. Y lo que

yo quiero decir es que la justicia no tiene nada que ver con el juicio de Toby Bowles.

Luas miró a Haissem con desconfianza.

—Entonces debo manifestar mi respetuoso desacuerdo —dijo.

Haissem ignoró el comentario y volvió a dirigirse a mí.

—Permítanme terminar la presentación —dijo—. Ni siquiera han visto aún la parte más importante.

La sala de audiencias volvió a desaparecer y Haissem nos remontó a cuando Toby fue soldado en la guerra.

Para evitar ser llevado a corte marcial por robar suministros médicos en Saverna, Toby se vio obligado a abandonar la intendencia y "ofrecerse voluntariamente" a integrarse a una unidad de combate en la línea del frente. De los ocho hombres que su unidad tenía al principio, todos menos uno, Toby, cayeron víctimas de los disparos o se ahogaron en el río Elba en la parte oriental de Alemania durante la ofensiva final de los Aliados para tomar Berlín. El propio Toby recibió un disparo en una pierna mientras trataba de subir por la orilla del río con su sargento moribundo. Huyó cojeando, sangrando y aturdido y se desplomó frente a una pequeña cabaña en el bosque cerca del pueblecito de Kamenz.

Al despertar al día siguiente, se encontró dentro de la cabaña, delirando debido a la pérdida de sangre y la infección, y rodeado por la familia que allí vivía: padre, madre, hija adolescente y dos hijos más pequeños. Le vendaron las heridas y le dieron comida y agua. Durmió otras veinticuatro horas hasta que volvió a despertar, esta vez por el ruido ametralladoras y de los gritos de la familia, mientras la madre y dos hijos se escondían en un túnel debajo de las tablas del suelo, y el padre salía corriendo al frente de la casa con una escopeta.

Toby se sentía lo suficientemente fuerte como para ir rengueando detrás del hombre para ayudarlo. Había perdido su rifle en el río y ahora solo tenía su pistola. Llegaron al borde de un claro desde donde alcanzaban a ver una casa muy grande a través de la bruma de la lluvia vespertina. Se agacharon detrás de unos arbustos y se quedaron observando mientras un pelotón de soldados con estrellas rojas en las mangas obligaron a los habitantes de la casa a salir al camino de entrada: un anciano, dos mujeres de mediana edad, una chica adolescente, dos niños y dos niñas menores, todos vestidos de fiesta.

El líder del pelotón dio a gritos una orden apresurada en ruso y la respuesta de los soldados consistió en separar rápidamente de los otros al anciano y a los niños varones y dispararles allí mismo. Cuando las mujeres se lanzaron hacia las víctimas, también ellas fueron eliminadas a sangre fría. Ahora solo quedaban en pie la adolescente y las dos niñas. Todo esto le parecía a Toby como si fuera un sueño, a través de la fina bruma y distorsionado por la fiebre de la infección. Cuerpos que caían como sombras en la oscuridad, que representaban la continuación de la pesadilla que había empezado a vivir desde antes en la orilla del río Elba. De repente, el hombre de la cabaña, que aún estaba agachado junto a Toby, se incorporó de un salto y arremetió contra el pelotón, disparando su escopeta al aire como un loco. El pelotón respondió al fuego. Lo mataron al instante y casi matan también a Toby.

Este empezó a arrastrarse por la maleza para volver a la cabaña, pero se dio cuenta de que lo más seguro era que lo vieran y que no lograría otra cosa que conducir los soldados hasta la familia de aquel hombre. Con la idea de salvarlos y, quizás salvarse también él, se puso de pie lentamente con las manos sobre la cabeza. Salió al claro cojeando y gritando:

—¡Americano! ¡Americano!

La hierba estaba mojada y la humedad le atravesó la tela de los pantalones, produciéndole un gran ardor en sus heridas. Todo ese tiempo, no pensaba en sí mismo sino en Sheila, en quién se ocuparía de ella ahora, y en su madre y cómo la noticia de su muerte la angustiaría aun más, y en su padre y cómo la noticia tal vez lo llenaría de arrepentimiento durante el resto de su vida.

Dos soldados rusos avanzaron cautelosamente con sus armas en alto pero, al acercarse a Toby y ver su uniforme, bajaron las armas.

—¡*Amerika!* ¡*Amerika!* —vitorearon y lo abrazaron.

Pero uno de ellos había visto la cabaña a lo lejos y empezó a avanzar hacia ella. Toby sabía que la única esperanza para la familia sería convencer a los soldados de que ya los había tomado prisioneros.

Siguió avanzando a tropezones detrás de los soldados lo más rápido que pudo. Cuando llegaron a la puerta, sacó su pistola y les hizo un gesto para que no siguieran avanzando. Uno de los soldados le arrebató la pistola, pero Toby empujó la puerta, alzó de un tirón las tablas del suelo y ordenó a la familia asustada que saliera del túnel. Estaban pálidos y temblaban de miedo. Fulminaron con la mirada a Toby por haberlos traicionado, después que ellos le habían salvado la vida. Toby los señaló con el dedo y luego se señaló a sí mismo y les dijo a los soldados:

—¡Mis prisioneros! ¡Mis prisioneros!

Entonces tomó a la madre, la lanzó violentamente contra la pared, y luego hizo lo mismo con la hija y los dos varones. Señaló con el dedo la medalla que uno de los rusos tenía sobre su pecho y luego señaló a su propio pecho, donde le colocarían una nueva medalla si los entregaba a sus superiores.

—¡Mis prisioneros! ¡Mis prisioneros! —repitió.

Al fin los rusos entendieron. Sonrieron, le dieron unas palmadas en la espalda y le devolvieron su arma. Toby colocó el cañón de la pistola contra la sien de la madre, para completar la ficción. Los soldados bajaron sus rifles y se rieron.

—¡*Amerika! ¡Amerika!* —dijeron, y se marcharon sacudiendo la cabeza.

Cuando ya se habían ido, Toby guiñó un ojo a sus cautivos y les sonrió y, para asombro de ellos, enfundó su pistola y le dio un abrazo a la madre. Cuando esta se dio cuenta de que Toby les había salvado la vida, rompió a llorar.

Pero la celebración terminó rápidamente cuando la madre y sus hijos se dieron cuenta de que el padre no había vuelto. Querían salir a buscarlo, pero Toby se los impidió y, valiéndose de un lenguaje de signos muy básico para advertirles de los peligros, los convenció de que no salieran.

Al día siguiente por la tarde, después que Toby verificó primeramente que los rusos ya hubieran abandonado la zona, llevó a la madre hasta el claro para recuperar el cadáver de su marido. A pesar de la barrera del idioma, procuró consolarla lo mejor que pudo. Señaló los cadáveres de los habitantes de la casa grande, para tratar de explicarle que su esposo había tenido el valor de enfrentarse a los soldados y tratar de salvarles la vida a los otros. La madre entendió al fin, y solo entonces empezó a hacerse una idea de lo que el propio Toby había hecho para evitar que la familia de ella corriera la misma suerte.

A pesar de sus heridas, Toby llevó el cuerpo sin vida del hombre hasta la cabaña y ayudó a los hijos a cavar una tumba. La angustia de la familia lo abrumó y a veces se sumaba a su llanto porque, al igual que ellos, él había perdido a su padre.

Pero el llanto de Toby se debía además a sus desesperados y tristes sentimientos de celos por aquellos niños, quienes al menos habían conocido a su progenitor y podían enterrarlo y lo recordarían como un padre que los había amado lo suficiente como para sacrificar su vida por ellos y por otros.

Aunque Toby no entendía sus extrañas oraciones, cuando los hijos se pusieron kipás en la cabeza y nadie se santiguó, se dio cuenta de que se trataba de oraciones judías, recitadas en hebreo. Por primera vez, se dio cuenta de que la familia no se escondía de los rusos, sino de los alemanes. Se persignó de todas formas y susurró una oración por el fallecido y por su propio padre, así como por el mundo entero. Al ver a Toby santiguarse, la hija, histérica de la pena, empezó a gemir *"¡Amina! ¡Amina! ¡Amina!"* una y otra vez. Sacó de su bolsillo un pequeño crucifijo de oro y también ella se persignó. Horrorizada, la madre iba a abofetearla pero, de repente, su rostro se iluminó con una profunda comprensión. Bajó la cabeza y empezó a llorar con más fuerza aun. Toby no entendió lo que había sucedido entre la madre y la hija, pero las ayudó a tapar la tumba.

El grupo echó a andar con rumbo oeste, hacia Leipzig, donde Toby esperaba encontrar tropas de los Aliados. En Riesa, se tropezaron con una unidad de infantería estadounidense. Mediante un pequeño soborno, Toby consiguió poner a todos los miembros de la familia en un camión que se dirigía más hacia el oeste, a territorio de los Aliados. Así viajaron juntos hasta Nuremberg, donde los llevaron a un hospital de campaña y Toby recibió al fin la atención médica que le salvó la pierna de ser amputada.

En el momento en que se despidieron en el hospital, la madre se sintió avergonzada porque no tenía forma de recompensar a Toby por su generosidad. Pero, de repente, se le iluminaron los ojos. Le susurró algo a la hija y, con un gesto, le pidió a una enfermera que se encontraba cerca un bolígrafo y una hoja de papel. Cuando la enfermera se los trajo, la madre copió cuidadosamente en el papel el apellido de Toby tal como aparecía en su camisa: B-O-W-L-E-S. Luego le dijo lo siguiente a Toby en alemán: *"Mein erstes Enkelkind wird nach Ihnen benannt werden" (Mi primer nieto llevará su nombre)*. Por supuesto, Toby no la entendía, por lo que la mujer colocó la hoja con su nombre escrito sobre el vientre de su hija y alzó el dedo índice como queriendo decir "primero". Entonces puso los brazos como si estuviera acunando a un bebé y colocó el papel en la mano de su hija. Toby por fin entendió lo que trataba de decirle. Las abrazó a las dos y se despidió de ellas.

El hospital desapareció de repente y volvió a aparecer la sala de audiencias. Estaba asombrada por lo que había visto.

Luas nos indicó a Haissem y a mí la puerta de la sala de audiencias. Parados en el pasillo mientras Luas cerraba la sala con llave, Haissem me dijo:

—Ya ves, Brek, la vida de Toby Bowles fue efectivamente noble. Todo es cuestión de perspectiva.

—Pero, ¿qué hay del juicio de su alma? —dije, alarmada por la flagrante injusticia del procedimiento—. Ninguna de estas pruebas fue presentada durante el juicio. Es evidente que el veredicto ha sido injusto. ¿No van a hacer algo?

—Como dije antes —replicó Haissem—, la justicia no tiene nada que ver con esto.

—Vuelvo a estar en desacuerdo —interrumpió Luas—. La justicia tiene todo que ver con esto. Se ha hecho justicia y a nosotros no nos corresponde decir lo contrario.

—Pero, ¿no es posible pedir que el juicio se declare nulo o hacer una apelación? —supliqué—. No podemos quedarnos sin hacer nada. Si este veredicto prevalece, el Juicio Final no será más que una farsa. ¿Qué clase de lugar es este? El acusado no está presente en su juicio, que tiene lugar ante un tribunal que nadie puede ver, en presencia de testigos que el acusado no puede confrontar y con la representación de un abogado que es, al mismo tiempo su acusador, y todo el proceso llega a su fin por decisión del juez incluso antes de que se pueda presentar la defensa. No creo que sea posible que el debido proceso en el cielo tenga menos valor que en la Tierra.

Luas me fulminó con la mirada.

—Nunca vuelvas a decir nada semejante, Brek —me advirtió—. Aquí se trata de la justicia divina, no de la humana. No tenemos derecho a cuestionarla. Dios y la justicia son una misma cosa.

Haissem me tocó el brazo para que me calmara.

—Entiendo tu preocupación, Brek —dijo—, pero puedes estar segura de que el juicio del alma de Toby Bowles se realizó adecuadamente y que se llegó al resultado correcto. Todo esto te resultará más claro después que hayas trabajado en tu primer caso. Ahora tengo que marcharme, pero nos volveremos a encontrar. Estás en buenas manos con Luas, a pesar de nuestros desacuerdos ocasionales.

Haissem y Luas se despidieron con una cortés reverencia y luego Haissem se alejó caminando. Después que se había ido, Luas me dijo:

—Haissem es nuestro presentador de mayor antigüedad, pero a veces me pregunto si ya no habrá pasado su momento. Las cosas que a veces dice son harto peligrosas.

12

Mi único solaz en Shemaya consistía en visitar los lugares que me resultaban entrañables cuando estaba viva. Todo estaba allí: réplicas exactas de mi casa, mi ciudad, mi mundo. Solo faltaba la gente; era como caminar por un estudio de filmación vacío. Mis visitas eran solitarias pero, al principio, esta soledad me resultaba reconfortante. Necesitaba alejarme de Luas, de la sala de audiencias y de Nana. Alejarme de los recuerdos y las vidas de otras almas. Así que me fui a casa. Pero no me fui a estar de luto. No me atrevía a mirar dentro del cuarto de Sarah ni el armario de Bo, pues sabía que me echaría a llorar. Solo quería ser feliz otra vez.

Así pues, con la intención de dejar atrás mi muerte, lo primero que hice al llegar a casa fue irme de compras, ¡mi pasatiempo favorito cuando estaba viva! Decidí que, si Dios me iba a dejar abandonada en este sádico mundo indefinido donde todo me hacía recordar los placeres perdidos de la vida, más me valía darme el gusto de entregarme a algunos de esos placeres y disfrutar un poco.

Me dirigí a la plaza comercial más cercana y me dediqué a hacer compras sin límites. Sin duda, esta fue la mejor jornada de compras que jamás había experimentado: no había colas, ni aglomeraciones, ni vendedores insistentes. Tenía todo el centro comercial para mí sola y lo mejor era la increíble maravilla de que nada me costó ni un centavo. De cierto modo, era el paraíso.

Cambié el traje negro de seda, que tenía puesto desde que había llegado a Shemaya, por un lindo juego de minifalda y blusa, de precio extravagante, que le arrebaté por sorpresa a un maniquí. Saqueé los almacenes, abrí las vitrinas y llevé conmigo todo mi botín arrastrándolo en un alegre tren de percheros con ruedas, repletas de prendas de vestir, zapatos, accesorios, maquillaje y joyas finas como para usar durante cuatro estaciones. Me probaba la ropa en plena tienda en lugar de irme a los vestidores. Si algo no me gustaba, simplemente lo tiraba por encima del hombro y seguía andando. Lo único que imponía un límite a mi decadencia era mi propia capacidad de arrastrar con todo. Como un saqueador después de un huracán, traje mi carro en retroceso hasta las puertas y lo llené hasta el tope con mis nuevas adquisiciones.

Después de pasarme un día entero haciendo esto, me dirigí al patio de cafeterías y me serví una doble hamburguesa con queso y un batido, que aparecieron espontáneamente sobre el mostrador, y después de esto me zampé cinco galletas de chocolate blanco con nueces de macadamia. Nunca me sentí llena; solamente lo poco que me quedaba de decoro impidió que me comiera bandejas enteras. Verdaderamente, era el paraíso.

A mi vuelta a casa después de las compras, estaba tan exhausta que lo dejé todo en el auto y me tiré agotada sobre el sofá. Para mi deleite, la televisión funcionaba normalmente y pude ver cualquier canal que seleccionara, siempre que se tratara de una programación pregrabada, por ejemplo, una película o una comedia televisiva. Los canales de noticias, tiempo y deportes en vivo solo mostraban interferencia estática, pero eso no me importó. Me quedaba dormida y volví a despertar por momentos mientras disfrutaba de las retransmisiones de series como *M*A*S*H* y *Todo en Familia* pero, al llegar la noche, los infomerciales de fin de semana en los que aparecían espectaculares modelos para hacer demostraciones de equipos de ejercicio empezaron a tener el efecto de hacerme sentir culpable (sí, incluso después de la muerte). Me levanté, me puse mi nuevo juego de camiseta y pantalones cortos de correr que había encontrado en las tiendas y me fui al gimnasio más cercano para hacer ejercicios y lucir mis nuevas adquisiciones.

Por supuesto, el gimnasio estaba vacío y no había nadie ante quien lucir mi ropa, lo que me resultó bastante decepcionante porque me parecía que me veía muy atractiva para ser una muchacha manca, que normalmente usaba camisetas de talla extra y pantalones anchos durante sus ejercicios. Bo llevaba años suplicándome que usara otra ropa para el gimnasio y le hubiera encantado este cambio. Del lado positivo, el hecho de que no hubiera nadie en aquel lugar significaba que no tendría que esperar para usar las máquinas ni soportar a hombres sudorosos y con mal olor que se pasarían el tiempo resoplando y echándome miradas. Era como ser rica y tener mi propio club de salud. Me subí a una máquina de andar y traté de ponerla para treinta minutos pero, al igual que todos los demás relojes en Shemaya, el reloj digital no funcionaba y tuve que guiarme por el cuentamillas. Empecé a mi ritmo normal y me sentí tan bien cuando llegué a las tres millas, que seguí hasta seis y luego diez (más de lo que jamás había corrido), veinte y así, sucesivamente, hasta que el indicador me dijo que había corrido noventa y nueve millas y volvió a cero. Irónicamente, el hecho de estar muerta hizo que aumentara mi resistencia. Apenas rompí a sudar y el pulso se me mantuvo todo el tiempo dentro del rango perfecto. Mi fuerza muscular también era mayor al estar muerta. Sin esfuerzo alguno, pude alzar las enormes pesas que levantan los pesistas y los futbolistas.

También me di cuenta de que me veía mejor muerta que viva. En los espejos que había en las paredes de todo el gimnasio mis músculos se veían tan tensos y esculpidos como los de una atleta olímpica. El abdomen y los muslos se me veían tan tersos y lisos como cuando cumplí dieciocho años. No había ningún indicio de que hubiera tenido un bebé hacía solo diez meses. Después de emperifollarme ante los espejos, mi cuerpo me parecía aun más bello y fascinante que nunca antes. *Qué creación tan exquisita e increíble,* pensé. Era como una escultura renacentista, que no resultaba menos perfecta porque le faltara un brazo. Era artística, musical, científica, misteriosa. No recibí dos brazos en Shemaya (probablemente porque solo me podía concebir con un brazo amputado), pero esto hacía que mi cuerpo se viera aun más hermoso. Cuando rocé accidentalmente la fría estructura de acero de una bicicleta estacionaria, un escalofrío me recorrió el espinazo y me reconectó con el cuerpo que veía en el espejo. En ese momento, lamenté lo tonta que había sido en mi vida al no percatarme de todas estas cosas maravillosas y del extraordinario regalo que se me había dado. Este cuerpo, mi cuerpo, tal como era, siempre había sido santo, siempre había sido mío y siempre había sido tan bello y precioso como la vida misma. *¿Cómo es que yo no sabía esto?*, me preguntaba. *¿Cómo es que pude ignorar su importancia durante tanto tiempo?*

Terminé mi sesión de ejercicios sin sudores ni olores, sin necesidad de ducharme. Ya había llegado la noche y pensé en irme sola a un restaurante y luego a ver una película, pero decidí pasar la velada en casa, viendo algo en la tele y comiendo palomitas de maíz.

Al llegar a casa, me puse mi nuevo pijama de seda. Quedé encantada al ver que aparecían sobre la mesa de centro un cuenco gigantesco de rositas de maíz con mantequilla y un gran vaso de refresco. Me acomodé bajo una manta y puse la televisión. En todos los canales estaban transmitiendo el clásico del cine negro de 1950 *Con las horas contadas (D.O.A.)*, como si alguien quisiera insistentemente que yo lo viera, lo que me resultó poco menos que escalofriante. No veía esta película desde mis lecciones de cine en la universidad, pero siempre me gustó y no tuve reparo en verla de nuevo. Empieza con un contador llamado Frank Bigelow, que llega a una estación de policía para denunciar un asesinato donde él mismo había sido la víctima. Había sido envenenado de forma misteriosa y solo le quedaban unos días para averiguar quién lo había matado y por qué motivo lo había hecho. Las similitudes entre la gesta de Bigelow y la mía propia se me hicieron obvias al instante; probablemente ese era el motivo por el que, de forma subconsciente, había puesto la película en todos los canales.

¿Por qué morí?, me preguntaba. *¿Fui asesinada? ¿Quién me mató?* Y, una vez más, *¿por qué?*

Estas preguntas me distrajeron rápidamente de la película. Ya no podía esperar por las respuestas. En ese mismo momento decidí que haría todo lo que me fuese posible para averiguar lo que me había sucedido. Decidí empezar por volver sobre mis pasos, o sea, los últimos pasos que recordaba de mi vida.

Aún con el pijama puesto, salí de la casa y me dirigí a toda velocidad en mi auto al minimercado. Todo tenía el mismo aspecto que recordaba en mis sueños: la carretera, el cielo, los edificios. Al entrar en el estacionamiento, iba cantando la canción *"Té caliente y miel de abejas"*, como había hecho aquella noche con Sarah. El aire otoñal resultaba refrescante. Entré en la tienda, fui hasta el fondo, agarré un envase de leche de la vitrina refrigerada y seguí avanzando por el mismo pasillo donde Sarah había dejado caer las magdalenas al suelo.

Son casi las seis y veinte,
dice el osito,
Mamá viene a casa ahora,
ya está al llegar.

Té caliente y miel de abejas,
para mamá y su bebé;
Té caliente y miel de abejas,
compartiremos entre los dos.

Me agaché para recoger las magdalenas.

Este era el punto en que todos mis sueños terminaban desde que llegué a Shemaya: una conclusión llena de interrogantes, como si fuera una pesquisa fallida de un juez de instrucción. Causa de muerte: *desconocida*. Aunque fuera extraño, esta vez no sentí un fuerte olor a estiércol y champiñones como antes. Avancé hasta el mostrador con el envase de leche y esperé, suponiendo que se me estimularía el recuerdo y recibiría una respuesta. No fue así. No recordé ningún detalle de mi vida más allá de ese momento. Frustrada y enfurecida, lancé el envase de leche hasta el otro lado del mostrador. Reventó y cubrió de blanco la estantería repleta de cigarrillos.

—¿Qué me pasó? —grité en medio del silencio—. *¿Qué me pasó?*

Regresé a mi carro sumida en lágrimas.

En el camino a casa, apareció otro automóvil en mi espejo retrovisor. Este era mi primer encuentro con otro carro desde Huntingdon, donde se había producido un embotellamiento del tráfico y creí que me volvía loca.

El auto me siguió a una distancia normal por unas cuantas millas pero, cuando llegamos a un tramo de la carretera largo y desierto, flanqueado a ambos lados por campos de maíz y heno, las luces altas del carro que me seguía empezaron a hacerme señales y el espejo retrovisor se llenó de una intensa luz estroboscópica roja, que me lastimaba la vista. Aquella luz venía de la parte baja del parabrisas, como sucede con los carros patrulleros de incógnito. Decidí detenerme y hacerme a un lado aunque sabía que el patrullero no tenía ningún ocupante. Mientras esperaba al borde del camino con el motor encendido y admiraba la autenticidad del juego de realidad virtual que parecía estar jugando conmigo misma, recordé que Bo me había advertido que hacía poco tiempo había visto un carro patrullero apostado en este tramo de la carretera.

Por supuesto, ningún policía se asomó a mi ventanilla, pero decidí salir de mi carro e ir a mirar. El motor del patrullero estaba encendido, pero no había nadie dentro. Abrí la puerta del conductor. Se veía como un sedán normal de cuatro puertas en lugar de un carro de policía. No había planta de radio ni ninguno de los otros equipos que uno esperaría. La única similitud con un carro patrullero era la luz roja estroboscópica que había sobre el tablero, conectada al encendedor de cigarrillos por un cable negro en espiral. Al mirar a la parte trasera, vi un videocasete en el suelo y abrí la puerta trasera para alcanzarlo. Pero, al deslizarme sobre el asiento para tomar el videocasete, la puerta se cerró de golpe detrás de mí y me dejó trancada dentro. Entonces la palanca del carro se movió misteriosamente de la posición de estacionamiento a la de avanzar y el carro se incorporó a la carretera sin conductor. Al mirar sobre mi hombro, vi que mi propio carro nos seguía.

Me eché a reír. Tal vez todo era muy aterrador pero, si uno ha aceptado su propia muerte, ¿qué otra cosa puede temer? Recogí el videocasete. En la etiqueta, aparecían manuscritas las siguientes palabras: *¿Qué sucedió?*

Pues, qué apropiado, pensé. *Quizás Dios les habla a las almas en video y así me enteraré al fin de lo que me ha sucedido.* Pero tendría que esperar a llegar a casa para poder verlo.

Me acomodé y me relajé, como si estuviera disfrutando de un parque de diversiones. Sentía curiosidad por saber a dónde me llevaría el carro.

Nos alejamos varias millas en dirección sur. No había ningún otro carro en la carretera y todas las casas y negocios estaban a oscuras. Las estaciones del año dejaron de cambiar tan rápidamente. Ahora era otoño en todas partes. Sobre el parabrisas caían hojas de vivos colores, como grandes gotas de pintura fresca. Nos salimos por una carretera secundaria en Ardenheim y tomamos un viejo camino de explotación forestal hacia las montañas. Los faros de los dos carros se apagaron. Seguimos avanzando, tropezando con surcos y cayendo en baches llenos de barro. Al fin, el carro que me llevaba se detuvo en medio de la carretera. El mío, que venía detrás, también se detuvo, pero entonces dio un giro y se metió de marcha atrás entre un grupo de pinos, empujando las ramas hasta que quedó cubierto por ellas y fue imposible verlo a la luz de la luna. Un momento después, el videocasete desapareció de repente de mi regazo, como si siempre hubiera sido un espejismo. El carro que me llevaba retrocedió por el mismo camino de explotación forestal en la dirección por la que habíamos venido, se incorporó a la carretera y volvió a encender las luces.

Qué extraño, pensé. Pero había visto cosas aun más extrañas en Shemaya, y no tenía nada mejor que hacer, por lo que decidí seguir el juego.

El sedán sin conductor, que me llevaba sentada en el asiento trasero, siguió avanzando hacia el sur en medio de la noche con rumbo a Harrisburg. Esta era la misma ruta que tomaba cuando viajaba entre Delaware y Huntingdon, y empecé a sospechar que, de algún modo, Nana y Luas habían ideado todo esto como una forma de ayudarme a volver a casa. El radio se encendió y empezó a cambiar entre distintas estaciones de música *country* a medida que se perdían las señales, lo que me indicaba que mi mente no era la que controlaba el carro, pues yo rara vez escuchaba ese tipo de música.

Pasamos Harrisburg y luego Lancaster, hasta que al fin nos salimos de la carretera principal y nos encaminamos hacia las ondulantes tierras de cultivo del condado Chester, en dirección a Delaware, como me había imaginado. Sin embargo, antes de cruzar la frontera estatal, dimos un giro en una sinuosa carretera secundaria y seguimos este camino durante varias millas más hasta que volvimos a salirnos a un camino de campo aun más pequeño. Aquí ya no había ni iluminación pública ni tendido eléctrico. El cielo estaba negro como el carbón. Hacía muchas millas que habíamos pasado la última casa, deshabitada, como dormida en la fresca brisa de la cosecha, cargada del aroma de manzanas y hojas en descomposición. Al fin, el pavimento terminó y seguimos avanzando por un camino de grava que descendía por una quebrada en medio de árboles y terminaba en un camino de tierra lleno de surcos que atravesaba un campo abierto con vegetación excesivamente crecida, hasta que pasamos otro bosque y bajamos por una pendiente aun más empinada.

La carretera terminaba en un edificio de bloques de concreto en muy mal estado que salía del suelo como una fea postilla. Sus paredes sin ventanas no tenían más que un piso de altura y estaban llenas de negras vetas de moho y pintura blanca descascarada. Se parecía a los restos de un edificio industrial abandonado y resultaba fuera de lugar en medio del campo. Tuve la sensación de haber estado allí antes, pero no tenía ningún recuerdo específico.

La palanca del carro volvió a ponerse en posición de estacionamiento, el motor se apagó y las puertas se desbloquearon. Salí del carro y caminé hasta el edificio, iluminado por el resplandor amarillo de los faros del automóvil. El meloso hedor del estiércol y los hongos (el mismo que había sentido en mis sueños en el minimercado) hizo que el aire se pusiera denso y difícil de respirar. Al empujar la puerta carcomida sentí un gran temor, aunque sabía que adentro no habría nada que me pudiera hacer daño.

Al cruzar el umbral, el cielo se llenó de repente de una intensa luz diurna, como en una inmensa explosión que hacía esfumarse el edificio, el carro, el bosque y mi propio cuerpo.

De repente, me vi transportada a la recámara de un gran palacio romano, una estructura más inmensa y espléndida que el propio Panteón. Unas blancas columnas se elevaban hasta el borde de una fantástica bóveda de mármol. Debajo de esta, había una reluciente cama dorada, rodeada de divanes forrados de un rico tejido de color carmesí. Parado frente a la cama, regordete y desnudo, estaba el Emperador Nerón Claudio César. A sus pies, gimiendo y suplicándole piedad, yacía Popea su esposa, completamente vestida y con varios meses de embarazo. Su blanco vestido tenía manchas rojas entre las piernas.

—¡Puta desagradecida! —vociferaba Nerón antes de hundir fuertemente el pie en el abdomen de Popea—. ¡Te traje la cabeza de Octavia en una bandeja para tu diversión y así es como me pagas, poniéndome en ridículo!

La volvió a patear, de forma más salvaje y, esta vez, las costillas de la mujer no pudieron resistir más y se quebraron como ramitas de árbol. Popea jadeó en busca de aire, soltando sangre por la boca.

—¡Piérdete de mi vista! —gritó Nerón.

Entonces el palacio romano desapareció con la misma rapidez con que había aparecido. En su lugar surgió la sala de audiencias, con Luas parado en el medio. El ser sin rostro procedente del monolito le susurró algo al oído y luego volvió a meterse dentro de la columna de piedra. Yo no tenía la menor idea de cómo había pasado del edificio de bloques de concreto en medio del bosque al palacio de Nerón y luego a la sala de audiencias. El viaje había sido ininterrumpido y desconcertante. Luas se me acercó y me habló.

—Hola, Brek —dijo—. Lamento que hayas tenido que ver eso. ¿Qué tal tu visita a casa?

—Espera un minuto —le dije, extrañada por lo que acababa de ver—. ¿Eso fue la presentación del caso de Nerón? El Nerón que supuestamente tocó la lira mientras Roma ardía?

—Sí —dijo Luas—. Menudo personaje, ¿no?

—Pero murió hace dos mil años.

—Sí y desde entonces lo estoy representando —dijo Luas—. Normalmente la presentación termina en este punto, o justo después que manda a castrar al niño Esporo y lo convierte en su esposa. Cuando vuelvo a la sala de audiencias al día siguiente, se me informa que aún no se ha llegado a una decisión sobre su destino y que tengo que volver a presentar el caso —suspiró Luas—. Supongo que esta es mi tarea: enjuiciar al alma de Nerón todos los días hasta la eternidad. Parece ser que Dios no está completamente listo para decidirse sobre este caso.

—No entiendo —dije, desorientada y sorprendida.

Luas me acompañó para salir de la sala de audiencias y me condujo por el pasillo hacia el depósito de trenes. Seguimos nuestra conversación mientras caminábamos.

—¿No dijiste que solo presentábamos los casos cerrados? —pregunté—. El caso de Nerón parece bastante obvio.

—Sí, bueno, pero toda historia tiene dos facetas, ¿no es cierto? Tal vez parezca extraño, pero Nerón tenía algunas cualidades positivas... parecido a Toby Bowles. Por supuesto, nunca llego a esa parte durante la presentación, pero sí que las tenía. De todos modos, no nos corresponde preguntarnos por qué. Nerón aquí no es más que un postulante y lo tratamos como a todos los demás. Al menos alégrate de que no sea uno de tus clientes.

Antes de llegar al depósito de trenes, Luas me hizo doblar en una esquina hacia un pasillo que no había visto antes, tan insondablemente largo que no le alcanzaba a ver el final. Parecía estirarse hacia el espacio, como un corredor en un inmenso edificio de oficinas, literalmente con miles de despachos idénticos a ambos lados. Cada despacho tenía altas y esbeltas puertas de madera, con travesaños encima de ellas que las cerraban firmemente. Intensas luces fluorescentes bañaban las paredes con el resplandor uniforme y sin compasión de la burocracia.

—¿Qué lugar es este? —le pregunté a Luas.

—Aquí es donde tenemos nuestras oficinas. Como puedes ver, hay unos cuantos abogados en Shemaya.

Esto me sorprendió e impresionó, pero todavía estaba impactada por el juicio de Nerón.

—¿Así que Nerón y Toby Bowles son tratados de la misma manera? —dije—. ¿Ninguna buena acción que hayan hecho en todas sus vidas es presentada en la sala de audiencias? ¿Qué necesidad hay entonces de realizar un juicio... si es que a eso se le puede llamar juicio? ¿Por qué no mandarlos directamente al infierno?

—Ah, ¿de nuevo con las mismas, no? —dijo Luas—. Te ruego, Brek, que trates de comprender que en Shemaya no hay Declaración de Derechos ni nada por el estilo. Las protecciones de procedimiento sobre las que tanta fe tenías en la Tierra como abogada son aquí totalmente innecesarias. Ninguna mentira puede quedar sin descubrir en la sala de audiencias y ninguna verdad puede permanecer oculta. La justicia está garantizada siempre que los presentadores sean imparciales y no hagan nada por inclinar la balanza.

—Pero, ¿cómo puede haber justicia si no se presentan todas las facetas del caso?

—¿Tengo que recordarte —respondió Luas con tono de reprimenda— que en la Tierra ha habido millones de personas, incluido el propio Jesucristo, que han sido enjuiciadas, halladas culpables y castigadas injustamente? No creo que Dios necesite que le demos lecciones de equidad. Por supuesto, la justicia tiene muchas dimensiones y hasta ahora solo hemos hablado de ser justos con el acusado. Tú perdiste el brazo cuando no eras más que una niña, Nerón Claudio usó a los cristianos para fabricar velas y Dios una vez ahogó a casi todas las criaturas vivientes de la Tierra. Para saber si se ha hecho justicia, hay que considerar todos sus aspectos.

De algún modo llegamos al final del pasillo sin límites. Luas hizo que nos detuviéramos frente a la última oficina de la derecha. En una pequeña placa sobre la puerta decía: "Jurisconsulto Superior de Shemaya".

—Ah, hemos llegado —anunció Luas y abrió la puerta—. La próxima fase de tu entrenamiento está a punto de empezar.

13

En la oficina había un sencillo escritorio de madera, dos sillas detrás de este, una butaca para visitantes al frente y dos velas encima del escritorio. No había ventanas, papeles, archivos, teléfonos, lápices ni ningún otro útil de oficina. Luas cerró la puerta y prendió una cerilla para encender las velas.

—Por favor, siéntate a mi lado —dijo—. Vamos a entrevistar juntos a un nuevo postulante y luego veremos la presentación. Seré tu supervisor. Después de esto, se te asignará a tu primer cliente y realizarás un juicio por tu cuenta.

—¿Estoy obligada a representarlos? —pregunté—. O sea, ¿qué pasa si me niego?

—¿Obligada? —dijo Luas—. Definitivamente no. La elección te corresponde a ti, pero es una elección que ya hiciste. Por eso estás aquí. Los representarás porque, como todo abogado, la justicia es lo que más deseas y no vas a descansar hasta que la consigas.

—Aquí no hay justicia —dije sin más—. Al menos no del tipo que deseo.

Luas sonrió con condescendencia.

—Entonces quizás tú nos puedas enseñar —dijo.

Pensé en esto por un momento y, por primera vez, consideré la posibilidad de que tal vez podría ayudar a estas pobres almas, que este podría ser el motivo por el que fui traída a Shemaya: para arreglar un sistema judicial descompuesto. Los abogados teníamos una larga y orgullosa tradición de traer reformas y restablecer la justicia en el mundo. Siempre había soñado con hacer algo verdaderamente significativo y grandioso.

—Quizás pueda —dije—. Quizás pueda.

Entonces miré hacia abajo y me di cuenta de que todavía llevaba puestos mis pijamas de lo que se suponía que fuera una noche de descanso en casa, viendo una película y comiendo palomitas de maíz.

—No tienes por qué preocuparte por tu ropa —dijo Luas al percatarse de mi vergüenza—. Los postulantes no nos ven. Pero, si vas a estar más cómoda, te puedes poner esto.

De una gaveta del escritorio sacó el traje negro de seda, la blusa y los zapatos que yo tenía puestos desde que había llegado a Shemaya — los que había desechado en el centro comercial durante mi viaje de compras.

—¿Cómo conseguiste estas cosas? —pregunté, confundida.

—No fui yo —dijo—. Fuiste tú quien las trajo. Vamos, póntelas. Esperaré afuera.

Al decirme que yo era quien había traído la ropa, Luas trataba de recordarme que todo esto era una invención mía: o sea, mi apariencia física y la suya; no así la propia Shemaya, que parecía tener una existencia totalmente independiente de mi voluntad. De todas formas, aproveché la oportunidad para vestirme adecuadamente, al menos por respeto a mi profesión.

Luas volvió al despacho y se sentó junto a mí tras el escritorio, rodeado de oscuridad. La tenue luz de las velas le daba su rostro un opaco tono naranja.

—Antes de hacer pasar al postulante —dijo—, debo advertirte que hay un grave peligro en esta reunión, un peligro para el que he tratado de prepararte. Al postulante que enseguida hará su entrada, lo llegarás a conocer mucho más que a Bowles, más que a tus padres, a tu esposo, o a tu propia hija. Lo conocerás casi tan bien como te conoces a ti misma. Para evitar perder tu identidad para siempre, debes emplear las tácticas que te mostré antes. Por difícil que parezca, debes recordarte constantemente las circunstancias en que ocurrió tu desfiguración. Trata de recordar los detalles más ínfimos: el olor del aire encima del estiércol en el dispersor, el ruido de las moscas que revoloteaban sobre el montón de estiércol, la mirada perpleja de las vacas al ver cómo tu abuelo y tú dispersaban por los campos sus excrementos. La manera en que el estiércol pesado y húmedo, producido por la primera cosecha de alfalfa de la temporada, hacía grumos en la tolva como si fuera yeso, obstruyendo los dientes del equipo.

Luas continuó.

—Tus padres te habían dicho que te llevaban a la granja de tus abuelos para disfrutar de unos días en el campo, pero tú habías captado la agresividad de la discusión que tuvieron cuando tu padre le reveló a tu madre que, en contra de su deseo, había hecho los arreglos necesarios para ella fuera admitida en un centro de tratamiento para alcohólicos y la réplica de tu madre fue que él le fue infiel. Tú eras lo único que los mantenía juntos y estabas convencida de que, llegado este punto, solamente una crisis los mantendría juntos. Pensaste en huir de casa, pero esto solo te separaría de ellos. Ya habías probado a cambiar tus calificaciones escolares, pero si las notas eran buenas, esto les hacía confiar en tu buen ajuste y, si eran malas, solamente conseguías que tuvieran otro motivo de culparse uno al otro. Al portarte bien o portarte mal tampoco conseguías un gran efecto y ponerte a llorar solo daba resultado de momento y no lo podías hacer permanentemente. Incluso dijiste tener enfermedades imaginarias, pero los médicos confirmaron tu buen estado de salud y el funcionamiento adecuado de tus órganos.

Ya no podía soportar el dolor de escuchar todo esto.

—¡Basta! —dije—. Te ruego que no sigas.

Luas hizo caso omiso de mis súplicas.

—Lo que pasó a continuación no lo previste —continuó—. Tu abuelo te había advertido que te alejaras mientras él usaba el rastrillo para dispersar el montón de estiércol. Al terminar, se bajó de la tolva y volvió a subirse en el tractor, pero dejó alzado el protector de la cadena transportadora. Viste cómo la cadena titubeaba por unos instantes bajo la carga y luego se rompía con gran estrépito, produciendo un zumbido al pasar por los engranajes mientras el motor del tractor se aceleraba y el estiércol salía despedido por todas partes. En ese preciso instante, se te ocurrió la idea, antes de que tu abuelo pudiera parar el motor y volver a poner el protector en su lugar. Corriste hasta la máquina y metiste la mano entre las ruedas dentadas. Pensaste que solo te lastimarías un dedo o quizás te lo romperías. Sin embargo, aunque al principio no sentiste más que la fuerza equivalente a un firme apretón de manos, cuál no sería tu sorpresa e incredulidad al ver que la máquina te arrancaba de cuajo el antebrazo y se lo llevaba a toda velocidad por la cadena transportadora como si fuera un juguete en una línea de ensamblaje. Te quedaste inmóvil de momento, como sucede cuando uno ve por primera vez su reflejo, a sabiendas de que está ante su propia imagen, pero sin reconocerla plenamente. Justo antes de que perdieras la conciencia, un escalofrío te recorrió el cuerpo... no de dolor, sino por la breve emoción de que al fin lograbas reunificar a tus padres y que pronto todo estaría bien.

—No más, Luas —supliqué, sollozante—. Te ruego que pares.

—Pero hay más —dijo Luas sin piedad—. Mucho más. Esta es la única manera de separarte de los intensos recuerdos de los postulantes que conocerás y esto es lo que hay que hacer. Dos años después, Brek, cuando tus padres ya se habían divorciado y habían hecho coser las mangas derechas de tus ropas para cerrarlas, compareciste como testigo en el tribunal del condado Huntingdon, donde posteriormente practicaste la abogacía, y un joven licenciado llamado Bill Gwynne te pidió que mostraras al jurado el muñón de tu brazo y les dijeras lo que había sucedido. Tu testimonio fue el más decisivo en el caso para poder establecer la responsabilidad del fabricante del dispersor de estiércol y concederles a tu familia y a ti una pequeña fortuna como recompensa. El silencio reinaba en la sala de audiencias, todos los presentes te miraban fijamente con los ojos aguados. Habías practicado tu testimonio tantas veces con el Sr. Gwynne que realmente creías lo que ibas a decir. Gwynne te había prometido que se te haría justicia. Te paraste frente al jurado y, ¿recuerdas lo que dijiste?

—Sí, sí —lloré, traumatizada y avergonzada—. Lo recuerdo. No hace falta que lo repitas.

—Pero es que debo repetirlo —dijo Luas—. 'Estaba empinada sobre las puntas de los pies', le dijiste al jurado, 'tratando de ver lo que hacía mi abuelo. Resbalé sobre la hierba mojada y me caí contra el protector. El golpe no fue muy fuerte, pero el protector cedió y mi brazo quedó atrapado entre los engranajes'. No pudiste seguir hablando de la emoción. El recuerdo de lo que sucedió a continuación era demasiado doloroso.

El implacable relato de Luas estaba teniendo el efecto deseado. Me tenía tan hundida en la vergüenza de mis propios recuerdos que me resultaría imposible confundir mi vida con la del postulante que iba a conocer. Me podía ver a mí misma en el banquillo de los testigos, como cuando tenía diez años. El juez, con su toga negra, me fulmina con la mirada desde su banquillo, viejo y aterrador, como si fuera Dios. La taquígrafa, con cara circunspecta, bosteza mientras golpea las teclas. Mi abuelo, pálido de culpa y remordimiento, manosea nerviosamente su pipa, deseando fumar. Mi abuela me muestra de lejos un rollito de *Life Savers* para darme aliento. Mi madre está sentada sola al otro lado de la sala de audiencias con su cara de "te lo dije", mirando con furia a mi padre y mis abuelos paternos. Papá chupa un *Life Saver* que mi abuela insistió en darle y consulta su reloj pulsera. El abogado de la defensa, de Pittsburgh, demasiado refinado y condescendiente para el condado Huntingdon, susurra al vicepresidente de la empresa fabricante del equipo, un señor tejano que cruza las piernas y acaricia la gamuza marrón de sus botas de vaquero.

A mi derecha se encuentran los miembros del jurado que decidirá el caso: tres granjeros, una peluquera, un ama de casa y un mecánico de camiones. Los granjeros se sienten incómodos con los rígidos cuellos de sus blancas camisas de vestir; la peluquera, que lleva demasiado maquillaje, juega con su goma de mascar; el ama de casa, que lleva muy poco maquillaje, trata

de acomodarse el cabello; el mecánico de camiones se muerde
sus sucias uñas y lanza miradas furtivas a la peluquera.

—Todo está bien, linda —dice el Sr. Gwynne.

Sé que está aquí para protegerme, mi príncipe azul, galante
y bien parecido. Estoy enamorada de él en secreto. Mi abogado continúa:

—Toma un momento para soplarte la nariz, Brek. Sé que es
difícil hacerlo con una sola mano. Lamento que tengamos que
hacer esto, pero los fabricantes del dispersor de estiércol quieren que se les dé una oportunidad ante la justicia y tienen ese
derecho. Solo faltan unas preguntas, ¿está bien? Necesitamos
que ahora te armes de valor y digas la verdad. ¿Estás segura de
que el protector estaba en su lugar? Me refiero a la cubierta
de metal que estaba sobre la cadena.

—Oh, sí, Sr. Gwynne, estoy segura.

—¿Y resbalaste y te golpeaste contra él?

—Sí.

—¿Y el protector cedió?

—Sí.

—Y tu brazo quedó atrapado en la cadena.

—Sí. Caramba, lo siento, Sr. Gwynne. Lamento muchísimo
todo esto. Debí tener más cuidado.

—No tienes nada que lamentar, Brek —me tranquiliza—.
Nosotros somos los que sentimos mucho lo que te pasó a ti.
Hoy has demostrado tener un gran coraje y te lo agradecemos.

En menos de una hora, el jurado emitió su veredicto contra
el fabricante, exigiendo una compensación por 450.000 dólares. Un experto contratado por el Sr. Gwynne testificó que, en
primer lugar, si el dispersor estuviera bien diseñado, no habría
sido necesario quitar el protector para resolver el problema.
Esto significaba que, después de todo, mi mentira tal vez no

representaba ninguna diferencia. Pero eso no cambiaba el hecho de que había mentido: había cometido perjurio.

La tercera parte del dinero fue destinada al Sr. Gwynne por su labor; otra tercera parte me sirvió para estudiar en un costoso internado de cuáqueros, y luego seguir con cuatro años en un colegio privado de arte y tres años en la escuela de derecho de una universidad de la Ivy League. El resto sirvió para pagar mis gastos médicos y aún quedó algo para otros gastos, incluido un semestre de estudios en Europa. Solamente mi abuelo sabía bien que yo había mentido acerca del protector, pero nunca hablamos de ello. Mi abuelo testificó que no recordaba si había dejado el protector puesto o no, lo que hizo que su testimonio pareciera mentira solo a medias. Supongo que mi abuelo podía vivir con eso.

Pero Luas aún no había terminado conmigo:

—Nadie en la sala de audiencias lo sabía —dijo—, ni tus padres, ni Bill Gwynne, ni siquiera tu abuelo, ¡que habías metido la mano en la máquina deliberadamente! Se lo dijiste a una sola persona, a Karen Busfield, y eso fue veinte años después del juicio. ¿Lo recuerdas?

—Sí —dije—. Lo recuerdo.

Era imposible no recordarlo. Karen Busfield, mi mejor amiga de la niñez, una persona tan dulce que fue incapaz de castigar a unos niños que mataban cangrejos de río, una persona que luego se convirtió en ministra episcopal, y que me pidió defenderla en un caso penal por el que podría ser condenada a muerte.

14

El caso penal de Karen Busfield volvió a mis recuerdos en el despacho de Luas como si Haissem estuviera exponiendo una parte de mi propia vida en la sala de audiencias.

Es tarde en la noche. Bo me ayuda a llevar a Sarah a su cama y luego ambos nos quedamos dormidos. Suena el teléfono y el ruido del timbre me hace despertar. El corazón me late fuertemente mientras busco torpemente el auricular y trato de imaginarme lo que puede estar sucediendo, pero con los peores temores debido a la avanzada hora de la noche.

—¿Sí? ¿Hola? —digo, aturdida.

—¿Brek? Hola; soy yo, Karen.

—¿Karen? —pregunto mientras trato de recomponerme. No veo el reloj.

—Dios mío, ¿qué hora es? ¿Estás bien?

—Son las dos de la mañana —dice—. De veras lamento llamarte tan tarde, pero estoy metida en problemas. Necesito a un abogado.

En el fondo se sienten los sonidos característicos de una prisión: voces rudas, pesadas rejas de acero que se cierran de golpe.

—¿Dónde estás?

—En Fort Leavenworth —replica Karen.

—¿Leavenworth? ¿Qué estás haciendo allí, atendiendo a los prisioneros?

—No —dice—. Estoy como prisionera.

Me doy cuenta de que no lo dice en broma.

Bo se da la vuelta en la cama.

—¿Qué pasa? —pregunta.

Cubro el auricular con la mano.

—Es Karen —le susurro—. Creo que la han detenido.

—¿Qué?

—Eres capellana militar —le digo a Karen—. ¿Qué puedes haber hecho?

—Ahora mismo no puedo hablar de eso —responde.

—De acuerdo —le digo, al comprender que la llamada es monitoreada—. ¿Por lo menos me puedes decir de qué te acusan?

—De agresión, entrada ilegal en una instalación y...

—¿Y qué más?

—Traición y espionaje.

—¿Traición y espionaje? ¿Lo dices en serio? —Bo abre mucho los ojos.

—Sí, es en serio.

Me quedo sentada en la cama, estupefacta.

—Brek, ¿estás ahí? —indaga Karen.

—¿Está segura de que dijeron "traición"? —le pregunto.

—Sí —replica Karen.

—Muy bien, enseguida voy para allá —le digo—. Y llevaré conmigo a Bill Gwynne.

—No, ven sola —dice Karen.

—La traición es un delito muy grave, Karen —le advierto—. No quiero asustarte, pero conlleva pena de muerte. Llevaré a Bill conmigo... y quizás a veinte abogados más. Tengo que llamar a las aerolíneas. Llegaremos lo antes posible.

—Ven sola, Brek, ¿de acuerdo? —me suplica. Se nota que está al borde de un ataque de nervios—. Te lo ruego.

—Está bien, querida —le digo—. De acuerdo, haré lo que quieras, por ahora. Luego podemos ver los detalles.

—Gracias —dice—. No tengas prisa. Ocúpate de Sarah primero, que yo estaré bien. De veras lo lamento. ¿Cómo está ella?

—Sarah está bien —le digo—. Tú eres la que me tiene preocupada.

—Lo siento mucho...

—No hay problema —le digo—. Este es mi trabajo. Debo preparar una maleta. ¿Necesitas que te lleve algo?

—Solo te necesito a ti —responde Karen y empieza a llorar. Puedo oír en el fondo la voz de una mujer que le da órdenes—. Me dicen que ya tengo que terminar la llamada —añade entre sollozos.

—Todo va a estar bien —le aseguro—. Llegaré tan pronto pueda. Mantente firme. Y, Karen, hagas lo que hagas, no respondas ninguna pregunta, ¿de acuerdo? Diles que te acoges a tu derecho a no decir nada hasta que hayas hablado con tu abogado.

—De acuerdo. Gracias, Brek —dice—. Ya me tengo que ir. Hasta luego.

Cuelgo el teléfono. Bo está completamente despierto y sentado en la cama.

—¿Acusan de traición y espionaje a una capellana de la Fuerza Aérea? —dice—. Dime que es una broma. Supongo que te hayas dado cuenta de que esto va a salir en primera plana en las noticias nacionales.

—Lo sé —digo con desánimo—. Pero no puedes ser tú quien revele la noticia. Karen me llamó para que fuera su abogada. Mi conversación con ella fue una comunicación confidencial entre abogado y cliente. No deja de serlo por el simple hecho de que tú estuvieras durmiendo al lado mío.

—Pero...

—Prométemelo, Bo —le digo—. Esto es en serio. Comprendo que quieras ser el primero en enterarte de una noticia como esta, pero no puedo permitir que la reveles ni que le digas nada a nadie al respecto. No puedo ser la representante de Karen si tengo que preocuparme de que todo lo que diga en mi propia casa podría salir en los cables noticiosos del día siguiente.

—Está bien —dice Bo, decepcionado—. Pero prepárate. Se te van a echar encima muchos otros reporteros... que no serán tan corteses como yo. Saldrás en la televisión todos los días... quizás más a menudo que yo.

—Magnífico —le digo—. Quizás reemplazaré a la chica del parte del tiempo.

—No creo que sea para tanto.

—¿Puedes ocuparte de Sarah mientras estoy fuera?

—Claro, nos las arreglaremos. Llamaré a algunos que me deben favores.

Le doy un beso en la mejilla.

—Gracias —le digo—. Necesitaré tu ayuda en esto.

—Ya la tienes, para lo que sea —me da un beso en la frente y luego me mira a los ojos y sonríe—. Espero que salgas victoriosa frente a los fiscales federales para que nos hagas sentirnos orgullosos de ti.

Le doy un abrazo y me meto en la ducha.

MÁS TARDE ESA mañana, vuelo a Kansas City, alquilo un carro y manejo el resto del camino hasta Fort Leavenworth, adonde llego ya caída la tarde. Dos guardias mujeres escoltan a Karen, esposada y vestida con uniforme naranja de prisión, a la pequeña sala con una mesa y dos sillas reservadas para las visitas de abogados. Karen tiene un horrible aspecto: pálida y demacrada, con ojeras grandes y oscuras bajo sus ojos inflamados e irritados, como si llevara varios días sin dormir ni comer. Toma la silla frente a mí y me sonríe débilmente. Las guardias abandonan la sala y cierran la puerta con llave para que nuestra conversación sea confidencial, pero siguen vigilándonos por una ventanilla.

—Oh, cariño —le digo, aguantando las lágrimas y extendiendo mi mano para tocar la suya. Una de las guardias da un golpe en la ventanilla e indica con un gesto un cartel que hay en la pared de la sala y que dice: "No se permite el contacto físico". Karen le pone mala cara, pero yo obedezco y vuelvo a colocar mi mano en mi regazo. Nos miramos en silencio.

—Siento mucho haberte obligado a venir hasta aquí —dice—. ¿Qué tal fue tu vuelo?

—Bien —digo—, sin problemas. ¿Cómo te has sentido? ¿Te tratan bien?

Karen baja la vista y hala su uniforme de prisión.

—Se llevaron mi collar de clérigo.

—No te preocupes —le digo—, lo recuperaremos. Esta tarde me reuniré con el fiscal federal para ver si puedo hacer que se aclare la situación, o por lo menos negociar una fianza baja. Eres una ministra sin antecedentes penales; evidentemente no representas una amenaza ni hay riesgo de que huyas de la justicia.

Miro la hora en mi reloj.

—Solo tenemos cuarenta y cinco minutos. Dime qué sucedió.

Karen bosteza y se frota los ojos.

—Llevan dos días interrogándome; no he podido dormir.

—¿Qué? —le digo, alarmada—. ¿Dos días de interrogatorios? ¿No te dijeron que tenías derecho a un abogado?

—Sí —dijo Karen—, pero les dije que no creía necesitarlo.

—¡Que no creías necesitarlo! —exploté, más bien molesta por el hecho de que me habían despertado en medio de la noche para hacerme viajar de Pennsylvania a Kansas—. ¿Te acusan de traición y espionaje y aun así no crees necesitar a un abogado? Entonces, ¿por qué te molestaste en llamarme?

—Por favor, no me grites —dice Karen.

Respiro profundamente.

—Lo siento —le digo—. Es que se me hace mucho más difícil defenderte si ya te has pasado dos días haciendo revelaciones. ¿Confesaste algo?

—Claro que no... por lo menos, no que yo sepa.

—A eso es exactamente a lo que me refiero —le digo—. Con dos días sin dormir, quién sabe lo que te habrán hecho decir. Ya no hables más, ¿de acuerdo?

Karen asiente obedientemente.

—De acuerdo, no hablaré más.

—Bien; ahora cuéntame lo que sucedió.

Karen me mira la cara y luego, haciendo movimientos inquietos con los dedos, aparta la mirada.

—No te puedo ayudar si no me dices lo que pasó, Karen.

—Lo sé.

Me quedo inmóvil, a la espera, pero Karen no habla. Me doy cuenta de que se siente completamente humillada.

—De acuerdo —le digo al fin—. Mira, pues. Te voy a contar algo que nunca antes le dije a nadie, algo malo que hice.

—Tú nunca has hecho nada malo —dice Karen.

—Sí que lo hice —le digo.

Tiro de la manga derecha vacía de mi traje, el mismo traje negro de seda que llevaba puesto cuando llegué a Shemaya. Hoy lo llevaba puesto otra vez porque sabía que me ayudaría a tener la necesaria confianza en mí misma al reunirme con el fiscal federal.

—¿Ves esto? —le digo, mostrándole la manga vacía.

Entonces procedo a hacerle todo el cuento de cómo perdí el brazo, incluido mi testimonio falso durante el juicio. Cuando termino, Karen sonríe con agradecimiento y compasión... como una ministra que es.

—No eras más que una niña —dice, suavemente—. Ya has sido perdonada. ¿Lo sabes?

—Sí —le digo—, lo sé. Y tú también has sido perdonada por lo que hiciste, sea lo que sea. ¿Lo sabes?

Karen vuelve a sonreír y se seca las lágrimas.

—Sí, supongo que sí.

—Ahora cuéntame lo que sucedió.

—De acuerdo —dice, llenándose de fuerza—. Bueno, como

eres mi abogada, supongo que te puedo revelar esto... Soy capellana de los encargados de los misiles.

—¿De quiénes?

—De los encargados de los misiles, los oficiales de la fuerza aérea que controlan los silos de los cohetes nucleares. O sea, los que tienen el dedo sobre el botón, listos para lanzar misiles intercontinentales y acabar con el mundo si el presidente les da la orden...

—¿De veras? —digo, impresionada—. Pensé que no eras más que una capellana de base militar como otra cualquiera, que atendía a los miembros del ejército y sus familias, o algo así.

—Lo era. ¿Te acuerdas de hace como un año, cuando te dije que me transferían a la base Minot de la fuerza aérea en Dakota del Norte?

—Sí.

—Pues, Minot es una de las bases donde tienen misiles nucleares intercontinentales *Minuteman* en estado de alerta. Debido al carácter especial de su trabajo y de las autorizaciones de seguridad que tuve que recibir, no se me permitía revelar a nadie que esa parte de mis funciones incluía la de servir como capellana de los encargados de los misiles y de sus familiares en la base. No quieren que los rusos o los norcoreanos traten de utilizarnos a los clérigos como espías.

—Interesante —le digo—. De acuerdo, ¿y qué pasó?

—Estoy en contra de las armas nucleares —dice Karen.

—Eso puede ser un problema —replico—. Pero no es traición.

—Es que... —dice Karen—, llegué a decirles a algunos de los oficiales que lanzar misiles nucleares está mal y que deberían negarse a hacerlo, incluso si algún día les dieran la orden.

La detengo.

—Espera un minuto. Cuando dices que está 'mal', ¿querrás decir, a menos que alguien nos ataque primero, verdad?

—No —dice Karen—, ni siquiera como represalia.

—Entonces, si los rusos o los norcoreanos lanzan misiles nucleares a Estados Unidos, ¿no debemos responder?

—Debemos perdonar, Brek. No se supone que reaccionemos con violencia ante la violencia.

—Pero, Karen, esa es la función del ejército —le digo, incrédula—. Resisten a la violencia con violencia. Esa es su profesión; es su única razón de ser. ¿Por qué te hiciste capellana militar si no estás de acuerdo con lo que hacen?

Karen me miró con perplejidad.

—¿Preguntarías por qué un médico trabaja en un hospital si no está de acuerdo con que existan las enfermedades? Los ministros religiosos vamos a donde más se nos necesita, Brek. Los médicos van a hospitales porque allí es donde están los enfermos y los abogados van a las cárceles para ayudar a quienes están acusados de cometer delitos. Nadie necesita más ayuda en cuanto a la práctica de la no violencia y el perdón que los propios militares... y ningún miembro del ejército necesita aprender más de esto que aquellos que pueden destruir el mundo si les da por buscar venganza.

Increíble: es como si se volviera a repetir el juicio de los cangrejos.

—Todo eso suena muy bien en teoría —le digo—, pero la mejor manera de disuadir un ataque nuclear consiste en asegurarnos de que nuestros enemigos sepan que sufrirán el mismo destino si se les ocurre intentarlo.

—Pero, si nos atacan —replica Karen—, entonces, por definición, la disuasión nuclear habrá fracasado. En ese caso, ¿para qué molestarse en tomar represalias?

—No sé si te entiendo —le digo.

—Supongamos que esta misma tarde recibimos un ataque con armas nucleares —explica Karen—. Si eso sucede, será a pesar de nuestra amenaza de represalias y de destrucción mutuamente garantizada. En otras palabras, nuestra amenaza de represalia no habría funcionado, pues no habría impedido el ataque.

—Supongo que tienes razón...

—Entonces, si no se disuadió el ataque, el hecho de tomar represalia implicaría el riesgo de destruir el mundo para llevar a cabo una estrategia ya fallida. Sería, al mismo tiempo, ilógico e inmoral.

Me rasco la cabeza, intentando seguir su lógica.

—Mira —le digo, irritada—, no estoy aquí para debatir las estrategias nucleares del país, sino para defenderte frente a acusaciones de traición y espionaje. Aquí existe el derecho a la libre expresión... que, por cierto, protegemos con misiles nucleares... y eso significa que puedes decir lo que quieras aunque otros no estén de acuerdo. Así que sigo sin entender qué tiene de malo lo que hiciste y por qué estás detenida. El hecho de decirles a los oficiales que no lancen sus misiles puede ser un incumplimiento de tus deberes como oficial de la Fuerza Aérea y puede implicar una expulsión deshonrosa, pero no es traición. No hiciste la guerra contra Estados Unidos ni diste ayuda y consuelo a nuestros enemigos.

Karen echa una mirada a las guardias de prisión y baja la voz.

—Eso no fue todo —dice—. Bajé a uno de los silos de misiles.

—¿Qué? ¿Entraste ilegalmente?

—No, uno de los oficiales de mi congregación, Sam, es decir, el capitán Thompson, que es uno de los encargados de los misiles, me dejó entrar con él y con Brian, el capitán Kurtz, durante su turno de trabajo en la instalación de alerta de misiles. Así es como llaman a las cápsulas subterráneas de control del lanzamiento. En cada instalación de este tipo controlan diez misiles *Minuteman*.

—¿A Sam le dieron permiso para dejarte entrar?

—Obtuvo un permiso especial. Normalmente son equipos de dos personas y se mantienen bajo tierra durante veinticuatro horas, pero la Fuerza Aérea ha estado estudiando si sería mejor tener equipos de tres en turnos de trabajo más largos, por lo que el hecho de que yo estuviera en la instalación no era del todo insólito. Además, ya yo poseía una autorización de alta seguridad porque trabajo con ellos. Quería ver cómo era la instalación por dentro para poder entenderlos mejor. No tienes idea de la cantidad de estrés a la que están sometidos, sentados durante horas interminables con los dedos sobre el botón. Buscan respuestas a sus preguntas y necesitan a alguien con quien hablar.

—Ya me imagino —le digo—, pero bajar a una instalación de alerta de misiles tampoco es traición.

Karen me mira fijamente.

—Entraron en estado de alerta mientras nos encontrábamos allá abajo. Dicen que un satélite captó imágenes que parecían ser del lanzamiento de dos misiles balísticos intercontinentales norcoreanos. Según el protocolo establecido, Sam y Brian debían tener sus misiles listos para lanzar en cinco minutos.

—¡Caramba! ¿Te pidieron que te fueras?

—Sí.

—¿Y lo hiciste?

—No exactamente, no de inmediato. Todo es surrealista allá abajo, Brek. Las cápsulas de la instalación están suspendidas sobre unos inmensos amortiguadores, como si fueran yemas dentro de un huevo, para que puedan soportar una explosión nuclear. Se estremecen constantemente, por lo que lo primero que deben hacer Sam y Brian es amarrarse los cinturones de seguridad en sus sillas. Toda la cápsula empezó a resonar y a sacudirse cuando se abrieron los portones de acero a prueba de explosiones que cubren los misiles. Se podían ver en las pantallas de circuito cerrado. En cuestión de segundos, las ojivas apuntaban hacia el cielo.

—De veras suena surrealista —le digo.

—Es que lo era.

—¿Y qué pasó?

Karen respira profundamente y exhala.

—Sam me pidió que me fuera, pero me quedé inmóvil. Estaban a cinco minutos de matar a millones de personas inocentes. La enormidad de esto iba más allá de toda comprensión, pero yo tenía la posibilidad de detenerlo y salvar esas vidas. Quizás Dios me había puesto allí precisamente para eso. Tenía una obligación moral y no podía permitir que sucediera.

Sacudí la cabeza.

—Yo no soy la infractora en este caso —dice Karen—. En cualquier otro contexto, me habrían calificado de héroe por salvar tantas vidas y Sam y Brian habrían sido arrestados como terroristas por tener la intención de detonar un arma de destrucción masiva. Pero de algún modo, en este mundo desquiciado, resulta que es a mí a la que quieren procesar por tratar de detenerlos. Es una locura. Es como si la gente estuviera drogada o hechizada, o algo similar. No se dan cuenta de que es un disparate. Alguien tiene que despertarlos antes de que sea demasiado tarde.

Karen me perforó con la mirada.

—Lo entiendes, ¿verdad? —dice—. Dime que por lo menos tú me entiendes.

No lo entiendo, pero tampoco quiero seguir discutiendo con ella.

—Está bien, Karen —le concedo—, lo entiendo.

—Supongo que a ti también te tengo que hacer despertar —dice Karen—. No importa, aún tenemos tiempo.

—Mira —le digo—, lo que yo piense realmente no importa. Lo que importa es si lo que hiciste en aquel silo de misiles constituye traición. Por lo que hasta ahora me has contado, yo digo que no es traición. ¿Hay más?

—Sí —dice—. Cuando les dije que no me iría, Sam levantó un teléfono de la consola y llamó a los agentes de seguridad de la Fuerza Aérea para que vinieran a sacarme de allí. Mientras tanto, Brian se concentró en su lista de verificación para armar sus ojivas nucleares y aprestar los misiles para el lanzamiento. Les han lavado bien el cerebro. Brian hizo todo esto en forma muy distanciada y metódica, como si no fuera otra cosa que seguir las instrucciones para armar un mueble en la sala de su casa. No parecía molestarle en absoluto que esas instrucciones fueran para matar a millones de personas. Es como el teatro del absurdo. Si en el futuro una nueva raza habitara la tierra después de una guerra nuclear y encontrara una crónica sobre esto, no lo creerían. Es increíble que estemos dispuestos a extinguirnos con tal de hacer justicia. Yo tenía que hacer algo.

Había comenzado el conteo regresivo para el fin del mundo. Solo quedaban cuatro minutos.

—¿Y qué hiciste? —le pregunté, con una mueca como de dolor, pues temía que los hubiera agredido.

—Lo sacudí —replica Karen.

—Dijiste *'lo sacudí'*, ¿verdad? No le disparaste ni nada por el estilo, ¿no?

—Esto es serio, Brek —responde Karen.

—No dije que no lo sea —replico—. Solamente quiero dejar las cosas claras. ¿Qué fue exactamente lo que le hiciste al 'sacudir' a Brian?

—Estaba parada detrás de él y lo sacudí por los hombros. Quería despertarlo. Como te dije, era como si estuvieran en trance. Cada vez que bajan a las instalaciones de alerta de misiles, todos quedan en trance. Tan pronto entran en el ascensor, olvidan los juicios morales y el pensamiento racional. Alguien tiene que despertarlos.

—¿Lo lastimaste?

—Claro que no —dice Karen—. Mírame; apenas peso cien libras. Sam y Brian miden más de seis pies. Brian ni siquiera sintió lo que le hice; era como si yo no estuviera presente, Brek. Se limitó a seguir verificando su lista, encendiendo interruptores, reconfirmando códigos de lanzamiento, revisando los indicadores y monitores. El día anterior, estaba jugando con sus dos hijos pequeños en la guardería de la capilla de la base, rodando por el piso con ellos, riéndose y abrazándolos. Ahora era como una máquina... una máquina de muerte. Era escalofriante. Nunca he visto nada semejante.

Karen me mira con expresión lúgubre.

—Al ver que no conseguía sacarlo de su trance sacudiéndolo

—continúa—, me planté delante de él. Aparté su lista de verificación y lo tomé por la muñeca. "Brian", le dije, mirándolo fijamente a los ojos. "Soy yo, Karen. Despierta. No puedes hacer esto", dije. "No puedes matar a millones de personas. Aunque sobrevivas, nunca te lo perdonarás. Son seres humanos como tú y yo. Son madres y padres y niños, como los tuyos. Tienen familias y sueños. Por favor, Brian", le dije, "despierta".

La mirada de Karen se pierde en el espacio, como si estuviera reviviendo el momento. Es palpable el dolor en su rostro. Pienso en Bo y Sarah, y en mi madre, mi padre y mis abuelos. Los ojos se me humedecen un poco, pues ahora entiendo. Por un instante, estoy despierta.

—¿Cuál fue su reacción? —le digo.

—Fue terrible, Brek —replica Karen—. Me dio un empujón tan fuerte que me tiró al suelo. Entonces se zafó el cinturón de seguridad, sacó su pistola de la pistolera que tenía bajo el brazo, y que todos deben llevar, y se irguió sobre mí, apuntándome con el arma agarrada con las dos manos. Tenía una mirada salvaje. "¡Vete de aquí!", me gritó. "¡Estás interfiriendo en el trabajo de una instalación de misiles nucleares! ¡Estoy autorizado a usar fuerza mortal, capitana Busfield! ¡Vete de aquí inmediatamente o te mato!"

—Ay, dios —le digo.

—Miré a Sam en busca de ayuda, pero él ni siquiera se dio por enterado. Siguió verificando su lista y preparando las ojivas y misiles. Todavía no me había levantado del suelo cuando dos agentes de seguridad irrumpieron en la instalación, pistola en mano. Me esposaron y me sacaron de allí. Me tuvieron bajo vigilancia en la superficie unas cuantas horas hasta que llegó un equipo de agentes del FBI y la CIA. Esa noche me trajeron a Leavenworth en avión y, desde entonces, me están interrogando. Piensan que soy espía o doble agente o algo similar. Sigue el teatro del absurdo. Evidentemente, todo lo que pasó fue por una falsa alarma y no hubo ningún lanzamiento de misiles norcoreanos pues, de lo contrario, no estaríamos hablando aquí en este momento.

Miro a Karen boquiabierta de la impresión.

—Menos mal que no te disparó.

Karen se aparta el cabello del rostro.

—Eso pienso yo —dice—. Así fue como sucedió. ¿Tomarás mi caso?

Mi expresión de conmoción se transforma lentamente en una sonrisa de admiración. Aunque fuese una locura, Karen lo había arriesgado todo por sus convicciones.

—Mira —le digo—, durante el vuelo venía pensando por lo menos en veinte posibilidades para explicarme por qué estarías detenida bajo acusaciones de traición, pero no se me ocurrió que pudiera tener que ver con ojivas nucleares. Como bien dijiste, los médicos van a los hospitales, los abogados van a las cárceles... y supongo que los sacerdotes van a los silos de misiles.

—Así es —dice Karen con orgullo.

Me quedo en silencio por un instante.

—Pero, ¿no existe siempre el riesgo —le digo—, de que nos acerquemos demasiado y nos contagiemos con las enfermedades de nuestros pacientes?

Extiendo el brazo y tomo la mano de Karen, lo que hace que la guardia de prisión vuelva a golpear el cristal de la ventana, pero no me importa.

—Sí, Karen —le digo—. Por supuesto que tomaré tu caso.

———

TODO ESTO LO recordé mientras estaba sentada en el despacho de Luas, esperando la llegada del nuevo postulante. Luas no dijo nada más. Había logrado su objetivo de meterme tan a fondo en el miasma de mi propio pasado, que ya no sería posible perderme en la vida de otra alma. Al menos, eso pensé.

Luas prendió una cerilla para encender su pipa y añadió una tercera llama al oscuro despacho. De repente, se abrió la puerta y apareció el ser sin rostro de toga gris de la sala de audiencias. Con voz sumisa, preguntó si ya estábamos listos.

—Sí —dijo Luas, exhalando de su pipa una nube de humo—. Creo que la señora Cuttler está preparada. Por favor, haga pasar a Amina Rabun.

15

La vida de Amina Rabun me pasó ante los ojos en un instante, y terminó setenta y siete años después de comenzar durante el tranquilo amanecer de un día que parecía como cualquier otro. Nuestro encuentro con Amina Rabun consistió solamente en sentarnos en su presencia y recibir toda la información sobre su vida. No se hicieron preguntas ni hubo conversación, pues no era necesario. Sus recuerdos nos llegaron completos, sin que faltara un detalle.

Con todo y eso, al principio solo capté algunos detalles de su vida, como mismo me sucedió con las otras almas en el depósito de trenes. De cierto modo, encontrarme con el alma de Amina Rabun en el despacho de Luas era como tomar una novela y hojear al azar unas cuantas páginas. Al principio, me llamó mucho la atención un momento de su primera infancia en Alemania, antes del comienzo de la Segunda Guerra Mundial, en que su padre la tenía en sus brazos en un columpio durante una cálida noche de verano, mientras le cantaba su canción favorita. En ese instante, todo parecía tan seguro y pacífico, tan refrescante y prometedor para aquella niña tan bonita y su amoroso padre... Pero entonces decidí adelantarme hasta la última página del libro y me enteré de que Amina Rabun había muerto en Estados Unidos, amargada y traicionada. ¿Cómo era posible que todo hubiera salido tan desastrosamente mal? En alguna parte, hacia el medio del relato, encontré un momento en que la vida de ella y la mía se habían encontrado brevemente: cuando Amina recibió la querella que yo había preparado en su contra, en nombre de mi suegra, para exigirle compensación por los delitos perpetrados por los Rabun contra los Schrieberg durante la guerra. Me resultó escalofriante comprobar que yo había conocido a esta mujer, cuya vida pronto sería juzgada en la sala de audiencias —no solo por la importancia del Juicio Final, sino porque conocí sus pensamientos, sentimientos y recuerdos más íntimos.

Como dije, apenas se trataba de capítulos breves, de instantáneas de su vida. Yo no podía siquiera empezar a comprender la vida de Amina Rabun, ni las decisiones que había tomado, ni los mundos en que había vivido y las personas que los habían habitado, hasta que no leyera todas las páginas de principio a fin. Esto llevaría tiempo. Y el esfuerzo de Luas por ayudarme a mantener mi vida separada de la de Amina había conseguido hacer que me interesara aun más en releer capítulos de la autobiografía de mi propia vida. No experimenté ninguna dificultad en hacer distinción entre mi vida y la de Amina Rabun, al menos al principio. Nuestra entrevista terminó en lo que pareció, simultáneamente, un instante y toda una vida. Pronto el ser de la sala de audiencias reapareció en la puerta del despacho y guió al alma de Amina Rabun de regreso al gran salón del depósito de trenes, donde esperaría con las demás almas hasta que se llamara su caso.

Luas me miró con cautela bajo la tenue luz de la vela de su despacho, tratando de determinar cómo me había ido.

—¿Quién eres? —preguntó.

—Soy Brek Abigail Cuttler —dije con orgullo—. Después de todo, no fue tan difícil.

—Bien, muy bien —dijo Luas—. Ojalá que siempre sea así. Con los nuevos presentadores, hay un alto riesgo de recaída y puede ocurrir en cualquier momento. Puede resultar muy desorientador y desconcertante. Quiero que te quedes con tu bisabuela hasta que estemos seguros de que te hayas ajustado plenamente a la carga de tener otra vida residente dentro de ti.

—De acuerdo —repliqué, pues no tenía ningún otro lugar a donde ir. Esta era una de las ventajas de Shemaya: ni planes, ni citas.

Luas se puso de pie detrás del escritorio y apagó las velas.

—Pasaré a verte dentro de unos días para saber cómo te ha ido y hablar del caso.

—Magnífico —dije.

Salimos del despacho y empezamos a recorrer de vuelta el larguísimo corredor. Cuando íbamos como por la mitad del camino, se abrió la puerta de uno de los despachos y apareció un joven y apuesto abogado, vestido de traje azul oscuro y camisa blanca, con una corbata de rayas azules y doradas, aflojada del cuello, como si recién hubiera acabado su jornada laboral. Al parecer, sus anteojos redondeados de alambre requerían atención constante para que no se le deslizaran por la inclinada pendiente de su nariz. No se percató de nuestra presencia y casi tropezó de espaldas con Luas mientras cerraba la puerta.

—¡Cuidado! —dijo Luas, mientras se hacía a un lado para evitar chocar y se detenía—. Ah, Tim Shelly, te presento a Brek Cuttler.

Tim extendió su mano derecha pero, al ver que de ese lado yo no le podía devolver el gesto, la retrajo apenado, haciendo conmigo la misma danza torpe que ya había tenido que hacer con muchos otros a lo largo de mi vida. Tim parecía perfectamente agradable, pero tuve una clara sensación de inquietud, como si lo hubiera conocido hacía mucho tiempo y no fuera quien ahora parecía ser.

—Brek es nuestra más reciente adquisición —dijo Luas—. Acaba de conocer a su primera postulante.

Luas se volvió hacia mí.

—Tim no lleva mucho más tiempo que tú con nosotros, Brek. Pero el comienzo le ha resultado más difícil. Después de su primer encuentro con una postulante, salió convencido de que era una camarera en una cafetería. No paraba de preguntarme qué quería de desayuno. Yo le respondía: huevos escalfados y tostada, pero sin mantequilla, Tim. Solo conseguimos una separación completa de las personalidades cuando Tim decidió coquetear conmigo.

Tim parecía abochornado, pero todo esto a mí me pareció simpatiquísimo. Fue bueno poder reír otra vez, pues hacía tanto tiempo que no reía.

—Serías un buen partido, Luas —dije, sumándome a la broma.

—Vamos, vamos —dijo Luas— no te burles de mí. Tim o, mejor dicho, la postulante, solo estaba interesada en mí porque su novio había sacado conversación a una mujer bonita al otro extremo de la barra y ella estaba tratando de darle celos.

Tim asintió.

—Realmente estaba perdido. Me tomó un tiempo separar sus recuerdos de los míos.

—Bien —dijo Luas—, tengo que ocuparme de algunos asuntos administrativos. Tim conoce el camino de salida. ¿Serías tan amable de acompañar a la señora Cuttler?

—Claro —dijo Tim.

—Magnífico. Todavía necesita tener los ojos vendados antes de entrar en el salón.

—Comprendido.

—Como dije, Brek —me advirtió Luas—, pasaré a ver cómo te va. Sofía sabe dónde encontrarme si hay alguna dificultad. Te ruego que no intentes evaluar el caso de la señora Rabun. Más adelante habrá oportunidad de hacerlo. Simplemente acostúmbrate a sus recuerdos y emociones, pues ambos son sumamente intensos, como ya sabes. Debes pasar la mayor parte del tiempo simplemente relajándote. Sofía estará contigo. ¿Estás segura de que no hay problemas?

—Sí... sí, todo está bien —dije.

—Si Brek empieza a tomar pedidos para el desayuno, sabremos a quién culpar —dijo Tim, en broma, tratando de tener la última palabra.

—Sería mi culpa —dijo Luas e hizo una reverencia de disculpa fingida—. Tengo que irme.

Lo vimos seguir por el pasillo y desaparecer en uno de los despachos.

—¿Cuánto tiempo llevas aquí? —le pregunté a Tim, deseosa de conocer sobre su experiencia y todo lo que sabía de Shemaya.

—No lo sé con exactitud —dijo.

—Sé lo que quieres decir —repliqué—. ¿Dónde están los relojes y calendarios? Para mí, esa ha sido una de las partes más difíciles de la transición.

Empezamos a caminar hacia el gran salón.

—¿Ya has hecho alguna presentación por tu propia cuenta? —pregunté.

—No, solo he sido observador —respondió—. Pero Luas dice que la próxima será por mi cuenta.

—Lo mismo me dijo a mí... después de Amina Rabun. ¿Todos estos despachos son de presentadores? Debe haber miles.

—Sí, acaban de darme el mío. Aquí, al final, hay unos cuantos que están vacíos. ¿Dónde te estás quedando?

—Con mi bisabuela, en su casa... o lo que recuerdo de su casa.

—Qué bueno. Cuando llegué, me quedé en una tienda de campaña con mi padre. A los dos nos gustaba ir de caza juntos a Canadá. Él murió un par de meses antes de que yo llegara aquí.

—Lo siento —dije—. O quizás no lo debería sentir... pues supongo que ahora estás con él de nuevo.

Tim vaciló.

—Supongo —dijo—. Al principio fue maravilloso verlo, y realmente me ayudó a ajustarme, pero ya se ha ido de nuevo.

—¿Se ha ido? ¿A dónde?

—No lo sé. Un buen día me dijo que ya yo estaba listo para vivir aquí por mi cuenta, pero que algún día nos volveríamos a ver. Entonces fue que me di cuenta de que, al estar aquí, podemos vivir donde queramos. No tienes que quedarte con tu bisabuela.

—¿Dices que podemos vivir donde queramos?

—Bueno, en cualquier lugar que seas capaz de imaginar... Por ejemplo, hasta ahora yo he vivido en el Nido del Águila en Austria y en el búnker de Hitler en Berlín... Estoy realmente interesado en la historia del nazismo.

Estas elecciones me parecieron extrañas. Me hicieron recordar a Harlan Hurley y al grupo Die Elf y su infinita fascinación con todo lo relacionado con Hitler. Pero tal vez no tenía nada de extraño: era similar a los fanáticos de la Guerra Civil, que se pasaban los fines de semana en tiendas de campaña para recrear los hechos.

Tim continuó:

—También me quedé un tiempo en la Casa Blanca, y en Graceland y West Point. He piloteado bombarderos y aviones caza y he manejado tanques de guerra. Hasta hice un viaje en el transbordador espacial. Si uno lo puede imaginar, lo puede hacer.

—Vaya —dije—. Eso es increíble. Pensé que uno solamente podía ir a los lugares que había visitado durante su vida. Hasta ahora, es lo único que he hecho.

—No, puedes ir a donde quieras. Te lo mostraré cuando salgamos. Aquí no se puede hacer.

Cuando llegamos al depósito de trenes, Tim abrió una caja cerca de las puertas, sacó una gruesa venda de fieltro y me tapó los ojos con ella. Al pasar de un lado a otro del gran salón, volví a echar un vistazo a las almas. Era como caminar por dentro de una biblioteca y leer al azar distintos párrafos de los miles de autobiografías que llenaban las estanterías. Aunque cada una tuviera un autor diferente, como todas las autobiografías, en general revelaban las mismas verdades, sufrimientos y alegrías. Cuando llegamos al vestíbulo al otro lado, era como si hubiera cerrado los libros, pero sin sentirme confundida ni debilitada como antes.

A pesar de mi inquietud en relación con Tim, por primera vez desde que llegué a Shemaya sentí un destello de esperanza en lugar de aprensión, de la misma forma en que la visita de un amigo cuando estamos enfermos nos ilumina la oscuridad en que nos encontramos. Me quité la venda y Tim y yo prácticamente salimos corriendo del salón, como dos niños al salir de la escuela.

El techo de la casa de Nana se veía a través de los árboles. El depósito de trenes parecía colindar por el Oeste con el terreno de Nana. El paso de un lugar al otro no era más que una perturbación en el aire entre dos árboles de arce que estaban allí desde mi niñez.

¿Será posible que la entrada al cielo siempre hubiera estado tan cerca?, me pregunté.

Pero, por supuesto, no estábamos cerca en absoluto de Delaware ni de la casa de Nana. Todo era un producto espontáneo de mi mente. Hasta podía oír los ruidos del escaso tráfico que había en la carretera.

—Linda casa —dijo Tim mientras miraba en derredor—. Bueno, ¿a dónde quieres ir ahora?

—Ehhh...

—Escoge el lugar que más te plazca; los puedes ver todos.

—Está bien, de acuerdo... —de momento no se me ocurría nada pero, de pronto, por algún motivo, me surgió en la mente la imagen de *Lo que el viento se llevó*—. A la hacienda Tara —dije, sorprendida de mi propia elección.

—Nunca he estado en Tara —dijo Tim—. ¿Cómo será?

Inmediatamente nos vimos transportados allí. Estábamos sobre la alfombra color rojo vino que iba de un lado a otro del recibidor y subía por la gran escalera de la hacienda ficticia. Los candelabros de cristal tintineaban suavemente con una agradable brisa primaveral que golpeaba las lujosas cortinas de terciopelo verde del salón, trayendo consigo los dulces aromas vespertinos de las magnolias, las flores de manzano y el césped recién cortado. Mientras tratábamos de apreciar todo lo que nos rodeaba, salimos al pórtico, con sus columnas encaladas, y luego seguimos caminando por el portal bañado por el sol y volvimos a entrar al comedor, donde la mesa estaba servida con la reluciente vajilla del té.

No importaba el hecho de que Tara no hubiera sido más que una descripción en una novela o un decorado de una película, pues esto no les había importado a los lectores del libro ni a los que habían visto la película en el cine. Tampoco importaba que yo no pudiera recordar los detalles exactos tal como aparecían en el libro o en la pantalla. Mi mente presentaba en forma instantánea lo que yo esperaba ver, sentir y oler. Me faltaba un poco el aliento cuando llegamos al final de la escalera y tuve una sensación de dolor muy real cuando me golpeé la canilla contra el borde de un lavabo, lo que me demostraba que el lugar por donde paseábamos no era una simple ilusión. Todo estaba en su lugar, excepto Rhett y Scarlett, por supuesto. Me dejé caer sobre su cama, riendo como una niña, embriagada por el sueño hecho realidad. Tim nunca había leído el libro ni había visto la película y tampoco compartía mi entusiasmo, pero de todos modos lo arrastré por cada habitación, como si fuera una guía de estudio cinematográfico:

—Aquí fue donde Scarlett le disparó a aquel canalla de la Unión —chillé—. Y aquí es donde Rhett la abandonó.

De vuelta en el salón, nos detuvimos frente a un barco en miniatura que estaba dentro de una botella sobre la repisa de la chimenea. Tan pronto mi mente percibió el barco, cambió el entorno de la hacienda por el océano, y la mansión, por los mástiles y el casco de una carabela del siglo XVI en alta mar. Allí estábamos Tim y yo, sobre la cubierta de madera, con nuestro atuendo de negocios, como un par de fletadores de barcos haciendo el ridículo. Una inmensa ola hizo que la carabela se inclinara pronunciadamente a babor en medio de fuertes ráfagas de viento, por lo que tuvimos que arrastrarnos sobre manos y rodillas hasta la baranda de estribor mientras quedábamos empapados de agua salada.

—¡Me podrías avisar la próxima vez que fueras a pensar en un barco! —gritó Tim.

Volvimos a caer desde la cresta de una ola y el barco dio un bandazo a estribor, con lo que derribó a Tim sobre la cubierta. Yo había visto venir la ola y me había agarrado bien del mamparo.

Tim recuperó la compostura y se puso lentamente de pie.

—¡Piensa en un mar calmado!

Así lo hice, y el mar se calmó instantáneamente, como si dos manos gigantescas hubieran descendido del cielo para estirar y alisar la inmensa sábana del océano, dejándola plana como una lámina de cristal. Los cielos se aclararon instantáneamente y el sol salió. Tim se sentó sobre la cubierta y yo tomé asiento a su lado. A lo lejos, se veía algo que parecía ser una pequeña isla del Caribe.

—Mi abuelo me llevaba a navegar por la bahía de Chesapeake cuando era niña —dije—. A veces me quedaba dormida con él al timón y soñaba que era una exploradora antigua perdida en el mar.

El barco se vio sacudido por una brisa tropical que compensaba la calidez del sol. Flotamos a la deriva, con un silencio que solamente era roto por los sonidos distantes de las gaviotas y del suave golpeteo del agua contra el viejo casco de madera. Yo estaba exhausta, por lo que me estiré sobre la cubierta bañada por el sol, apoyando la cabeza contra la tapa de una escotilla.

Pronto me quedé dormida en este paraíso. En mis sueños, volví a la bahía de Chesapeake. Estaba en el velero de mi abuelito Bellini, que me enseñaba a timonear el barco. Era un día perfecto, cálido y con brisa. La piel al descubierto del pecho y hombros de mi abuelo, quemada por el sol, añadía colorido a la impecable brazola blanca de fibra de vidrio que rodeaba la cabina del velero. Con una vieja y raída gorra azul de capitán, mi abuelo se protegía los ojos mientras estos iban del foque a un punto visible de la costa, hacia el que me decía que enfilara para hacer el uso más eficiente posible de nuestra bordada. Tan pronto perdimos de vista los muelles de Havre de Grace, mi abuelo me permitió quitarme el chaleco salvavidas que mis padres insistían en que usara, porque nadar con un solo brazo es prácticamente imposible.

Pero mi bello sueño de navegar con mi abuelo se convirtió de repente en una pesadilla: la misma que a menudo despertaba a Amina Rabun, cuyos recuerdos ahora viven dentro de mí. Dado que experimentaba los recuerdos de Amina como si fueran míos, también experimenté la pesadilla directamente como si yo fuera Amina.

En este sueño, mi hermanito Helmut y yo (Amina) estamos jugando cerca del cajón de arena que nuestro padre construyó con ladrillos de colores al fondo de nuestra gran casa, en el terreno situado al borde del bosque en las cercanías de Kamenz, en la parte oriental de Alemania. Como la empresa de papá empleaba a muchos albañiles de calidad, había hecho que dispusieran los ladrillos de tres partes del cajón de arena en figuras de patos y flores y que extendieran la parte del fondo hacia una amplia zona del patio donde había una gran parrilla de ladrillos. Los dos extremos opuestos del cajón de arena estaban rodeados por macizos de rosas, claveles y begonias, y nuestro denso y verde césped se extendía por todo el frente.

A pesar de la forma obsesiva en que Papá mantiene el orden y la limpieza del patio y el jardín, la arena del cajón emite un olor pútrido, por lo que no quiero jugar allí. Le digo a Helmut que tampoco se acerque, pero él se lanza despreocupadamente. Enseguida se hunde hasta las piernas, la cadera y el torso, como si estuviera en arenas movedizas.

—¡Auxilio, Amina! ¡Auxilio! —grita.

Extiendo la mano para sacarlo de allí pero, cuando miro por el borde me doy cuenta de que no hay arena dentro. En lugar de ello, están los brazos de miles de cadáveres, enredados, ennegrecidos y putrefactos, todos moviéndose como serpientes dentro del cajón de arena, agarrando a Helmut, tirándolo hacia abajo en una inmensa sepultura que se extiende hasta las profundidades de la tierra, como si el cajón de arena estuviera situado sobre un portal de acceso al propio infierno. Le pido ayuda a gritos a papá y trato de halar a Helmut con la mayor fuerza posible, pero no logro contrarrestar el empuje de aquellos miles de brazos.

Entonces, terminó la pesadilla. Al despertar, encontré que ya no estaba en el velero de mi abuelo ni en el barco en el Caribe. Estaba tendida sobre la hierba frente a la casa de Nana en Delaware, mirándolos a ella y a Tim Shelly, arrodillados junto a mí.

—Brek, ¿estás bien? —pregunta Nana.

Traté de entender lo que había sucedido.

—Creo que sí —dije.

Nana sonrió y me dio una palmada sobre el hombro.

—Recuerdas tu nombre. Eso es buena señal.

Me incorporé y miré en derredor.

—Acabo de tener el sueño más aterrador —dije.

Nana me consoló.

—Ahora estás segura, niña —dijo.

Se dirigió a Tim.

—Gracias por traérmela. Yo me ocuparé de ella.

Tim se levantó para marcharse.

—No hay problema —dijo.

Me miró fijamente con una escalofriante expresión en el rostro, casi despiadada y cruel. Me embargó la misma sensación de inquietud que tuve cuando nos encontramos por primera vez. Lo conocía de algún lugar, pero no recordaba de dónde.

—Gracias —dije.

Tim se fue andando entre los árboles hacia la estación de trenes.

Nana se percató de mi aprensión.

—¿Tim te hace sentir incómoda? —preguntó.

Me incorporé y sacudí las hierbas de mis faldas.

—Sí —dije—. Siento como que lo conozco, pero que finge ser otra persona. No hay manera de que recuerde quién es.

—Lo recordarás cuando estés lista —dijo Nana y me ayudó a levantarme—. Hay una razón para que conozcas a cada postulante y presentador en Shemaya. Tienes que descubrir por qué has sido presentada a Toby Bowles, Amina Rabun y Tim Shelly. Cuanto antes lo hagas, más pronto te adaptarás y más pronto tendrás la oportunidad de irte de aquí.

16

Helmut, el hermano de Amina Rabun murió a los siete años y tres meses, pero no fue en un cajón de arena. Una bomba de quinientas libras atravesó el techo del gimnasio de su escuela y mató a todos los que estaban dentro. Los viejos que no tenían hijos en la escuela y, por lo tanto, podían examinar la escena objetivamente, de la forma en que lo hacen los hombres con su fascinación por la destrucción, señalaron que los escombros habían sido expelidos hacia afuera en forma de anillo alrededor de la zona de la explosión. Esto no fue puesto en duda por los padres histéricos ni por los mayores y los vecinos de la ciudad. Todos habíamos oído a los bombarderos dando vueltas en círculos y el restallido de las baterías antiaéreas. A Helmut le gustaban el caballo con arzones y la cama elástica.

La bomba que destruyó la *Dresdner Schule für Jungen,* a las 09.32h el 22 de abril de 1943, diseccionó e inmoló instantáneamente a los treinta y dos niños que jugaban al abrigo de la escuela, y dispersó un sinnúmero de brazos, piernas y otros pedazos humanos a cientos de metros del último lugar donde se habían reunido. Los oficiales nazis que tomaron el control de la escena recogieron estos restos y los dividieron en montones más o menos iguales, envueltos en sábanas, uno para cada familia que se suponía que había perdido a un hijo en el gimnasio ese día. Con voces solemnes durante la invocación, proclamaron que los niños habían hecho el sacrificio supremo por *das Vaterland* y que todos debíamos estar orgullosos. Aunque el bulto que nos entregaron mostraba unos cabellos rizados y oscuros, lloramos y oramos sobre él como si fuera nuestro propio pequeñín Helmut, que en realidad era rubio. Mamá se desvaneció y tuvieron que llevarla a la casa y mantenerla sedada durante una semana.

ME PICA LA nariz. Trato de rascarla con la mano derecha, pero no llego; lo intento de nuevo y tampoco llego, como si estuviera tratando de alcanzar a una mosca en lugar de una parte de mi propia anatomía. Siento en el brazo un adormecimiento pulsante y penetrante. Es el dolor fantasma. El espectro de mi antebrazo me visita cada noche, me engaña mientras duermo y se vuelve a conectar con mi cuerpo y a realizar las funciones propias de un antebrazo, como rascar la nariz y espantar moscas. Después que me hace sentir todo esto, se cobra su venganza por mi descuido con el dispersor de estiércol al desaparecer justo cuando abro los ojos en la mañana, de modo que me veo obligada a volver a experimentar el terror de ver un muñón vendado que se agita sobre mi cabeza como una barrera de peaje rota en un día ventoso. El muñón va señalando indiscriminadamente las ochenta y siete lozas cuadradas del cielo raso en el cuarto del hospital donde me atendieron. Las he contado muchas veces y estoy segura de su número. Viene Debbie, la enfermera de la mañana, y me vuelve a bajar el muñón, lo que me produce grandes descargas de dolor que van como gritos hasta mi cerebro, y de allí a mis cuerdas vocales. Debbie se disculpa.

—Te toca el desayuno y otra dosis de morfina —dice la enfermera; me llama 'cariño' y se ocupa mucho de mí.

Luas y Nana están sentados al pie de la cama. No sé lo que hacen aquí. Veo moverse sus bocas, pero no oigo lo que dicen, por lo que los ignoro. Me corren por el mentón grumos de avena gris que caen de la cuchara que sostengo con dedos que aún no están acostumbrados a sostener cubiertos. La enfermera me da el narcótico después del desayuno, inyectándolo directamente en el tubo intravenoso que todavía me repone los fluidos que perdí sobre los asientos de la camioneta de mi abuelo y sobre el piso de la sala de emergencias. Las amapolas me sumergen en un sueño cálido, perfecto, opiado, del que siempre lamento regresar.

POR SUGERENCIA DEL padre Muschlitz, los padres de todos los niños que perdieron la vida en la escuela de Dresden acuerdan enterrar los grotescos bultos que les han entregado en una tumba colectiva, como señal de pérdida de toda la comunidad. Todos, menos mi papá.

—¡Mi hijo tendrá su propia tumba! —bramó, negando la realidad de que nadie más que Dios podría determinar en cuál o cuáles de los bultos se encontraban los restos de Helmut—. ¡No será enterrado como un animal, como un judío común! ¡Será enterrado en el terreno de la familia cerca de Kamenz!

Papá ordenó a sus empleados diseñar un monumento adecuado para el hijo de un industrial rico. Insistió en que debía ser construido con los pedazos de concreto y barras de acero torcidas que quedaban del gimnasio, para que nadie olvidara la cobardía de sus asesinos.

—¡Tiene que ser tres veces más grande que cualquier otro monumento del cementerio! ¡Tiene que estar terminado de inmediato!

Solo se permitió dos días para enterrar a Helmut y pasar el luto. Luego volvió a Polonia, con la explicación de que los esfuerzos bélicos se habían intensificado allí, a pesar de que habíamos conquistado el país años antes. "El Tercer Reich requiere urgentemente la ayuda experta de Jos. A. Rabun e Hijos en varias cuestiones de seguridad nacional de las que no puedo hablar", decía. Papá había dejado de sonreír después de su primer viaje a Polonia. Sus ojos se habían vuelto más oscuros y estrechos, como si algo o alguien lo atormentara.

En el medio siglo desde que *Großvater* Rabun abrió las puertas de su pequeño taller de albañilería cerca de Kamenz, Jos. A. Rabun e Hijos había ido creciendo hasta convertirse en la poderosa corporación o *Körperschaft* que construía el alcantarillado de la parte moderna de Dresden, pavimentaba sus calles y levantaba sus edificios. Nuestro pequeño negocio familiar se convirtió en la principal firma de ingeniería civil y construcción en toda la provincia de Sajonia, con lo que la familia vivía muy bien. Debido a esto, las exigencias del negocio nunca fueron mal vistas por la familia. Teníamos más que la mayoría de los alemanes: comida de sobra, ropa bonita, dinero suficiente para salir a cenar, ir a la ópera e incluso viajar al extranjero durante la guerra. Vivíamos cómodamente en la finca de mi abuelo, con su gran casa estilo chalet, establos para caballos y jardines que reflejaban su pasión por los Alpes. Otros ciudadanos alemanes, menos afortunados, habían sacrificado mucho más.

Después que Papá se fue a Polonia, conocí a mi mejor amiga, Katerine Schrieberg, en nuestro lugar secreto en la finca: un claro en el bosque, rodeado por un denso pinar y protegido por zarzas y lianas. Katerine estaba nerviosa y pálida, como siempre, y no cesaba de frotar con sus dedos, tratando de extraerle todas las bendiciones posibles, el crucifijo de oro que yo le había regalado para que lo enseñara si los nazis alguna vez la detenían en el bosque. Como yo no había acudido a ninguno de nuestros tres últimos encuentros previstos, Katerine estaba evidentemente muy preocupada. Cuando le conté la triste noticia de Helmut, lloró como si se tratase de su propio hermano. Tanto así, que terminé consolándola a ella en lugar de consolarme ella a mí. Por supuesto, Katerine le tenía cariño a Helmut y estaba apenada por mí. Pero su llanto era también por su familia y por ella misma pues, si ni siquiera los poderosos Rabun de Kamenz podían estar seguros, ¿en qué lugar quedaban los débiles Schrieberg de Dresden? Katerine me preguntó si quería acompañarla a su casa y yo acepté gustosa la invitación, feliz de tener la oportunidad de escapar, aunque fuera por un momento, del manto que había caído sobre mi vida con la bomba de quinientas libras de los Aliados.

La casa donde vivían los Schrieberg en realidad no era casa, sino una cabaña de cazadores abandonada, construida por mi abuelo en las profundidades del inmenso bosque que se extiende desde Kamenz hasta la frontera checa. Antes de vivir allí, los Schrieberg residían en una bella casa de ciudad en el barrio más elegante de Dresden y eran propietarios de varios teatros, dos de los cuales habían sido construidos por Jos. A. Rabun e Hijos. Katerine y yo éramos amigas íntimas. Desde la primaria habíamos tomado lecciones de danza y violín y los padres de ambas habían compartido responsabilidades como miembros de las juntas de muchas organizaciones cívicas y caritativas hasta que los nazis decretaron que los judíos no podían ocupar esas posiciones.

Pero entonces, en 1942, los Schrieberg de pronto reservaron pasajes a Dinamarca tras aceptar la oferta que les hizo mi tío Otto de comprarles sus teatros, casa y pertenencias por un total de 35.000 marcos. Dada la situación, la oferta era generosa, pero en realidad habría sido insultante si no fuera una opción preferible a permitir que el gobierno confiscara las propiedades sin compensación alguna. Los Schrieberg tenían familiares en Dinamarca que habían accedido a acogerlos pero, cuando se corrió la noticia de que los nazis estaban haciendo redadas en las estaciones ferroviarias para capturar a los judíos que huían, y que los metían en vagones de carga con destino a Polonia, decidieron cambiar sus planes y asumir el riesgo de quedarse y ocultarse. Katerine me contactó y me preguntó por la cabaña de cazadores.

Las dos habíamos dormido allí algunas veces en las noches cálidas de verano, hablando de los chicos con quienes nos casaríamos. Mi familia no había usado la cabaña desde el comienzo de la guerra, por lo que accedí a permitirles que se quedaran allí y pronto empezamos a hacer encuentros discretos en nuestro sitio de reunión, con canastas y a veces hasta carretillas cargadas de víveres y suministros, aceptando siempre los constantes ruegos de los Schrieberg de que no le hablara a nadie de su existencia — ni a mi madre, ni a Helmut y, lo que era más importante, ni a mi padre ni a tío Otto. A nadie.

Jared Schrieberg, el padre de Katerine, y sus hermanos menores, Seth y Jacob, eran muy hacendosos e inmediatamente se pusieron a excavar un túnel por debajo de la cabaña para poder escapar si alguien se acercaba. Katerine me dijo que practicaban la huida dos veces al día, hubiera el tiempo que hubiera, y podían desaparecer en silencio debajo de las tablas del suelo, cuidadosamente reinstaladas, en un tiempo exacto de treinta segundos. Entraban y salían por ese túnel, casi siempre cocinaban de noche para evitar llamar la atención con el humo de sus hogueras, e iban al baño muy lejos de la cabaña para evitar incluso que esta oliera a estar ocupada. Era una existencia lastimosa y denigrante. Sentía pena por ellos, pero en realidad sus precauciones eran innecesarias. La propia osadía de esconderse en la propiedad de un oficial de las Waffen-SS (la organización de la que mi tío Otto aceptó una comisión) hacía que la vida en aquella cabaña fuera segura para ellos, de la misma forma en que ciertos peces tropicales se proporcionan una vida segura al estar entre las mortíferas anémonas marinas.

Cuando Katerine les contó a sus padres lo sucedido con Helmut, estos empezaron a llorar y dijeron que guardarían shivá por el pequeño. Me explicaron que ese era el ritual judío de duelo. Con mi juventud e ignorancia, esta idea me provocó pánico. Yo no quería que los Schrieberg, con sus oraciones, confundieran a Dios y que este enviara a Helmut por error al cielo de los judíos. De la forma más cortés que pude, les rogué que no lo hicieran, pero insistieron y me puse furiosa. Yo había asumido grandes riesgos personalmente al ayudarlos y no toleraría que interfirieran en estas cuestiones. Mi dolor por la pérdida de mi hermano y mi odio a sus asesinos invisibles encontraron escape en los Schrieberg y les grité en un tono más alto de la cuenta para recordarles de quién dependía su supervivencia: *"Sagen Sie nicht jüdische Gebete für meinen Bruder!"* (¡*No digan oraciones judías por mi hermano!*).

El silencio reinó en la sala. Katerine miró fijamente al piso y se mordió el labio cuando *Frau* Schrieberg le hundió las uñas en el brazo. Seth y Jacob miraron a su padre horrorizados, esperando que castigara mi impertinencia de la misma forma que tantas veces se lo había hecho a ellos. Pero *Herr* Schrieberg se limitó a sonreír fríamente, de modo que se veía un destello de oro a través de las canas de su barba y su bigote y, sin darse cuenta, contorsionó su larga y bulbosa nariz de forma idéntica a la propia caricatura de los judíos que aparecía con regularidad en los periódicos alemanes de aquellos tiempos. Como si estuviera entregando un arma oculta, retiró cuidadosamente la kipá negra de su cabeza calva y la colocó sobre la trajinada mesa de madera que la familia usaba como mesa de comedor, escritorio y altar. Los Schrieberg no harían oraciones por el alma de mi hermano. Devolví la mirada fulminante al anciano y le agradecí con una buena dosis de insolencia adolescente, al ver que por primera vez había logrado intimidar a un adulto. No le quedaba otra opción. Me marché sin decir más palabras y rápidamente atravesé el bosque corriendo; lamentaba tener que recurrir a esas tácticas, pero me sentía embriagada por haber impuesto mi voluntad con tanta fuerza y eficacia contra personas mayores. El hecho de que los Schrieberg se hubieran sometido a mis exigencias me hizo sentir poderosa y, por un momento, en control del mundo incontrolable que me rodeaba. Al menos yo no tenía que vivir como ellos, o sea, como animales.

———————

MILAGROSAMENTE, LA PIEL se ha cerrado sobre la amputación y me han retirado los vendajes. Pero, de todas maneras, me niego a tocar el muñón de mi brazo derecho, o a mirarlo siquiera, pues me da terror. El Dr. Farris, el sicólogo asignado a todos los niños que han sufrido amputaciones en este hospital, me asegura que esto es perfectamente normal.

—He atendido a muchos niños en la misma situación, Brek —dice—. Niños que han sido víctimas de fuegos artificiales, accidentes de tránsito, y también niños que viven en granjas como tú. La mayoría reacciona de la misma forma. Creen que lo que queda de sus brazos y piernas es como un monstruo que quiere adueñarse de lo que queda de sus cuerpos, pero debes recordar que este es el mismo brazo con el que naciste. Ha sufrido una terrible lesión y necesita tu amor y compasión. No tiene a nadie más que a ti. ¿Puedes darle ese amor?

—Lo intentaré, pero no es justo —digo, llorando.

El Dr. Farris mira su reloj.

—Ay, se acabó el tiempo por hoy. Te veré la semana próxima, ¿de acuerdo? Me parece que estás muy bien.

Al salir, encuentro a mi madre leyendo una revista de modas en la sala de espera.

—¿Terminaste? —pregunta.

—Sí.

Luas está parado en el pasillo a la salida del consultorio del Dr. Farris. Mi madre no lo ve. Luas sonríe y extiende su mano izquierda sin haberlo intentado antes con la derecha y, con ese gesto, me devuelve a la sala de la casa de Nana en Shemaya.

—Gracias a Dios que volviste —dice Luas—. Sofía y yo empezábamos a dudar si alguna vez regresarías.

Miro en derredor, aturdida y confundida por la avalancha de imágenes, emociones y personalidades que pasan por mí. Nana me trae una taza de té y me siento en el sofá.

—Has pasado mucho tiempo con la señora Rabun —dice Luas—. Su vida fue muy interesante.

Meto la mano izquierda en la manga derecha de mi bata de baño y palpo el contorno familiar de mi brazo: los bíceps encogidos y atrofiados; la punta áspera y calcificada del húmero, que sobresale como un coral bajo una capa hinchada de piel que cubre el hueso.

—Sí, así fue —le digo.

—Debes saber que los Schrieberg le mintieron —dice Luas.

—¿En qué?

—Al decirle que no guardarían shivá por Helmut. Sí lo hicieron.

17

Separar mi existencia de la de Amina Rabun fue una de las cosas más difíciles que he hecho en mi vida... o muerte. La historia de Amina Rabun se convirtió en la mía propia. Desafortunadamente, como sucede en muchas obras de teatro, la de ella fue una tragedia.

En la lluviosa tarde del 23 de abril de 1945, una patrulla exploradora soviética, que avanzaba en dirección sur hacia Praga, se encontró con los Rabun de Kamenz. Era el día en que se celebraba el dieciocho cumpleaños de Amina Rabun.

Los Aliados habían ocupado Leipzig al oeste y los rusos se habían agrupado al este, a lo largo del río Oder, con lo que era ineludible la derrota de Alemania. Friedrich, el padre de Amina, y su tío Otto ya habían vuelto a Berlín junto con lo que quedaba de las fuerzas de Hitler, que se batían en retirada. No obstante, advirtieron a sus familiares que no se fueran de Kamenz, pues suponían que los rusos solo estaban interesados en tomar Berlín, que los estadounidenses pronto tomarían

Dresden y que las fuerzas armadas de estos últimos eran preferibles a las de aquellos en lo referente a la forma de tratar a los civiles. En privado, los hermanos Rabun también estaban preocupados por sus negocios y sus propiedades, que casi seguramente serían saqueadas si las abandonaban. Si no lo hacían los soldados enemigos, seguramente lo harían sus propios vecinos alemanes que habían soportado tales privaciones durante los últimos momentos desesperados de Hitler.

Sin tener idea de que las fuerzas rusas se acercaban, Amina se levantó temprano esa mañana para empezar a preparar la comida para la fiesta, pero no despertó más temprano que *Großvater* Hetzel, que se había levantado aun antes para matar un cerdo y ponerlo a asar en un hoyo excavado a varios pasos del largo garaje lleno de automóviles Daimler bien pulidos, que descansaban sobre gruesos bloques de madera porque no había combustible para moverlos. Hacia el mediodía, el dulce aroma del cerdo, los ñames, la col y la torta fresca había atraído la atención de todos, especialmente de los cuatro hijos hambrientos de tía Helena, dos niños y dos niñas, que se habían pasado la mañana jugando al escondite a pesar de la tenue lluvia y de que esta vez su madre no les había preparado sus habituales desayunos opíparos, pues quería que tuvieran buen apetito para el festín.

Debido a que los Rabun no querían hacer ostentación de su prosperidad en aquellos tiempos tan magros, solo habían invitado a la fiesta a sus propios familiares. No obstante, a excepción de los que vivían en la propia finca, todos los demás lamentaron no poder asistir debido a que carecían de medios de transporte para ir al campo. Por eso se acordó que las sobras fueran entregadas a las personas más hambrientas de Kamenz mediante donación anónima a la catedral. Amina pensó además en llevar en secreto una parte a los Schrieberg, que en los últimos tiempos casi no habían podido comer carne y aceptarían gustosamente sobras de cerdo, puesto que desde hacía rato habían dejado de cumplir las normas kosher en su cabaña.

Todo salió maravillosamente bien hasta principios de la tarde, y todos cooperaron, menos el tiempo. Pero incluso la lluvia que caía desde la mañana tuvo la bondad de no convertirse en un aguacero hasta el instante después que *Großvater* Hetzel sacó el cerdo de su fuego. Tanto niños como adultos corrieron a la casa para no mojarse pero, por supuesto, también para disfrutar del festín. Se reunieron en el comedor formal, en torno a una gran mesa sobre la que se había dispuesto la vajilla y la cubertería más finas, así como dos grandes floreros de porcelana pintados a mano, desbordantes de ramos de flores silvestres recién recogidas de los jardines circundantes. Al fondo, un fonógrafo susurraba al aire la música de Kreisler y Bach. Los regalos envueltos en papel multicolor estaban colocados cerca del puesto de honor a la cabecera de la mesa. Entre ellos había varios paquetes para la cumpleañera procedentes de Berlín, entregados por mensajería especial de las SS.

La expectación siguió aumentando hasta que, al fin, con gran ceremonia, el cerdo sonriente presentado sobre una inmensa bandeja de plata hizo su aparición y fue recibido con intensos aplausos. La cabeza y el cuerpo cocinados del animal seguían intactos, descansando pacíficamente sobre un suave lecho de aderezos, como si el cerdo se hubiera quedado dormido allí. Antes de cortar la carne, se hicieron varios brindis con vino Johannisberg Riesling perfectamente añejado, primero a la bella y joven Amina, luego a los cocineros del festín y, al final, por el regreso seguro de Friedrich y el tío Otto y por el rápido fin de la guerra. En medio de la animada conversación, la risa y la música, los festejantes no pudieron oír cómo se acercaba la patrulla exploradora soviética. No tuvieron oportunidad de defenderse ni de huir.

Los soldados entraron raudos por tres costados de la finca e hicieron salir a todos bajo la lluvia. Después de una rápida verificación para asegurarse de que los tenían a todos, separaron del grupo a *Herr* Hetzel y a los niños varones, de seis y doce años de edad. Sin advertencia ni vacilación, los mataron a tiros allí mismo, sin que pudieran protestar ni orar, como si se tratara de una cuestión de rutina para la que los soldados suponían que todo el mundo ya estaba preparado. La madre y la tía de Amina fueron las siguientes en caer bajo los disparos cuando trataron de correr en su ayuda. En pie quedaron, como estatuas en un cementerio, Amina Rabun y sus desconcertadas primas, Bette y Barratte, de ocho y diez años. Las tres quedaron petrificadas como rígidas esculturas de terror, a la espera de las siguientes andanadas que las harían seguir el mismo destino de sus familiares caídos. No obstante, las chicas no corrieron la misma suerte.

En forma inesperada, se oyeron dos disparos provenientes del bosque desde atrás de la casa, como de la misma dirección de donde vivían los Schrieberg en la cabaña. Los soldados se tiraron al suelo y respondieron con una brutal descarga de sus armas automáticas. Amina y sus primas se mantuvieron inmóviles en medio del fuego cruzado, con miedo hasta de respirar. Entonces reinó el silencio. A lo lejos, al otro extremo del campo, en la misma dirección de donde habían provenido los dos disparos, Amina vio lo que parecía ser un soldado estadounidense que salía con las manos sobre la cabeza, como si se rindiera. El comandante soviético ordenó a dos de sus hombres que se acercaran al soldado mientras el resto del pelotón mantenía su posición. Pasaron varios minutos. Por último, Amina oyó que, desde el bosque, alguien gritaba unas palabras en ruso y el comandante indicó a sus hombres que se pusieran de pie. Al cabo de unos minutos, los dos soldados rusos volvieron, uno de ellos con una sencilla escopeta de doble cañón, del tipo que Amina había visto a su padre llevar en sus cacerías.

Los soldados se rieron de esta minúscula amenaza y entregaron su trofeo al comandante. Pronto el resto del pelotón se sumó a las risas y empezó a vitorear. Pero, en medio de las palmadas y las felicitaciones, como si a todos se les hubiera ocurrido simultáneamente la misma idea, concentraron su atención en Amina, Barratte y Bette, que seguían inmóviles.

Las miradas sedientas de los hombres fueron de las niñas al comandante y de este a las niñas. Las aclamaban a gritos cada vez más altos e insistieron que los dejara hacer lo que deseaban. Amina se dio cuenta al instante de lo que querían. El comandante miró a las niñas y luego volvió a mirar a sus hombres y sacudió la cabeza, fingiendo desaprobación. Los vítores se volvieron cada vez más frenéticos. Al fin, como Poncio Pilatos, el comandante dio la espalda a las niñas y se limpió las manos. Amina, Barratte y Bette fueron arrastradas cada una a una habitación distinta de la casa, donde fueron golpeadas y violadas repetidas veces durante toda la noche.

Al amanecer, el comandante de la unidad ordenó a sus hombres seguir camino. Amina salió tambaleándose del cuarto donde la habían tenido cautiva, en busca de sus primas. Encontró a la mayor, Barratte, aturdida, llena de moretones y sangrando pero, afortunadamente, aún viva. Ya sabía que la menor, Bette, estaba muerta. Cuando los soldados rusos, ebrios y saciados, permitieron que Amina fuera al baño a altas horas de la noche, la chica logró escurrirse brevemente a la habitación donde estaba Bette y encontró su cuerpo desnudo, frío y morado, con la cara destrozada y ensangrentada, casi irreconocible, porque no había obedecido las órdenes que le daban en ruso de que dejara de llorar. Incluso después de eso, Amina había oído a hombres que violaban a Bette por lo menos tres veces más.

LLORÉ LARGO Y tendido por Amina Rabun y su familia. Lloré por ella incluso más de lo que lo había hecho por mí misma después de perder el brazo. Viví con ella cada momento horrendo. Creía que moriría con la agonía del alma de Amina Rabun, si es que fuera posible morir en la muerte.

Me pasé largos períodos de tiempo sola en la terraza de la casa de Nana, en duelo, recuperándome, tratando de encontrar sentido a las vivencias de Amina Rabun y a las mías propias. Busqué significado dentro de las cuatro estaciones del año que seguían escenificando su conflicto infinito dentro de Shemaya y que luchaban entre sí por el espacio limitado del cielo, como si fuesen cuatrillizos dentro de un solo vientre. Los días de todo un año se condensaban en un único y resplandeciente instante de naturaleza rebelada contra el tiempo. El manzano al que había trepado de niña extendía sus ramas en las cuatro estaciones al mismo tiempo: algunas floridas, otras con verdes hojas, otras cargadas de manzanas maduras, y otras sin hojas en otoño e invierno, como si se tratara de un óleo sin terminar. Siempre cambiantes, pero siempre iguales. En forma infinita, como si fueran generaciones de seres humanos. ¿Los árboles lamentan la pérdida de sus brotes primaverales, o esperan con ansias su llegada?

Un día, Nana se sentó junto a mí en la terraza.

—Me dijiste que tenía que descubrir por qué se me han presentado las almas de Amina Rabun, Toby Bowles y Tim Shelly —dije.

—Sí —respondió Nana—. ¿Ya lo descubriste?

—Katerine Schrieberg, la mejor amiga de Amina, luego fue madre de Bo, o sea, mi suegra —dije.

—Sí.

—Amina salvó a Katerine de los nazis. Sin Amina, Bo nunca habría nacido, yo nunca lo habría conocido y Sarah tampoco habría nacido.

Nana asintió.

—Toby Bowles salvó a Katerine de los rusos. Sin él, Bo nunca habría nacido, yo nunca lo habría conocido y Sarah tampoco habría nacido.

Nana volvió a asentir.

—Pero yo convencí a Katerine de que demandara a Amina y Barratte para recuperar su herencia.

—Sí, lo hiciste —dijo Nana.

—No tenía la menor idea de que Amina y Barratte habían sido violadas por los soldados, ni de que estos habían asesinado a su familia.

—No —dijo Nana—. No lo sabías.

—Y Amina no sabía que el padre de Katerine era el que había hecho los disparos a los soldados desde el bosque, ni que perdió la vida tratando de salvarla a ella y a su familia.

Nana asintió una vez más.

—La gente en la tierra suele juzgar a otros sin conocer toda la realidad —dijo.

Reflexioné sobre esto por un instante.

—Pero aquí en Shemaya también sucede —dije—. En la Tierra no podemos leer el pensamiento de la gente, pero aquí sí, y de todos modos los casos se deciden teniendo en cuenta solo la mitad de los hechos. Nada ha cambiado. No lo entiendo. ¿Qué excusa tiene Dios para esto?

Nana me dio una palmada en el brazo.

—Esa pregunta solo la puede responder el juez —dijo—. Quizás los hechos de quién hizo qué cosa y cuándo lo hizo pierden importancia cuando se trata de juzgar el alma de una persona.

Nos mantuvimos en silencio durante un rato, mientras observábamos las estaciones del año, que se fusionaban una con otra.

—A Bo le pusieron su nombre por Toby Bowles —dije—. Katerine perdió el papel donde tenía escrito el apellido de Toby, pero recordaba cómo sonaba... Bowles, Boaz... lo tenía casi bien.

—Sí, lo tenía casi bien —dijo Nana.

—Pero todavía no sé por qué fui presentada a Tim Shelly —dije—. No sé qué tiene que ver él con nada de esto y no recuerdo cómo lo conocí.

—Lo recordarás cuando estés lista, niña —dijo Nana—. Será cuando estés lista.

UNOS DÍAS DESPUÉS, Tim Shelly vino a visitarme. Yo estaba dando un paseo por el río Brandywine, al fondo de la casa de Nana. Había creado una fila de muñecos de nieve en la orilla, en las bandas alternas de invierno. Corpulentos y resueltos, los muñecos de nieve vigilaban el río y me hacían compañía. Tim saltó desde atrás de uno de ellos y me dio un buen susto. Yo siempre paseaba sola.

—No te preocupes, no te haré daño —dijo en tono socarrón, como si tuviera precisamente esa intención.

En ese momento, me recordó a Wally Miller, el bravucón de mi niñez que mataba cangrejos y a quien yo había golpeado en la boca cuando me tiró al suelo. Pensé que tal vez así fue como lo conocí y que quizás estaba usando un nombre distinto.

—¿No eres Wally Miller, verdad? —le pregunté.

—No —dijo Tim—. ¿Quién es ese?

Parecía genuinamente perplejo.

—No te preocupes —dije—. No tiene importancia.

Seguí paseando por la orilla del río y Tim me siguió. Dejó de parecer amenazador y empezó a hablar de su madre, a quien echaba muchísimo de menos. Ella no había estado nada bien después del fallecimiento de su padre y ahora le preocupaba cómo habría tomado la muerte de su hijo. Eran cultivadores de champiñones y, tras la muerte del padre, habían perdido la granja, que era su único medio de subsistencia. Tim observó que su madre era demasiado anciana para encontrar un trabajo. Él era lo único que le quedaba y ahora no tenía ni siquiera eso. ¿Cómo sobreviviría?

Paramos de caminar en una banda de primavera, junto a un grupo de narcisos silvestres, donde un gran árbol se inclinaba sobre el río, como si desafiara la fuerza de gravedad. En ese momento, Tim pareció vulnerable, como un niño perdido. Sentí una gran pena por él.

—¿Alguna vez deseas poder volver a ver a tu esposo y a tu hija? —preguntó.

—Siempre —dije, y mis ojos se llenaron de lágrimas, como siempre sucedía cada vez que pensaba en Bo y Sarah—. Los extraño tanto, que hay días que ni siquiera puedo levantarme de la cama —añadí—. No tengo fotos de ellos, ni cartas, como suelen tener las personas vivas. Daría cualquier cosa por verlos de nuevo.

—Yo extraño mucho a mi madre —dijo Tim—. Al llegar aquí, mi padre me dijo que no podemos regresar. No podemos ver a los vivos ni comunicarnos con ellos.

—Lo sé —dije—. Mi Nana me dijo lo mismo.

Tim arrancó del árbol unos pedazos de corteza y los lanzó al río. Se fueron flotando en la corriente, como barcos minúsculos.

—¿Estás bien? —pregunté.

—Sí, estoy bien.

Pero ahora se veía nervioso, como si ocultara algo.

—¿Estás seguro? —dije.

—Sí, solo que...

—¿Qué?

—Es que sí lo hice. La vi el otro día. Vi a mi madre. Regresé a visitar a los vivos.

18

—¿Quieres que te lleve a ellos?

Elymas apareció, como Tim Shelly me había dicho, durante un momento de angustia en el que seguir adelante parecía tan imposible como volver atrás. Ese momento me llegó cuando estaba sentada en el sillón del cuarto de Sarah. Yo no había vuelto a casa, pues lo que en realidad logré con la última visita que hice para negar mi mortalidad fue confirmarla por completo. Mi hogar me atraía de la misma forma en que un casino atrae a un jugador, arrastrando los ojos y la mente a un mundo que ofrece placer y esperanza, pero solo produce dolor y decepción. El propio Tim había vuelto una y otra vez a la granja de champiñones de su familia, tan desierta como el cuarto de Sarah. Esto hizo que la repentina aparición de Elymas fuera muy sorprendente y bienvenida.

Elymas era más viejo que Luas y mucho menos conservado. Su cuerpo marchito parecía flotar dentro de un par de pantalones verdes a cuadros cuyos bajos se amontonaban en los tobillos y la faja le llegaba casi al pecho, donde se sostenía con un mohoso cinturón de color marrón. Una camisa amarilla manchada de comida caía sobre sus estrechos hombros y estaba mal abotonada, por lo que el lado izquierdo de su cuerpo parecía ser más alto que el derecho. Tenía cara de mazorca y mantenía el equilibrio gracias a un bastón que al final tenía cuatro minúsculas patitas de caucho. Era completamente ciego. Sus ojos se veían vidriosos, blanquecinos y aterradores.

—¿Quieres que te lleve a ellos? —volvió a preguntar, mientras se tenía malamente en pie en el umbral del cuarto de Sarah, con un aspecto demasiado vulnerable y frágil como para poder cumplir semejante promesa imposible. La menor brisa podría arrastrar su cuerpo como si fuera un pedazo de papel. Yo estaba llorando, lamentando la pérdida de mi hija y de mi vida.

—Pero me dijeron que no era posible...

—No escuchaste con atención —dijo Elymas—. Lo que dijeron fue que no era posible hacer que la conciencia se moviera de un reino a otro. Pero no dijeron nada de la posibilidad de interactuar con el otro reino. ¿Quieres que te lleve a tu esposo y tu hija?

—Pero...

El anciano golpeó fuertemente su bastón contra el piso.

—¡Nada de peros! Hay muchos que desean mis servicios. Tienes que decirme ahora mismo si quieres verlos.

—Sí, sí, estoy desesperada por verlos.

—Entonces, ábreme tu mente, Brek Abigail Cuttler. Abre la mente y los verás.

Los ojos del anciano se dilataron hasta que consumieron todo su rostro desde adentro, y luego me consumieron a mí.

En la oscuridad de sus ojos sentí un movimiento repentino, como si algo me lanzara a través del espacio. A lo lejos, desde direcciones opuestas, surgieron dos pequeños puntos de luz. Cada uno emitía un suave y cálido resplandor, como si fueran las llamas de dos velas traídas desde los extremos opuestos de una habitación, que crecían a medida que me les acercaba. ¡De repente surgieron las formas de Sarah y Bo, con nuestra perra, Macy, ladrando a sus pies! Estaban rodeados por un amplio cielo azul, un contorno de álamos y fresnos, un columpio, un tobogán y un cochecito para hacer *jogging*. ¡Era el parquecito del barrio! No daba crédito a mis ojos. Sarah caminó torpemente hacia mí. La recogí y la alcé en el aire, la apreté contra mí, hundí la nariz en su cabello y me llené de su dulce olor. Me rodeó el cuello con sus brazos y apretó su cara contra la mía. Mis lágrimas corrían por sus mejillas. Entonces los brazos largos y fuertes de Bo nos envolvieron a las dos. Sentí contra mi cuello el picor de su barba de sábado y pude oler el limpio sudor de su espalda, después de su larga carrera por el pueblo, desde la universidad hasta el parquecito. Bo llevaba sus shorts de correr, azules y desteñidos, y una camiseta con un gran número "10" impreso sobre la espalda. Macy gimoteaba y saltaba al aire para atraer mi atención.

—Te extraño tanto —susurró Bo—. A veces creo que no podré seguir.

—Lo sé —susurré—, yo también.

Nos besamos, nos miramos a los ojos y nos volvimos a besar, más larga y profundamente. Sarah se retorció para que la dejáramos volver al columpio. Bo y yo intercambiamos sonrisas decepcionadas, pero felices. Luego la aseguró con el cinturón en el asiento del columpio y tomamos posiciones delante y detrás de ella para empujarla. Su cara pasaba volando a pocos centímetros de las nuestras, mientras la oíamos chillar de placer. Bo le había puesto el suéter de mezclilla y las zapatillas que más me gustaban, y le había recogido el pelo adorablemente encima de la cabeza.

Mientras veía a Sarah volar en el columpio, reconocí mis propios rasgos en su rostro —los hoyuelos de mi mentón y mis mejillas, mi nariz pequeña y mis ojos en forma de aceituna— y, detrás de estos rasgos, una línea ininterrumpida de antepasados de los Bellini, Cuttler, Wolfson, Schrieberg y otros apellidos ya olvidados, que se remontaban en la historia y en el tiempo, a la espera de dar el paso adelante en la próxima generación. Esta niña era el sostén de sus recuerdos y mantenía vivos sus sueños y esperanzas. *Y los míos.*

Bo y yo seguimos hablando por encima de la risa de Sarah y el ruido de las cadenas chirriantes del columpio. Bo dijo que mi muerte lo había afectado mucho y ahora era que se había reincorporado al trabajo. Al principio, se habían quedado con su hermano y su cuñada. Luego la madre los visitó durante una semana para ayudarlo hasta que se acostumbrara a cuidar a Sarah por su cuenta. Había puesto la casa en venta porque los recuerdos eran demasiado dolorosos, y estaba buscando empleo en una de las estaciones de televisión de Nueva York para poder estar más cerca de su familia. No obstante, insistió en que se encontraban bien. El trabajo lo ayudaba a mantener la mente ocupada y ya Sarah se despertaba solamente dos veces cada noche buscando a su mamá. Bo había hecho arreglar el techo y había reparado el procesador de basura. Bill Gwynne lo había llamado de la firma para ofrecerle su ayuda en lo que fuese necesario para ocuparse de mi patrimonio, y eso le había parecido un gesto noble. Mis padres solo llamaban una o dos veces por semana, pero las conversaciones no duraban mucho tiempo y estaban llenas de torpes momentos de silencio. Karen lo visitaba para conversar y le dejaba libros sobre el luto y la pena, que a veces lo ayudaban.

Traté de organizar mis pensamientos. Tenía tantas cosas que decir, no acerca de lo que había sucedido desde mi muerte, sino lo que quería para su futuro. Bo se veía muy fuerte y apuesto, con sus shorts y su camiseta; tan decidido y adaptable pero, al mismo tiempo, tan herido y vulnerable. Volví a enamorarme de él, de una forma mucho más profunda que antes. Quería decírselo y decirle a Sarah lo orgullosa que debía estar de su papá. Quise decirle cuánto quería que ella llegara a ser como él. Y como yo. Quería que me conociera: que supiera quién había sido yo, cómo me había convertido en lo que era, las experiencias que debía atesorar y los errores que debía evitar. Quería que ella viviera la vida a plenitud, porque yo ya no podía. No obstante, mientras trataba de expresar estas palabras, el color de sus rostros empezó a perderse de repente, junto con el verde de la hierba y el azul del cielo. Estaban desapareciendo de mi vista.

—¡No! ¡No! —grité—. ¡Bo! ¡Sarah!

—¡Te queremos! —respondió Bo—. Te amamos eternamente...

Y entonces desaparecieron. Volví a estar en el cuarto de Sarah. Elymas se encontraba en el umbral. Me lancé sobre él.

—¡Llévame de nuevo! —le supliqué—. Por favor, te lo ruego, fue muy poco tiempo. Por favor, llévame de nuevo.

Sobre el rostro del anciano se dibujó una sonrisa desdentada.

—Pero, claro —dijo, en tono condescendiente—. Volveremos, Brek Abigail Cuttler. A su debido tiempo; a su debido tiempo.

—¡No, llévame ahora mismo!

Elymas se encaminó a las escaleras.

—No es posible.

—Espera —dije—. Por favor, no me dejes.

Con un gruñido me indicó que lo siguiera. Valiéndose de su bastón para encontrar el camino, bajó lentamente las escaleras. Cuando al fin llegamos al final, me dijo:

—Escucha muy atentamente, Brek Cuttler. De ti depende poder ver de nuevo a tu esposo y tu hija. Pero sé que hay razones para que te hayan dicho lo contrario. A Luas le preocupa tu eficacia como presentadora. Cree que deberías concentrar todos tus esfuerzos en la sala de audiencias y le preocupa que dediques demasiado tiempo a tu familia y que eso afecte tu trabajo. A Sofía le preocupa que no puedas adaptarte a tu muerte si no dejas ir a tus seres queridos. Para ellos era más fácil decirte que el contacto no era posible. ¿Entiendes?

No, no lo entendía. Estaba furiosa.

—Yo no pienso como ellos —dijo Elymas—. No tengo la presunción de poder determinar lo que es mejor para otros. A ti te corresponde elegir, igual que pasó con ellos. Yo solo vengo a presentarte las posibilidades. No critico tus decisiones. Ahora debo irme.

—Espera, por favor. Quiero verlos de nuevo.

—Sí —dijo Elymas—, claro que quieres verlos. Pero debes comprender que Luas y Sofía se enojarán cuando se enteren de tu decisión. Negarán que esto sea siquiera posible y harán todo lo que esté en su poder por convencerte. Te dirán que todo es una ilusión y me calumniarán y dirán que no soy más que un hechicero y un falso profeta. Incluso pueden llegar a poner en peligro tu posición como presentadora e insistir en que te marches de Shemaya.

—No me importa —dije—. Solo quiero ver a mi esposo y mi hija.

La sonrisa desdentada volvió a dibujarse en el rostro ciego del anciano.

—Solo los visitamos en sus sueños —dijo—. Tómate tu tiempo, Brek Cuttler. Allí estarán cuando lo decidas. Piensa en lo que te dicho.

Entonces Elymas golpeó tres veces su bastón contra el suelo de la terraza y desapareció.

TERCERA PARTE

19

El ayuntamiento de Buffalo, en el estado de Nueva York, se alza treinta y dos pisos sobre la orilla este del lago Erie, como una gran fragata art decó haciendo su entrada al puerto. El grueso capitel en la punta del edificio es tan prominente, que los pilotos que navegan por el lago sus barcazas cargadas de granos y minerales del Medio Oeste del país lo usan para calcular sus rutas a veinte millas de distancia. Pero en la maciza oficina de la torre se hacen otros tipos de cálculos.

Como si se tratara de una broma arquitectónica de mal gusto, la Oficina de Licencias de Matrimonio y los recintos de la Corte de Divorcios están uno junto al otro en el tercer piso del edificio, ya sea como un comentario sobre la fugacidad del matrimonio o, tal vez de forma más benigna, como una parada única, conveniente y económica para aquellos que entran y salen de la relación voluntaria más importante de la vida. La ironía de esta curiosa ubicación de servicios gubernamentales no se escapa a la vista de Amina Rabun Meinert mientras pasa frente a las puertas de la oficina de matrimonios, que visitó por primera vez con su prometido hace cuatro años a la edad de veintidós, y ahora cuando entra en la de divorcios, donde intenta librarse de él. El crujiente eco de sus tacones en los techos abovedados anuncia como un telégrafo su retorno y despierta al adormilado joven recepcionista, quien impide a Amina entrar a la sala de audiencias porque en ese momento el tribunal sesiona a puertas cerradas: se trata de algo relacionado con el abuso de un menor y la confidencialidad. El recepcionista explica que el caso de *Meinert versus Meinert* no será atendido antes de las 10.30. Y, no, el abogado de ella aún no ha llegado.

—Cuando el clima es agradable —dice el recepcionista tratando de ser servicial— la gente espera en el mirador.

Y el tiempo está realmente agradable, algo sorprendente para comienzos de marzo. Una trastornada masa de aire cálido ha subido de prisa por la costa, bendiciendo a ciudades tan al norte como Montreal con temperaturas de 60 grados Fahrenheit por tres días consecutivos.

—¿Dónde está el mirador? —pregunta Amina en su mal inglés con fuerte acento alemán.

El recepcionista se ve confundido por un momento.

—En el techo —dice apuntando con el dedo hacia arriba—. Se puede ver el lago desde allí. Tome el elevador allá hasta el piso veinticinco y después suba a pie tres pisos hasta el mirador.

—*Danke* —responde—. Quise decir, gracias.

Amina se acomoda su bolso de mano debajo del brazo y camina de regreso por el pasillo, pasando por delante de la Oficina de Licencias de Matrimonio y va al baño para revisarse el maquillaje. La imagen en el espejo es reconfortante.

George va a estar bien, se dice a sí misma. *Él comprende. No puedes estar con él ni con ningún hombre de esa manera. Lo alentaste*

a que estuviera con otras mujeres, algo que fue generoso de tu parte.
Y le agradeciste dándole dinero para que abriera un negocio. No le
debes nada. Estás haciendo lo correcto.

Amina se retoca la pintura labial.

Pero lo has visto llorar, y no sabías que los hombres pueden llorar.

Este alegato viene de una Amina Rabun diferente, la
Amina Protectora, la que consoló a Barratte susurrándole
canciones de cuna después de que los soldados rusos abandonaron la casa de Kamenz. La Amina Protectora solo hizo algunas escasas apariciones y estaba siempre sumisa y suplicante.
La Amina Sobreviviente —su lado dominante— detestaba a la
Amina Protectora.

Fue la Amina Sobreviviente la que llevó a cuestas a Barratte
por cinco millas al hospital de Kamenz y después regresó a la
casona para enterrar a su madre, abuelo, tía y primos. Un mes
más tarde, la Amina Sobreviviente identificó los cuerpos san-
guinolentos de su padre y su tío en una morgue de Berlín y les
dio sepultura. La Amina Sobreviviente también localizó al
consejero de confianza de su padre, Hanz Stössel, el abogado
suizo que, bajo la dirección de Amina y a cambio del veinte
por ciento, liquidó a Jos. A. Rabun e Hijos, A.G. y toda la riqueza de los Rabun (propiedades, equipos, automóviles, colecciones de arte, oro y la casa y los teatros de los Schrieberg) y
traspasó la fortuna a una cuenta segura en un banco de Suiza.
Fue la Amina Sobreviviente la que después sobornó a los fun-
cionarios rusos para que la dejaran junto a Barratte tomar un
tren que, tirado por una locomotora soviética, las sacó de Berlín el 13 de mayo de 1949, un día después de culminar el blo-
queo a la ciudad. También fue la Amina Sobreviviente, no la
Protectora, quien sedujo al capitán George Meinert, del Ejército estadounidense, y se lo llevó a la cama en el Hotel Heide-

lberg, y después en un trasatlántico con Barratte y, finalmente, a la Oficina de Licencias de Matrimonio en el tercer piso del ayuntamiento de Buffalo, Nueva York.

Pero ahora, en el espejo donde Amina se pone el maquillaje se ven los hombros y brazos bronceados de otro hombre que lleva un casco con la estrella roja del Ejército ruso, pero no se le ve la cara. Amina Rabun conoce bien a este hombre. Ha estado viviendo con él una relación infiel por años y él la acompaña a dondequiera que vaya. Es un hombre celoso, áspero, pero ella renunció hace mucho tiempo a intentar escapársele y comenzó a acostumbrarse a su presencia y sus exigencias. Lo puede engañar, pero solo por breve tiempo.

Sí, estás haciendo lo correcto, dice la Amina Sobreviviente. *Estás haciendo lo correcto por George and Barratte, por Bette y por tu madre, por tu abuelo, tu tía, tu padre y tu tío. Por todos los Hetzels y Rabuns. No los vas a traicionar.*

DESDE EL MIRADOR en lo alto del ayuntamiento Amina Rabun divisa el vasto y cegador espacio blanco que es el Lago Erie a finales del invierno, cubierto por un cielo azul y sin nubes. El deshielo repentino que trajo el frente cálido ha rajado la gruesa capa de hielo y nieve del lago, y ha lanzado enormes témpanos río abajo por el Niágara contra las colosales bases de concreto del Puente de la Paz entre Estados Unidos y Canadá. Si el hielo no se rompe pronto y sigue río abajo, la Guardia Costera tendrá que detonar explosivos para despejar el atasco. Amina puede ver a varios hombres con cuerdas ceñidas alrededor de la cintura caminando encima de los trozos flotantes, clavando largas varas entre las grietas para liberarlos.

Dos hombres están parados en el mirador, enfrente de

Amina, fumando unos cigarrillos. Sus caras están cubiertas por las sombras, pero el sol roza la parte superior en el sombrero del hombre más alto y lo convierte en una antorcha de franela gris. Parecen entusiasmados con la conversación. Uno de ellos apunta a un periódico doblado por la mitad que está en la cornisa. Amina se acerca.

—Adiós, camarada —escucha Amina que dice el hombre más corpulento, lanzando con el dedo su cigarrillo por encima de la baranda.

Amina se sobresalta con la palabra *camarada*. Es una palabra que solo usan los comunistas. De pronto el encuentro se torna clandestino y peligroso. Tal vez se ha encontrado con unos espías.

—Sí, al fin se fue —dice el hombre más pequeño.

Los dos ríen y regresan a buscar el elevador.

Amina recoge el periódico. La fecha en la portada es del 6 de marzo de 1953. Es la edición matutina del *Buffalo Courier-Express* y el título dice "Stalin ha muerto". Una foto aparentemente benigna del dictador mira a Amina desde la página del periódico. Ella sonríe al conocer la noticia de la muerte, pero rápidamente la sonrisa desaparece cuando se entera de la causa del deceso.

¿Un derrame cerebral en medio de la noche? ¿Para el líder de las tropas que destruyeron a mi familia y mi país? Debió haber sido una bala. Miles de balas. Debió haber sufrido la muerte más lenta y dolorosa en la historia mundial. Pero es una buena noticia de todas formas. Muy buena. Y el aire es fresco y cálido, el cielo es azul, el sol brilla, es un día esperanzador. La muerte de Stalin de seguro debe emanciparme de las pesadillas y, veinticinco pisos más abajo, un juez me va a emancipar pronto de las tensiones de un matrimonio por conveniencia.

Aquí, piensa Amina, hay una coincidencia interesante.

Hace dos semanas George le pidió que asistiera a la misa del Miércoles de Ceniza con él. Ella dijo que sí, pero no comprendía por qué accedió. ¿Pudiera haber aquí una conexión con la muerte del mal y un cambio de la suerte? Definitivamente, esperaba que eso llegara. Amina no había estado en una iglesia desde la muerte de su padre, y nunca con George, algo que lo pone aún más amargado. George Meinert deseaba todo lo que implica tener una familia, incluida la posibilidad de tener a su esposa sentada junto a él cada domingo en la iglesia donde lo habían bautizado. Amina no solo le negaba la intimidad de una relación física, sino también esos pequeños bocados de relación y respeto.

Aun así, y por una extraña razón, el día anterior al Miércoles de Ceniza, a solo dos semanas de que se sentenciara su divorcio, Amina cedió. ¿Tal vez como disculpa por las veces que su ausencia le causó a George tanto dolor? ¿Tal vez por su convicción de que arrodillarse ante un altar iba, de alguna forma, a convertirla en una persona diferente y salvar su matrimonio? ¿O tal vez había comenzado a perdonar a Dios por todo lo que había salido mal?

Pero la liturgia del Miércoles de Ceniza era tan rara, la más primitiva y macabra de todas las festividades cristianas. Hallaba escalofriante que un cura dijera las palabras aterradoras: "Recuerden que sois polvo, y al polvo regresaréis". Y entonces, para cerciorarse de que su mensaje no será olvidado de inmediato, sentir su pulgar cubierto con las cenizas de las palmas del año pasado manchándole la frente con una fea cruz negra como una insignia de flagelación.

Aun así, para la sorpresa de Amina, ocurrió un milagro durante la ceremonia. Esa tarde oyó un mensaje mucho más subversivo que los que había escuchado en la iglesia anteriormente.

—En la antigüedad —dijo el cura durante la homilía— la Cuaresma era vista como un momento en el que pecadores de mala fama y criminales que habían sido separados de la iglesia se reconciliaban con la congregación de Dios.

Mientras el cura decía estas palabras, Amina creyó que realmente podía escuchar el llanto de todos los penitentes que se atrevían a pedir perdón, y sus sollozos de felicidad cuando se les extendían manos abiertas en vez de puños. En ese instante, Amina Rabun Meinert se preguntaba si, en vez de manchas sagradas y palabras secretas, esto es lo que el cristianismo ofrecía al mundo: reconciliación.

Ese Miércoles de Ceniza de 1953, Amina Raburn Meinert aceptó esa difícil ofrenda, en su nombre, sí, pero también en nombre de su padre y su tío, cuyos pecados durante la guerra eran innombrables y no podían pedir perdón por ellos mismos. Realmente, en aquel milagroso Miércoles de Ceniza, Amina Rabun buscó el perdón por todo lo hecho y lo que se dejó por hacer. Y por ese trascendental acto de arrepentimiento no esperaba nada menos de Dios que el fin del castigo para su familia, porque por mucho tiempo creyó que los asesinatos y violaciones en Kamenz fueron un castigo por los pecados de su padre y su tío.

Ahora Amina mira de nuevo el periódico y después observa la vasta extensión del lago. El aire fresco y la promesa de una cercana primavera le llenan los pulmones. Sonríe para sus adentros. Sí, la muerte de José Stalin era tan buen símbolo de un nuevo pacto con Dios como lo eran los miles de millones de pequeñísimos arcoiris encerrados en los cristales de hielo del lago Erie.

20

Cuando el Alto Jurisconsulto de Shemaya consideró que ya había pasado suficiente tiempo digiriendo la vida de Amina Rabun, me convocó de vuelta a su oficina al final del infinito corredor. El pasillo parecía esta vez más triste e institucional que durante mi primera visita, como un departamento de licencias de conducción para las almas. Supuse que Luas era el jefe tecnócrata aunque, después de todo lo que había visto hasta ahora en Shemaya, comencé a preguntarme si el burócrata, o incluso la propia burocracia, estaban corruptos.

Estaba furiosa con Luas por no informarme sobre Elymas y sobre la posibilidad de ver a Bo y Sarah. Sabría que yo había ido, claro está, porque sabía todo sobre mí sin que tuviera que decirle una palabra. Esperaba que me llegara el regaño que Elymas me había anunciado, pero en su lugar Luas sonrió con benevolencia tras su escritorio y dijo:

—Entonces, ¿cómo debemos presentar a la señora Rabun?

Estábamos jugando al mismo juego evasivo.

—Tal como es —respondí.

—Por supuesto —dijo. Tenía puestos la misma chaqueta deportiva, pantalones y camisa de cuello abierto que usaba cuando me halló sangrando y desnuda en la estación de trenes. Yo ahora llevaba pantalones vaqueros, una camiseta y tenis, la indumentaria que normalmente usaba para ir a la oficina los fines de semana cuando quería adelantar algún trabajo. Se recostó en su silla. Tres delgados ribetes de humo se elevaban de dos velas en el escritorio y de la pipa que sostenía en su mano izquierda.

—¿Pero qué parte de ella? —preguntó—. No podemos reproducir cada momento de su vida. Eso no tendría sentido. Nuestro papel como presentadores es más selectivo. Debemos presentar las decisiones que tomó.

Decisiones. La misma palabra que había usado Haissem en la sala de audiencias para comenzar la presentación de Toby Bowles: "Él ha decidido". ¿Decidido qué? ¿Esperar en un cobertizo de una estación de trenes con miles de otras almas mientras los burócratas procesan los algoritmos de sus eternidades?

—¿Cuáles son esas decisiones? —pregunté.

—Las decisiones que Yahweh le prometió a Noé que tomaríamos —respondió Luas, apretando la pipa entre los dientes mientras hablaba. Estaba obsesionado con Noé y el Diluvio Universal. Todas sus metáforas de alguna forma terminaban ahí.

—¿Llegaste aquí porque te ahogaste? —pregunté con sarcasmo.

—No, realmente fui decapitado.

Lo miré con escepticismo.

—Parece que tienes cabeza —dije.

Luas sonrió.

—Sí, bueno, tú la pusiste ahí, así que supongo que la tengo. Pero durante mi vida no lucía como ahora me ves. Brek, en Shemaya no hay cuerpos, solo pensamientos. Eres libre de vestirme de la forma que se te antoje. Mi apariencia va a cambiar cuando ya no te sirvan los pensamientos sobre mí en los que combinas a los mentores que respetaste durante tu vida.

El recordatorio de la irrevocabilidad de mi muerte fue doloroso. Casi todo el tiempo, Shemaya se parecía a la vida, una especie de parque de Disney lleno de maravillas y sorpresas —y a veces terror—, pero de cualquier forma, vida. La idea de que nada de esto era real —las velas, el escritorio, la oficina, la estación de trenes, incluso nuestros cuerpos— no era solo difícil de comprender sino muy dolorosa de aceptar.

—¿Cómo sucedió? —pregunté, prefiriendo discutir la muerte de Luas en vez de la mía—. Quiero decir, ¿cómo te decapitaron? ¿Fue en un accidente?

Pensativo, Luas dio unas chupadas a su pipa.

—Uno tiene que comenzar por el principio para responder esa pregunta. ¿Por qué Yahweh prometió no destruir la tierra después de haberla destruido?

Como dije, estaba obsesionado.

—Creo que hablamos de todo esto cuando llegué aquí —le recordé.

—¿Lo hicimos...? Ah, sí, tienes razón. Disculpa. Te confundí con otro de los nuevos presentadores. Entonces vamos a tomar la conversación donde la dejamos. ¿Qué tal si Noé hubiese desobedecido?

—Eso ya se ha preguntado y contestado, su señoría —dije con impaciencia, invocando mi entrenamiento en la sala de audiencias para evitar que se molestara a los testigos.

—Hubiese muerto con los otros —dijo Luas, respondiendo su propia pregunta—. El precio de la desobediencia era extremadamente alto, ¿no crees?

—Bueno, la pena de muerte *es* el castigo supremo —dije. Estaba con un humor de perros y quería que supiera que estaba disgustada.

—Pero esta era la pena de muerte suprema, Brek. No solo la vida de Noé, sino la de su familia y de toda la humanidad. El reino animal también. La desobediencia significaba el fin de todo, no solo el de Noé. Era demasiado lo que estaba en juego.

—Das muchas opciones —dije—. ¿Qué opción tenía Noé? ¿Construir un arca o todo el mundo moría? La gente lo considera una especie de héroe por seguir las órdenes de Dios, pero él tenía la pistola más grande del mundo presionándole la sien. ¿Quién no construiría un arca? Estaba haciendo lo que cualquiera hubiese hecho para salvar su propio pellejo.

Luas colocó su pipa en un cenicero en su escritorio y se paró.

—Precisamente. Ahora ya nos estamos encaminando —dijo—. Entonces, ¿cómo debemos presentar a la señora Rabun?

—¿Precisamente *qué*? —pregunté.

—¿Qué fue lo primero que hizo Noé después del Diluvio?

—No sé.

—Hizo un holocausto.

Me encogí de hombros.

—Si tú lo dices.

—Eso es lo que la Biblia dice —respondió Luas—. ¿Por qué un holocausto?

—No sé, para dar gracias.

Luas comenzó a caminar despacio por la pequeña habitación.

—Correcto, ¿y qué valor tenía esta ofrenda?

—Supongo que el valor que tienen todos los sacrificios.

—¿Cierto? —dijo Luas—. Este hombre, Noé, fue testigo del asesinato masivo de millones de personas y animales. Como dijiste sobre la construcción del arca, ¿quién no hubiera estado agradecido por haberse salvado después de todo eso? Pero míralo desde la perspectiva de Dios, Brek. ¿Qué quería realmente Dios con todo esto?

Una buena pregunta. ¿Qué quiere Dios realmente? ¿Por qué preocuparse por nosotros?

—Respeto, supongo —dije finalmente—. Respeto, amor. Las mismas cosas que todo el mundo quiere.

—Precisamente. Ahora, ¿es eso lo que salió del holocausto de Noé? ¿Respeto y amor? ¿O era algo más? ¿El hedor a miedo tal vez? El temor a la muerte y al aniquilamiento instantáneos...

—Pero...

—A través de la historia, la tendencia ha sido a interpretar el Diluvio Universal desde la perspectiva de la humanidad, desde la perspectiva del acusado: la caída del *hombre*, la destrucción del *hombre*, la obediencia de *un hombre*, la salvación de *un hombre*, la gratitud de *un hombre*, la garantía de supervivencia de *la humanidad*. Pero tal vez el cuento se relata no para que comprendamos la condición humana, que todos conocemos muy bien. Tal vez se cuenta para que comprendamos la condición de *Dios*. Noé construyó el arca porque el precio de la desobediencia era intolerable. Él ofreció ese sacrificio porque quería apaciguar a Dios. No hizo esas cosas por amor a Dios. No es que debamos criticar a Noé... él hizo exactamente lo que tenía que hacer. Pero si observamos más de cerca, vemos que era la divinidad misma, enredada en la mayor de todas las ironías, la que degradó las intenciones, profanando la obediencia de Noé y el sacrificio. La historia de Noé es la historia de la necesidad que tiene Dios de los hombres, Brek, no la necesidad que tienen los hombres de Dios. También explica por qué, a causa de esa necesidad divina, tiene que permitirse la existencia del mal para que exista cualquier posibilidad de amor. Explica por qué una serpiente vivía en el Jardín del Edén en los inicios y por qué continuará enroscándose en nuestras piernas hasta el fin de los tiempos.

—No comprendo —dije.

—Mira —dijo Luas—. Lo que cambió en esos cuarenta días fue la propia esencia de la relación de Dios con el hombre, no de la relación del hombre con Dios. Dios cambió sus métodos, nosotros no cambiamos los nuestros. Piensa en ello. La humanidad pagó un precio terrible, pero ganamos. Yahweh reconoció el problema al instante, el momento en que las aguas retrocedieron y se encendió el fuego sacrificial. Al castigar al hombre por desobedecer y mostrar indiferencia, el Diluvio destruyó el amor. Es primordial que entiendas eso, Brek. Para que exista el amor puro, tiene que existir la opción de no amar. Cuando se exige amor y se extorsiona por él, se convierte en miedo, y el miedo es lo opuesto al amor. De esa forma, Yahweh tuvo una opción profética: podía aceptar la posibilidad del pecado como vía para obtener la gran recompensa que es el amor, o podía soportar las falsas alabanzas de criaturas demasiado aterrorizadas para hacer otra cosa. Él optó por la primera, regalándole así a la humanidad la libertad de escoger. Nuestra comprensión de ese gesto es tan crucial, que Yahweh escogió la refracción de la luz del sol en los muchos colores del arcoiris como el símbolo eterno de nuestra libertad de escoger diferentes caminos. No importa cuán lejos nos alejemos, no importa cuánto duela, a Dios o a nosotros.

Luas regresó a su silla tras el escritorio.

—Todos somos herederos de esa promesa, Brek. Todos nosotros, incluida Amina Rabun. Pero esa promesa es un regalo y al mismo tiempo una maldición. Con la libertad de elección viene la responsabilidad por las decisiones que tomamos. La sala de audiencias es el lugar donde esas decisiones y responsabilidades son consideradas. Ahora te pregunto de nuevo: ¿cómo debemos presentar el caso de Amina Rabun?

21

Elymas está sentado en el balancín de la habitación de Sarah y se mece empujando su bastón contra una esquina de la cuna. Me está esperando. He tomado mi decisión. Tengo que ver a Bo y Sarah de nuevo. El viejo muestra su sonrisa desdentada cuando me ve. Estoy aquí para ver a mi esposo e hija, pero me siento como si estuviera haciendo algo turbio, como si estuviera traficando drogas.

—¿Te llevo? —preguntó Elymas.

—Sí.

Sus ojos se agrandan y desaparezco en ellos. Esta vez emerjo en un tranquilo cementerio de campo, situado en la ladera de una colina, inclinado como si estuviera rezando ante la boscosa pendiente de la montaña de Bald Eagle. He estado aquí otras veces. Este es el cementerio cercano a la granja de mi abuelo, donde los Cuttler entierran a sus muertos. Es un lugar bonito. Y triste. Hoy el sol es cálido y brillante, pero las tumbas no saborean el sol o sienten su calor. Un réquiem de robles rojos cubre a los que duermen aquí, mientras una fina membrana de clorofila demuestra la facilidad con que la oscuridad se impone sobre la luz. Pero las sombras que se mueven bajo las hojas parecen estar en una oscuridad y una luz diferentes. Parpadean sobre las piedras y danzan sobre la hierba sin relación con el oscilar de los árboles o el movimiento de las pequeñas banderas ceremoniales.

Al final de una fila de lotes bien cuidados está arrodillado un hombre cincuentón. El pelo se le está cayendo y el abdomen le crece. Se parece al padre de Bo, Aaron, cuando me lo presentaron por primera vez, sacando malezas en el huerto detrás de su casa. El hombre escucha el crujido de mis pasos sobre el césped y se pone de pie. En su mano derecha tiene una pequeña taza de plata y en la izquierda una kipá negra. La taza se le cae cuando me ve y se rompe contra una bandeja de plata fina que está en la base de una pequeña lápida de granito. No puedo ver el nombre. El golpe vuelca una tetera de plata y otras dos tazas y esparce su contenido.

—¿Brek?

—¿Bo?

Corremos alrededor de las lápidas para poder abrazarnos.

—Sabía que vendrías hoy —susurra.

Lo miro. Parece apagado, como si le hubiesen caído décadas encima, un cascarón deslucido del hombre que una vez conocí.

—¿Estás enfermo? —le pregunto.

—No, ¿por qué?

—Porque... porque no te ves bien. Estás tan diferente a cuando nos vimos hace dos días.

—¿Hace dos días?

—Sí, hace dos días, en el parque con Sarah. ¿Te olvidaste ya?

Me sostiene a cierta distancia.

—Brek, eso pasó hace quince años.

—No —insistí—. Fue anteayer. ¿Recuerdas? Habías terminado de correr y pusimos a Sarah en el columpio. Me dijiste que te estabas quedando con David y que las cosas comenzaban a normalizarse. Estabas buscando un trabajo en Nueva York.

Me mira como si estuviera loca.

—Recuerdo —dice—. Eso fue hace quince años, mira.

Regresa a la tumba y saca una copia del *Centre Daily Times* de abajo de la bandeja y me la muestra. El titular dice "Ejecutan a asesino" y en la fecha se lee "21 de julio de 2009".

Bo me guía hasta el tronco de un gran roble al final de la fila de lápidas y nos sentamos juntos. Lleva unos pantalones y una camisa polo tan arrugados que parece que durmió con ellos puestos. La cara la tiene cubierta de canas.

—Conseguí un trabajo en Nueva York, pero lo perdí —dice con desaliento—. Desde entonces no he podido mantenerme en un trabajo por más de seis meses. Ninguna estación de televisión quiere contratarme. Le tienen miedo a la gente que dice la verdad. Tal vez a veces bebí demasiado y se me pasaron algunas fechas de entrega. La televisión es una farsa, Brek, y las noticias son una farsa. Todo es un juego.

No puedo creer cuánto ha cambiado. Obviamente está paranoide, y hace gestos involuntarios, como un drogadicto o un alcohólico.

—Pero estoy bien —continúa—. Ahora soy consejero en un refugio para personas sin hogar. Me dejan que me quede ahí mientras me restablezco. Son buenos conmigo. Conduzco una reunión de Alcohólicos Anónimos y estoy en control de la situación. Estoy pensando en hacer un documental. He estado hablando con algunos viejos amigos de la estación. La gente piensa que los indigentes son animales, pero son como cualquier otra persona. Tuvieron vidas normales, y después algo les salió mal.

Bo trata de tomarme la mano, pero la retiro.

—¿Tanto he cambiado? —me pregunta.

Este no es el Bo Wolfson que conocí, el hombre del cual me enamoré, el padre de mi hija, el reportero brillante y valeroso, el atractivo conductor de las noticias de la mañana, el que aparecía en las vallas sonriendo con Piper Jackson.

—Cambiaste muchísimo —le digo.

—Te he extrañado tanto Brek —dice Bo—. Cuando supe que iban a ejecutar a ese desgraciado de Bowles esta mañana, tuve que conducir hasta aquí para verlo. Esperaba que pidiera al menos disculpas, pero nada. Ni disculpas ni remordimiento. Nada. Tampoco ninguno de sus amigotes de Die Elf tuvo el coraje de aparecerse. Todos se volvieron a esconder. Pero me encantó ver cómo lo frieron. Tú lo viste todo. Sé que estabas ahí. Podía sentirte en la habitación...

—¿Quién, Bo? ¿De quién estás hablando?

—Ott Bowles. Es por eso que regresaste, ¿no es así? ¿Porque todo acabó y finalmente se hizo justicia? Ya puedes descansar en paz. Y yo voy a comenzar de nuevo. Me voy a enderezar. No soy tan viejo. Tal vez hasta regrese al periodismo. Sería muy buen productor. He estado conversando con algunos viejos amigos en la estación...

Y entonces se me ocurrió que Bo sabe cómo morí. Claro, debí haberle preguntado antes, pero nuestra visita se interrumpió. ¡Finalmente puedo saber cómo morí!

Lo tomo por los hombros y lo sacudo frenéticamente.

—Bo, ¿me asesinaron? ¿Ott Bowles fue quien me mató? ¿Es así como morí?

Desde lejos puedo ver a Elymas caminando hacia nosotros.

—Es hora —llama con una voz seca y persistente—. Es hora, Brek Abigail Cuttler. Ven conmigo. Es hora.

Bo cierra los ojos y se cubre los oídos.

—¡No! —grita—. ¡No, no esas voces de nuevo!

—Bo —le suplico—, por favor, dime cómo morí. Tengo que saberlo.

Elymas me llama de nuevo.

—Ven conmigo, Brek Cuttler. Es hora.

Echo un vistazo al periódico en el suelo junto a Bo. Si han pasado quince años, entonces Sarah ya ha crecido lo suficiente para contarme cómo morí. Ah, cómo deseo verla. Mi corazón salta de esperanza. Sacudo a Bo de nuevo

—¡Bo, apúrate! Tengo que irme. Solo dime, ¿dónde está Sarah?

Bo abre los ojos y deja caer las manos. Me mira con incredulidad.

—¿Qué quieres decir con 'dónde está Sarah'? —grita.

—¿Dónde está? —le imploro—. Apúrate, necesito verla.

Bo salta por la hierba y comienza a correr, zigzagueando entre las lápidas apretándose con las manos la cabeza, como si tuviera un dolor. Lo persigo.

—¡Espera! ¡Espera, Bo! —le pido—. ¿Qué pasa?

—¿Por qué me haces esto? —me grita—. Por favor, por favor, déjame en paz.

Bo hace un corto recorrido por el cementerio y regresa a la lápida donde lo hallé por primera vez. Cae sobre sus rodillas mientras le corren lágrimas por las mejillas.

Elymas se está acercando.

—Ven conmigo, Brek Cuttler —me ordena—. Es hora.

—Bo, por favor —le suplico —por favor, está bien, todo está bien. Solo dime, ¿dónde está Sarah?

Levanta la vista y me mira con rabia.

—¿Qué quieres decir con "dónde está Sarah"? —vocifera—. ¿No lo sabes?

Y apunta a la lápida. Tallado en la parte superior hay un crucifijo superpuesto sobre una estrella de David. La visión de esta herejía sobresalta al principio, pero de alguna manera los símbolos se ven bien juntos, como si las líneas perpendiculares completaran la idea de los triángulos entrelazados y resultaran su final natural cuando se manipulan correctamente, como un cubo de Rubik. Grabadas más abajo, en grandes letras mayúsculas y a lo ancho de la pulida superficie están las palabras CUTTLER-WOLFSON. Debajo de ellas, en letras más pequeñas, dice:

BREK ABIGAIL

4 de diciembre de 1963 – 17 de octubre de 1994

Madre

SARAH ELIZABETH

13 de diciembre de 1993 – 17 de octubre de 1994

Hija

Té caliente y miel de abejas, compartiremos entre las dos...

22

Encontré a Nana Bellini en el huerto detrás de su casa, encorvada sobre un racimo de tomates rojos y maduros. Su pelo plateado, recogido en un moño detrás de la cabeza, brillaba bajo el cielo oscuro que anunciaba una tormenta de verano. Canturreaba una tonadilla mientras llenaba una pequeña canasta con hortalizas frescas, a sabiendas de que yo estaba parada cerca observándola en el fresco aire primaveral. En el medio del cantero arrancó un enorme y jugoso tomate, tan grande e hinchado que se le había roto la cáscara y mostraba su masa suave y rosácea. Lo sostuvo en la mano para que lo viera.

—Incluso los vegetales sufren tanto por abundancia como por carencia —comentó—. Algunos, como este, son fuertes y llamativos, y toman todo lo que pueden. Otros solo sorben lo que necesitan, contentos de compartir con la comunidad... —Apartó un manojo de tomates de tamaño regular y apuntó a una vid raquítica que estaba sola en una parcela de tierra resquebrajada y estéril—. Y también están los ascéticos, sufriendo contentos sin ninguna esperanza de dar frutos, seguros al saber que su sacrificio enriquecerá la tierra la siguiente temporada y que entonces van a convertirse en la semilla de la próxima generación. —Se volteó hacia mí—. El agricultor sabio aprecia a todos por igual. Si favorece a unos por encima de los otros, el huerto completo sufre.

Me acerqué. No estaba allí para hablar de horticultura.

—¿Por qué no me dijiste que Sarah estaba muerta? —le pregunté—. ¿Realmente creíste que no lo iba a averiguar?

Nana dejó de recolectar tomates y pasó el brazo por el asa de la canasta, que se le balanceó del codo. Tenía manchas de tierra negra pegadas a los dedos y en su camisa azul de mezclilla.

—No había nada que decir, querida —dijo—. Tú siempre lo supiste. No querías recordar. No estabas lista.

No tenía nada más que decirle. Me había engañado. Tenía que encontrar a mi hija. Sarah tenía que estar en algún lugar de Shemaya.

Corrí por el bosque hasta la entrada de la estación de trenes. Empujé las puertas y grité a las almas que estaban dentro:

—¡Corran! ¡Corran ahora, mientras puedan!

Pero no se atrevieron a moverse. Me observaron sin pestañear, con miradas flotando en el espacio y el mismo recelo con que el ganado de mi abuelo lo miraba cuando él trataba de hacer algo por su bien. Hubo un momento en que hubiesen cruzado a prisa esas puertas, pero eso era cuando aún creían que la muerte era la fantasía. Cuán real se había convertido la muerte y cuán pronto el Juicio Final decidiría sus vidas.

Entré en el cobertizo del tren sin los ojos vendados porque estaba buscando a Sarah. Era una tarea lúgubre. Podía ver en los recuerdos de las almas cómo había muerto. Había bebés, niños y adultos en todas las formas y estados más horribles, aquejados por todas las causas de muerte que se puedan concebir, agotados por el hambre y las enfermedades, con llagas y quemaduras, carcomidos y digeridos, con huecos de balas, apuñaleados y cortados, azules porque se ahogaron, hinchados por la pudrición, reventados por explosiones, hechos trizas, aplastados, envenenados, suicidios, asesinatos, enfermedades, muertos por vejez, por causas naturales. Pero sus historias no me importaban ya. Solo me importaba una historia. Busqué a Sarah por todas partes, pero no estaba entre ellos. Aunque deseaba desesperadamente verla, me sentía aliviada, pero también aterrorizada, como cuando un padre busca en la morgue después de una tragedia.

¿Qué tal si el caso de ella ya lo presentaron? ¿Qué tal si ya la juzgaron y se ha ido sin mí?

Corrí frenéticamente desde el cobertizo de trenes para encontrarla. Solo se me ocurría un lugar donde no la había buscado.

La llave de oro que Luas me había dado abrió el candado y me llevó al interior de la sala de audiencias. No había nadie, únicamente Dios y yo, solos, dentro del sanctasanctórum. Él se había llevado a mi hija y yo venía a recuperarla. Y no estaba tan confiada como lo estuvo Abraham con Isaac. Me moví hasta la silla del presentador y alcé la vista al monolito de zafiro, buscando en la lisa superficie la más ligera imperfección que mostrara un toque de reconocimiento o compasión. Como no hallé nada, pregunté sumisa en mi desnudez:

—¿Puedo verla? La traje a este mundo.

Dios observó, sin pestañear y sin conmoverse, mi existencia demasiado infinitesimalmente pequeña para ser notada, mi súplica demasiado insignificante para merecer una respuesta.

—¿Dónde está? —grité con toda la fuerza de mis pulmones.

La respuesta llegó como un ensordecedor golpe de silencio, el silencio del amor de Dios cuando se retira al infinito vacío del espacio, que lo escucha el alma, pero no el oído, que llora el alma, no el corazón. Eché una mirada a la sala de audiencias. Sus paredes pulsaban con la energía más pura del universo, mientras que afuera, en el cobertizo de trenes, las paredes estaban manchadas con la sangre inocente de la humanidad: la sangre de aquellos juzgados por un Juez que, Él mismo, era culpable del crimen.

—¿Dónde está mi hija? —grité de nuevo—. ¡Maldito seas! ¿Qué has hecho con ella?

Dios creó todas las cosas.

Dios creó el mal.

Dios es todas las cosas.

Dios es maligno.

Dios debe castigar a los malvados.

Por tanto, Dios debe castigarse a Sí mismo.

Elevé los brazos como Haissem había hecho y, al unísono con cada hombre, mujer y niño desde que el mundo es mundo, anuncié:

—LES PRESENTO A DIOS, CREADOR DEL CIELO Y DE LA TIERRA... ¡*ÉL* HA ESCOGIDO!"

La Corte se rompió en miles de millones de destellos de oscuridad.

ME ENCUENTRO EN un hermoso jardín paradisíaco. Mi nombre es Eva.

Soy creación, un primer pensamiento, el último, un comienzo sin final.

Soy un antes, un después, un espacio entre ellos.

Soy espíritu, un respiro único de Dios.

Soy amor.

—¡Soy amor! ¡Soy amor! —canta el aire. Y también las aguas, y las criaturas que nadan, se arrastran, vuelan y caminan. Las piedras susurran—. ¡Soy amor! —mientras sostienen la tierra, que susurra—. ¡Soy amor! —y sostiene a las plantas, que susurran—. Soy amor —y sostienen a las criaturas incluso mientas alzan sus cabezas hacia el sol, que susurra—. ¡Soy amor! —y calienta todo el Jardín que piso.

Otro como yo camina por este Jardín.

—¡Somos amor! ¡Somos amor! ¡Somos amor! —cantamos. Y somos amor.

Amor que se entrega. Amor sin fin. Amor sin condiciones. Y el saber que somos todo esto, y el saber que esto es Todo lo que Existe.

> *Entonces el Señor Dios formó al hombre del polvo de la tierra, y sopló en su nariz el aliento de vida; y fue el hombre un ser viviente.*

> *Y plantó el Señor Dios un huerto hacia el oriente, en Edén; y puso allí al hombre que había formado.*

> *Y el Señor Dios hizo brotar de la tierra todo árbol agradable a la vista, y bueno para comer; asimismo, en medio del huerto, el árbol de la vida y el árbol del conocimiento del bien y del mal.*

> *Y de la costilla que el Señor Dios había tomado del hombre, formó una mujer y la trajo al hombre. Y estaban ambos desnudos, el hombre y su mujer, y no se avergonzaban.*

Pero la serpiente era más astuta que cualquiera de los animales del campo que el Señor Dios había hecho. Y dijo a la mujer: ¿Conque Dios os ha dicho: No comeréis de ningún árbol del huerto?

Y la mujer respondió a la serpiente: Del fruto de los árboles del huerto podemos comer.

Pero del fruto del árbol que está en medio del huerto, ha dicho Dios: No comeréis de él, ni lo tocaréis, para que no muráis.

Y la serpiente dijo a la mujer: Ciertamente no moriréis.

Pues Dios sabe que el día que de él comáis, serán abiertos vuestros ojos y seréis como Dios, conociendo el bien y el mal.

La serpiente se enrosca sobre una piedra para que la pueda ver más de cerca.

—¿Entonces, esa es la única forma? —le pregunto.

—Sí, es la única forma —dice—. Tú anhelas experimentar el amor. Pero el Amor solo se puede obtener pidiendo lo que no eres, porque no puedes experimentar eso que es el Amor hasta que no conozcas lo que No es Amor. Por tanto, debes separarte del Amor y entrar en el reino del Miedo y el Mal.

—¿Pero qué es el Miedo? ¿Qué es el Mal?

—Todo lo que tú no eres.

Adán y yo comemos de la fruta e invocamos todo lo que no somos.

Escuchamos la voz de Dios. Adán me apura entre los árboles para escondernos. Temblamos y reímos nerviosos. Nuestros cuerpos tocan las hojas y sienten su frialdad, pero también se tocan el uno al otro y sienten su calor. Adán es grande, fuerte y áspero. Yo soy más pequeña, débil y suave. Al ver y tocar a alguien tan diferente, por vez primera me experimento y me siento a mí misma. No deseamos unirnos a Dios, sino unirnos el uno al otro.

Y entonces se nos ordena partir.

Adán aprieta sus labios contra los míos. Me derrito al sentir el sabor de su boca. Y ahora susurro:

—¡Te amo! ¡Te amo! ¡Te amo!

AHORA ESTOY EN el campo. Me llaman Caín, hijo de Adán.

El viento en la tierra es caliente y está lleno de polvo. Me cubro los ojos mientras hinco un palo en el suelo y echo semillas en los huecos.

Mi madre me ha contado que hay un lugar cercano, pero distante, un lugar hermoso, exuberante, frondoso y verde, donde siempre hay suficiente para comer y beber, donde el viento es fresco y limpio. Me dijo que ella se fue de allí para poder experimentar el amor y de esa experiencia es que nací yo. Me dijo que cuando me creó, cuando me vio por vez primera, sintió lo mismo que Dios cuando Él creó a mi padre. Me dice ella que fui creado según la imagen perfecta de Dios, porque ella y mi padre habían sido creados de la misma forma. Pero yo no veo la semejanza.

Abel vino después. Mi madre y mi padre dicen que lo aman tanto como a mí, pero a él siempre le han facilitado más las cosas que a mí. Él sigue a los rebaños, mientras que yo tengo que labrar la tierra. Él le ofrece a Dios las carnes más gruesas de sus mejores corderos, mientras que yo solo puedo ofrecer las menudas hortalizas que producen mis campos. Dios está más complacido con las ofrendas de Abel que con las mías. Odio a Abel.

—¿Por qué estás tan enfadado? —me pregunta Dios—. ¿No eres también perfecto ante mis ojos?

—Porque amas a Abel y no a mí.

—Eso no es cierto, hijo mío. Y si tú te obsesionas con eso, será tu ruina. Aun así, puedes hacer lo que quieras.

Abel es débil y se le puede engañar fácilmente. Le digo que un cordero está herido y lo llevo campo adentro. Él no me ve desenfundar mi cuchillo. Vengo por detrás y le cerceno la garganta. Veo como la sangre cae al suelo. No debió haberme robado el amor de Dios.

La justicia es la fruta más dulce en las tierras al oriente del Edén.

LA SALA DE Audiencias reaparece. Ya no estoy sola. Luas y Elymas están sentados en las sillas de los espectadores.

—Fue bastante atrevido lo que hiciste, llevar a Dios a un juicio —me dice Luas—. ¿Cuál fue el veredicto?

—Culpable de los cargos que se le imputaron —le digo. Lo fulmino con la mirada—. ¿Dónde está mi hija? ¿Dónde está Sarah?

—Lo sabrás pronto, Brek Cuttler —dice Elymas. Me hace un gesto con la mano para que me les acerque—. Ven y siéntate con nosotros. Mira cómo se hace la justicia de Dios.

—¡Ja! —dice Luas con sorna—. No ves nada desde que te cegué por tu insolencia, viejo mendigo.

—Eso es cierto —responde Elymas—, pero la justicia también es ciega y, aun así ve con más claridad que cualquiera de nosotros. Y tú Luas, si recuerdo bien, fuiste cegado por tu propia maldad. ¿Cuándo vas a dejar de pensar que eres mejor que yo? ¿Qué expediente sigue?

—El de Amina Rabun —dice Luas—. Hanz Stössel va a presentar su caso. —Se vuelve hacia mí—. Presta mucha atención, Brek. Vas a presentar a tu cliente muy pronto. Esta es la fase final de tu entrenamiento.

—¿Y si me niego? —digo.

Luas sacude la cabeza con desdén.

—No es posible.

Enseguida entra un hombre en la sala de audiencias con una llave de oro como la mía. Es alto y parece extraordinariamente débil y frágil, pero lleva un elegante traje cruzado al estilo europeo. Lo reconozco de inmediato por los recuerdos de Amina como el abogado suizo a quien ella le confió las posesiones de la familia para que las liquidara después de la guerra. Sé también por esos recuerdos que él había fallecido varios años antes que Amina.

Me alarmo al conocer que Hanz Stössel va a presentar el caso de Amina. Aunque fue su abogado mientras ella vivía, no terminaron de forma amistosa. Incluso, el señor Stössel responsabilizó a Amina por arruinar su reputación y su carrera, y por llevarlo a la muerte. Amina no hubiese estado en desacuerdo. Al contrario, por el resto de su vida llevó consigo la culpa por la ruina y el fallecimiento de Stössel. Permitirle que presente el caso de Amina es un obvio conflicto de intereses. Él va a hacer todo lo posible para lograr que la condenen. La injusticia de los juicios en Shemaya se hace evidente y más abominable. Pero Luas sonríe afectuosamente, ya sea porque ignoraba el conflicto o porque era cómplice en él.

—Ah, hola Hanz, entre por favor —dice Luas—. Lo estábamos esperando.

23

La presentación de Amina Rabun comienza inmediatamente, antes de que yo pueda protestar por la elección de Hanz Stössel como su abogado e introducir una moción para que lo inhabiliten.

La sala de audiencias desaparece, y como las presentaciones teatrales de Toby Bowles, nos depositan en otra escena de la vida de Amina Rabun. Esta escena particular ocurre en la oficina del director de un pequeño periódico llamado *The Cheektowaga Register*, en un suburbio de Buffalo, en Nueva York. Amina está sentada detrás del escritorio con la puerta cerrada y habla por teléfono. Tiene puesta una blusa de lino y una falda de brezo. Un ventilador de mesa funciona silenciosamente en el fondo.

Amina ocupa esta oficina porque el propio Hanz Stössel le aconsejó que, al ser una mujer inmigrante y soltera sin preparación profesional pero con una riqueza considerable, debería comprar un negocio para ocupar tanto su dinero como su mente. Le recomendó una florería o tal vez una *boutique*, nada muy complicado o por lo que tuviera que pagar muchos impuestos, pero Amina se enteró que estaban vendiendo el periódico por problemas financieros y pensó que ser dueña de una publicación sería más interesante. Tenía intenciones de mantener al director para continuar las operaciones del periódico, pero pronto comenzó a tener desacuerdos con él sobre el contenido editorial y lo despidió. En vez de contratar a otra persona, decidió aprender cómo se hace un diario y así tomar el control ella misma de las operaciones. Sería un nuevo comienzo para su vida y tal vez eso la ayudaría a integrarse en su nueva patria adoptiva. ¿Quién era más respetado en una comunidad que el director del periódico local?

Amina sacude la cabeza mientras habla por teléfono. Amenaza al vendedor de anuncios en el otro lado de la línea con cancelar su contrato si no le iguala el descuento del diez por ciento que le está ofreciendo un competidor. Al vendedor, un francocanadiense, le cuesta trabajo entender las palabras en inglés de Amina Rabun, enredadas en su fuerte acento alemán.

Durante la conversación, alguien toca a la puerta de la oficina y esta se abre. Un hombre corpulento, de pelo negro brillante aparece en el umbral. Detrás de él se escucha el bullicio de la redacción, con teléfonos que suenan y reporteros que conversan atareados y escriben en sus máquinas. El hombre que está parado en la puerta tiene una presencia imponente, pero se le ve preocupado porque sabe que está a punto de toparse con un enemigo más temible que él. Oscuras marcas de sudor se esparcen por su camisa azul, aunque no es necesariamente por el nerviosismo. La temperatura dentro y fuera del lugar es de ochenta y ocho grados Fahrenheit con cien por ciento de humedad relativa, una constante meteorológica de la parte occidental del estado de Nueva York durante el verano.

El hombre respira profundamente, inflando las mejillas como dos pequeños globos rosados. Con su mano derecha se pasa un pañuelo húmedo por la alisada frente. En la izquierda sostiene un largo cilindro de cartón, del que usan los arquitectos para llevar los planos. Mientras espera a que Amina termine de hablar por teléfono, sus ojos azules recorren como moscas toda la oficina, hasta que se posan en una hermosa lámpara Tiffany que está en una esquina. Los ojos acarician los coloridos pétalos de cristal y estiman su valor. Después vuelan hasta el marco con una fotografía en blanco y negro de los padres de Amina en su día de bodas y una placa que nombra a *The Cheektowaga Register* el mejor periódico de las pequeñas ciudades del estado de Nueva York en 1958. Finalmente sus ojos descansan en una pintura que hay en la pared detrás de Amina.

La pintura es una obra de arte de extraordinario valor, más propia de un museo que de la oficina del director de un periódico. Es un óleo original del maestro impresionista francés Edgar Degas y fue un regalo que le dio a Amina un hombre, parecido al que estaba admirando la pintura desde la puerta, que también se vio en la misma situación. El tema de Degas en la pintura es un padre de barba hirsuta vestido con un sobretodo ligero y un sombrero negro que disfruta un puro mientras pasea por un parque parisino con sus dos elegantes hijas y su perro, todos moviéndose al unísono en direcciones opuestas. Cuando cada mañana Amina entra en la oficina, recuerda cómo paseaba con su padre en las mañanas sabatinas por los anchos bulevares de Dresde hasta las oficinas de Jos. A. Rabun e Hijos, y después a un pequeño café para almorzar. A veces se encontraba en el café con Katerine Schrieberg y su padre.

Contra una pared en la oficina de Amina, adyacente a la pintura de Degas, hay una caja de nogal pulido con las copias de cuatro libros de poesía publicados por Bette Press, la compañía que Amina creó cuando compró el periódico y que llamó así en honor a su joven prima que fue violada y asesinada en Kamenz. La encuadernación de cada uno de esos cuatro libros tiene en pan de oro el colofón de Bette Press: una impresión cuadrada de una niña que, plasmada para la eternidad, se balancea bajo las robustas ramas de un álamo, con su pelo y el vestido ondulados suavemente por la brisa. El labrado original en madera del colofón, aún manchado de tinta con la primera tirada de las cubiertas, descansa encima del librero. Es la obra del maestro impresor Albrecht Bosch, quien estudió en la Escuela Bauhaus antes de irse a Chicago huyendo de los nazis. Bosch convenció a Amina de que imprimiera libros junto con el periódico, y que lo empleara como administrador de producción. El diseño del colofón, inspirado en una fotografía de Bette Rabun, tuvo el efecto persuasivo necesario.

El vendedor de anuncios al otro lado de la línea finalmente comprende el significado de las palabras de Amina y acepta el descuento del diez por ciento, aunque le deja saber que va a salir de la comisión de él. Ella le agradece el gesto, pero no siente gratitud ni simpatía. *The Cheektowaga Register* es su mayor cliente y él ha sacado partido de ello.

Amina coloca el auricular en la base, sonríe, enciende un cigarrillo y observa al hombre que espera en la puerta. No lo había visto antes, pero su aprehensión le parece familiar. Otros tres como él ya han pasado por la oficina, todos con la misma sensación de ansiedad, cada uno endeudado con ella, pero de alguna manera indignado.

Hace diez días este hombre se llamaba Gerhard Haber. Doce años atrás era el coronel de la SS-Einsatzgruppen Gerhard Haber, algo que Amina supo por un cable que le envió Hanz Stössel, quien le preguntó si estaría dispuesta a ayudar a otra familia alemana como se le ayudó una vez a ella. Desde la caída del Tercer Reich, los Habers se habían dado a la fuga, viviendo con grandes inconveniencias en el valle del Río Paraná, en Argentina. Los cazadores de nazis los habían rastreado hasta Suramérica.

—Totalmente falso —le aseguró Stössel al referirse a las denuncias sobre crímenes de guerra contra Haber, cuyos detalles ella no quería escuchar. Había aprendido que saber mucho era peligroso.

Sentada en su oficina meditando sobre Haber, Amina no está segura exactamente de por qué acepta estos riesgos, primero al ayudar a judíos en Kamenz y ahora a nazis en Estados Unidos. Tal vez lo hace por la emoción de conocer los secretos de la vida y la muerte. Cualquiera que sea el motivo, ha terminado culpando tanto a los judíos como a los nazis por lo que le pasó a ella y a su familia en Kamenz, y está convencida de que, si se diera la oportunidad de hacerlo todo de nuevo, dejaría que la Gestapo montara a los Schrieberg en el tren para Auschwitz y que los cazadores de nazis se llevaran a los Habers a Israel. Pero no puede empezar de nuevo.

Hanz Stössel había pedido a Amina que le proporcionara a Haber y a su familia pasaportes falsos e identidades nuevas a cambio de otra obra de arte de gran valor. Ella accedió, y Haber estaba ahora allí para recoger los pasaportes y hacer su pago. Era algo sencillo para Amina. Le dijo a Albrecht Bosch lo que tenía que imprimir y él hizo exactamente eso, sin preguntar nada, a cambio de su indulgencia por el caro apetito que él tenía por equipos sofisticados de impresión y nueva tipografía para sus colecciones.

Amina no consultó con Haber a la hora de seleccionar los nombres. Como nunca había tenido hijos, sentía gran placer otorgando nuevas identidades a los que enviaba el señor Stössel.

Sacude las cenizas de su cigarrillo.

—Entre y cierre la puerta —le dice a Haber.

Haber obedece y Amina saca un pasaporte de una gaveta y lo examina.

Gerry Hanson es un nombre agradable, piensa. *Fiel, al menos hasta la primera consonante y vocal del original, y pasa completamente inadvertido.*

Se lo entrega a Haber para que dé su aprobación. Los ojos del hombre se iluminan cuando examina el sello de salida de Buenos Aires, que parece auténtico sobre las garras y las plumas de la cola de un águila perfectamente estampada. El documento es impecable.

—*Danke* —dice él.

Amina arquea las cejas.

—Lo siento —se corrige Haber y practica su nuevo idioma—. Perdóneme. Quise decir `Gracias´.

Amina hace un gesto hacia una silla y dirige el ventilador en dirección a Haber, no porque le preocupara la comodidad de él, sino para dispersar el mal olor que despedía su cuerpo sudoroso, y que ya se había apoderado de la oficina. Saca otros cuatro pasaportes de la gaveta y los abre.

—Refrésqueme la memoria —dice Amina—. ¿Cuáles son los nombres y edades de su esposa e hijos?

Haber se pone tenso como si de pronto hubiese olvidado, pero recupera el control de sí mismo.

—Hanna, de treinta y nueve años; Franz, de quince; Glenda, de trece y Claudia, de diez.

Amina examina cada pasaporte y lo va deslizando por encima del escritorio a Haber.

—Hanna es ahora Helen —dice—. Franz es Frank, Glenda es Gladys y Claudia es Cathy.

Haber luce decepcionado. Amina arquea el ceño.

—¿No le gustan los nombres? —le pregunta.

Haber sacude la cabeza.

—No, están bien —dice no queriendo insultar a la mujer que tiene tanto poder sobre su destino. Inspecciona el pasaporte de su hija más pequeña—. Si puedo sugerir —dice con timidez—, la fecha de nacimiento de Claudia, mejor dicho, Cathy, está desfasada varios años. Teniendo en cuenta su corta edad, pudiera llamar la atención.

Amina toma el pasaporte, lo examina, refunfuña y lo tira en la basura. Haber se pone rígido, pensando que lo echó a perder todo. Pero Amina no descarga su descontento con él. Le pregunta la fecha de nacimiento correcta, la garabatea en un papel y llama a su secretaria. La mujer aparece de inmediato con una libreta de notas. Amina se complace en ver tal eficiencia frente a su visitante.

—Alice —dice y le entrega el pedazo de papel—, por favor, lleva esto a Albrecht en la imprenta y dile que tiene que reimprimir el documento de Cathy Hanson con esta fecha de nacimiento. Él sabe. Dile que lo necesito rápido. Tiene que terminarlo esta tarde. —Amina no explica de qué se trata el asunto y Alice no pregunta. La mujer se va y Haber se relaja un poco.

—Gracias —dice Haber pronunciando cuidadosamente las palabras.

—De nada —responde Amina.

Por un instante Amina siente compasión por Haber, pero rápidamente descarta ese sentimentalismo y se pone la coraza de Amina Sobreviviente.

—¿Usted tiene algo para mí? —pregunta con impaciencia, mirando al cilindro que tiene Haber sobre las piernas.

—Sí, claro —dice Haber.

Pone el cilindro parado en el suelo, le quita la tapa y saca un rollo largo de un lienzo deslucido que causa una pequeña nube de tizne negro. Se disculpa por el desorden mientras desenrolla la pintura que, a no ser por los bordes chamuscados, está en buenas condiciones. Representa una procesión funeral bajo un cielo invernal gris: un ataúd es llevado a través de un camposanto cubierto de nieve hacia una capilla gótica en ruinas. El nombre que aparece en la parte inferior derecha de la obra es Caspar David Friedrich.

Amina toca el lienzo y sonríe. Hace tiempo que admira a los románticos del siglo XIX, pero especialmente a Friedrich, que vivió en Dresde. La escuela privada para niñas a la que fue Amina en Kamenz —a solo unas cuadras de la escuela para niños en la que Helmut fue asesinado— se aseguró, por decreto nazi, de que ella conociera primero y por encima de todo a los grandes artistas alemanes.

—¿Dónde lo consiguió? —pregunta.

Haber está indeciso.

—Es de mi familia —dice vagamente. Su carácter esquivo recuerda a Amina las acusaciones que se hacen contra él, y decide no preguntar más.

—Dicen que Friedrich estuvo influenciado por Runge, pero yo no veo eso en su obra —dice Amina—. ¿Lo ve usted?

—Espero que esté satisfecha —responde Haber con ansiedad, tal vez porque estaba ignorando la pregunta o porque no la comprendía.

—Sí —dice Amina ahora con más frialdad y en la forma en que había tratado al vendedor de anuncios. Exhala una bocanada de humo del cigarrillo y pone los pasaportes de nuevo en la gaveta—. Estoy segura que Hanz le dijo que yo necesito que lo autentifiquen. Alguien de la Academia de Bellas Artes de Buffalo lo va a ver esta tarde. Suponiendo que no hay problemas, usted puede pasar a recoger sus pasaportes a las cuatro y treinta.

Haber se levanta y muestra una sonrisa forzada.

—Sí —dice, inclinando la cabeza ligeramente—. Estaré aquí. —Se vuelve y sale de la oficina. Amina cierra la puerta y llama al curador de la Academia de Bellas Artes.

LA OFICINA DE Amina desaparece y la sala de audiencias regresa al primer plano. Hanz Stössel está parado en el centro. Luas, Elymas y yo estamos sentados al fondo.

—¿Aún crees que ella es una víctima? —me pregunta Elymas.

—¿Víctima de qué? —le pregunto.

Antes de que Elymas pueda responder, la sala de audiencias desaparece de nuevo y regresamos a la oficina.

AMINA COLOCA EL lienzo sobre su aparador y le pone libros en las esquinas para mantenerlo abierto. Da unos pasos atrás para imaginarse cómo lucirá cuando esté encuadrado. Desde esta perspectiva, y tomándose más tiempo para observar la escena, los dolientes en la pintura se le asemejan al aspecto que debió tener su propia familia cuando llevaba a Helmut para sepultarlo debajo de vigas torcidas y concreto roto, en el monumento que su padre preparó para él usando los escombros de su escuela.

—VICTIMA DE UNA injusticia —dice Elymas. Puedo escuchar su voz, pero aún estamos en la oficina.

AMINA SE SECA las lágrimas mientras el recuerdo de aquel día terrible la envuelve. Los horrores de Kamenz la han consumido todos estos años, al punto que poco ha pensado en el pobre Helmut. Sucumbe a la irrefutable culpa de tal negligencia, y por haberle puesto a la imprenta el nombre de su prima Bette, en vez del de su propio hermano, o de su madre o su padre.

—LA CRIATURA SOLLOZA —susurra Elymas—. Sientes su angustia, Brek Cuttler. ¿Pero dónde está la compasión de su Creador? ¿Puedes sentir eso si tocas su alma? ¿Expresa el trono incluso la más ligera preocupación? ¿Una palabra o un pensamiento de cariño? ¿Dónde está la justicia? ¿Cuándo se va a nivelar la balanza?

LA MUERTE DE Helmut fue, después de todo, un accidente. Los Aliados no podían haber sabido que sus bombas arrasarían una escuela llena de niños. No es que hayan ejecutado a Helmut mientras lo miraban a los ojos. Es por eso que ella ha estado dispuesta a perdonarlos y, por tanto, a olvidar. Pero no es así con los soviéticos. No, su crimen fue deliberado y sus caras depravadas. No puede haber perdón para ellos. Jamás.

La autocompasión no dura mucho. Amina, la Sobreviviente, no lo permitirá. Se frota las manchas de rímel de las mejillas y se sopla la nariz. Decide que va a exhibir *El cementerio del claustro bajo la nieve* en memoria de su hermano Helmut y decirle a quienes pregunten que la obra significa eso para ella.

Y de pronto se le ocurre una idea.

Amina había pensado publicar un editorial por el aniversario de la muerte del senador Joseph McCarthy. Ella había sido una admiradora de McCarthy, no solo porque coincidía filosóficamente con su desconfianza fanática hacia el comunismo, sino porque al adoptar su patriotismo rabioso desviaba la atención de su herencia nazi. Acogerse a las ideas de Joseph McCarthy resultó de tan buen provecho financiero a Amina Rabun y al *The Cheektowaga Register* como acogerse a las ideas de Hitler lo fue para su padre y Jos. A. Rabun e Hijos en los años treinta. Pero había otra profunda atracción emocional por McCarthy porque, según Amina, fue el único que comprendió verdaderamente la maldad de la Unión Soviética y el sufrimiento de sus víctimas. Esa comprensión se convirtió en el centro del siguiente editorial de Amina. Explicaría en términos personales lo que las hordas de los Rojos le habían quitado a los Rabuns de Kamenz y lo contrastaría valientemente con lo que perdieron por las bombas de los Aliados. Iba a ser un conmovedor, convincente y maravilloso editorial. Un merecido tributo a Joseph McCarthy.

———

LA LUZ EN la sala de audiencias parpadea, indicando que la presentación de Amina Rabun va a pasar a otra escena. Me preocupan las selecciones que ha hecho Stössel para la presentación. Ha omitido la vida completa de Amina en Alemania y los sacrificios que hizo por los Schrieberg. Como sospeché, solo está presentando el lado oscuro de su vida y carácter. No había esperanzas de que fuera exonerada, ni tampoco absuelta.

24

Comienza el último acto de la presentación de Amina Rabun. Es invierno, febrero de 1974, y Amina regresa de unas vacaciones de tres semanas en el Caribe a su ruinosa y fría mansión en Buffalo, construida en los años veinte por un magnate naviero de los Grandes Lagos. La acompaña Albrecht Bosch, que disfrutó su segunda visita al trópico tanto como su acompañante.

Amina y Albrecht se han hecho buenos amigos pero no amantes, porque Amina es firmemente asexual y Albrecht es firmemente homosexual. Conocieron esos secretos mutuos el primer día que se conocieron, en una iluminada taberna en la zona de Allentown cuando se cumplía el segundo aniversario del divorcio de Amina, que también coincidía con el primer aniversario de la separación de Albrecht del artista que lo convenció para que dejara Chicago y se fuera a Buffalo y que después lo dejó por un hombre más joven.

Aunque a Amina y Albrecht los unía una nacionalidad y un

destino comunes, fue Bette Press lo que los hizo inseparables. Albrecht Bosch estaba enamorado de la palabra impresa. Invitaba a cualquiera que estuviera dispuesto a escucharlo a su mundo mágico de tipografías e imprentas y, una vez allí, explicaba con pasión de artista cómo una simple serif puede enfurecer o evocar serenidad. Él fue quien instruyó a Amina sobre el antiguo conflicto entre legibilidad y creatividad, que conecta la tipografía con las tradiciones como ninguna otra manifestación artística y solo permite una innovación sutil. Y, como los maestros de Amina del Romanticismo temprano, apelaba al orgullo alemán al recordarle que fue Johannes Gutenberg quien obsequió la imprenta a la humanidad. En el feliz matrimonio de papel y tinta que vino después, Amina y Albrecht experimentaron la armonía de dos seres opuestos que habían eludido sus vidas privadas.

La mansión está helada cuando los viajeros regresan de su viajes al trópico, algo que enfurece a Amina porque ella le había dado instrucciones específicas a la sirvienta de subir la calefacción dos días antes de su regreso. Amina le pide a Albrecht que ajuste el termostato y enciende la chimenea en el estudio. Después busca la correspondencia, que estaba esperándola apilada cuidadosamente en la gran mesa de caoba del comedor. Escudriña los sobres rápidamente en busca de algo que parezca importante o interesante, mientras pone a un lado las monótonas cuentas y los anuncios de ventas. Dos sobres se ajustan al primer criterio: uno grande, cuadrado y de color beige, de una fibra mezclada con algodón que estaba dirigido a "Señora Amina Rabun y huésped" y uno amenazante de negocios con la dirección de remitente "Weinstein & Goldman, Abogados". Amina se lleva los dos sobres a la cocina, pone a hervir agua para un té y abre primero la invitación. Para su placer lee que la prestigiosa *Niagara Society*, por primera vez, le ha pedido el favor de contar con su presencia en el Baile Anual de Primavera, el evento social más importante en Buffalo cada año.

—¡Albrecht! —llama.

—¿Qué pasa? —dice Albrecht tosiendo. Tiene la cabeza metida en la chimenea llena de humo. Ya ha usado la mitad de la edición dominical del periódico, pero aún no logra convencer a la madera para que se encienda.

—¡Vamos al baile de la *Niagara Society*! —dice Amina cantando—. Haz que te planchen el esmoquin.

—No tendré que hacerlo si muero asfixiado primero —responde Albrecht tosiendo.

Suena el teléfono y el agua comienza a hervir.

—¿Puedes responder, Albrecht? —pregunta Amina—. Es la hora del té.

Albrecht se aleja felizmente de la chimenea y responde la llamada en el salón donde Amina vierte el agua hirviente en una tetera Belleek color crema. Le pone hojas de té Earl Grey al colador, prepara una bandeja con dos tazas iguales y la lleva al estudio. Después de prepararse una taza y acomodarse en su favorito sillón alado, abre el sobre de la firma de abogados y halla la siguiente carta:

Estimada señora Rabun:

Represento a la Sra. Katerine Schrieberg-Wolfson en su capacidad de ejecutora del patrimonio del Sr. Jared A. Schrieberg y esposa.

Como usted conoce, mi cliente le ha escrito a usted en varias ocasiones en relación con la propiedad de ciertos teatros y bienes raíces en Dresde que su familia

adquirió de los finados durante la guerra por la suma de
35.000 reichsmarks, equivalentes en ese momento a
unos $22.000. No hay dudas de que el precio de la
compra fue muy por debajo del valor justo de mercado
y que la venta se realizó bajo fuerza o intimidación,
amenazas de confiscación por parte del gobierno nazi y
de encarcelamiento de los finados en campos de
concentración nazis. Por tanto, la venta fue, y es, nula.

La Sra. Schrieberg-Wolfson, en nombre los
herederos, busca la cancelación del contrato de compra
y el retorno de todas las propiedades. En ese sentido,
ella le ha ofrecido previamente devolverle los $22.000,
más intereses acumulados desde la fecha de la venta.
Usted no ha respondido al ofrecimiento de la Sra.
Schrieberg-Wolfson, por lo que ella me contrató para
tomar las medidas necesarias para rescindir el contrato
y recuperar la propiedad o su valor.

Mi pesquisa revela que su familia ya no es dueña de
la propiedad, que fue vendida en 1949, según órdenes
suyas, por el Licenciado Hanz Stössel. Mi cliente me
ha autorizado a aceptar los ingresos de esa venta más
los intereses, sustrayendo el precio de compra, en
pagos completos y liquidaciones según la demanda del
patrimonio. Consideramos que el precio justo de
mercado por la propiedad sería actualmente de al
menos 3 500 000 dólares estadounidenses. Si tal
acuerdo no puede alcanzarse, estaremos en la
obligación de iniciar un proceso legal contra usted y su
prima, la Sta. Barratte Rabun, para invalidar la compra
y recuperar el valor total de la propiedad.
Consideramos que los tribunales en este país y en

Alemania estarán a favor de una reclamación de
este tipo.

Mi cliente deplora profundamente tener que
recurrir a los tribunales, pero su decisión es firme. Ella
le estará siempre agradecida por acoger a su familia
durante la guerra, y así lo ha expresado en las cartas
que le ha enviado. Sin embargo, este es un asunto de
una injusta compra de propiedad por parte de su
familia bajo condiciones extremas. Como resultado,
mi cliente y su familia fueron obligados a vivir en
relativa pobreza, si se compara con el estilo de vida que
usted y su familia han disfrutado. La Sra. Schrieberg-
Wolfson solo busca rectificar ese error y no le guarda
a usted ni a la Sta. Barratte Rabun rencor alguno.

Estoy autorizado a iniciar los procedimientos
legales si no recibo respuesta de usted a esta carta. A
la luz de su posición como directora de un periódico, la
publicidad negativa alrededor de un caso así pudiera
resultar muy incómoda. En ese sentido, nuestros
investigadores han hallado que Otto Rabun fue
miembro de las Waffen-SS y que la compañía de
construcción de su padre fue contratada para edificar
los crematorios en Majdanek, Treblinka y Oswiecim.
Sería difícil ocultarle al público hechos de tanta
importancia durante un litigio.

Espero su pronta respuesta.

Atentamente,

Robert Goldman, Lic.

—¡Cómo se atreve a amenazarme! —dice Amina enfurecida.
Amina había recibido anteriormente cartas de Katerine

Schrieberg y las botó todas. Mientras los soldados rusos asesinaban a miembros de la familia de Amina y la violaban a ella y a sus primas, los Schrieberg se mantenían escondidos en una cabaña de caza de las cercanías y no hicieron ni arriesgaron nada. Cuando ella fue a pedirles ayuda la mañana siguiente, ya se habían ido. Y ahora esto, ¿después de tamaña cobardía, después de todo lo que Amina había arriesgado para protegerlos, Katerine Schrieberg le paga con la amenaza de destruirla? Esto es demasiado. Lleva la carta a la chimenea, la enciende y la pone encima del periódico chamuscado mientras se calienta las manos con las llamas.

—¿Qué está pasando ahí? —pregunta Albrecht desde la sala—. Barratte está al teléfono, ¿quieres hablar con ella?

¿Barratte al teléfono? La noticia asusta a Amina más que la carta del señor Goldman porque lleva casi diez años sin hablar con Barratte. El vínculo entre las primas se volvió tenso cuando Amina escapó de Alemania con el capitán Meinert y se llevó a Barratte con ellos. Barratte despreciaba a los americanos por la muerte de su padre en Berlín tanto como Amina despreciaba a los soviéticos por la muerte de su madre, hermana y hermanos en Kamenz. Su resentimiento contra Amina por obligarla a abandonar Alemania y vivir en la tierra de los enemigos creció más cuando tuvo que pasar años de abusos y humillaciones en las escuelas de Buffalo como la pequeña huérfana —alemanita—cuyos padres y su país habían recibido su merecido. A la primera oportunidad después de cumplir los dieciocho años, Barratte tomó el control de su herencia y se fue. Después de eso, Amina supo de Barratte en contadas ocasiones y poco conocía de su vida. La llamada telefónica ese frío sábado de febrero resultó una gran conmoción para ella.

—¿Qué quiere, Albrecht? ¿Todo está bien?

—¡Todo está de maravilla! —responde Albrecht—. ¡Barratte dio a luz un niño esta mañana! ¡Siete libras, cinco onzas! ¡Eres abuela, o tía abuela, o lo que sea, Amina! ¡Ven, habla con ella!

LA SALA DE audiencias reaparece. El ser sin rostro del monolito está parado junto a Hanz Stössel.

—Se ha tomado una decisión —anuncia el ser sin mostrar emoción, con la voz hueca de un supervisor de exámenes que avisa el tiempo que queda. La presentación de Amina Rabun se termina antes de que se pueda completar el ensayo sobre su vida.

25

—Vamos a salir esta noche —me dijo Nana.

Era bien entrada la tarde y estábamos en el estudio de su casa. Ella estaba leyendo, sorprendentemente, el *Almanaque del granjero* de 1897, el año en que nació. Yo estaba bordando un calcetín navideño para Sarah. Nunca habíamos salido antes. Saqué la aguja a través de la tela.

—¿Adónde? —pregunté.

Había comenzado el calcetín cuando estaba embarazada con Sarah. Hubiera estado listo para sus segundas Navidades. Lo recogí cuando regresé a la casa para encontrarme con Elymas después de la presentación de Amina Rabun. Quería que me llevara de vuelta para ver a Bo, pero Elymas nunca vino. Hacer algo por Sarah se convirtió en mi forma de protestar por su muerte. Decidí que iba a actuar como si ella estuviese viva, como si aún ambas estuviésemos vivas. Preparaba botellas de leche maternizada para Sarah cada mañana y le dejaba listo el baño. Conducía hasta la guardería y después al trabajo, y de regreso a la guardería y después a la tienda local. Todos los lugares estaban vacíos. Conducía a través de pueblos fantasmas. El carro patrullero de incógnito encendía sus luces de colores para detenerme, pero yo seguía conduciendo hasta que desaparecía en mi espejo retrovisor. Cuando la soledad era muy grande, regresaba a la casa de Nana y traía el calcetín conmigo para terminarlo.

—Es una sorpresa —dijo Nana esbozando una sonrisa. Esta era la primera vez que hablábamos desde que regresé. Habíamos pasado varios días en silencio juntas en la casa.

—No creo que pueda soportar más sorpresas —dije.

—Elymas tiene esa habilidad —respondió Nana—. Supongo que es parte de su encanto. Pero yo no confiaría en todo lo que dice y hace.

La miré.

—¿Debo confiar en ti?

—Debes confiar en la verdad, hijita.

Puse a un lado la aguja.

—¿Y cuál es la verdad, Nana?

—La verdad es lo que te hace sentir tranquila y amada, nada más que eso.

—Eso no tiene sentido.

—No es así. Es el único sentido. La verdad nunca es furia o miedo. Esas son ilusiones, y Elymas trafica con ellas.

Tomé la aguja de nuevo, ensarté el hilo y lo pasé por la tela. Estaba haciéndole el talón a un ángel que tocaba una trompeta.

—Él me dijo que lo acusarías de ser un falso profeta —dije.

—También te dijo que me disgustaría, pero no lo estoy. Eres libre de seguir a falsos profetas si lo deseas. Todos se descubren en algún momento. La verdad nunca está muy lejos.

—Vi a Bo y Sarah con mis propios ojos. Los tuve en mis brazos.

—Lo sé, querida, lo sé. Y navegaste en una carabela y caminaste por Tara, y todo aquí parece tan real. Pero todo desaparece. Las cosas y los cuerpos no son reales. Son símbolos, y los símbolos no son permanentes. La vida es no es permanente.

—A Bo se le ha arruinado la vida.

—Según Elymas, eso es cierto. ¿Pero quién puede asegurarlo? ¿Puedes confiar en Elymas? ¿Puedes confiar en tus propios recuerdos? ¿Estaría Bo más cerca de la verdad trabajando en un refugio para desamparados o sentado frente a una cámara de televisión?

—¿Qué le pasó a ella? ¿Qué me pasó a mí? ¿Qué estás ocultando?

—No estoy ocultando nada, hijita. Eres tú quien no ve la verdad a tu alrededor. —Cerró el almanaque y se empujó con los brazos para pararse de la silla.

—Lo verás cuando estés lista. Pero ahora debemos prepararnos.

—¿Para qué?

—Vas a necesitar un vestido de noche.

Eso me llamó la atención.

—¿Dónde esperas que encuentre uno en Shemaya?

Tenía la mirada socarrona del abuelo que incita a un niño con un regalo.

—En tu clóset.

Subí y abrí el clóset en la habitación de mi madre. Había cinco vestidos diferentes de sedas hermosas, satín, crepé, con medias y zapatos en combinación. Yo estaba contentísima. Nana estaba parada en la puerta observándome.

—Son hermosos —dije sosteniendo cada uno de los vestidos frente a mí—. ¿No me vas a decir adónde vamos?

—No puedo —dijo Nana—. Es una sorpresa.

Se sentó en la cama mientras me probaba cada vestido. Todos me quedaban perfectos, pero el que más nos gustó fue el de satín negro con tirantes y escote bajo que dejaba ver los hombros y la espalda. Realmente la estaba pasando bien.

El mismo proceso ocurrió en el dormitorio de Nana, mientras buscábamos un vestido más colorido y con un cuello más alto para ella. Sacó de su joyero dos collares de perlas, con sus correspondientes pares de pendientes, y me dio un juego a mí. Paradas frente al espejo hacíamos una pareja asombrosa y ninguna de las dos necesitábamos peinarnos o maquillarnos. El pelo y la complexión de la piel eran siempre perfectos en Shemaya.

Salimos de la casa cuando el último de los cuatro soles de las cuatro estaciones se ponía tras las copas de los árboles. Nana me sacó por la puerta trasera y me condujo a pie por el bosque hasta la entrada de la estación de trenes. Cuando entramos en el vestíbulo había unos sonidos raros y nuevos, sonidos místicos y resonantes, como del agua que corre y el viento que sopla, del canto de los delfines y de los pájaros, de niños que hablan y padres que suspiran, de toda la creación, que vivía y moría. Al final resultó ser el sonido de una banda. Una nota escrita a mano decía en las puertas "Recepción para los nuevos presentadores". Entramos.

Todos los postulantes ya se habían ido, y con ellos la descarga eléctrica de sus recuerdos y las tristes, aterradoras, pero a veces hermosas circunstancias de sus muertes. En un escenario elevado, cerca de la pizarra que anunciaba llegadas, pero no salidas, flotaban en el aire cuatro trovadores sin rostro, como el ser de la sala de audiencias, vestidos con sotanas grises. Dos tocaban violines, uno el bajo y el otro un violonchelo, y la música vibraba en colores verdes, violetas y azules aurorales. Frente a la banda pululaba una multitud de hombres, mujeres y niños vestidos de etiqueta, algunos de ellos solos disfrutando la función con un plato de aperitivos y un una copa de champán (o leche para los niños). Otros hablaban y reían en pequeños grupos.

Las mesas del banquete se habían colocado en las cuatro esquinas del salón y estaban repletas con patés, caviar, quesos, frutas y otras exquisiteces. Junto a ellas estaban los bares bien pertrechados con vinos, licores y otras bebidas. Un pequeño ejército de criaturas sin rostros, vestidas de gris, atendía las mesas y los bares y recogía los vasos y los platos vacíos de los invitados. Una magnífica araña de cristal y una constelación de otras más pequeñas bañaban el salón con una luz cálida y brillante. Miré a mi alrededor tratando de orientarme. Luas emergió de la multitud vestido atractivamente con un esmoquin de abotonadura sencilla.

—¡Bienvenidas! ¡Bienvenidas! —dijo saludándonos— ¡Estábamos esperándolas!.

Nos abrazó y entonces se volteó y onduló los brazos por encima de la gente.

—Espléndido, ¿no es cierto?

—Sí —grité por encima del barullo.

—Y todo en tu honor, querida. Te has graduado con creces, y ahora estás lista para tu primer cliente. Tengo que admitir que contamos con un excelente grupo de nuevos presentadores. Es hora de relajarse un poco antes de comenzar a trabajar. Las dos se ven maravillosas.

—Gracias —dije—. Pero realmente no me siento lista para

graduarme o representar a nadie. Prácticamente no comprendo el proceso... y no creo que estoy de acuerdo con los resultados.

—No te preocupes, Brek —me aseguró Luas—. Todo el mundo se siente nervioso la primera vez. Vas a hacerlo bien.

Nana le hizo un guiño a Luas.

—Brek estaba muy recelosa sobre lo de esta noche —dijo—. Casi me obliga a estropear la sorpresa.

—¿Cierto? —dijo Luas—. Ah, pero Brek es curiosa. Eso es lo que más nos gusta de ella.

—Entonces aquí te va otra pregunta: ¿qué has hecho con todos los postulantes? El corredor estaba lleno de ellos hace unos días —le dije.

—Una pregunta perspicaz, como es costumbre. ¿No te lo dije, Sophia? —respondió Luas—. En realidad, aún están aquí. Ven, te lo voy a mostrar.

Salimos del cobertizo de trenes y cerramos las puertas.

—Muy bien —dijo—. Ahora ábrelas de nuevo.

De repente la música desapareció, junto a los trovadores, la comida, las mesas, las arañas de cristal y los hermosos huéspedes. Los postulantes habían regresado: miles de esferas de un intenso brillo llenas de recuerdos que flotaban en las opacas y sulfurosas luces de la estación de trenes.

—¿Cómo es que pueden estar ahí? —le dije a Luas.

—La creación es un asunto de perspectiva y elección —respondió Luas—. Lo que uno desea ver es lo que uno es capaz de ver. Tú nunca has visto las partículas subatómicas que pulsan en los muebles de la sala de tu casa, ni tampoco la minúscula partícula que es la sala de tu casa en las arremolinadas galaxias del universo, pero eso no quiere decir que las partículas subatómicas y las galaxias no coexistan. Tus poderes como presentadora están madurando, Brek. Estás viendo más cosas ahora, como si lo hicieras usando un microscopio y un telescopio.

Mientras caminaba entre las esferas en el cobertizo de trenes, vi a un hombre en harapos con ojos abultados y la cabeza rapada. Me miró, pero cambió la vista rápidamente. Detrás de él había una niña también en harapos. Se quedó observándome con ojos desafiantes y embrujados. Le faltaba el brazo derecho y me recordaba a mí misma cuando era una niña.

—¿Son presentadores? —le pregunté a Luas—. No parecen estar vestidos para la fiesta.

—No —dijo Luas—. Son almas como las demás, pero ahora solo puedes ver una pequeña porción de sus recuerdos.

—Tal vez pudiera representar a la pequeña. Parece que tenemos algo en común —dije.

—Imposible —respondió Luas—. La niña tiene su abogado y a ti ya se te seleccionó tu primer cliente.

26

De regreso en la fiesta, mis nuevos colegas —los muy honorables y antiguos miembros del colegio de abogados del Tribunal Supremo de Shemaya— estaban ansiosos por celebrar mi graduación y compartir los cuentos de sus primeras presentaciones. De manera perturbadora, todos hablaban sobre juicios que terminaron antes del alegato de la defensa y sobre lo que para ellos pareció una eternidad en la que sometían a juicio a la misma alma una y otra vez para llegar a la misma conclusión.

Constantin, por ejemplo, un hombre mayor con dientes ennegrecidos y cicatrices en la cara, me dijo que presentó el alma de un policía que disfrutaba torturando a sus prisioneros para hacerlos confesar.

—Era un hombre cruel —explicó Constantin—. Pero cada día el Juez cree conveniente finalizar la presentación antes de que yo pueda informar a la corte sobre su simpatía por los animales abandonados que encontraba en la calle y que se llevaba a su apartamento.

Otra presentadora, Allee, una jovencita encinta con los pómulos y las manos hinchados, presentó el caso de un hombre joven que abandonó a su novia después de embarazarla.

—Arriesgó su vida para salvar a un niño en un incendio que un día destruyó la casa de sus vecinos —dijo—. Intento sacar el tema en la sala de audiencias, pero al parecer el asunto nunca se trata. Supongo que Dios considera que no es importante.

Luas y Nana se me perdieron entre el gentío y me pasé a otra mesa. Conversar con los otros presentadores me hizo sentir nerviosa e inquieta y quería estar sola. Después de servirme algo de comer, deambulé hacia una esquina del salón donde había una escultura de piedra que no había visto antes. Era una esfera perfectamente lisa, tan alta como yo, que se asemejaba a un globo terráqueo. Una estatuilla de piedra en miniatura de una mujer con falda y pelo largo se veía en la parte superior de la esfera, con tres pares de puertas de piedra en miniatura desplegadas frente a ella.

Cuando miré más de cerca la estatuilla de la mujer, la escultura se reajustó, de forma que quedé viendo los tres pares de puertas frente a mí, como si ahora yo fuera la estatuilla. Sobre el primer par de puertas había un letrero que decía "Yo", sobre el segundo un cartel rezaba "Otros" y sobre el tercero "Espíritu". Los tres pares de puertas tenían espejos y me podía ver en todas, aunque la puerta de la izquierda y la de la derecha de cada par reflejaban distintas imágenes mías.

Las puertas izquierdas mostraban la imagen que siempre quise tener: más alta, con pómulos más pronunciados, senos más llenos y dos brazos enteros. Esa Brek Cuttler era ingeniosa y sofisticada, madre cariñosa, abogada brillante, hija leal, amante exquisita, tenista competitiva, violinista consumada y maravillosa chef. Era la mujer perfecta, a la que envidian por tener una carrera perfecta, un cuerpo perfecto, una mente perfecta, un esposo perfecto, hijos perfectos y un hogar perfecto.

La puerta de la derecha reflejaba una imagen mucho menos glamorosa. Esta Brek Cuttler era más rellenita y sencilla, con manchas en la cara, labios delgados, pelo mustio, y le faltaba el brazo derecho. Aun así, parecía más noble y menos frenética que su gemela de las otras puertas. Esta Brek Cuttler se distinguía por todo lo que no era la otra: reconfortante en vez de competitiva, espiritual en vez de intelectual, comprensiva en vez de arrogante, cortés en vez de halagada, confiable en vez de temible. Era perfectamente indefensa y, por ello, perfectamente indestructible, dependía de todo y, por tanto, era perfectamente independiente.

—Ámame —suplicaba la Brek Cuttler perfecta que se reflejaba en el lado izquierdo de cada par de puertas con sus carteles encima. Detrás de ella se reunían en el espejo los símbolos de su éxito: las miradas impresionadas de hombres y mujeres, las ropas lindas y la casa hermosa, los amigos y los títulos poderosos, las vacaciones lujosas, las invitaciones codiciadas, las victorias implacables. Su gemela pequeña y peculiar que se reflejaba en las puertas derechas solo decía: "Existo". Detrás de ella se reunían los símbolos de su libertad, representados por el mismo universo, desde el más pequeño mosquito hasta la estrella más brillante, cada uno perfecto a su manera y en su momento.

La escultura mágica dividía en tres mi avatar en miniatura, y cada versión dio un paso al frente para escoger entre los tres pares de puertas. Fuimos recibidas en los umbrales por los padres, maestros y amigos. Todos apuntaron a la izquierda y fuimos por las puertas de la izquierda para encontrarnos tras ellas con otras tres puertas más que requerían tomar las mismas decisiones. Nos dieron el mismo consejo, y nos fuimos por la izquierda, y de nuevo a la izquierda, una y otra vez, como se nos había enseñado hasta que, en algún momento, escogiéramos por nosotras mismas. La escultura rotó lentamente, como una roca que se empuja cuesta arriba, mientras las puertas se abrían y se cerraban.

De pronto la escultura regresó a su estado original: una gran esfera de la que yo no era parte ya, solo estaba parada junto a ella. Al mirar su superficie desde arriba, vi, como cuando se mira la Tierra desde una gran altitud, un laberinto de puertas, caminos y opciones que se entrecruzaban sobre la superficie como los ríos y las carreteras.

Escuché por la derecha la voz de un hombre, profunda pero suave, que me sorprendió: *El viajero que sale en una dirección en algún momento regresa al lugar en que comenzó, y lo ve de nuevo como si fuera la primera vez.*

Me di vuelta y encontré a un hombre extraordinariamente exótico junto a mí. Era delgado, de mediana estatura y de edad madura, sin camisa y sin zapatos, con una piel tersa y cobriza y ojos muy negros. Llevaba unos pantalones anchos y multicolores atados alrededor de la cintura y las piernas a la usanza de los ascetas hindúes, y en la cabeza tenía un casquete hecho de pequeñas cuentas de oro. Su cara era tranquila, inescrutable, como las de un monje budista en meditación. Era hermoso.

—Ah, hola —dije, tratando de reponerme del impacto que me produjo su aparición—. No lo vi parado ahí...

—¿Le gusta? —preguntó.

—Sí —dije—, es interesante, aunque un poco inquietante.

La esfera giró y mis tres representantes virtuales desaparecieron por el otro extremo.

—El tiempo nos lleva en una sola dirección de la cual no hay divergencia —dijo el hombre—. Pero pueden ocurrir muchos momentos en el presente, dependiendo de las opciones que uno tome.

—¿Cómo es que pueden ocurrir muchos momentos en el presente? —pregunté—. ¿No es que hay un solo presente?

—Sí —dijo el hombre—, pero contiene todo lo que es posible. Si cualquier punto de la superficie donde está la estatuilla representa el momento presente, entonces detrás de ese punto en la esfera está el pasado y hacia el frente está el futuro. Ahora, suponga que dibujamos una línea longitudinal alrededor de la esfera a partir del momento presente en que está la estatuilla, como la línea del ecuador en un globo terráqueo. Veríamos que esa línea representa todos los lugares posibles en la superficie de la esfera donde el viajero puede pararse y aún estar en el momento presente. Las puertas representan las decisiones que debe tomar en cuanto a dónde pararse en esa línea.

Estaba confundida.

—Si eso es lo que escultor estaba tratando de decir, no me había dado cuenta —dije.

—No creo que eso es todo lo que trataba de decir —respondió el hombre—. Hasta ahora solo hemos tomado en consideración dos dimensiones de la esfera: el tiempo, que se representa con la rotación de la esfera, y el espacio, representado por la superficie de la esfera. Me temo que solo hemos descrito un disco, algo así como la mitad de un panqué.

—No fui muy buena en geometría.

El hombre sonrió.

—Tiene que haber una tercera dimensión que le dé volumen

a la esfera y sentido a las dimensiones de tiempo y espacio. La línea meridional que mencioné, que representa el momento presente, no flota sobre la superficie. También se extiende por debajo de esta, a través del centro, lo que le da a la esfera su profundidad y forma. Esta dimensión de profundidad representa los posibles niveles de comprensión que tiene el viajero en el momento actual, es decir, los niveles de significado del tiempo y el espacio. Su percepción pudiera ser muy básica y primitiva, en cuyo caso su compresión de su tiempo y su espacio estaría cerca de la superficie. O tal vez tenga una idea más completa de su tiempo y espacio, en cuyo caso su comprensión sería muy profunda y cercana al centro de la esfera. El significado es también una cuestión de decisión, ¿no es así? Podemos experimentar la misma realidad actual en muchas formas diferentes. Así pues, aunque nuestro viajero no puede escoger su momento particular —porque eso lo determina la rotación de la esfera— tiene la completa libertad de escoger el espacio en el momento presente y su sentido y significado, o sea, su nivel de percepción. De esta forma experimenta la realidad en tres dimensiones desde un número potencialmente infinito de lugares ubicados sobre la línea del presente, y le asigna a su realidad un número potencialmente infinito de significados que se corresponden con la profundidad de su percepción.

El hombre hablaba sobre algo que iba mucho más allá de mis conocimientos. Yo estaba allí para celebrar mi inicio como presentadora, no para entablar una exégesis filosófica sobre el tiempo, el espacio y la percepción. Exploré con la vista la muchedumbre en busca de Luas y Nana, como una forma educada de salirme de la conversación.

—Me llamo Gautama —dijo el hombre y, como persona perceptiva que era, me extendió su mano izquierda.

—Brek Cuttler —dije, sonriendo tímidamente, avergonzada de que me hubiese visto buscando una salida.

Uno de los ayudantes sin rostro vino para llevarse mi plato vacío.

—Sí, sé quién es usted —dijo Gautama—. Espero no haberla aburrido. Personalmente estoy más interesado en las cosas pequeñas a lo largo de la travesía, pero es útil alejarse a veces para alcanzar a ver el conjunto. Por ejemplo, eso explica la presencia de los postulantes aquí entre nosotros ahora, y nuestra incapacidad mutua de verlos debido a los niveles de percepción que hemos escogido.

—Tal vez —dije mientras comenzaba a comprender un poco lo que me decía—. ¿Pero eso explica por qué cada presentación en la sala de audiencias se termina antes del alegato de la defensa? ¿Asumo que esa ha sido su experiencia también?

—Yo no soy presentador —dijo Gautama—. Soy un simple escultor... entre otras cosas.

—¿Usted esculpió esto? —le pregunté avergonzada.

—Sí, pero veo que la ha hecho sentir incómoda.

—Es un poco intimidante —tuve que admitir.

—No nos sentimos cómodos tomando decisiones —respondió Gautama—. Preferimos que otros las tomen por nosotros. Pero decidir es lo que hace que todo funcione, ¿sabe? Es la energía que alimenta el universo. Crear es simplemente elegir, decidir. Incluso los Diez Mandamientos son opciones: diez opciones que cada persona debe tomar en cualquier instante del tiempo para ser quienes son y quienes serán; aunque se pueden reducir a tres, que es lo que he tratado de hacer aquí con mi esfera.

—¿Tres?

—Sí. Los primeros cuatro mandamientos son simplemente

opciones sobre el Santísimo, ¿no es así? ¿Reconoceremos a Dios (o Espíritu o Verdad, no importa el lenguaje que desee usar) o adoraremos las cosas materiales y nos decidiremos por el mundo temporal? ¿Invocaremos el poder de Dios, la fuerza creadora, para hacer daño o destruir a otros, o los amaremos como a nosotros mismos? ¿Sacaremos tiempo para apreciar la Creación y la Verdad o consumiremos todo el tiempo que tenemos en pos de objetivos finitos? Los restantes seis mandamientos tienen que ver con opciones sobre otros y uno mismo. Asesinato, robo, adulterio, la forma en que uno se relaciona con sus padres, la familia y la comunidad. Todos reflejan cómo uno escoge la forma en que considera a los otros. Si uno es envidioso, o si oculta la verdad, esas son decisiones sobre uno mismo.

—Interesante forma de ver el tema —dije.

Gautama se volvió hacia la multitud.

—Su comprensión de esto, hija mía, es esencial porque esas son las decisiones que tienen que presentarse en la sala de audiencias. Solamente a partir de ellas es que se dictamina el Juicio Final y se decide la eternidad. El Juez es exigente y meticuloso. Algunos incluso dirían que es implacable.

—Pero las presentaciones nunca llegan al final —dije—. Podría decirse que el Juez es injusto.

—No nos corresponde cuestionar esa sabiduría —contestó Gautama—. Pero debieras preguntarte cuántas veces tienen que presentarse las mismas decisiones antes de que se relate la historia con precisión.

Pensé en eso y pensé en Gautama. Era tan distinto a los que había conocido en Shemaya.

—Desde que llegué aquí —dije— no creo haber conocido a nadie, excepto mi bisabuela, que no haya sido presentador.

Usted dijo que era escultor, entre otras cosas. ¿Cuáles son esas otras cosas?

—Ayudo a los postulantes a reconocerse a sí mismos y a reconocer sus decisiones. Por eso es que mi esfera está ubicada aquí en la estación de trenes.

Miramos la esfera.

—Aún no comprendo los reflejos que se veían en la puerta —dije—. Vi dos versiones diferentes de mí misma.

—¿No se basan todas las decisiones en deseos personales? —respondió Gautama—. ¿Y no son todos los deseos reflejos de quienes somos o de quienes deseamos ser? Pudiéramos abreviar en una sola elección las tres opciones que se presentan aquí con los tres pares de puertas, y concluir que todo en la vida depende de decisiones relacionadas con la propia Creación. Pudiéramos abreviarlas más aun y llegar a la conclusión de que todo depende de las decisiones de la Creación sobre sí misma. En otras palabras, Brek, somos creadores junto a Dios. En el nivel de realidad más alto en la esfera, en el polo donde comenzamos y al que inevitablemente regresaremos, solo hay un aquí y un ahora posibles. Todo lo demás fluye de él y regresa a él, en el proceso de la Creación, o sea, en el proceso de la toma de decisiones. Decidimos quienes somos o deseamos ser, pero al final solo somos una cosa, permanente e inalterable, sin importar qué decisiones tomemos. El trayecto alrededor de la esfera es un círculo.

De repente Tim Shelly se tambaleó entre Gautama y yo, apestando a alcohol. Tenía los ojos vidriosos y llevaba zafado el nudo de la corbata.

—¡Tremenda piedra! —dijo mientras apuntaba a la esfera y arrastraba las palabras. Después me puso la mano en el hombro y la deslizó por mi espalda de forma atrevida—. Ve a buscarte a otra, Gautama —dijo—. Brek es mía.

Me aparté de él espantada.

—Parece que estás disfrutando la noche, hijo mío —contestó Gautama, al parecer sin molestarse por el comentario de Tim o su aparente borrachera.

Tim me agarró y trató de besarme en los labios.

—¡Tim, deja eso! —le grité y lo alejé de un empujón—. ¿Qué te pasa?

—¿Qué pasa, Brek? ¿Te crees que eres demasiado buena para mí? —dijo con desdeño.

—Creo que es hora de que vayas a casa, hijo mío —dijo Gautama.

—¿Por qué? —dijo Tim—. ¿Para que sea tuya? —Le hizo un guiño a Gautama y le dio un golpecito en el hombro—. Te he estado observando. Yo sé que ustedes los espíritus más viejos todavía tienen ganas.

Gautama sonrió, pero no dijo nada, como si estuviera tratando a un niño malcriado.

—El problema es —continuó Tim— que ella cree que es demasiado buena para ti también. Ella solo se acuesta con judíos. Me he enterado que le gustan circuncidados. Bueno, ya es hora de que sepa lo que se siente con un hombre de verdad. Espera tu turno aquí, Gautama, y vamos a ver qué piensa ella. No va a demorar mucho. —Tim se lanzó hacia mí y yo grité, pero Gautama se le paró enfrente y lo volteó en dirección contraria.

—Buenas noches, hija mía —me dijo mientras se llevaba a Tim del brazo—. Disfruta el resto de la noche.

27

Salí del banquete muy perturbada. Por primera vez en Shemaya temía por mi seguridad. ¿Pero realmente había algún motivo para sentir temor? ¿Puede ser un alma violada o herida de alguna forma? Tim Shelly parecía un hombre y tenía el cuerpo de un hombre. Sentí su mano en mi espalda, en mi cuerpo. Ninguna de esas cosas era real y, sin embargo, ocurrieron. ¿Y cómo es posible que el antisemitismo sobreviviera aun después de la muerte? Yo no era judía y nunca le dije a Tim que Bo lo era. ¿Cómo se enteró y por qué eso era importante? Nada tenía sentido.

Había algo genuinamente frío y malintencionado en la forma en que Tim me miraba. ¿Qué le había pasado al tipo agradable que creyó ser una camarera y que acampó con su padre, al que visitó Tara conmigo y se preocupaba sobre cómo su madre estaba afrontando la noticia de su muerte? Tal vez era solo el alcohol lo que lo hizo hablar así... ¿Pero cómo puede un alma consumir alcohol y, encima, emborracharse?

Caminé por el largo pasillo con oficinas. Me helé cuando pasé frente a la oficina de Tim, pero eso no fue nada comparado con la punzada de pavor que sentí cuando vi mi nombre en la oficina contigua grabado en una placa nueva: "Brek Abigail Cuttler, Presentadora".

La puerta no tenía puesto el cerrojo y entré. La oficina era idéntica a la de Luas, con un pequeño escritorio, dos sillas, dos velas sobre el escritorio y sin ventanas. No era la primera que ocupaba la oficina: las dos velas se habían consumido de forma desigual, y en sus lados y en los candelabros de metal se acumulaban pólipos de cera. Era una pequeña habitación claustrofóbica, un confesionario en una catedral en ruinas. El aire pendía húmedo y pesado, cargado con los pecados de quienes habían exhalado sus vidas allí. Pero era mi espacio. Encendí las velas, cerré la puerta y me arrellané tras el escritorio para disfrutar mi privacidad.

Alguien tocó a la puerta.

¿Sería Tim?

Me deslicé silenciosamente alrededor del escritorio y reforcé la puerta con la silla del visitante.

El toque se repitió, esta vez seguido de la voz de una niña, con un tono oriental y desconocido.

—¿Puedo entrar, por favor?

—¿Quién es? —dije, apretando la silla fuertemente con el pie.

—Me llamo Mi Lau. Conocí a su tío Anthony. La vi cuando salió del banquete.

—¿Anthony Bellini? —dije.

—Sí, ¿puedo entrar?

Tiré de la silla y abrí la puerta. Lo que vi parado frente a mí era tan pavoroso y repulsivo que di un alarido de horror y cerré la puerta de nuevo de un golpe. Allí estaba una niña con el cuerpo tan quemado que era casi irreconocible. Aún estaba en ascuas, como si las llamas se hubiesen acabado de extinguir. Había perdido casi toda la piel y fragmentos de huesos y tejidos chamuscados quedaban expuestos como cartílagos que se funden a una parrilla. Le faltaba el ojo derecho y en su lugar había un horrible hueco. Debajo había dos hileras de dientes rotos, sin labios, encías o mejillas, y se veía el hueso blanco de la mandíbula que, de alguna manera, se salvó de quedar ennegrecido por las llamas. El hedor de la carne quemada se apoderaba del pasillo y, ahora, de mi oficina.

—Disculpe mi aspecto —dijo la niña a través de la puerta—. Mi muerte no fue muy placentera. Y, por lo que veo, la suya tampoco.

Bajé la vista y me vi como Mi Lau me había visto, como yo misma me había visto cuando llegué a Shemaya: desnuda, con tres huecos de bala en el pecho y cubierta de sangre. Abrí la puerta de nuevo. Mi Lau y yo nos miramos, examinándonos como dos monstruos de una película de horror. Obviamente, no podríamos comunicarnos o ni siquiera estar una frente a la otra si solo veíamos nuestras heridas, así que nos dedicamos a seguir la misma farsa de todas las almas de Shemaya, consistente en ver solo las agradables reflexiones del holograma de la vida tal como hubiésemos querido que fuera.

Bajo ese prisma, Mi Lau de pronto se convirtió en una hermosa jovencita con piel del color del topacio, grandes ojos marrones y cabello oscuro, grueso y largo. Era una niña a punto de convertirse en mujer: fresca, radiante, pura y ataviada con un vestido rosado, lo que hacía su espantosa muerte aún más cruel y difícil de aceptar.

—Siento mucho que mi aspecto la haya atemorizado —dijo.

Hablaba en vietnamita, con ese rítmico tañido de cuerdas de una guitarra mal afinada, pero de alguna forma yo comprendía sus palabras en inglés, como si escuchara a un intérprete oculto.

—No, soy yo la que debe disculparse —dije—. No esperaba que nadie tocara a la puerta y entonces, bueno... sí, me asustaste. Entra, por favor.

Mi Lau se sentó en la silla para los visitantes con las manos sobre el regazo. Cerré la puerta y regresé a mi puesto tras el escritorio.

—¿De dónde conoces a mi tío Anthony? —pregunté—. Murió antes de que yo naciera.

—Nos conocimos durante la guerra —dijo Mi Lau—, y él es también uno de mis clientes.

—¿Mi tío está siendo juzgado aquí? —pregunté—. ¿Puedo verlo?

—Sí, puede venir a ver su juicio. Presento su caso todos los días.

—¿El Juez lo termina antes de que puedas concluir?

—Sí, como los otros.

—No tiene sentido —dije—. ¿Para qué molestarse en hacer un juicio?

Mi Lau no respondió.

—¿Cómo fue que se conocieron durante la guerra? —pregunté—. ¿Cómo era él?

—Su tío vino a mi aldea con otros soldados americanos —dijo Mi Lau—. Estaban persiguiendo a los Viet Cong que se quedaban con nosotros. No teníamos otra opción. Eran en su mayoría muchachos jóvenes que nos dejaron en paz y no nos hicieron daño. Cuando los americanos llegaron, sentimos disparos y mi familia se escondió en un túnel debajo de nuestra choza. Mi madre siempre iba primero, después mi hermana, yo y mi padre al final. Pero la batalla nos tomó por sorpresa, y esa vez yo fui la última. El túnel era estrecho y teníamos que arrastrarnos por el piso. Podíamos escuchar las ametralladoras, a los americanos gritando y a los Viet Cong dando alaridos. Mi hermana y yo nos cubríamos los oídos y temblábamos como conejos asustados.

—Tiene que haber sido horrible —dije.

—Sí, pero la batalla no fue larga. De pronto todo quedó en calma hasta que una potente explosión sacudió el suelo. Me cayó tierra en el pelo y temía que el túnel se fuera a derrumbar. Mi padre dijo que los soldados americanos estaban volando los túneles en la aldea y que teníamos que salir rápido. Me arrastré hacia la entrada y en ese momento vi a su tío. Estaba arrodillado frente al hueco, con una granada en la mano. Lo recuerdo con claridad. Un crucifijo con el lado derecho roto le colgaba del cuello. Recuerdo que pensé que parecía un pequeño pajarillo con un ala rota. Le sonreí. Fui tan ingenua, pensé que los americanos habían venido para ayudarnos, que eran nuestros amigos. Pero él no me devolvió la sonrisa. Me miró con ojos terribles, llenos de odio, y entonces arrancó el detonador y lanzó la granada dentro del túnel.

—¡No, no! —grité—. ¡Estamos aquí!

La granada rodó entre mis piernas. Se sentía fría y lisa, como una piedra de río. Lo vi cómo se dio vuelta y se cubrió los oídos. Y entonces vino la explosión.

Mi Lau hablaba sin expresar odio o emociones, como si solo estuviese describiendo la siembra de un campo de arroz. Bajé la vista, demasiado avergonzada y turbada para poder mirarla.

—Lo siento —dije—. No sabía.

—Gracias —dijo Mi Lau—. Conozco todo lo referente a su

familia porque lo presento a él. Todos parecen buenas personas. Es gracioso, antes de que usted naciera su tío estaba convencido de que iba a ser un niño, pero se puso muy contento cuando se enteró de que era una niña.

—Me dijeron que murió como un héroe.

—Tal vez —dijo Mi Lau—, pero un héroe es algo que vive en la mente de las otras personas. Después de volar todos los túneles de nuestra aldea se fue con otros soldados a fumar marihuana. Les dijo riendo: "Lo mejor que tiene volar los túneles llenos de amarillos por las mañanas es que ya están en sus tumbas y uno puede pasar el resto de la tarde fumando hierba". Una hora después se alejó y se dio un tiro en la cabeza. Tal vez resultó heroico quitarse la vida para no seguir acabando con las de otros.

Me llevó mucho tiempo absorber lo que me había dicho.

—¿Cómo es que puedes representarlo si te mató y mató a tu familia? —le pregunté—. Siento mucho lo que hizo, ¿pero cómo va a ser justo su juicio? Quiero decir, lógicamente tú quieres que lo condenen, y tal vez debiera ser condenado. Probablemente es por eso que aún esté aquí.

Los ojos de Mi Lau se estrecharon y se alzó indignada.

—Presento la vida de Anthony Bellini tal y como la vivió —dijo—. No puedo cambiar lo que hizo, y no influyo en la presentación de forma alguna. Luas nos observa muy de cerca y sanciona al presentador que trate de influenciar los resultados.

—¿Pero cómo puedes mirarle a la cara después de lo que te hizo?

—Él no puede hacerme daño otra vez —dijo Mi Lau—. Y me siento mejor al saber que se está haciendo justicia. Todo se confiesa en la sala de audiencias... sin mentiras. Se dice que Shemaya es el lugar donde estuvo Jesucristo los tres días después de su muerte, antes de subir a los cielos, y que presentó a todas las almas que han existido. Creo que Shemaya es donde se libra la batalla final entre el bien y el mal. No se puede permitir que gane el mal. No se puede permitir que se esconda o se disfrace, hay que sacarlo de raíz y destruirlo, y todos los que cometen el mal tienen que ser castigados.

Mi Lau se puso de pie y de pronto volvió a transformarse en la niña con el cuerpo mutilado y despedazado por la granada de mi tío.

—Ahora debo irme —dijo—. Bienvenida a Shemaya. Aquí usted servirá a Dios y a la justicia.

28

Me desperté a la mañana siguiente con el dulce aroma a nueces de la papilla de avena. Era una fragancia deliciosa y familiar que no había olido desde que la abuela Cuttler la hacía para mi abuelo y para mí en la granja. Bajé y me encontré a Nana Bellini en la cocina, ya vestida para las faenas del día. Me dio un beso en la frente y me puso delante un tazón de avena humeante en la mesa de la cocina.

—Vas a necesitar tus fuerzas hoy —me dijo.

Había algo diferente en ella. Tenía los ojos distantes y húmedos, casi melancólicos. No la había visto así antes.

—Gracias —dije, encantada con el desayuno—. ¿Estás bien?

—Sí —dijo—. Lo que pasa es que me ha llegado el momento de partir y me entristece saber que nos vamos a separar.

—¿Partir? ¿De qué hablas? ¿Partir adónde?

—Solo partir, hijita, ¡seguir adelante! Llegaste aquí herida y atemorizada. Todavía en ti quedan dolor y miedo, pero ya no te controlan. Te has recuperado del golpe de la muerte. Es por eso que yo estaba aquí, para ayudarte. Ahora eres una presentadora. Necesitas espacio para sentir, para desplegar tus pensamientos y analizarlos. Estás lista y estoy orgullosa de ti. Todos estamos orgullosos de ti. Nos das esperanzas.

Yo estaba aterrorizada.

—Llévame contigo —le supliqué—. No quiero ser presentadora. Aquí no hay justicia. Tío Anthony, Amina Rabun, Toby Bowles... todos han sido condenados incluso antes de que sus presentadores entren a la sala de audiencias. Todos los días se hacen los mismos juicios, y se emiten los mismos veredictos. Esto no es el cielo; es el infierno.

Nana fue a la encimera por más café.

—Tal vez te trajeron aquí para que cambiaras todo eso. Tal vez Dios te necesita con ese fin.

—Pero Dios lo creó, y Dios es el juez. Él es quien detiene los juicios antes de que se haga la defensa. Solo Él puede arreglarlo.

—Dios no hace las cosas así —dijo Nana—. Todos tenemos libertad de elección, Brek. Tú puedes decidir el tipo de presentadora que quieres ser, de la misma forma que pudiste elegir qué tipo de persona querías ser.

—No quiero ser presentadora en lo absoluto.

Nana se sentó junto a mí.

—La decisión ya se tomó, hijita. Tú elegiste venir aquí. El asunto no es si vas a ser presentadora, sino qué tipo de presentadora serás. Eso es algo que debes decidir por ti misma. Te sentirás diferente después de conocer a tu primer cliente. Los postulantes te necesitan, Brek. No puedes abandonarlos.

—Pero tú me abandonas.

—Eso no es cierto. He hecho todo lo que he podido. El resto te toca a ti.

No me sentía lista. Sabía que estaba afincada a un suelo sólido, que ella me había sembrado allí, esta mujer extraordinaria que me arrulló cuando salí de las entrañas de mi madre, y que me arrulló nuevamente cuando salí de las entrañas de la vida.

—¿Adónde vas? —pregunté—. ¿Podré verte?

—Ah, no podría explicártelo en una forma que pudieras entender —dijo Nana—. Lo que sí puedo decirte es que, como ocurre con todos los lugares, voy al sitio que escojo y que ayudo a crear. No sé dónde está ni cómo será, pero sé que voy hacia un pensamiento que, como todos los pensamientos que se cultivan y cuidan, se manifiesta en un pequeño rincón del universo para poder experimentarlo. La creación lo trasciende todo, hijita. Un millón de millones de actos de decisión se convierten en un millón de millones de actos de creación.

—Pero ya te perdí una vez, Nana —dije—. No puedo soportar perderte de nuevo.

—Calla, hijita, calla —susurró. Y entonces me dio lo que más necesitaba: un último, breve y maravilloso momento de mi infancia. Me abrazó fuerte y apretó mi cara contra la arrugada piel de su mejilla. Me dejó escuchar el fuerte latir de su corazón y oler la dulce fragancia de su piel. En sus brazos me sentí segura de nuevo. Entonces me dijo:

—¿No has aprendido aún, hijita? ¿No lo ves? Ve por mi huerto cuando tengas dudas. Aprende de las plantas que viven y mueren allí y después vuelven a vivir. Y recuerda siempre, hijita, que yo estaba aquí para recibirte cuando pensabas que hacía tiempo, mucho tiempo, que me había ido. No perdiste a Bo y a Sarah, Brek. Y nunca me vas a perder. El amor nunca se podrá destruir.

29

uando Nana se fue de Shemaya, también lo hice yo.
No quería involucrarme con los sórdidos procedimientos de la sala de audiencias. Hubiese preferido
pasar la eternidad sola antes que participar en ellos. Aunque
Tim Shelly se había puesto en mi contra, me había hecho un
gran favor al mostrarme el poder que yo tenía de ir a donde
quisiera, en cualquier momento, con solo pensar en ello. Así
que decidí hacer precisamente eso, y me embarqué en mi propia excursión por todo el planeta. Me dediqué a ver y hacer
cosas que nunca se podrían hacer en una sola vida. Necesitaba
unas vacaciones, un escape de la muerte.

Comencé a un ritmo relajado, recreándome y dándome
baños de sol en algunas de las playas más selectas del mundo:
Barbados, la Riviera francesa, las islas griegas, Tahití, Dubái y
Rio de Janeiro. Disfruté la vida de los ricos y famosos, dormí
en las villas y hoteles más escogidos, navegué a bordo de los
yates más lujosos, volé en helicópteros y jets privados, viajé en

las limosinas más caras, cené en los restaurantes más finos, bebí los champanes más caros, compré en las joyerías y *boutiques* más exquisitas y gané—también perdí— millones de dólares en los casinos más selectos. Era una vida de ensueño, un paraíso. Buceé en los arrecifes de coral de Galápagos, escalé las montañas más altas de cada continente, caminé por el Sahara, navegué sola alrededor del mundo, recorrí en canoa todo el Amazonas y el Nilo, caminé por la Gran Muralla china, visité el Polo Norte y el Polo Sur y fui en safari por las reservas naturales de África.

Todo eso fue muy divertido... durante un tiempo. Pero estaba sola en todos los lugares adonde fui: en las playas, las villas, los aviones, los casinos. No tenía a nadie con quien compartir mi buena fortuna o incluso que me envidiara en secreto. Imaginé que así debió sentirse Dios cuando creó la humanidad. ¿Pudiera haber mayor tristeza en todo el universo que tener todo esto y no poder compartirlo con nadie? Mientras viajaba sola de una maravilla del mundo a otra, de los océanos a los desiertos y a las montañas, comprendí por qué Dios estuvo dispuesto a arriesgarlo todo, incluso el rechazo, el sufrimiento y las guerras —como dijo Luas— por el júbilo de escuchar a un solo ser humano decir sin aliento: "¡Oh, Dios mío... mira eso!"

Sí, al embarcarme en este viaje había podido evitar a Tim Shelly, Mi Lau, Luas, Elymas y lo que consideraba que era la tragedia e injusticia de la sala de audiencias, pero necesitaba compartir mis experiencias de la vida en el más allá tanto como necesitaba compartir mi experiencia de la vida misma. Como debió haberse sentido Dios, cada vez estaba más desesperada por ese otro, por un acompañante en mi paraíso.

De esa forma, comencé a comprender poco a poco por qué

la serpiente le había dicho a Eva que el riesgo del mal es lo que enriquece la vida e incluso hace posible la experiencia de regocijo y satisfacción. Había regresado, de cierta forma, al Jardín del Edén y lo hallé tan incompleto como lo encontró Eva, porque en el Paraíso solo hay perfección. Sin su opuesto, la perfección no se puede comprender ni sentir, de la misma forma que no se puede sentir o comprende la luz de una vela en el centro del sol hasta que no se le saca de allí y se le coloca en la oscuridad.

Curiosamente, al final de mi gira por la abundancia de la Tierra, estaba lista, una vez más, para que me expulsaran del Paraíso. Se dice que Jesús tuvo una experiencia similar cuando el diablo le ofreció todos los reinos del mundo, pero Jesús los rechazó y aceptó el riesgo de sufrir y morir por el propósito de experimentar amor.

Y así, como lo predijo Gautama, regresé al lugar donde comenzó mi viaje, para verlo como si fuese por vez primera. Regresé lista para mi primer cliente. Pero en secreto había deseado, como lo había deseado cada día desde que llegué a Shemaya, que ese fuera el día en que me dirían que todo había sido un sueño muy raro y aterrador, y que era hora de despertar.

30

Luas no respondió cuando toqué a su puerta. En su lugar, uno de los seres de las sala de audiencias apareció en el pasillo para informarme que el Alto Jurisconsulto estaba ocupado y que me vería después de que me hubiese reunido con mi primer cliente. Tenía que ir a mi oficina y esperar.

Hice lo que se me pidió y pronto el ser de la sala de audiencias llegó con un postulante. Cerró la puerta tras de sí mientras salía y nos dejó solos en la oficina. Había decidido de antemano darle la espalda al postulante y mirar la pared detrás de mi escritorio. Quería posponer la exploración del pasado de mi cliente y tratar de comunicarme primero bajo las condiciones actuales, como dos almas que han perdido una misma casa y que han sido abandonadas a un mismo destino. No les robaría a la ligera a mis clientes sus recuerdos, ni les exigiría que esperaran en la otra habitación mientras negociaba la eternidad con su Creador. A ellos les daría la oportunidad de participar en su propia defensa, de explicar con sus propias palabras qué pasó durante sus vidas y por qué.

Así que nos quedamos sentados por un momento, mi primer cliente eclesiástico y yo, juntos frente al precipicio de la eternidad.

—¿Tienes miedo? —pregunté.

—Sí —respondió la voz titubeante de un hombre.

—Comprendo —dije—. Haré todo lo posible por ayudarte.

Pero yo también tenía miedo. Todos los abogados tienen dudas, y lo que estaba en juego en la sala de audiencias era mucho mayor que en cualquier tribunal de la Tierra.

¿Cómo puedo soportar las cargas de otros si no puedo soportar la mía? ¿Cómo me atrevo a intentar reconciliar las cuentas de otros si mis propias deudas siguen sin pagarse?

—No creo que nadie pueda ayudarme —dijo—. He hecho una cosa terrible.

Su voz era imperceptible, resignada, sin esperanzas. No podía permitir que tal desesperanza quedara sin respuesta, sin importar los demonios que me acosaran o lo que él hubiera hecho. No solo me conmovió su súplica, sino que se aclaró para mí, como si siempre hubiese estado allí, que esta era la llamada que durante toda una vida me había preparado para responder. Esta era la razón por la que había sido escogida para defender almas en el Juicio Final. Parecía en ese momento como si el misterio de mi propia vida, y la vida en el más allá, se hubiesen revelado inesperadamente en el sufrimiento de otra alma. Me dedicaría a rescatar a mis clientes del foso del desconsuelo e injusticia. Los reivindicaría ante el trono de Dios.

Con el regocijo de esta revelación, no podía darle la espalda por más tiempo al alma que estaba conmigo. Añoraba ver su cara a la luz de la verdad, para conocer todo lo que pudiera de su vida, lo malo y lo bueno. Bendeciría, no juzgaría, y haría todo lo que estuviera en mi poder para garantizarle cada beneficio y aniquilar cada duda. Me haría escuchar en la sala de audiencias con la voz defensora de un abogado y arriesgaría incluso mi propio castigo por hacer justicia. Nunca dejaría que a esta alma le pasara lo que le ocurrió a Toby Bowles, Amina Rabun y a mi tío Anthony.

Esas eran las promesas que me hacía mientras me daba vuelta para ver a mi cliente, promesas que, quizás, había hecho hace años, siendo una niña, cuando un tren de carga desfiguró mi cuerpo y reconfiguró mi vida. Ahora sabía que me habían traído a Shemaya para cumplir esas promesas sagradas y, tal vez, asegurar mi propia redención.

Pero mientras me volvía para saludar a esta hermosa e indefensa alma sobre la cual iba a prodigar mi devoción, mi amor, mi eternidad, me encontré con un rostro muy distinto al que esperaba. Era la cara malvada de un asesino, no la cara inocente de una víctima.

¡No... no, él no! ¡Por favor... por favor, Dios mío, él no!

Pero ya era demasiado tarde.

El hombre que me asesinó había muerto y estaba en Shemaya.

Su alma ahora vagaba dentro de mí. Y su destino estaba en mis manos.

CUARTA PARTE

31

Otto Rabun Bowles no comprendía nada de la tumultuosa historia de su familia mientras, aturdido, estaba sentado en el lateral del campo de fútbol americano durante el entretiempo del juego. Había sido golpeado brutalmente durante dos cuartos del partido por muchachos casi el doble de su tamaño y le había suplicado a su padre que no lo enviara de vuelta al juego. Pero su padre, Tad Bowles, respondió como el suyo lo hacía cuando él era niño: denigrando a Ott por portarse como un bebé y ordenándole que saliera a la cancha.

Fue entonces que Toby Bowles, el abuelo de Ott, hizo su aparición sorpresiva. Toby había estado alejado de Tad por más de una década. Por eso Ott no lo había visto nunca, ni tampoco lo vería nunca más. El veterano y antiguo responsable de tal insensibilidad bajó por las gradas para defender a su nieto y pedirle a Tad que le diera un respiro. Ott estaba lleno de moretones y de asombro ante este ángel caído del cielo de quien había escuchado cosas horribles, pero que se parecía tanto a su padre. De repente Toby parecía ser el único amigo que tenía, y Ott le tomó cariño al instante.

Pero Tad se enfureció. ¿Cómo se atrevía su padre a aparecerse allí sin que lo invitaran y cómo se atrevía a criticarlo? Los dos hombres intercambiaron duras palabras, que debieron haberse dicho hacía quince años, cuando aún había un contexto en el cual podían entenderse y algún afecto para ayudar a curar sus rencores. Pero ahora esas palabras caían como el martillo sobre el percutor de un revólver. Cuando Tad no pudo soportar más, ni aguantarse por más tiempo, empujó al viejo con tanta fuerza que lo hizo perder el equilibrio y caer al suelo frente a Ott y al resto de los espectadores.

Los ojos de Ott se entrecerraron hasta convertirse en pequeñas aberturas de odio hacia su padre. Aturdido y abochornado, Toby se agarró de las bancas para levantarse y se alejó caminando. Ott no lo vio nunca más. Cuatro años más tarde, la madre de Tad, Claire, llamó para decir que Toby había muerto de un infarto. La oportunidad de que Ott pudiera crear un vínculo con su abuelo paterno se fue tan pronto como llegó.

Y ASÍ FUE que los recuerdos de toda una vida contenidos en el alma del hombre que me asesinó se convirtieron en una especie de Piedra de Roseta, que me permitió unir, lenta y meticulosamente, las conexiones entre su vida, la mía y las de las almas que había conocido en Shemaya, tal como Nana me había dicho que tenía que hacer si en algún momento iba a escapar de este lugar. Aunque pareciera extraño, necesitaba los recuerdos de Ott Bowles para orientarme en el más allá, porque desde que llegué a Shemaya me había negado a entrar en mis recuerdos sobre mi muerte y la de Sarah. Y porque, incluso si lo hubiese recordado todo, no hubiera podido conocer cuán profundamente interconectada había estado mi vida con la de tanta gente.

Estaba asombrada al saber que Toby Bowles, la primera alma que había visto juzgar en Shemaya, un hombre al que no había conocido en mi vida, era responsable no solo de la existencia de mi esposo y, en última instancia, de mi hija —al salvar a mi suegra en Kamenz—, sino también de la existencia de mi asesino, porque era el abuelo de Ott Bowles. Pero esta no era más que la primera entre muchas conexiones sorprendentes entre mi vida y la de Ott Bowles, conexiones que nos habían unido proféticamente en la vida y, ahora, en la muerte.

Los padres de Ott Bowles se conocieron en un club nocturno en Nueva Jersey, donde la madre de Ott, Barratte Rabun, de treinta y ocho años y aún bastante atractiva, era camarera. Muchos años después, Barratte le contó a su hijo que había algo en los ojos marrones y tristes de su padre, y en su sonrisa avergonzada, que la hacía querer abrazarlo y protegerlo. A los veintiséis años, le recordaba ligeramente a su padre y a su hermano mayor, que fueron ejecutados por los soldados rusos en Kamenz. Parecía diferente a los otros jóvenes que había en el bar quienes, cuando finalmente el alcohol que consumían los dejaba hablar, no decían más que "Dame comida", "¿Dónde está el baño?" y "Acuéstate conmigo".

Aun así, la atracción de Barratte por Tad Bowles comenzó a desvanecerse cuando salió embarazada con Ott. Lo cierto es que, hasta la mañana en que lo trajo al mundo, había visto a todos los hombres como presas para cazar y coleccionar, acechándolos como un cazador furtivo para después colgar sus tontas cabezas en las paredes de sus recuerdos. Después que nació Ott, todos los hombres, y Tad en particular, no valían para ella ni siquiera eso. Barratte había extraído lo poco que los machos de su especie ofrecían al mundo: ese preciado fertilizante que dilapidaban con tanto descuido. Ahora el joven Ott era su más preciado trofeo, su comienzo y su final. Con cada contracción de su útero daba un soplo de nueva vida a su extinta familia, cuya existencia dependía de ese parto bendito. Ni por un solo día de la infancia de Ott le permitió olvidar que la sobrevivencia de los Rabun de Kamenz dependía de él. Era el eslabón irremplazable entre todos los que existieron antes y todos los que existirían después.

Ott aceptó de buena gana su responsabilidad, pero a su padre, que de ninguna manera era un Rabun, nunca se le reveló tan importante secreto, hasta que Bill Gwynne y yo pusimos la demanda contra Amina y Barratte Rabun en nombre de mi suegra, Katerine Schrieberg-Wolfson. Las alarmantes revelaciones en la querella contra los Rabun de Kamenz fueron una total sorpresa para Tad Bowles. Barratte solo le había dicho que casi toda su familia murió durante la guerra, que ella había heredado una modesta suma de dinero, y que una prima de Buffalo, con la que ya no mantenía relaciones, la había ayudado a escapar de Alemania antes de que los soviéticos cerraran la Cortina de Hierro. Pero que el padre y el tío de Barratte fueron ricos y que habían acumulado esa riqueza con los campos de concentración y extorsionando a los judíos, que Barratte había sido violada por soldados soviéticos y su familia asesinada, y que además le había ocultado toda esa historia, fue lo que hizo a Tad sentirse atemorizado y traicionado.

Sin embargo, el susto también surtió el efecto de aliviar el ego herido de Tad, ya que la falta de entusiasmo de Barratte en

EL JUICIO DE LOS ÁNGELES CAÍDOS   303

el matrimonio se podía explicar ahora con razones ajenas a sus propias insuficiencias. Se había casado con una impostora, y tal vez mucho más que eso, así que fue él quien insistió en el divorcio aun cuando se había comprado su cuarto automóvil nuevo, como en todos estos años, con el dinero ensangrentado de los Rabun. Claro que Barratte se hubiera divorciado de Tad en algún momento, tal como Amina se divorció de George Meinert. Pero cuando Tad insinuó que podría reclamar la tutela de Ott, Barratte lo amenazó con destruirlo. Él sabía que podía hacerlo, así que aceptó cederle la tutela. Una semana después del duodécimo cumpleaños de Ott, Barratte empacó sus cosas y se mudó de su casa junto a la oficina de seguros de Tad en Nueva Jersey a la pequeña mansión de Amina en Buffalo para hacer frente a los alegatos de la demanda y restaurar el prestigio de su familia.

MI SUEGRA NO entabló a la ligera la demanda contra Amina y Barratte Rabun. Debido a la profunda gratitud por los riesgos que Amina enfrentó para proteger a su familia durante la guerra, Katerine Schrieberg-Wolfson había decidido no seguir adelante con la amenaza de su antiguo abogado, Robert Goldman, contra Amina y Barratte cuando nació Ott en 1974. Pero doce años después, yo, como abogada recién graduada que se casó con Bo, el hijo único de Katerine y heredero legítimo de la fortuna de los Schrieberg, la convencí para que reconsiderara el asunto.

Alegué que los Rabun no solo habían robado la herencia de Katerine y sus hermanos —algo que tal vez se podía dejar pasar porque Amina los salvó de una muerte segura— sino que también habían robado la herencia de sus hijos y nietos. La justicia no podía pasar por alto esa ilegalidad tan fácilmente. Esas generaciones futuras tenían derecho a una parte del patrimonio que crearon sus antepasados, del mismo modo que las generaciones futuras de los Rabun tenían derecho a una parte del patrimonio de sus antepasados.

También le especifiqué a Katerine que no perjudicaríamos económicamente a Amina al tratar de recuperar el valor de esos bienes. Amina era acaudalada por derecho propio como heredera de la fortuna de los Rabun y como exitosa directora de un periódico. Las indemnizaciones por las posesiones de los Schrieberg tendrían poco o ningún efecto en el modo de vida de Amina, que había sido espléndido en comparación con el que Katerine se había visto obligada a vivir al no tener una herencia similar. Y le aseguré en repetidas ocasiones que íbamos a demandar a Amina y Barratte Rabun solo nominalmente. Fue Otto Rabun, el tío de Amina, quien como miembro de las SS nazis se había apoderado de las propiedades de los Schrieberg. Esbozaríamos cuidadosamente la reclamación para identificarlo como el malhechor, no a su sobrina o su hija. Después de la insistencia y persuasión adicionales por parte de Bo —para quien la posibilidad de recibir una herencia cuantiosa tenía un atractivo cada vez mayor— Katerine finalmente cedió.

Bill Gwynne y yo iniciamos sin demora la demanda, en la que nombramos a Amina y a Barratte como acusadas. Bill era un experto y yo lo observaba fascinada, ayudándolo tras bambalinas. Mediante un sinnúmero de órdenes judiciales basadas en las convenciones de La Haya, obtuvimos de archivos alemanes y privados las copias de los contratos firmados por el padre de Amina para la construcción de los crematorios de

Auschwitz y Majdanek. Otra prueba incriminatoria fue una copia que conseguimos de una patente emitida en 1941 a nombre del padre de Amina para optimizar un crematorio, instalado inicialmente en Auschwitz, con un diseño que empleaba un mejor flujo de aire, bandas de transporte para remover las cenizas y nuevos materiales refractarios que elevaban la temperatura e incrementaban la capacidad. En los dibujos técnicos que se adjuntaron, Amina reconoció la forma del cajón de arena hecho con ladrillos que su padre construyó para que ella y Helmut jugaran. Esa vulgar semejanza, y las fotos de miles de cadáveres en los campos de concentración, rondaron los sueños de Amina durante el resto de su vida.

Aunque esos documentos no guardaban una relevancia directa con nuestra demanda para recuperar el valor de los teatros y la casa de los Schrieberg, tuvieron un eco sensacional en la prensa, que inmediatamente se puso de nuestro lado. Como prometimos, enfocamos cuidadosamente nuestro alegato en Otto Rabun, pero Amina y Barratte Rabun, como hijas de nazis, se convirtieron en el centro de la indignación y el escarnio públicos. Muy pronto la directora del laureado *Cheektowaga Register* estaba siendo juzgada por los medios de prensa como criminal de guerra y los grupos judíos llamaban a boicotear su periódico y los libros de Bette Press manchados de sangre.

Katerine estaba horrorizada, y furiosa conmigo y con Bill por permitir que algo así ocurriera. Pero ya no había forma de dar marcha atrás, y Bill no sentía remordimientos. Hay cosas que ocurren en medio del fragor de la batalla, explicó, y a veces hay daños colaterales. Amina y Barratte pudieron haberse ahorrado esa vergüenza pública hace años ofreciéndose para resolver el caso cuando el señor Goldman les envió su carta en la que proponía una solución negociada. Nosotros habíamos hecho todo lo posible para evitarles un bochorno.

Los ataques públicos que generó la demanda golpearon a Amina y Barratte profundamente, pero también lograron un acercamiento entre las primas tras años de separación. Las dos mujeres habían pasado por cosas mucho peores durante la guerra y, al enfrentare a esta nueva amenaza, encontraron de nuevo el amor mutuo y la confianza que las había sustentado en aquellos terribles días, y meses, después de lo ocurrido en Kamenz. Además, ahora estaba el hijo de doce años de Barratte. La negativa de Amina a tener hijos significaba que Ott era la única esperanza para las futuras generaciones de los Rabun. Como señal de reconciliación, Barratte le pidió a Amina que fuera la madrina de Ott, y ella aceptó con regocijo para convertirse así en su Nonna Amina.

Con la supervivencia de la familia en juego, las primas cerraron filas y se enfrentaron a la tormenta. En entrevistas y editoriales explicaron cómo Amina había asumido personalmente grandes riesgos para salvar a los Schrieberg, cómo la adquisición de los teatros había sido por un precio razonable en aquellos momentos, algo que proporcionó a los Schrieberg el dinero que necesitaban con urgencia para sobrevivir, y cómo a solo unos pocos metros de donde vivían los Schrieberg bajo la protección de Amina, los soviéticos la violaron a ella, a Barratte y Bette, y asesinaron a su familia. Pero como las acusadas eran quienes contaban las historias, estas cambiaron muy poco la opinión pública, que juzgó y condenó a Amina y Barratte Rabun, no por retener indebidamente el dinero de los Schrieberg, cosa que a nadie del público parecía preocuparle, sino, simbólicamente, por perpetrar el Holocausto mismo.

Sin embargo, el devastador golpe final para Amina y Barratte no vino directamente de la demanda que entablamos Bill Gwynne y yo. Vino de Alice Guiniere, la leal secretaria de Amina, que ahora veía a su jefa como un monstruo que había que detener. Alice relató al fiscal federal de la localidad la misteriosa visita que hizo a la oficina de su jefa un tal Gerry Hanson. También mostró el pasaporte que se desechó con la nueva identidad de la hija del señor Hanson, pero con la fecha de nacimiento incorrecta, así como pruebas de galera de cuatro pasaportes con las nuevas identidades de Hanson, su esposa, y sus otros hijos, todas recuperadas de un basurero de Bette Press. Dijo que se había quedado con los documentos porque desde entonces sospechaba que algo andaba mal.

Inmediatamente se inició una investigación y un gran jurado emitió los encausamientos. En una conferencia de prensa el fiscal federal reveló que la verdadera identidad de Gerry Hanson era Gerhard Haber, criminal de guerra y fugitivo de la justicia internacional, y anunció que se acusaría a Amina Rabun y Albrecht Bosch de obstruir la justicia, esconder a fugitivos y falsificar documentos oficiales, por lo que podrían ser condenados a treinta años de cárcel.

Con todas sus energías puestas en la defensa penal, el abogado de Amina llamó a Bill Gwynne para ofrecerle llegar a un acuerdo sobre el litigio civil. A la luz de todo lo que le sucedió a Amina, y todo lo ocurrido en Kamenz, Katerine Schrieberg-Wolfson nos ordenó aceptar la oferta inmediatamente y terminar el litigio por el cuarenta por ciento de la demanda original.

En el último editorial que publicó Amina como directora de *The Cheektowaga Register* —un puesto al que renunció el mismo día en que fue arrestada—, Amina señaló que por haber ayudado a los Schrieberg en Alemania de la misma forma que lo hizo con los Haber en Estados Unidos, pudo haber recibido un tiro. "Ninguna buena acción queda sin castigo —concluía el editorial—, pero el determinar si una acción es buena o mala no parece depender de la naturaleza o la calidad de la acción en sí, sino de la cantidad de odio que existe en los que se benefician con ella".

EL PAPEL DE Amina Rabun como madrina favoreció a Ott. Se convirtió en el hada madrina que podía permitirle a Ott darse el lujo de ser quien él quisiera, y amarlo sin condiciones y guiarlo con cuidado por el camino de sus sueños.

Nonna Amina alentaba a Ott, pero sin insistir. Si no se interesaba por el béisbol, el fútbol o el hockey (una herejía en una ciudad que está a solo un puente de distancia de la frontera canadiense), no lo presionaba ni lo empujaba a hacerlo. Cuando Ott mostró alguna aptitud por la música, Nonna Amina le compró un piano y contrató los servicios de un instructor privado. Cuando mostró fascinación por las aves, ella le hizo construir un pequeño pajarero detrás del garaje de la casa. Aunque Ott ya era un poco mayor, le leía libros por las noches, en alemán y en inglés, y lo llevaba a museos, acuarios, parques de diversión y al cine. También lo llevaba a la oficina del periódico los sábados por las mañanas, como lo hacía su padre en Dresde. Allí su amigo Albrecht Bosch, que se había mudado de la mansión de Amina cuando encontró a un nuevo amante, mostraba a Ott cómo imprimir libros y tarjetas y cómo el hecho de ser "diferente" no significaba necesariamente estar solo e infeliz.

De ese modo Amina y Ott se hicieron muy buenos amigos,

y ella lo protegió de los excesos de su madre. Consumida por su pasado y por lo que pudo ser, Barratte insistía en que los hombres de la familia Rabun tenían que ganarse la vida excavando la tierra y fraguando concreto, y que debían divertirse golpeándose en el campo y matando animales en el bosque. La ineptitud de Ott para cumplir con esos estándares era para ella una permanente fuente de decepción.

El encausamiento de Nonna Amina explotó en la vida de Ott como una bomba. En un instante perdió su querida compañera y se vio obligado a enfrentar la humillación de su familia en una escuela donde, como en todas las escuelas, escaseaba la piedad. La poca compasión que quedaba en casa con Barratte pronto se agotó con la dura prueba de defender a su prima y llevar las operaciones del periódico en lugar de Amina. La otra fuente posible de apoyo para Ott, su padre, se había casado de nuevo y estaba esperando otro hijo con su nueva esposa. El tiempo entre las visitas a Nueva Jersey se hizo cada vez más largo hasta que ya no quedó nada más, solo tiempo.

Ott entonces se refugió en sí mismo, en un mundo mayormente silencioso, restringido a proporciones controlables y aislado de causas, efectos y acusaciones. Salía de ese lugar solo cuando era necesario, para responderle a su madre cuando sus amenazas eran ya reales, para garabatear respuestas en los exámenes que demostraban una comprensión de conceptos y números que iba mucho más allá de la de sus compañeros de clase, o para cartearse cada semana con Nonna Amina y visitarla una vez al mes en una prisión de mujeres cerca de Rochester.

Pero la cárcel hizo de Amina una persona diferente a la atenta madrina que Ott había adorado. Devastada por las traiciones de Katerine Schrieberg, Alice Guiniere y casi todos los demás en su vida, desacreditada por el pasado nazi de su padre, menospreciada por el público, desdeñada, encarcelada y casi en bancarrota, Amina Rabun se volvió amargada y taciturna y comenzó a mostrar síntomas de depresión.

Un pequeño rayo de luz apareció para Amina, Barratte y Ott cuando el fiscal federal le ofreció a Amina una negociación de la condena —que le concedería la libertad en tres años en vez de treinta— el fin de semana de su sesenta y siete cumpleaños, para ser exactos. A cambio, debía revelar todo lo que sabía sobre la organización que usaban los ex nazis para escapar de sus captores. Eso significaba entregar a su buen amigo y consejero Hanz Stössel a los israelíes cazadores de nazis.

La perspectiva de cometer tal acto de traición espantaba a Amina. No es que creyera que los nazis estaban libres de culpa o merecían protección especial. Más bien tenía una creencia más radical de que todo el mundo merece compasión y que alguien tiene que comenzar por algún lugar. Por el bien de esa ingenua idea había arriesgado su vida para ayudar a una familia judía cuando era perseguida y, luego, a una familia nazi cuando le llegó su turno. ¿Había mostrado favoritismo? Pero Amina Rabun había sufrido muchísimo en su vida, mucho más que la mayoría de las personas. Pasar el resto de la vida tras las rejas era pedir demasiado, incluso cuando se trataba de proteger a un querido amigo al que le debía todo. Quiso dejar atrás su pasado de una vez y por todas. Había pagado un alto precio por proteger a otros. Era hora de protegerse a sí misma, así que aceptó negociar la condena.

A partir del testimonio de Amina ante un gran jurado de acusación, Hanz Stössel fue arrestado mientras vacacionaba en Londres y extraditado a Israel. Perdió su casa, su familia, su bufete y su fortuna. Murió de neumonía en una prisión israelí unos meses después.

AUNQUE HANZ STÖSSEL falleció antes que Amina, esperó el tiempo necesario en Shemaya. Cuando Amina finalmente murió, Hanz Stössel fue escogido para que presentara su alma en el Juicio Final.

Yo había observado el juicio de Amina Rabun con justificada indignación, enfurecida por el obvio conflicto de intereses y el hecho de que Hanz Stössel había presentado solo la mitad del caso. Pero mis reservas sobre lo injustos que eran los juicios en Shemaya se desvaneció cuando se me asignó el alma de Ott Bowles para representarla.

32

Entre las cosas de las que me enteré al hurgar en los recuerdos de mi asesino fue que su percepción sobre la injusticia que se cometió al encarcelar a Nonna Amina fue lo primero que lo llevó a aceptar su herencia familiar. Curiosamente, sentí un toque momentáneo de empatía con él mientras revivía esos instantes de su vida.

Las cartas de Ott Bowles a Nonna Amina en la cárcel se convirtieron muy pronto en la historia de la redención de los Rabun de Kamenz que él estaba escribiendo en su mente. Le rogó que le contara con el mayor lujo de detalles sobre las vidas de su destruida familia, comenzando con Joseph Rabun, el patriarca fundador de la compañía que llevaba su nombre y que había sido motivo de tanto orgullo y, ahora, de desgracia. Al principio Amina se resistió a responder las preguntas de Ott porque consideraba que esos recuerdos eran demasiado dolorosos de explorar. Pero Ott fue persistente y gradualmente Amina comenzó a ceder y a descubrir que escribir sobre su pasado era una terapia eficaz para la profunda depresión en la que estaba sumida.

Barratte, al contrario, estaba encantada con el repentino interés de su hijo por su abolengo, en lo que consideraba era el primer paso para cumplir su destino de convertirse en el redentor de los Rabun. Estaba realmente tan entusiasmada y tan decidida a alentarlo y a ayudarlo de cualquier forma, que preparó un viaje de diez días a Alemania cuando Ott cumplió dieciséis años y que coincidió con la reunificación del país tras el colapso del régimen comunista, por lo que pudieron visitar libremente Kamenz, Dresde y Berlín.

Comenzaron su gira rindiendo tributo a las tumbas mal atendidas de los Rabun en el camposanto en las afueras de Kamenz. Allí encontraron a la abuela de Ott, a su tatarabuelo, tía y tíos que fueron asesinados por los soldados soviéticos y allí contemplaron perplejos el enorme monumento al pequeño Helmut Rabun, hecho con las vigas torcidas de su escuela, que fue destruida por las bombas de los Aliados.

Si esta visita fue desgarradora para Ott y su madre, peor fue la enorme agonía y terror que se apoderaron de Barratte cuando llegaron a las ruinas de lo que fuera la gran propiedad donde los Rabun habían vivido y donde habían acontecido atrocidades horrendas. La angustia de su madre afectó profundamente a Ott, quien en ese momento juró deshacer los entuertos del pasado y restaurar la dignidad y la gloria de los Rabun. De esa forma aceptaba la misión de su madre como la suya, abiertamente y por primera vez.

Ott regresó de su viaje como un joven diferente, que descubrió el mundo al que consideraba que realmente pertenecía. Desafortunadamente, gran parte de ese mundo solo existía en el pasado. El silencioso mundo en el que Ott se había refugiado comenzó a llenarse de voces: las súplicas de los empobrecidos trabajadores alemanes en los años veinte tras la humillación de la Primera Guerra Mundial, las hipótesis vacías de los intelectuales y las promesas incumplidas de los políticos alemanes en los años treinta, las decisiones estratégicas de los mariscales de campo y las brutales órdenes de crear campos de concentración en los años cuarenta. Mientras los compañeros de clase de Ott se apuraban para regresar a casa y ver televisión o ir al cine, Ott corría a la biblioteca para leer más sobre la historia de Alemania. Como un hombre hambriento, engullía libros, historias, biografías y novelas sobre temas germánicos.

Cuando la palabra escrita no fue suficiente para situarlo en el mundo que añoraba, comenzó a llenar su dormitorio con sus objetos: fotografías de la familia de Kamenz, un ladrillo del cajón de arena que hizo el padre de Amina y Helmut, quebradizos y amarillentos papeles de los registros de negocios de Jos. A. Rabun e Hijos. Después la colección se agrandó para incluir recuerdos de los días gloriosos del Tercer Reich: una bandera roja con sus poderosas cruces sesgadas, mapas de Europa que describían lo que era y lo que pudo haber sido, un muy codiciado brazalete y una gorra de las Juventudes Hitlerianas. Cuando la habitación de Ott se replentó con objetos similares, liberó a los pájaros y cerró el pajarero para convertirlo en un pequeño museo y santuario. En vez de ir a la biblioteca, comenzó a ir a exposiciones de armas, donde se corrió rápido la voz de que un coleccionista joven y adinerado se interesaba en uniformes y armamento alemanes auténticos. Muy pronto agentes y traficantes le ofrecían sus mercancías y Ott fue creando un pequeño pelotón de maniquíes arios con bayonetas alemanas, pistolas, rifles e incluso unas subametralladoras alemanas desactivadas, todos botines de guerra que trajeron los soldados americanos y que vendieron al mejor postor.

Barratte, agobiada con sus propios problemas, no tenía la posibilidad de distinguir entre el orgullo de familia y lo que para su hijo se estaba convirtiendo en un fanatismo romántico peligroso. Se sumó gustosamente al pasatiempo de Ott y con él revivió los primeros años de su infancia usando los menguantes, pero aún considerables, recursos que aportaba la fortuna de la familia Rabun. También se volvió participante activa junto a Ott, pues reparaba los uniformes militares rotos, lo llevaba a conferencias y funciones sobre la Segunda Guerra Mundial y les aseguraba a los vendedores de armas que las compras de Ott eran con el consentimiento de ella y respaldadas con su crédito. Amina, a quien Ott presentó la colección completa en cuanto la liberaron, tampoco vio nada malo en la pasión de su ahijado.

—¿Cuántos miles de muchachos no están fascinados con esas cosas? —dijo—. Y, además, ¿no era hora de aceptar el pasado y dejar de huir de él?

SU COLECCIÓN DE objetos alemanes de guerra y la notoriedad de Amina Rabun, le dieron a Ott cierto estatus de celebridad mientras se acercaba su graduación de secundaria. Estimulado por Amina, recibió a visitantes esporádicos en la mansión, en la mayoría jóvenes curiosos, pero también a coleccionistas consagrados e incluso curadores de museos que querían expandir sus colecciones. Por medio de esas relaciones, y con el regreso de Nonna Amina, Ott salió lentamente del mundo fantástico en el que se había sumergido.

Fue durante uno de esos encuentros en la mansión que conoció a Tim Shelly, una bestia fornida un año mayor que Ott, de labios delgados, ojos azules y cabello de cepillo de alambre oscuro y rapado. Tim llegó a la mansión una tarde con su padre Brian, que se parecía en todo a su hijo, excepto en la edad. Dijeron que habían ido de caza a Canadá y que estaban de paso por el estado de Nueva York en camino a su granja de setas en Pennsylvania. Habían escuchado sobre la colección de Ott y querían verla. Estaban dispuestos a pagar por la entrada.

Ott estaba nervioso. Tim parecía el tipo de muchacho que lo hubiera lanzado de un puñetazo al suelo para después patearlo solo por placer. Trató de buscar una excusa rápida para negarse y salir de ellos, pero la mente se le quedó en blanco y de mala gana los llevó hasta la pajarera. Pronto se dio cuenta de que no tenía nada que temer.

Cuando Brian y Tim Shelly entraron en la galería y vieron la primera muestra —un oficial de las SS nazis vestido de completo uniforme— inmediatamente se tornaron solemnes y reverenciales, como si hubiesen entrado en un santuario o una iglesia. Ott notó que estaban tan hechizados con los objetos nazis como él. Boquiabiertos y muy asombrados, padre e hijo apuntaban con fascinación a los objetos y murmuraban sorprendidos mientras Ott explicaba cómo habían sido adquiridos.

En reciprocidad a esos gestos de respeto, Ott dejó que Brian Shelly tuviera en sus manos la posesión más preciada de la colección: una pistola Luger con las iniciales "H.H" que se decía había sido confiscada a Heinrich Himmler cuando fue capturado por los ingleses. Brian inclinó la cabeza y tomó el arma en sus manos grandes, como un suplicante que recibe los sagrados sacramentos. Entonces dijo algo inesperado:

—Solo quiero que sepas, Ott, que consideramos que lo que le hicieron a tu madrina Amina fue un crimen.

El corazón de Ott dio un salto. Era la primera vez que un extraño expresaba compasión alguna por lo sucedido.

—Son mentiras —dijo Brian, maniobrando el suave mecanismo de la pistola con un experto movimiento de muñeca—. Empezando por la mayor mentira de todas... la del Holocausto.

Brian apuntó a su hijo con la pistola y le ordenó que subiera las manos. Tim respondió golpeando la pistola rápidamente hacia arriba y con un fuerte gesto le arrebató el arma a su padre. Para no quedarse atrás, Brian reaccionó con la misma rapidez y fuerza, agarrándole la muñeca a Tim y torciéndosela detrás de la espalda para tomar la pistola. Entonces le puso una llave de estrangulamiento mientras le apretaba la pistola contra la sien. Ott estaba maravillado y divertido.

—Está bien —Tim dijo jadeando—. Ganaste... esta vez.

Brian apretó el gatillo. El martillo golpeó el disparador con un clic apagado.

—No se puede tener piedad —dijo regañando a su hijo—. Debiste haberme eliminado cuando tuviste la oportunidad, pero vacilaste. ¿Cuántas veces te lo voy a decir? —Le dio a Tim un tirón violento que lo hizo atragantarse. Después lo soltó y le sonrió a Ott.

—Nunca hubo campos de concentración —dijo—. Los judíos inventaron eso para tomar el control de Palestina y lo han estado usando desde entonces para tomar el control del mundo. Estamos siendo atacados y no lo sabemos. Si no despertamos y hacemos algo, vamos a ser nosotros los que terminemos en los campos de concentración de los judíos.

Ott no podía creer lo que estaba escuchando. ¡Su sueño era exonerar a su familia al demostrar que Friedrich y Otto Rabun no participaron intencionalmente en los exterminios con gas, pero frente a él tenía a Brian Shelly, que aseguraba que eso nunca ocurrió!

—¿Cómo sabe que el Holocausto fue una mentira? —preguntó Ott, temeroso de que la respuesta no lo convenciera.

—Un amigo mío ha estado trabajando en un documental sobre el asunto. Dice que no hay evidencias sobre la existencia de las cámaras de gas. Todo fue una estafa que crearon los judíos para justificar el estado de Israel, y los Aliados y los rusos la usaron para desmoralizar y pacificar a los alemanes tras la guerra. Cuando termine el documental, lo va a usar para mostrar quiénes son los judíos realmente.

Ott invitó a Brian y a Tim a quedarse y tomar una cerveza alemana con él para que le contaran más sobre el documental. Padre e hijo aceptaron la invitación, pero fue Ott el que habló casi todo el tiempo mientras disfrutaba contándole a Brian y a Tim cómo la empresa Jos. A. Rabun e Hijos había construido Dresde y, exagerando por aquí y por allá, cómo su abuelo y tío-abuelo habían ayudado a Hitler a erigir el Tercer Reich.

Brian y Tim escuchaban atentos cada palabra de Ott. Dijeron que nunca habían estado tan cerca de una genuina familia nazi. En medio de su entusiasmo, incluso le pidieron a Ott que hablara con la feroz pronunciación alemana para hacer la conversación más auténtica. Mientras más cervezas abrían, Ott estaba más dispuesto a mostrar sus habilidades, diciendo mentiras descaradas para impresionar a sus invitados como:

—*Mein Großvater, Otto Rabun, war Mitglied der SS und kannte Hitler gut. Er beriet mit Hitler auf Operationen in Osteuropa und empfing persönlich das Eiserne Kreuz von dem Führer.*

Y después lo traducía:

—Mi abuelo, Otto Rabun, fue miembro de las SS y conocía bien a Hitler. Consultaba con Hitler sobre las operaciones en Europa Oriental y recibió la Cruz de Hierro de manos del Führer.

Todo eso emocionaba mucho a Brian y a Tim. A cambio, le revelaron a Ott que ellos pertenecían a un grupo secreto y exclusivo en Estados Unidos que consideraba héroes y mártires a personas como los Rabun. Alguien como Ott, le dijeron, con sangre y cuna arias, era el tipo de persona que pudiera convertirse en un miembro importante de ese grupo, incluso un líder.

Ott se sentía halagado y estupefacto. Nadie le había hablado así antes. Esas palabras le llegaron hondo y aliviaron todas las heridas e injusticias de su vida. Al calor del abrazo que le daban Brian y Tim, Ott abrió su corazón para aceptar y ser aceptado.

Fue una noche gloriosa para Otto Rabun Bowles, una noche que recordaría por mucho tiempo. Cuando Amina vino a decirles que ya era tarde, Brian y Tim la recibieron como si fuera realeza y le rogaron que se dejara tomar una foto con ellos. Pero como estaba en sus ropas de dormir, Amina se negó.

Mientras caminaba con ellos hacia su automóvil, Ott le dijo a Brian.

—Tienes que contarme más sobre ese grupo de que hablas tanto. Esos que van a defenderse. ¿Cómo puedo ser miembro?

Brian le extendió la mano.

—Nos llamamos *Die Elf* —dijo—. Y tú acabas de hacerte miembro.

33

A las 12:01 a.m., dos guardias anudan una máscara de piel maloliente sobre la cara y la cabeza del Número 44371. La máscara es casi un consuelo porque guarda, como un recuerdo, las impresiones finales y los alientos de otros hombres cuyos nombres se convirtieron en números y, de esa forma, le susurra al próximo que la usará que no está solo. El Número 44371 sabe lo que le espera. De hecho, conoce todo lo que hay que saber sobre el arte de las electrocuciones judiciales, posiblemente más que el propio verdugo.

El Número 44371 sabe, por ejemplo, que la idea de electrocutar a los criminales se originó en la ciudad donde vivía —Buffalo, Nueva York— por la mente creativa de un dentista que en los años 1880 comenzó a experimentar con animales, aplicándoles electricidad, después de haber visto a un borracho morir accidentalmente cuando pisó un cable con corriente. El Número 44371 también sabe que el querido inventor de la bombilla eléctrica, Thomas Edison, promovió el concepto de electrocutar criminales como una forma de ganar el control de la industria del servicio eléctrico frente a su archirrival George Westinghouse, al demostrar los peligros del sistema de corriente alterna de Westinghouse en comparación con el método inferior, pero más seguro, de Edison. Tan decidido estaba Edison a inclinar la opinión pública contra Westinghouse, que invitó a la prensa a presenciar la ejecución de una docena de animales usando un generador de corriente alterna de mil voltios como el de Westinghouse, acuñando así el término "electro-cución".

Al año siguiente, cabildeó exitosamente para que la legislatura de Nueva York usara la técnica de corriente alterna de Westinghouse en la primera silla eléctrica. Edison apostó a que nadie iba a querer corriente alterna en sus casas después de eso. Westinghouse hizo todo lo que pudo para evitarlo y se negó a vender el generador a las autoridades carcelarias, e incluso sufragó apelaciones judiciales de las primeras almas que murieron con ese artefacto. Westinghouse perdió las apelaciones y los condenados sus vidas, pero finalmente ganó el control de la industria del servicio eléctrico.

Sí, el Número 44371 conoce bien la peculiar historia de la silla eléctrica, y ahora todo eso pasa como un rayo por su mente. La estudió largamente y con rigor, hasta que alcanzó el punto donde podía oír la palabra "silla" sin tragar tanta saliva o parpadear con tanta rapidez, anestesiándose contra el miedo de su propia muerte al sumergirse en ella. Por eso leyó con algo más que mórbida curiosidad sobre el caso de William Kemmler quien, por asesinar a su amante en Buffalo, se ganó el honor de ser el primero en sentarse en la silla de Edison. Y eso hizo que el Número 44371 pensara en la peculiar relación que la ciudad de Buffalo tenía con el dentista, la silla eléctrica, Kemmler y la misma vida del Número 44371.

En 1890, la Corte Suprema estadounidense negó un recurso de hábeas corpus que presentó Bill Kemmler porque decidió que la muerte con electricidad no violaba las prohibiciones de la Constitución contra el castigo cruel o inusual. Así que, ya con la autorización, los ciudadanos de Nueva York no perdieron tiempo en probar su nuevo juguete. Le conectaron a Kemmler dos electrodos, uno en la cabeza y otro en la base de la espina dorsal, y por diecisiete segundos lo sometieron a 700 voltios de la corriente alterna de Westinghouse. Los presentes dijeron haber visto convulsiones, espasmos horrendos, nubes de humo y que sintieron el olor de ropa y carne quemadas. Entonces le dieron una segunda dosis, de 1.030 voltios, que duró dos minutos. Un análisis post mórtem indicó que el cerebro de Bill Kemmler se había endurecido hasta obtener la consistencia de la carne bien cocida y que la piel que rodeaba la espina dorsal se había quemado completamente. Entre los que asistieron al histórico evento en la prisión de Auburn estaba George Westinghouse, quien dijo a la salida:

—Podían haberlo hecho mejor con un hacha.

Las técnicas han mejorado.

Los guardias le han asegurado al Número 44371 que enseguida recibirá una descarga de 2.000 voltios y después dos más de 1.000 voltios, de un minuto de duración cada una y con un intervalo de diez segundos entre ellas. Durante ese tiempo la temperatura corporal le ascenderá a 138 grados Fahrenheit, demasiado alta para poder tocarlo, pero no tanto como para que comience a echar humo como el pobre Bill Kemmler. El pecho le convulsionará y la boca se le llenará de espuma, el pelo y la piel se le quemarán, probablemente se defecará en los pantalones y tal vez los ojos se le salgan de las órbitas como a esos personajes espantados de los dibujos animados, por eso es que los guardias le han colocado la apretada máscara de piel sobre la cara.

Sí, el Número 44371 conoce todo lo que hay que saber, y ahora, con la máscara puesta, parece que conoce demasiado. Sabe que, a pesar de más de cien años de práctica, aún no existe la perfección en el arte de la "electro-cución". Así que ahora la mente del Número 44371 sopesa seriamente, mientras le sujetan los fríos electrodos en las piernas afeitadas, la ejecución chapucera de Jesse Tafero, en 1990 en Florida. Durante los dos primeros ciclos, de la cabeza del pobre Jesse salieron humo y llamas de doce pulgadas de largo. Un director de funerales con cierta experiencia en estos casos dijo que el área carbonizada en la parte izquierda del cráneo, aproximadamente del tamaño del puño de un hombre, era una quemadura de tercer grado. Pero Jesse estaba muerto, eso se podía dar por seguro.

Los guardias aprietan todas las correas de piel alrededor del pecho y la cintura del Número 44371 y ahora él comienza a parpadear y tragar saliva más rápido.

A comienzos del siglo XXI, cuando por razones humanitarias la sociedad ni siquiera mata a perros rabiosos de esa manera, y la silla eléctrica en la mayoría de los estados ya se ha colocado en los museos junto otros castigos como el desentrañamiento, el potro, la muerte en la hoguera, la horca y la guillotina, el Número 44371 no necesita encarar una muerte tan brutal. Lo cierto es que cuatro años antes de que se le sentenciara a muerte, el gobernador de Pennsylvania firmó una ley que hacía de la inyección letal el método preferido de ejecución en la mancomunidad. Pero la muerte con "Old Sparky", como algunos llaman a la silla eléctrica, fue una de las condiciones en las que insistió el Número 44371 en su acuerdo con el fiscal del distrito cuando se declaró culpable de dos cargos de secuestro y dos de homicidio en primer grado, renunciando irrevocablemente a cualquier posibilidad de apelación. Cuando sus abogados se negaron a ayudarlo a llegar a ese acuerdo, él los despidió de inmediato.

—Tal vez la inyección letal pudiera nublar la conciencia de la sociedad sobre lo que planea hacer conmigo —proclamó valientemente ante sus compañeros de celda en el corredor de la muerte—. ¡Pero no lo voy a aceptar! ¡Espero que mi cuerpo reviente en llamas y queme la prisión completamente! ¡Quiero que la historia sepa lo que les pasó a los Rabun de Kamenz! ¿Rechazaban los mártires del Coliseo su destino? ¿Lo hizo el propio Cristo? ¿Los recordaría el mundo hoy si hubiesen pactado una muerte de ensueño con el pinchazo de una aguja? Cuando la humanidad clavó a Jesús en la cruz, se clavó ella misma en la cruz. ¡Y cuando la humanidad me electrocute en la silla, se electrocutará ella misma también!

Tal era el coraje —y la locura— del Número 44371.

El fiscal del distrito se sintió muy complacido en solicitar una orden especial para satisfacer el pedido inusual del Número 44371. Aun así, incluso con el alegato de culpabilidad en el expediente y la orden especial ya autorizada, pasaron quince años porque ni el Número 44371 ni el fiscal del distrito habían considerado la posibilidad de apelaciones colaterales que interpusieron aquellos que se oponían al uso de la silla eléctrica.

Ahora, por fin, todas las apelaciones habían sido denegadas. La sentencia de muerte se había firmado, "Old Sparky" se había sacado del museo de los horrores y devuelto a la cámara de la muerte, la posibilidad de una suspensión temporal de la ejecución ya había pasado y el Número 44371 está a punto de que se le conceda su deseo. Pero ahora es él quien tiene dudas.

Después de todos esos años estudiando electrocuciones judiciales, el Número 44371 no puede controlar el pánico en estos aterradores momentos finales. La máscara de piel apesta con el vómito de hombres muertos, el casquete de cobre le rasguña el desnudo cuero cabelludo, los electrodos se le encajan en las piernas y la cintura y sus extremidades están demasiado apretadas contra la áspera madera. Se imagina el efecto de la descarga eléctrica en el cráneo, detonándole el cerebro como una bomba antes de descenderle velozmente por la espina dorsal, fundiéndole el estómago y los intestinos y explotándole las entrañas. Se la imagina saltando de sus piernas como un demonio enloquecido, llevándose su alma abajo, muy debajo de la tierra. Y entonces nada más.

El Número 44371 escucha el respirar profundo de los guardias, más profundo que el suyo propio. Sus pulmones tienen miedo de respirar porque el próximo aliento pudiera ser el último.

—El monte Nittany —mascula con desaliento, tratando de evocar la última vez que vio la montaña desde la ventana de su calabozo, antes de que lo llevaran a la celda de aislamiento el día antes. Tenía la esperanza de que recordar su última imagen del mundo lo calmaría en los momentos finales. ¡Y, sí, sí, el periódico! Aún lo tiene entre los dedos, un pedacito de periódico que ha conservado por años.

¿Pero qué decía? ¡El texto! ¿Qué decía el texto? El Número 44371 ya lo había olvidado.

—¡Doug, Doug! —grita.

—Estoy aquí —dice el guardia, tratando de aparentar tranquilidad mientras intenta calmar sus propios nervios y resistir su propio miedo y su culpa. En esos momentos finales hay compasión entre el prisionero y el carcelero. Se conocen desde hace tiempo, pero también saben que hay un trabajo que hacer y cada uno debe cumplir con su papel. No hay rencores.

—Doug, no lo puedo leer. Léemelo, Doug.

El Número 44371, con los brazos atados a la silla, trata de agitar el papel con sus dedos e inclina la cabeza en esa dirección, pero está atado muy fuertemente y no puede moverse.

—Un momento —dice el guardia, volviéndose hacia la estrecha hendidura que hay detrás en la pared, donde está parado el verdugo. Parpadea.

—Creo que... Sí, parece que ya están listos —dice Doug.

—¡Espera! —suplica el Número 44371—. Por favor, Doug. No recuerdo las palabras. Nunca te he causado problemas.

—Está bien, está bien —dice Doug—. Tengo que quitártelo de todas formas.

El guardia toma el pedazo de papel y le dice al verdugo:

—Solo un segundo.

—Léelo, Doug —solloza el Número 44371—. Léelo.

—¿Quieres que lo lea todo? —pregunta el guardia.

—No, solo la parte subrayada —responde el Número 44371.

—Está bien. Esto es lo que dice:

Ninguna buena acción queda sin castigo, pero el determinar si una acción es buena o mala no parece depender de la naturaleza o la calidad de la acción en sí, sino de la cantidad de odio que existe en los que se benefician con ella.

El Número 44371 respira profundo y sonríe debajo de la máscara.

—Gracias, Doug —dice con gratitud—. Ahora recuerdo. ¿Me lo vas a poner en mi bolsillo cuando todo acabe, como prometiste?

—Seguro, Ott —responde Doug, ahora aliviado de que el reo parece preparado para aceptar su destino—. Seguro, tal y como te lo prometí.

34

En la vida, como en la muerte, Nana Bellini tenía macetas con frondosas vincas rosadas y blancas, caléndulas, helechos y otra docena de variedades en el pórtico de su casa. Plantó enredaderas de hiedra y glicinia alrededor de la casa y les permitió subirse por la balaustrada como a niños juguetones. Las flores perfumaban el aire y atraían zunzunes y abejorros que atormentaban a los gatos que dormían a la sombra. Como el huerto tras la casa, el pórtico era su pequeño ecosistema y su parábola sobre la vida.

Todo eso cambió cuando Nana se fue de Shemaya y me dejó sola cuidando la casa. No obstante, para cuando Luas me halló tras mi encuentro con Ott Bowles, todo se había marchitado y muerto. Las macetas estaban llenas de montones de tierra seca, y estaban sucias con fragmentos de raíces y tallos mustios. La barandilla se hundía y se balanceaba peligrosamente con las ráfagas de viento de las tormentas eléctri-

cas que acechaban día y noche las cuatro estaciones del valle
como un amante homicida. Los cristales de las ventanas estaban rotos, y la pintura se caía de los pilares y los marcos. Parecía que nadie había vivido en la casa durante décadas. No
había ni gatos ni aves, ni tampoco color. Era un cuadro mono-
cromático. Mi Shemaya se había convertido en tonos de gris.

No había visto a Luas o salido de la casa desde el día en que
el espíritu de Otto Bowles entró en mi despacho e infectó mi
alma. Me había tambaleado aturdida desde mi oficina por el
largo pasillo, a través del gran salón, el vestíbulo y el bosque.
Subí los escalones del pórtico y entré a la casa. Allí permanecí, con las puertas cerradas, reviviendo su vida una y otra
vez, aterrada y fascinada. El cuerpo me envejeció con la casa.
El cabello se me puso canoso, fino y áspero. La cara se me contrajo con la expresión atemorizada de una vieja, poco más que
un esqueleto con protuberancias ridículas que me salían del
mentón, las mandíbulas y la frente. Los labios se me secaron y
endurecieron como un gusano quemado por el sol y desaparecieron dentro del hueco sin dientes que era mi boca. Dormía
por el día y me despertaba por la noche con dolores en todo el
cuerpo, con las articulaciones entumecidas e inflamadas por
la artritis.

Sabía que era Luas cuando escuché tocar a la puerta. No
hubo visitantes durante todos estos años. Vendría a decirme
que no podía dilatar más la presentación. Otto Bowles estaba
esperando en el cobertizo de trenes a que se convocara su caso
y Dios estaba esperando en la sala de audiencias para juzgar su
alma.

Luas no dijo nada sobre el cambio en mi apariencia. Solo
sonrió con esa sonrisa de abuelo que tenía, la misma que me

mostró cuando llegué a Shemaya, como si dijera: *Sí, mi nieta, has sufrido y es difícil, pero solo sería peor si te lo dejo saber.* Le ofrecí asiento en el pórtico.

—¿Cómo estás Brek? —preguntó.

—Lo hubiese electrocutado de nuevo —respondí. Hablaba ahora con la voz temblorosa de una vieja, débil pero desafiante—. Hasta que no quedara nada de él, solo cenizas.

Un nubarrón en forma de yunque cruzó el cielo. Imaginé cómo me sentiría si me sacaran del fuego y me martillaran contra su costado.

—Nerón Claudio se suicidó —dijo Luas. Su cara se contrajo mientras sus manos buscaban a tientas en los bolsillos cerillas para su pipa—. Al contrario del señor Bowles, Nerón no le dio al mundo la oportunidad de hacer justicia con él.

—Así que Dios tiene sentido del humor después de todo —dije—. Satanás es un abogado y lleva un portafolios. ¿Qué hicimos para merecer todo esto?

Luas encendió una cerilla. Se veía de un tono naranja brillante entre las sombras. El humo blanco de su pipa borboteaba por los lados, demasiado débil para elevarse al viento.

—Yo vitoreé cuando apedrearon a San Esteban hasta matarlo —dijo Luas—, así que lo veía venir. Pero esto no es el infierno, Brek. El Juez tiene que estar seguro de nuestra fidelidad y autocontrol. Si somos imparciales cuando presentamos las almas que más odiamos, entonces el Juez puede tener la certeza de que presentaremos a todos los postulantes sin pasiones. Nuestras intenciones tienen que ser puras cuando entramos en la sala de audiencias, no podemos mostrar ningún favoritismo ni emoción. La sentencia es de Yahweh. Él solo determina cómo Otto Bowles y Nerón Claudio van a pasar la eternidad.

El destello azul de un relámpago resplandeció por el valle,

seguido de un ruidoso trueno. Una cierva y su cervato caminaban de puntillas por la profunda nieve blanca que cubría la
pradera. Alzaron las orejas en dirección al cielo, confundidos
con el ruido de los truenos en un día tan frío en esta parte de
Shemaya.

Ah, cuídate mucho, le deseé a la cierva con todo mi corazón,
de una madre a otra. *Este lugar es peligroso. Están buscando a tu
bebé y te están buscando a ti. No confíes en nadie. No creas nada.
¡Corre, corre!*

—Hice todo lo que pude por llevar a las personas ante la
justicia —continuó Luas—. Pero un día me cegué por la idea
del perdón. No sé lo que pasó. Ah, fue una gran conversión.
Comencé a sermonear a la gente y a criticarla por apelar a las
cortes.

—Engañaste a mucha gente —dije.

—Sí, lo hice —coincidió Luas—. Me di cuenta de ello cuando
conocí a Elymas. Cuando me amenazó, no podía ponerle la
otra mejilla. Lo cegué allí mismo, de la misma forma en que
me habían cegado a mí. Todavía me guarda rencor por el
asunto, a pesar de que me he disculpado miles de veces. Regresé a la vieja ley de ojo por ojo, Brek, y te digo que uno se
siente bien. Pero para entonces ya era tarde. Los romanos me
apresaron como enemigo del estado. Pero yo no estaba
dispuesto a darme por vencido sin luchar, como lo hizo Jesús.
Exigí que se me enjuiciara como a un ciudadano romano.
Cuando parecía que no iba a tener un juicio justo, apelé a
Nerón Claudio, que tenía buena reputación por ese tiempo.
Nadie imaginaba que terminaría siendo tan sádico. Tú conoces el resto. Ahora todos los días Nerón y yo nos encontramos
de nuevo aquí en la otra vida. Incluso los emperadores invencibles reciben su merecido castigo.

Las nubes de la tormenta se despejaron y dejaron ver cuatro lunas en el cielo nocturno: una menguante, una media, una creciente y una llena, cada una contra la constelación de estrellas correspondiente a su estación, revolviendo el cielo en una jerigonza astronómica. El aire se enfrió y me envolví en un chal de Nana para calentarme. Los murciélagos revolotearon sobre los árboles, persiguiendo insectos. En la distancia podía escuchar a un búho y a un chotacabras, y el ladrido de un perro solitario, los sonidos que escuchaba cada noche en el pórtico cuando era niña.

—Ott Bowles puede hablar por sí mismo en la sala de audiencias —dije—. Tomó sus decisiones. No necesita un abogado, sino un verdugo.

Luas golpeó su pipa contra la baranda para sacarle las cenizas.

—Tal vez —dijo—, pero quien necesita nuestra ayuda en la sala de audiencias, Brek, no es Ott Bowles, es la justicia. Los presentadores aportan la distancia que posibilita la justicia para el acusado y el Acusador, el creado y el Creador. Los abogados son los muchos colores que hay en la promesa de un arcoiris mientras se esfuma en el horizonte de la eternidad.

—Yo soy la Acusadora, Luas —le corregí—. No es necesario un juicio porque ya lo hallé culpable. Es hora de que se haga justicia.

35

Llevo a Sarah en un brazo mientras espero que alguien de la tienda local venga al mostrador.

Sarah ahora pesa más y se está poniendo inquieta, y yo me impaciento.

—¿Hola? ¿Hola...?

—Deme un minuto... —dice una voz de mujer desde el almacén.

La empleada finalmente aparece por las puertas dobles articuladas. Es una mujer joven de unos veinte años, pasada de peso, con demasiado maquillaje y una blusa muy apretada. Se disculpa por la demora mientras se recoge el cabello. Le sonríe a Sarah, extiende dos dedos gruesos y tira de su pequeñita mano.

—¿Cuántos años tienes? —pregunta.

Me inclino más cerca de Sarah, como un ventrílocuo.

—Dile, tengo diez meses.

—Qué niña más grande —dice la empleada—. Yo tengo dos

varones pequeños, de uno y dos años. Seguro que les encantaría conocer a una niña tan linda como tú. ¿Cuál es tu nombre, preciosa?

—Sarah —respondo por ella de nuevo.

—Hola, Sarah. 'La sonrisa de Sara', una de mis canciones favoritas. Eres una belleza.

La mujer libera la mano de la niña y le toca la nariz. Sarah responde extendiendo su mano y tocando la nariz de la empleada, y nos hace reír a ambas. Le doy a mi hija un apretón y un beso en la mejilla. La empleada empuja la leche hacia la caja registradora.

—¿Va a ser todo por hoy?

—Sí.

—¿Necesita una bolsa?

—Sí, gracias.

Pago y regresamos al automóvil para escuchar lo que quedaba de la canción que dejamos tocando en el casete: *Son casi las seis y veinte, dice el Osito. Mamá viene a casa ahora, ya está casi aquí. Té caliente y miel de abejas para Mamá y su bebé...* Sarah me deja que le coloque el cinturón de seguridad de su asiento sin quejarse.

De regreso a casa, la oscuridad me obliga a usar las luces largas. Pasamos unos cuantos autos que venían en dirección contraria, pero por lo demás, la carretera está vacía, hasta que aparece un vehículo en mi espejo retrovisor que comienza a seguirnos.

Después de pasar una curva y acelerar en una pequeña bajada, llegamos a una larga y desolada parte de la vía que tiene campos de maíz y heno a ambos lados. Las luces largas del carro que nos sigue comienzan a parpadear y el estallido de una luz estroboscópica roja llena el espejo retrovisor y me molesta la vista. Los destellos rojos vienen de la parte baja del parabrisas. Me doy cuenta de que es un carro patrullero de incógnito. Bo me había advertido que había visto policías en esa parte del camino que usaban radares para controlar la velocidad.

Decidida a valerme de mi costoso entrenamiento legal, ya estoy preparando mi defensa mientras me detengo en el borde de la carretera.

El policía no pudo haber registrado mi velocidad con el radar mientras me seguía, así que debe haber confiado en su velocímetro. Decido que en el juicio voy a pedirle una copia de la certificación de su velocímetro, porque la mayoría están vencidas y es una forma fácil de quitarse la multa de encima. Pero incluso si excedí el límite de velocidad, no debió haber sido por mucho tiempo y ellos tienen que registrarlo por un décimo de milla por lo menos. Voy a regresar mañana a medir la distancia desde la curva hasta el punto donde él comenzó a parpadear las luces, porque me parece que es menos de un décimo de milla.

Cuando el policía abre la puerta de su vehículo, ya tengo listos mis documentos del seguro y el registro del carro. Sarah comienza a llorar ahora que apagué la música, pero eso pudiera ser una bendición. Tal vez me lo deja pasar por el asunto de Sarah y de mi brazo. Pienso aprovechar mi situación para inspirar lástima.

Frente al resplandor de las luces largas solo puedo ver la silueta del policía con el revólver abultado en la cintura. Es bajo y delgado y ligeramente patizambo, no el poderoso y fuerte policía de caminos que uno se imaginaría. Me aconsejo no decir nada que me incrimine y bajo la ventanilla pero, curiosamente, el policía se para junto a la puerta trasera y trata de abrirla.

—Estoy aquí, oficial —digo, siempre cortés, pensando que de alguna forma se equivocó de puerta.

Mete el brazo por mi ventanilla abierta y abre el cerrojo de la puerta trasera, se mete en el carro y cierra la puerta.

—¿Cuál es el problema, oficial? —pregunto inocentemente porque creo que hay una razón de peso para ese comportamiento. Tal vez teme que lo atropelle un vehículo mientras está parado junto a mi puerta.

La voz de un hombre joven responde con calma:

—Haga lo que le digo, señora Wolfson y nadie va a resultar herido.

¿Cómo es que sabe quién soy?

Miro en el espejo y veo una pistola apuntándome a la cabeza. El chico que la sujeta no debe tener más de veinte años, con algunos pelos suaves en la barbilla, delgado y de piel blanca, con labios casi femeninos. Tiene la cabeza afeitada y lleva una camisa de camuflaje del ejército. Nunca lo había visto antes.

—¡Sal de mi carro! —le grito, indignada de que haya tenido el atrevimiento de hacer algo así, pero sin comprender del todo el porqué de la pistola o la realidad de la amenaza.

Una sonrisa salvaje le cruza el rostro. Apunta la pistola hacia Sarah. Hay un fuerte chasquido y un fogonazo brillante y naranja. El tiempo se hace lento, como cuando una piedra se hunde en el agua. Me doy cuenta de que estoy gritando, pero los oídos me zumban tras el estruendo.

—¡Sarah, Sarah!

Trato de alcanzarla, pero el chico me golpea la cara con la

pistola, empujándome la cabeza hacia delante. El calor del cañón me arde en la mejilla y el olor amargo de la pólvora se me mete en la nariz. Con el rabo del ojo veo cómo el percutor del arma se monta para disparar de nuevo. Es un revólver con una forma rara, viejo, como los que he visto en las películas de la Segunda Guerra Mundial.

—¡Conduzca el carro! —me ordena—. ¡Ya!

Pero estoy enloquecida de pánico y sigo gritando.

—¡Sarah! ¡Sarah! —Empujo la cabeza contra la pistola y me araño la mejilla con la tambora como si fuera una cuchilla. La puedo ver ahora. ¡No hay sangre... y... sí, gracias a Dios... aún llora! El tiro debe haber traspasado el asiento que está junto a ella.

El chico me golpea de nuevo la cara con la pistola y me causa un dolor penetrante mientras un grueso hilo de sangre me sale por la nariz.

—¡Conduzca! —grita—. ¡Ya! —Baja la ventanilla trasera y le hace una seña al vehículo que estaba detrás de nosotros. Las luces dejan de parpadear y se pone frente a nosotros—. Sígalo.

Trato de accionar el cambio de velocidades, pero estoy temblando tanto que el muñón de mi brazo derecho resbala sobre la palanca de cambios. El chico la alcanza y de una sacudida la pone en su lugar. Regreso a la carretera. Conducimos hasta una intersección y giramos a la izquierda, hacia la carretera 22. Cada vez que pasa un auto, me aprieta la pistola contra la cabeza, como una advertencia de que no haga nada que pueda alertarlos. Busco desesperada un carro de policía o una gasolinera donde pueda pedir auxilio. Todo el tiempo, Sarah grita a todo pulmón, aterrorizada por el disparo.

—¡Hágala callar! —me grita el chico.

—Por favor, déjanos ir —digo, tratando de persuadirlo—. Te

puedes quedar con mi cartera, lo que quieras, pero por favor, déjanos ir.

—Esto no tiene que ver con dinero —dice el chico—. Siga conduciendo. Usa la mano que tiene libre para taparle la boca a Sarah, lo que la hace llorar aun más.

—¡Le estás haciendo daño! —chillo histérica porque está tocando a mi bebé—. Hay un biberón en la bolsa de los pañales que está en el piso. Dale la botella y déjala en paz.

El chico encuentra el biberón y se lo pone en la boca a Sarah, que se toma la rancia fórmula para bebés que dejó de la tarde. Llora, toma de nuevo, y finalmente comienza a calmarse.

Todo está ocurriendo tan rápidamente que no tengo tiempo de pensar. Doblamos en una vía lateral en Ardenheim y subimos por un viejo camino de grava hacia las montañas. El carro que íbamos siguiendo apaga las luces y se me ordena que haga lo mismo. Conducimos a oscuras por el bosque y nos detenemos. El conductor sale del vehículo delantero. A la luz de la luna puedo percibir que es casi de la misma edad del chico que va detrás de mí, pero más alto y musculoso. Tiene la cabeza afeitada y también lleva ropa de camuflaje del ejército. Lleva un arma en una mano y un videocasete en la otra. Abre mi puerta y me arranca del asiento, tirándome del brazo izquierdo. El chico de atrás sale con Sarah en los brazos y me la entrega, después toma el videocasete que tenía el más fornido, se monta en mi carro, suelta el videocasete en el suelo y retrocede mi auto en un grupo de pinos hasta que queda cubierto con las ramas y no se le puede ver desde el estrecho camino de tierra. Regresa poco después y le dice al más grande:

—Está bien, Tim, vamos.

El chico más grande, que ahora sé que se llama Tim, me mete en el otro automóvil.

—Por favor —les suplico—, tienen mi carro y mi dinero. Por favor, déjennos aquí. No se lo diré a nadie.

—Cállate —dice Tim, presionando su arma en mi espalda.

Comienzo a sospechar que quieren secuestrarme y violarme.

—Por favor, por favor, no hagan eso —les suplico.

—¡Te dije que te callaras! —grita Tim, lanzándome contra el carro. Sarah quedó comprimida entre mi cuerpo y la ventana, y empezó a llorar de nuevo.

—Ya le dije, señora Wolfson —dijo el chico más pequeño—, si hace lo que se le ordena todo va a salir bien. Ahora métase en el carro.

—¿Aún quieres que conduzca, Ott? —pregunta Tim.

—Sí.

Ahora sé que el chico más bajo se llama Ott y que es el líder de los dos.

Entro en la parte trasera con Sarah y trato de calmarla. Ott se sienta junto a mí, con la pistola apretada contra mis costillas. Tim se sienta en el puesto del chofer y regresa con el vehículo por el viejo camino de la misma forma en que vinimos. Enciende las luces cuando llegamos a la autopista. Vamos en dirección sur en la carretera 522, después por la 322 hacia el este, camino a Harrisburg. Sarah se calma con el movimiento del auto y porque la llevo abrazada. Desesperadamente trato de recordar dónde están las salidas más cercanas y si hay alguna estación de policía, y de todo lo que he escuchado sobre defensa personal, porque lo peor que se puede hacer es permitir que el atracador se lo lleve a uno en un carro. Mientras arrullo a Sarah, coloco la mano sobre la manija de la puerta para saltar en la primera oportunidad. De haber estado sola, ya hubiese saltado con el auto en marcha, pero no puedo arriesgarme con Sarah.

Recorremos varias millas. Ott y Tim no se dicen nada, ni a mí tampoco. Sus acciones son disciplinadas, eficientes, y bien ensayadas, lo que sugiere que no es una broma de último minuto de un par de vándalos jóvenes. No les siento aliento a alcohol y no hablan enredado. Ott sigue cerciorándose de que nadie nos sigue. Finalmente Tim pone la radio bien baja, cambiando estaciones de música *country*, y Sarah por fin se duerme. Doy gracias porque ella no tiene idea de lo que le está pasando. Una paz incómoda se apodera del carro. Ott se relaja un poco y se sienta menos rígido, pero continúa en alerta, empujándome la pistola en un costado cada vez que bajamos la velocidad.

—Tengo dinero en el banco —le susurro—. Mucho dinero. Puedes quedarte con él, pero déjanos irnos. Si dejas esto ahora no te vas a meter en problemas.

Ott no dice nada. Pasan cinco minutos, diez, quince. Estamos ahora en una autopista de cuatro vías conduciendo rumbo sur hacia Harrisburg.

—¿Por qué hacen esto? —pregunto.

—¿Por qué? —responde Ott con incredulidad pero sin despegar los ojos de camino—. Porque Harlan Hurley fue sentenciado hoy. Le dieron quince años por culpa de su marido judío. Esa es la razón.

—¿Harlan Hurley?

—Sí, ¿no ve las noticias? Su marido judío estaba en el juzgado, regodeándose frente a las cámaras de televisión.

Cabezas rapadas, ropas de camuflaje... Comienzo a comprender.

—¿Ustedes son miembros de *Die Elf*, no es cierto? —le pregunto, más aterrorizada que antes. Quiero decirle que mi nombre es Brek Cuttler, no Brek Wolfson, que soy católica, no judía y que Sarah no es judía tampoco porque para serlo tiene que tener una madre judía. Pero si le digo eso estaría traicionando a mi marido y a mis propios principios. Sería traicionar a Dios. En ese momento me pregunto qué hubiera hecho si me hubiesen interrogado los nazis. ¿Les hubiera dicho que no era judía para salvar a Sarah y los hubiese dejado llevarse a Bo?

Un patrullero estatal nos pasa por al lado en la cuarta senda. No siento el arma presionándome las costillas y subo la mano para hacerle una seña. Pero Ott me ve y me dice:

—Mire señora Wolfson, a su bebé le gusta el nuevo juguete que le di. —Miro y veo que ha deslizado el cañón de su pistola en las manos de Sarah. Desisto de llamar la atención del policía.

—¿Por qué hacen esto? —pregunto de nuevo mientras el patrullero se aleja en la distancia—. El gobierno no va a liberar a Hurley porque ustedes nos hayan secuestrado. Ellos no negocian sentencias criminales con nadie.

—Porque alguien tiene que decir la verdad —dice Ott.

—¿Sobre qué?

—Sobre el Holocausto... sobre mi familia.

—¿Eres hijo de Harlan Hurley?

—No. Soy el hijo de Barratte Rabun. El ahijado de Amina Rabun. ¿Las recuerda, señora Wolfson?

Dios mío, este es el joven que Bo me había mencionado hoy por teléfono. Esto no es por una sentencia criminal o para hacer un enunciado político. Es por venganza.

Pasamos por Harrisburg, después por Lancaster y finalmente salimos a la carretera principal y nos encaminamos a los ondulados campos del condado de Chester, hacia Delaware. Quince minutos después estamos en un sinuoso camino secundario, mientras pasamos rápidamente letreros que apuntan a Kennett Square, Lenape y Chadds Ford. Los torcidos y viejos robles a lo largo del camino campestre de dos vías se mofaban de nosotros, meciendo sus ramas en las sombras como almas en pena que nos reciben en la entrada del infierno. Las hojas caen como llamas rojas, amarillas y naranjas mientras bajamos al abismo. Me siento mareada del miedo y mi mente cabalga frenética: *¿Cuánto tiempo pasará antes de que Bo llame a la policía? No nos espera después de las ocho y probablemente va a llamar a mi oficina y a la guardería para saber dónde estamos. Tal vez piensa que fuimos al mercado o al centro comercial. Diez de la noche. Nada nos puede haber demorado tanto. Él va a llamar a mis padres primero, después a la estación de televisión por si han sabido de algún accidente y entonces llamará a la policía. Van a tomar la información, pero seguro que lo tratan como si fuera un caso de disputa familiar y esperan a ver qué pasa. Quién sabe cuándo van a empezar a buscarnos, tal vez no lo hagan hasta mañana.*

Los giros se suceden más a menudo y el pavimento se deteriora. Ahora estamos en un camino con grava, descendiendo a través del bosque por una abrupta quebrada que termina en un camino con surcos de tierra, que lleva a un campo abierto y descuidado, y de nuevo al bosque, cuesta abajo por una pendiente aun más inclinada. No hay luces en las calles o tendido eléctrico. El cielo está tan oscuro como el carbón, sin esperanza de estrellas o el amable consuelo de la luna. La última casa la pasamos hace varias millas, dormida en el fresco aire de la cosecha, impregnado con el olor de las hojas y las manzanas. Comienzo a sentir pánico de nuevo.

¡Nos van a matar! ¡Nos llevan a un lugar perdido para matarnos!

—Escucha —le suplico—, siento lo que pasó con tu madre y tu madrina. Haré todo lo posible por arreglar eso. Tienes que comprender que era el gobierno, no nosotros, quien la metió en la cárcel. No podíamos hacer nada.

Ott me empuja la pistola con tanta fuerza en el costado que pierdo la respiración.

El camino de tierra termina frente a un derruido edificio, en forma de bloque y de un solo piso, que sobresalía de la tierra como una fea postilla, con paredes sin ventanas, marcado con franjas negras de moho y una pintura blanca que se descascaraba como la lepra. Parece ser lo que queda de un edificio industrial abandonado y se ve fuera de lugar en medio del campo. El empalagoso hedor de estiércol y setas tornan el aire pesado y difícil de respirar.

El auto se detiene a unas veinte yardas del edificio, iluminándolo con los faros. Tim deja el motor encendido, saca la pistola y entra. Ott espera con nerviosismo en el carro junto a mí hasta que Tim reaparece en la puerta y le hace una seña de que todo está bien. Desaparece de nuevo en el edificio.

Ott sale del vehículo y me ordena que lo siga con Sarah. Con el pretexto de que me estoy arreglando la chaqueta, busco ganar tiempo.

Esta pudiera ser nuestra única oportunidad.

Ott está parado junto a la puerta trasera que está abierta, con la cabeza volteada sobre el hombro mirando al edificio. El motor está encendido, pero él pudiera impedirme fácilmente que me subiera por encima del asiento.

Tengo que obligarlo a que se aleje del carro.

Con suavidad pongo a Sarah en el piso, donde está a salvo. Ella se despabila y me mira. Alumbrados por luz del techo, sus ojos reflejan el amor que siente por mí, porque sabe lo que estoy a punto de hacer y me está agradecida por arriesgar mi vida por ella. Ella trata de ser valiente. La quiero con todo mi corazón. Los ojos se me llenan de lágrimas.

Salgo del carro temblando. Ott está esperándome, pero sigue mirando el edificio. Es solo unas escasas pulgadas más alto que yo, pero no tan amenazante como Tim. He decidido lo que voy a hacer. Pongo la mano izquierda en el marco de la puerta para mantener el equilibrio y entonces, con todas mis fuerzas, le doy una patada entre las piernas. No se lo esperaba y cae instantáneamente al piso con un gemido aspirado.

¡Funcionó!

Cierro de un golpe la puerta trasera, me coloco en el asiento del chofer y aseguro los cerrojos de ambas puertas. Mientras trato de alcanzar la palanca de las velocidades con mi mano izquierda, Tim sale corriendo del edificio a una velocidad tal que cuando estoy a punto de pisar el acelerador, ya él está junto a mi ventana apuntándome con su pistola. El tiempo se desacelera de nuevo, cortando los últimos momentos de mi vida en pequeños cuadros que serán guardados para el resto de la eternidad, desmembrando los recuerdos de la realidad y regresando al pasado, a las manos que me bañaron cuando salí del vientre de mi madre y que me abrazaron cuando era una niña, a mi esposo, mi familia, mis amigos, mi hija... a los momentos y los recuerdos que hicieron a Brek Abigail Cuttler. Pero cuando Tim ya va a disparar, Ott se le abalanza desde el suelo, y la pistola se dispara al aire.

¡Me salvó la vida!

La perspectiva se acelera al tiempo real, a la ofuscación que causan la adrenalina y los deseos de vivir. El auto ruge en retroceso en dirección a casa, a un lugar seguro, hacia todo lo que habíamos creado. Pero estoy conduciendo con tanta rapidez y el sendero es tan estrecho, que pierdo el control y giramos contra un árbol con una terrible sacudida. Sarah comienza a gemir. Empujo la palanca de cambios y piso de nuevo el acelerador, conduciendo directamente hacia Ott, que está de rodillas apuntándonos con el arma. Hace cuatro disparos. El vehículo se desacelera y se hace más difícil de controlar. Me doy cuenta que reventó de un tiro una de las gomas delanteras.

Por una fracción de segundo, pienso en hacer un giro brusco para no golpearlo, en gratitud por haberme salvado la vida, pero estamos los dos congelados en el tiempo, Ott Bowles y yo, controlados por el instinto y el deseo de sobrevivir. Acelero en su dirección, pero Ott rueda por el suelo en el último momento y el carro choca contra un montón de estiércol.

Decidida a lograr nuestra libertad, golpeo la palanca y la pongo en retroceso de nuevo. Pero hay una ruidosa explosión y la ventana de la puerta trasera se hace añicos en una granizada de fragmentos de vidrio. Ott está parado y a través de la ventana le apunta a Sarah en el piso, con ambos brazos tendidos y apretados, como lo hace la policía.

—¡No me obligue a hacer esto! —me grita Ott—. ¡No me obligue a hacerlo! —Está jadeando, con cada músculo tenso.

—¡Hazlo! —vocifera Tim desde el otro lado del vehículo, con los ojos abiertos como los de un loco trastornado, intoxicado por la violencia—. ¡Hazlo ya!

Ott titubea, y en ese momento de indecisión apago el motor y le entrego las llaves por encima de mi hombro.

—Tómalas —le digo con una voz temblorosa, en casi un susurro, desesperada por calmarlo—. Por favor, solo es una niña.

36

—Entonces, ¿hace cuánto tiempo que eres miembro de *Die Elf*? —le preguntó Ott Bowles al hombre de cabello oscuro, con barba y bien vestido que estaba sentado frente a él en la pequeña mesa para cocteles. Hizo la pregunta mientras tomaba a sorbos una cerveza y seguía el juego de béisbol en la pantalla de televisión que estaba sobre la barra.

—No soy miembro precisamente —dijo el hombre, exhalando el humo de un cigarrillo y sin interés en el juego—. *Die Elf* apoya lo que hago, y yo apoyo lo que ellos hacen.

Era bien entrada la tarde de un soleado día de verano, y el bar estaba desolado. Ott no tenía aún la edad legal para consumir alcohol, pero Trudy, la dueña del bar construido en la base de la montaña entre Huntingdon y Altoona, les servía a sus clientes alcohol sin importarle la edad. Era una mujer gruesa con un cabello rojizo de fuego, y esa tarde estaba tras la barra mirando el juego y esperando más parroquianos. Era evidente que el hombre sentado frente a Ott tenía la edad legal para beber alcohol, pero estaba tomando agua carbonatada con un pitillo.

—¡Eso es! —dijo Ott apretando el puño cuando el corredor llegó a *home*—. Segunda parte del noveno y los Piratas están de nuevo a la carga. Engulló un trago de cerveza y eructó de la forma que creía que eructaban los hombres interesados en los deportes.

—Bueno, Sam, tienes que admitir —dijo Ott—, que en *Die Elf* hay personas que llevan profundas heridas. Yo soy más alemán que cualquiera de ellos y estoy tremendamente orgulloso de mi ascendencia, pero creo que llevan el asunto del racismo demasiado lejos. He estudiado la Segunda Guerra Mundial. Eso fue lo que metió a Alemania en problemas. Si Hitler hubiera sido menos extremista y se hubiese concentrado en su objetivo, el resultado de la guerra hubiera sido totalmente diferente. Alemania sería hoy la gran superpotencia, en vez de Estados Unidos.

—Es posible —dijo Sam—. Pero también fueron las excentricidades de Hitler y sus excesos los que lo llevaron a donde llegó. Quién sabe, tal vez no fue lo suficientemente exagerado. Las ideas extremistas de una persona son las revelaciones de otra y mueven las revoluciones. De todas formas, los miembros de *Die Elf* han sido buenos conmigo. Tengo una deuda con ellos.

Ott agarró su cerveza y se dio vuelta para ver el juego de béisbol. Prefirió no haber mencionado el tema. Disfrutaba la camaradería de *Die Elf*, el entrenamiento paramilitar y los juegos de guerra con fusiles de bolas de pintura y, claro, la forma en que todos lo trababan como realeza por su pasado familiar. Pero su odio rabioso contra los judíos y los negros los hacía ver como un manojo de lunáticos sin futuro. La defensa que hizo Sam de ellos indicaba que tal vez era igualmente fanático, algo que lo defraudaba porque Ott estaba buscando a alguien que viera las cosas como él y pensó que tal vez Sam, que siempre pareció más razonable que los otros, pudiera ser esa persona.

—¿Dé dónde eres? —preguntó Ott para cambiar el tema.

—Nueva York.

—Tu familia, quería decir. ¿De dónde es ese nombre, Samar Mansour... francés?

—No, en realidad es palestino —dijo Sam.

Ott examinó a Sam más de cerca. Ahora podía ver la cara de árabe, la barba gruesa y negra y la tez oscura. ¿Pero de dónde le venían esos ojos azules? Ott nunca había conocido a un árabe y no podía imaginar por qué los miembros de *Die Elf* querrían hacer algo para ayudar a uno de ellos. Odiaban a todo el que no fuera blanco y cristiano. Tal vez era porque Sam parecía más europeo que del Medio Oriente, con su actitud apartada, hablar articulado y sus elegantes camisas azules de algodón bien planchadas y pantalones blancos, más parecido a un londinense o un parisiense, o incluso a un berlinés.

—¿Cuándo llegó tu familia aquí? —preguntó Ott mientras miraba el partido.

—Mi padre llegó cuando tenía más o menos tu edad. Era uno de los refugiados palestinos... sus padres fueron asesinados por los judíos durante la guerra de 1948.

Ott lo miró fugazmente y volvió al juego.

—La mayoría de los palestinos se quedaron en el Medio Oriente —continuó Sam—, pero después de la guerra mi padre comenzó a trabajar para un arqueólogo americano en una excavación en Jerusalén, un profesor del Juniata College. Su nombre era Mijares. De todos modos, era muy rico y generoso, y mi padre le agradaba. Creo que pensó que mi padre era muy inteligente, porque le ofreció enviarlo a estudiar en la universidad aquí, con todos los gastos cubiertos. Mi padre aceptó y fue a la Universidad de Columbia, se casó con una americana y se quedó en el país. Yo nací en Nueva York.

Sam le hizo un gesto a Trudy para que les trajera más cervezas.

—Voy para allá, cariño —dijo Trudy, y sacó dos vasos de abajo de la barra, agradecida de tener algo que hacer.

—Otra historia de refugiados —le dijo Sam a Ott—. No muy diferente a la de tu familia.

Ott estaba pensando lo mismo. Terminó su cerveza y accidentalmente le cayeron unas gotas en la camiseta.

—¿Conoces nuestra historia? —preguntó mientras tomaba una servilleta de una mesa cercana.

—Conozco todo sobre tu familia —dijo Sam—. Brian Shelly me dijo algo, y yo he investigado un poco sobre los Rabun. La gente no se da cuenta, pero los alemanes y los árabes tienen mucho en común. *Das ist warum ich beginnen wollte, Sie zu kennen.*

Una mirada de sorpresa cruzó el rostro de Ott.

—*Sprechen Sie Deutsch?*

—*Wenig.*

—*Wie viele Male sind Sie nach Deutschland gewesen?*

—*Ich habe ein ungefähr Jahr dort verbracht.*

Dejaron de hablar en alemán cuando Trudy les trajo los tragos a la mesa.

—Chicos, ¿quieren algo de la parrilla? —les preguntó—. Les puedo preparar unas hamburguesas.

Sam sacudió la cabeza.

—¿Quieres algo, Ott? —preguntó—. Yo pago.

—No, gracias —dijo Ott.

—Me dicen cuando estén listos, chicos —respondió Trudy un poco desencantada y regresó a su banqueta tras el bar para seguir viendo el juego.

—Qué malo lo que le pasó a Brian, ¿no crees? —dijo Ott.

—Sí —respondió Sam—. Era bastante joven para que le diera un infarto. Uno nunca sabe.

—El funeral fue difícil —dijo Ott—. A Tim y a su madre los afectó mucho. Encima de todo eso, creo que Brian tenía sus propiedades hipotecadas hasta el gaznate y había dejado de pagar su seguro de vida. Tim dijo que tuvieron que vender la casa y la granja de setas para pagar las deudas. Brian está viviendo conmigo por un tiempo.

—Tiene suerte de que seas su amigo —respondió Sam—. Tiene que haber sido duro para ti también cuando perdiste a tu madrina. Era una gran mujer. Yo admiraba mucho sus artículos en el periódico. ¿No fue hace tanto tiempo, no es así?

Ott asintió incómodo y dejó de mirar a Sam a los ojos.

—Hace aproximadamente un año, creo. A menos de un año de salir de la cárcel. La prisión la mató. —Miró por la ventana con dolor, apenado de mostrar sus sentimientos—. ¿Qué es lo que haces exactamente para *Die Elf*? —preguntó, para cambiar el tema de la conversación.

—Estoy haciendo un documental sobre el Holocausto. Voy a demostrar que fue una farsa que crearon los Aliados y los judíos.

Los Piratas anotaron otra carrera en la televisión. Sam miró la pantalla, pero de pronto Ott tenía menos interés en el juego.

—¿Entonces, eres tú? —dijo Ott—. Brian me dijo que conocía a alguien que estaba haciendo un documental sobre el Holocausto, pero no me dijo nada más.

Sam se volteó del televisor hacia Ott, sonriendo de oreja a oreja, como el jugador que acababa de anotar la carrera.

—Fue un secreto por algún tiempo —dijo—. Solo algunos lo conocían: Brian, Harlan Hurley. Harlan ha ayudado mucho con el dinero.

—¿Cierto, el tipo que trabaja para el distrito escolar? —dijo Ott—. Siempre se le ve muy callado.

—Los más callados suelen ser los que hacen más —dijo Sam—. Ha estado tomando el dinero de la.... —Sam se dio cuenta—. Digamos que ha estado usando formas creativas de financiamiento para ayudarme a costear mi trabajo. Hace falta mucho dinero para hacer un buen documental: equipos, camarógrafos, gastos de viaje, tiempo de estudio. Acabo de terminar la edición. Resultó excelente. Mientras más conocía sobre tu pasado, más pensaba en que ibas a estar interesado en el proyecto. Es por eso que quería encontrarme contigo hoy.

—¿Puedo verlo? —preguntó Ott con ansiedad.

—Claro, hijo —respondió Sam.

—¿Dónde aprendiste a hacer documentales? —preguntó Ott—. ¿Eres realizador de cine?

—No —dijo Sam—. Este es mi primer documental, pero aprendo rápido y tengo un equipo experimentado. Estaba terminando mi doctorado en Historia en Juniata, en realidad como parte de la beca de investigación de Mijares. Se suponía que el documental fuera mi disertación, pero el jefe del departamento de Historia es judío y, por razones obvias, no estaba muy contento con el tema o las conclusiones. Me dio la opción de escoger otro tema o de abandonar la escuela sin título. Me fui. Harlan y otras personas se enteraron y han estado financiando el proyecto por varios años.

—Caramba —dijo Ott—. Tienes mérito por escoger uno de

los temas más controversiales en el mundo. Pero va a ser difícil convencer a la gente de que el Holocausto fue una farsa. No me malinterpretes... nada me daría más alegría que conocer que fue una mentira, pero he visto las fotos y leído las historias. También he visto algunos de los campos de concentración. Mi familia construyó los incineradores. Hay muchas evidencias por ahí que te refutan.

Sam frunció el ceño.

—¿Pero tú no crees realmente que tu familia, o tus compatriotas, asesinarían a millones de su propia gente a sangre fría, hayan sido judíos o no? No tiene sentido. Los alemanes no eran bárbaros, eran europeos. —Hizo una pausa y dobló cuidadosamente su servilleta en un triángulo, y después en otro aún más pequeño—. Soy estudiante de historia, Ott —dijo—. Y como estudiante de historia he aprendido que los hombres que dejan una huella en este mundo son los que transforman el negro en blanco y el blanco en negro. A lo largo de la división que hay entre los opuestos es que encontramos la energía para crear y destruir. —De pronto arrugó su servilleta como si estuviera ilustrando su explicación—. Átomos microscópicos se dividen en bombas que cambian el mundo. Las placas tectónicas se dividen y se forman nuevos continentes. Los políticos convierten la guerra en paz y la paz en guerra. Las religiones convierten a los pecadores en santos y a los santos en pecadores. No lo dudes: si las acciones de los hombres son buenas o malvadas, eso depende de la cualidad que deseamos ver.

La cerveza ya se le estaba subiendo a Ott a la cabeza, y comenzaba a pasarla bien. Sentía un cálido cosquilleo en los labios y en la frente. Sam no parecía ser el extremista que él temía a fin de cuentas. Realmente, era bastante juicioso, un hombre que usaba la lógica y la razón.

Ott disfrutaba las discusiones filosóficas y el reto de conversar con personas inteligentes. Consideraba que podía irle bien en la universidad si le daban una oportunidad. Incluso, estaba pensando asistir a una universidad en Alemania. No había hecho mucho desde que se graduó de secundaria, excepto pasar el tiempo en la mansión de Buffalo o en el campo de entrenamiento de *Die Elf*, en los bosques cerca de Huntingdon. La mayoría de los miembros de *Die Elf* eran solo hombres de la localidad descontentos, sin empleos o mal pagados. Conducían camionetas, tomaban cerveza, adoraban las armas y odiaban a los judíos y negros, aunque no podían decirte por qué. Pero confiaban en Ott y le habían mostrado cómo usar los sofisticados teléfonos satelitales, la tecnología de codificación de correos electrónicos y los servidores remotos de computadoras que garantizaban una comunicación segura con otras organizaciones defensoras de la supremacía blanca del país. Tal vez, pensó Ott, estudiaría tecnología de computación en la universidad. Le gustaba la precisión y la ambigüedad de las matemáticas; y las computadoras, como máquinas que no lo juzgan a uno, le dieron la aceptación incondicional que él ansiaba.

—Piensa en todos los hombres famosos —continuó Sam—. Einstein demostró que la masa es energía y la energía, masa. Eso sí que es convertir lo blanco en negro y lo negro en blanco. Galileo demostró que la Tierra gira alrededor del Sol. Colón demostró que la Tierra es redonda. En toda la historia de la humanidad, de todos los miles de millones de personas que han vivido en el planeta, solo recordamos a unos pocos miles.

¿Por qué? Porque esos son los que echaron abajo creencias predominantes y formaron nuevos mundos usando la contradicción como su cincel. Es por eso que se les recuerda... y así es que quiero que se me recuerde.

—Muy interesante —respondió Ott—. Me parece que estoy de acuerdo contigo, pero eso aún no demuestra que el Holocausto fue una farsa.

Sam le echo un vistazo al televisor.

—Segundo *out* —dijo bebiendo a sorbos su cerveza. Después puso el vaso en la mesa y miró directamente a los ojos de Ott—. ¿Prueba? ¿Qué es una prueba? ¿Y quién la pide? —Sonrió—. Te conozco, Ott Bowles. Sé lo que quieres. Yo soy como tú.

Ott estaba perplejo e intrigado.

—No soy un racista ni un fanático religioso, ni tampoco lo eres tú —continuó Sam—. Somos hombres prácticos con un problema práctico. La simple realidad es esta: la reputación del pueblo alemán y de tu familia quedaron arruinadas, y las casas de los palestinos y de mi familia fueron tomadas casi en la misma época. Excepto por las fechas, se pudiera pensar que esos dos sucesos son completamente aislados. Les ocurrieron a grupos diferentes de personas en diferentes partes del mundo. Pero hay un denominador común.

—Los judíos, lógicamente —respondió Ott con cansancio. Comenzaba a preocuparse de que Sam fuera igual que los otros—. Pensé que habíamos dicho que no somos racistas.

—No lo somos —dijo Sam—. Somos pensadores racionales que queremos saber si nuestros problemas tienen causas y efectos similares. Veamos a Israel por un momento. Israel no existió entre el año 70 de nuestra era y el 1948, hasta tres años después de que los Aliados ganaran la Segunda Guerra Mundial. Pero sí existió antes del año 70. ¿En qué se basaba su existencia en aquellos tiempos?

—No sé —dijo Ott—. No estoy al tanto de la historia de Israel.

—Es simple —dijo Sam—. Los judíos le contaban al mundo una historia fantástica e increíble que, por un tiempo, todo el mundo aceptó. Decían que Dios en persona le prometió Palestina a Abraham. No hubo testigos, ni escrituras, ni un título de propiedad, ni nada. Solo la afirmación de un hombre de que Dios bajó del cielo y le dijo que esa tierra era para él y sus descendientes porque fueron favorecidos y escogidos por Dios para que se les protegiera de sus enemigos. Increíblemente, tal historia fue lo suficientemente persuasiva como para que los judíos se quedaran con esa tierra por tres mil años. Pero después los romanos llegaron y dijeron "¡Ustedes deben estar bromeando! ¡Dios no nos dijo que ustedes vivían aquí!" Así que echaron a los judíos.

—Supongo que fue así —dijo Ott, y se volteó de nuevo hacia el juego de béisbol.

—Es cierto —continuó Sam—. Y durante los dos mil años siguientes, no hubo Israel. No existió. Pero entonces, en 1948, los judíos recuperaron esa tierra. ¿Cómo fue? ¿Qué pasó?

Ott ya no le estaba prestando atención y no escuchó la pregunta.

—Vamos, Ott —dijo Sam—, ¿cómo los judíos recuperaron Israel? ¿Qué pasó en 1948 que cambió dos mil años de historia?

—No sé —dijo Ott, indiferente a la pregunta.

—Le contaron al mundo otra historia fantástica e increíble. Esta vez la historia era sobre los alemanes y los Rabun, no sobre Dios.

Eso captó la atención de Ott. Dejó de ver el juego y se volteó hacia Sam.

—El Holocausto —dijo Sam—. Los primeros judíos inventaron una historia de que tenían derecho a Palestina porque Dios les había dado protección especial contra sus enemigos. Pero entonces los romanos les quitaron esa tierra. Después de dos mil años tratando de recuperarla, se dieron cuenta de que tenían que inventar otra historia. Para entonces los judíos eran muy inteligentes, así que lo que hicieron fue crear una historia que fuera exactamente opuesta a la primera. Esta vez dijeron que tenían derecho a Palestina porque sus enemigos decidieron exterminarlos y Dios no puede protegerlos. Es genial, simplemente genial.

Ott suspiró.

—El problema con tu análisis, Sam —dijo —es que están diciendo la verdad. Sus enemigos decidieron exterminarlos.

Sam sacudió la cabeza con decepción.

—¿No lo entiendes, amigo? Todo se reduce a creencias, Ott, no a la verdad. Si el Holocausto realmente ocurrió ya no es relevante, como tampoco es relevante si realmente Dios le hizo o no la promesa a Abraham. Negro en blanco, blanco en negro. La pregunta en estos momentos es: ¿cómo presenta la nueva historia de los judíos a los alemanes y a los Rabun de Kamenz? Déjame decirte cómo. Los clasifica de carniceros, de ser la reencarnación del diablo, indignos de confianza y despreciados. Los deja con museos del Holocausto brotando por doquier para enseñarle a los niños, cada año y hasta la eternidad, cuán viles e inhumanos son ustedes. ¿Y cómo queda en esa historia mi pueblo, los palestinos, que vivían en esa tierra cuando se la quitaron los Aliados y se la dieron a los judíos? ¡Quedamos peor que los alemanes! Ni siquiera podemos reorganizarnos en este planeta como personas con derecho a un hogar. Somos refugiados, también viles y menos que humanos. Te lo dije: los alemanes y los árabes tenemos mucho en común.

Ott estaba intrigado. Por primera vez en su vida había conocido a alguien como él, con una razón legítima para estar enfurecido, alguien que había sufrido tanto como él, tal vez más.

—¡Tienes razón! —dijo—. Tienes toda la razón. ¿Es por eso que tu gente se está volando en pedazos en los mercados israelíes, porque les quitaron su tierra?

—No —dijo Sam con repugnancia mientras encendía un cigarrillo y exhalaba una nube de humo—. Nos suicidamos porque somos estúpidos, sin educación y no conocemos una vía mejor. Eso solo nos perjudica a nosotros, no a los judíos. Estuve en el Líbano entrenando con esos suicidas. Están locos... pero en su defensa hay que decir que eso es lo que hace la gente desesperada. ¿Has visto a los judíos volándose en pedazos? ¿O a los alemanes? ¿O a cualquier otro? Claro que no. Pero los judíos han venido trabajando por dos mil años para recuperar Palestina, mientras que nosotros solo lo hemos hecho por cincuenta. ¿Quién sabe? ¿Tal vez los judíos lanzaban ataques suicidas contra los romanos en el siglo I cuando estaban desesperados? Lleva tiempo ver la realidad y el camino para lograr lo que se quiere. La historia está en función tanto del presente como del pasado, y está más en función de las emociones que de los hechos. La historia y la verdad son como queremos que sean, Ott. Pero eso nos deja con un dilema. ¿Cómo solucionamos esa situación?

—No lo sé —dijo Ott.

Sam hizo un guiño.

—Creo que la respuesta la tenemos delante de las narices,

Ott. Tenemos que usar las mismas tácticas que usaron los judíos. Necesitamos nuestra propia historia. Pero no puede ser cualquier historia, tiene que ser una gran historia, una historia más allá de lo imaginable, como una promesa que Dios hace en secreto al oído, o una conspiración para exterminar a un grupo de personas de la faz de la tierra. Si quieres lograr un objetivo colosal, debes tener una historia colosal. Lo que hizo que las historias de los judíos funcionaran tan bien es que eran grandiosas, totalmente fantásticas y tan increíbles que nadie se hubiese atrevido a contarlas con seriedad, a no ser que fueran fieles a la verdad.

—Espera un momento —dijo Ott confundido—. Yo pensé que habías dicho que todo eso era mentira.

—No —respondió Sam—. Dije que la verdad es irrelevante. Todo depende de las creencias. La verdad es lo que la gente cree que es la verdad. Cuando todo el mundo creyó que Dios le prometió la Tierra Santa a Abraham, eso se convirtió en la verdad para ellos y los judíos vivieron allí por miles de años. Cuando todo el mundo dejó de creer esa historia, ya no era verdad y los judíos fueron desalojados. Pasaron dos mil años y ahora, cuando todo el mundo se cree la historia de que los alemanes trataron de exterminar a los judíos, esa es la nueva verdad y a los judíos se les permite vivir de nuevo en Israel. ¿Comprendes? ¿Cuál es el próximo paso lógico?

Ott pensó en ello por un momento. No estaba de acuerdo con el manejo descuidado que hacía Sam de la verdad, pero su argumento tenía un cierto atractivo lógico.

—Supongo que el próximo paso es que cuando todo el mundo deje de pensar que el Holocausto existió, ¿los judíos van a ser desalojados de nuevo?

Sam sonrió.

—Te dije que pensamos igual —respondió.

—¿Pero cómo puedes hacer que todo el mundo deje de creer que el Holocausto existió si realmente ocurrió?

Una sonrisa siniestra cruzó el rostro de Sam.

—De la misma forma que los judíos hicieron que todo el mundo creyera que Dios les había prometido la Tierra Santa cuando en realidad eso nunca pasó.

Ott estaba ahora más confundido.

—¿Y cómo es eso?

—¡Con una historia! —gritó Sam—. Eso es lo que te he estado explicando. Los alemanes y los palestinos necesitan una historia grandiosa, fantástica e increíble. Una nueva historia, una nueva creencia, una verdad nueva.

—Entonces, ¿cuál es la nueva historia?

—La mejor forma de contrarrestar una conspiración es con otra aun mayor. La historia de los judíos es que había una conspiración en Alemania para exterminarlos. ¿Qué hacemos nosotros entonces? Decimos exactamente lo contrario: que había una conspiración aun mayor entre los Aliados para inventar el Holocausto y demonizar a los alemanes y apoderarse del Medio Oriente.

Ott sacudió la cabeza.

—¿Por qué los Aliados harían eso?

—Porque los alemanes iniciaron dos guerras mundiales que costaron millones de vidas, y los Aliados necesitaban apaciguarlos y hacerlos sentirse avergonzados para que ni siquiera pensaran en hacer algo semejante de nuevo. Además, los Aliados necesitaban un socio en el Medio Oriente que les asegurara el abasto de petróleo que sustenta a la civilización occidental.

Ott se estaba convenciendo poco a poco.

—Creo que lo entiendo —dijo—. Pero aún parece bastante inverosímil.

—Claro que es inverosímil —respondió Sam—. Eso es lo genial que tiene. Eso fue lo genial de las historias de los judíos a través de los años. La historia tiene que ser inverosímil para ser creíble. Todo lo que tienes que hacer es mostrar que fue posible llevar a cabo la conspiración. Eso es crucial. Con la promesa que Dios le hizo a Abraham, fue sencillo. Simplemente tenían que decir que Dios habló con Abraham en privado. ¿Dios habla con la gente en privado? Tal vez sí, tal vez no, pero en la época de Moisés, la mayoría de la gente pensaba que era posible. Lo mismo pasa con el Holocausto. ¿Era posible que los alemanes asesinaran a millones de judíos? Claro que sí. Construyeron campos de concentración, pusieron a casi toda Europa bajo leyes marciales y la guerra fue sangrienta.

Ott echó un vistazo al juego.

—Se ponchó —dijo con un gruñido—. Perdieron. —Se volvió hacia Sam—. ¿Pero cómo los Aliados pudieron inventar el Holocausto? Ha sido uno de los sucesos más documentados de la historia.

—Fácil —dijo Sam—. Por definición las guerras son para matar a tu enemigo, ¿no es cierto? Bueno, ¿no resulta interesante que no existía el término "crimen de guerra" antes de la Segunda Guerra Mundial? Antes, las muertes masivas durante las guerras se daban por sentado. Pero después de que los Aliados ganaron la Segunda Guerra Mundial, hicieron algo que no había ocurrido antes. Inventaron este nuevo concepto de crimen de guerra para ciertos tipos especiales de muertes. Y entonces clasificaron los asesinatos de los judíos por los alemanes como crímenes de guerra y realizaron juicios, a pesar de que los alemanes masacraron muchos más rusos, y los japoneses más chinos, y los Aliados bombardearon ciudades alemanas y lanzaron dos bombas nucleares en Japón. Ninguna de esas matanzas resultaron ser crímenes de guerra, solo los asesinatos de judíos por los alemanes fueron considerados inusitados y merecieron un castigo adicional. Claro, Alemania no podía defenderse porque acababa de ser derrotada. Así que, ¿pudieron los Aliados haber inventado el Holocausto? Claro que sí. Ellos fueron quienes liberaron los campos de concentración y pudieron haber manejado las evidencias. Ellos fueron quienes llevaron a cabo los juicios por crímenes de guerra. Motivo y oportunidad, Ott. Y hay muchas más explicaciones alternativas sobre las muertes de una gran cantidad de judíos en campos de concentración que no estuvieron relacionadas con las cámaras de gas. ¿Ves? Si queremos resolver nuestro problema de restaurar la reputación de los alemanes y el de la patria de los palestinos, entonces no importa si el Holocausto existió o no. Solo tenemos que comenzar a cuestionar sus creencias sobre el tema con una nueva historia.

—Impresionante —dijo Ott, ahora completamente asombrado con Sam y cada vez más saturado de cerveza—. Es deslumbrante.

—Gracias —respondió Sam complacido con el halago.

—Entonces, ¿cuál es el próximo paso?

En la barbuda cara de Sam apareció una sonrisa de seguridad.

—No hay mejor forma de contar una historia que con una película. Vivimos en un mundo visual, y hay que ver para creer. He hecho un documental que cuenta la nueva historia de los alemanes y los palestinos, un relato que cambiará el curso de la historia. —La confianza de Sam desapareció repentinamente—. Claro, si encuentro el dinero para poder mostrarlo al público. No serviría de nada si la gente no puede verlo. La distribución de un filme es extremadamente cara.

Ahora es la cara de Ott la que muestra una sonrisa de seguridad.

—Yo tengo dinero —dijo mientras arrastraba las palabras por el alcohol—. Mi madrina nos dejó todo a mí y a mi madre. Era muy rica.

—¿Cierto? —dijo Sam, simulando sorpresa.

Ott sacó el pecho.

—No me gusta hablar de eso, pero yo pudiera comprar a todos en *Die Elf*. ¿Cuánto necesitas? Quiero que tu documental se vea en todo el mundo.

Trudy, la camarera, cambió el canal de televisión y ahora comenzaban las noticias nocturnas del canal 10, con su música triunfal y su montaje rápido de escenas del centro de Pennsylvania que terminaban cuando la cámara se enfocaba en un atractivo y encanecido presentador.

—Buenas noches —dijo con voz autoritaria de barítono—. El futbolista estrella O. J. Simpson está siendo interrogado por los asesinatos de su ex esposa y el amigo de ella, y el presidente Clinton se prepara para anunciar un plan para reformar la ayuda de la asistencia social... pero el gran reportaje de esta noche en *Action News* es nuestra exclusiva investigación encubierta sobre alarmantes revelaciones de que miles de dólares destinados a los programas de estudio y libros de texto del Distrito Escolar del área de Snow Creek fueron desviados por el director financiero del distrito escolar hacia un grupo defensor de la supremacía blanca al cual pertenece.

—Dios mío —dijo Sam—. ¿Puedes subir el volumen? —le gritó a Trudy.

—El reportero investigativo Bo Wolfson, de *Action News*, nos trae el reportaje...

Trudy subió el volumen del televisor y la cámara se movió para mostrar a Bo Wolfson sentado junto al presentador.

—Gracias, Rob —dijo antes de mirar directamente a la cámara—. En los últimos seis meses, *Action News* ha estado realizando una investigación encubierta de un grupo secreto defensor de la supremacía blanca conocido como *Die Elf*, que tiene un campo paramilitar de entrenamiento cerca de Huntingdon. Durante nuestra investigación, descubrimos que uno de los miembros más prominentes de ese grupo es Harlan Hurley. El señor Hurley también es director financiero del Distrito Escolar del área de Snow Creek. La investigación nos llevó a los libros y documentos públicos del distrito escolar, donde hallamos que durante los últimos tres años cerca de cien mil dólares provenientes del dinero de los contribuyentes destinados a los programas de estudio y los libros escolares se han pagado a una compañía fantasma llamada TechChildren, controlada por *Die Elf*. También conocimos que esos fondos se usaron para hacer un documental que asegura que el Holocausto, en el cual más de seis millones de judíos fueron asesinados por los nazis durante la Segunda Guerra Mundial, fue una farsa. En una entrevista esta mañana, confronté al señor Hurley sobre esos alegatos y sobre un video secreto que lo muestra en una reunión de *Die Elf hace* varios meses y en la cual se discutió el documental.

Sam y Ott se miraron incrédulos mientras en la pantalla aparecía la fachada de la escuela secundaria de Snow Creek, después la recepción y finalmente Harlan Hurley. Era un hombre grueso, de edad madura y que iba perdiendo el cabello, sin barbilla, un ojo ligeramente extraviado y una piel blanca pastosa, que llevaba puesta una camisa azul muy holgada de mangas cortas y una corbata con bolitas rojas. Estaba sentado tras su escritorio con una amplia sonrisa, aparentemente entusiasmado con unos pocos minutos de fama y sin tener la menor idea de lo que estaba a punto de ocurrir.

—Señor Hurley —dijo Bo, después de algunas preguntas preliminares—, ¿usted conoce una compañía llamada TechChildren?

El ojo extraviado de Hurley se movió involuntariamente hacia el techo, en gesto pensativo, ganando tiempo.

—¿Por qué? Claro que sí. —Su sonrisa ahora era forzada—. Creo que sí he oído hablar de esa compañía.

—¿Qué es TechChildren?

—Bueno, creo que produce libros de texto y otros materiales pedagógicos.

—¿El Distrito Escolar del área de Snow Creek tiene relaciones de negocios con TechChildren?

—No estoy seguro. Es que negociamos con tantas compañías. Mejor le hace esa pregunta al director de programas de estudio, el señor Biddle. ¿En qué más puedo servirle hoy, señor Wolfson? Estamos muy complacidos con el presupuesto que la junta escolar acaba de aprobar.

Con esa distracción Hurley se relajó un poco y recuperó su sonrisa original.

—¿Usted firma todos los cheques del distrito escolar, no es cierto? —preguntó Bo, sin dejarse distraer.

Hurley tragó en seco.

—Sí, sí, claro. Soy el director financiero. Le pago a quien el director me diga que tengo que pagarle.

—¿Conoce una organización llamada *Die Elf*?

La cara de Hurley se enrojeció, pero conservó la sonrisa, como quien ha chocado de frente contra un poste enfrente de una multitud y quiere hacerles creer que lo hizo intencionalmente.

En el bar de Trudy, Sam Mansour seguía la entrevista con creciente angustia, viendo cómo todos sus planes se desmoronaban ante sus ojos.

—No puedo creerlo —le dijo a Ott—. No puedo creerlo.

—No, no puedo decir que la conozco —respondió Hurley en la televisión—. ¿Se trata de otra compañía de libros escolares?

—No —dijo Bo—. *Die Elf* es un grupo defensor de la supremacía blanca, señor Hurley. ¿Está seguro de que nunca ha oído hablar de él?

—Rotundamente no —dijo Hurley, subiendo la voz bruscamente—. ¿Qué tiene eso que ver con el Distrito Escolar del área de Snow Creek? No tengo tiempo para esto. ¿Qué es lo que está insinuado?

La cámara enfocó a Bo, que miraba desafiante a Hurley, con un desprecio sereno, listo para la estocada final.

—Estoy insinuado, señor Hurley, que TechChildren es la fachada de un grupo de defensores de la supremacía blanca llamado *Die Elf*, que usted ha desviado ilegalmente cerca de cien mil dólares en fondos del distrito escolar para ese grupo, y que usted, señor, es un racista.

Hurley lanzó una mirada maliciosa a Bo.

—¡Esas son acusaciones indignantes, señor Wolfson! Con ellas les está haciendo un daño inmenso a los niños de este distrito.

—Entonces, ¿usted rechaza esas acusaciones? —preguntó Bo.

—¡Claro que las rechazo!

—Muy bien. Tengo un video que me gustaría mostrarle,

señor Hurley, y después quisiera darle la oportunidad de que hiciera sus comentarios al respecto.

Bo encendió un pequeño monitor que había sido colocado en el escritorio del señor Hurley. La pantalla parpadeó con un video opaco. Se podían escuchar voces apagadas en los altavoces porque la cámara la habían ocultado dentro de una bolsa. Se podía ver a Harlan Hurley sentado en una habitación llena de hombres, todos mirando a un individuo que estaba al frente paseándose con una bandera nazi.

En el bar de Trudy, Ott sacudió la cabeza, aliviado de que no asistió a esa reunión en particular y de que su cara no estaba siendo asociada por el resto del mundo con Hurley y el grupo.

—Mis hermanos arios —dijo el hombre caminando en el frente—. ¡Hoy es un gran día! Hoy estamos listos para educar a los niños y al pueblo de esta nación con la verdad. Nuestro hermano ario muy especial del mundo árabe, Samar Mansour, acaba de terminar un documental que demuestra que el Holocausto no fue más que una mentira judía, como todos conocemos.

Ott miró de reojo a Sam, que estaba observando todo boquiabierto. En el video, Sam se paró en medio del aplauso de Hurley y de los otros miembros de *Die Elf* y les agradeció su apoyo.

—Ya es hora —dijo Sam a la concurrencia—, de que árabes y arios unan sus fuerzas contra el enemigo común. Este documental es el primer paso de lo que esperamos sea una larga y exitosa colaboración. Mi contribución a la batalla contra los judíos no será un atentado suicida como los de mis valientes hermanos palestinos, dispuestos a sacrificar sus vidas por la causa. No busco demoler unos pocos ladrillos del estado de

Israel, sino la misma base sobre la que se erige. ¡Si no hubo cámaras de gas, no existiría Israel!

La sala irrumpió en aplausos.

Trudy, la camarera, miraba al televisor y luego a Sam y lentamente se iba dando cuenta de que estaba viendo al mismo hombre en dos lugares a la vez.

—Se acabó —le dijo Sam a Ott—. Seguro que ya me andan buscando. Me tengo que ir.

Dejó veinte dólares sobre la mesa y se alejó mientras Trudy lo observaba.

Ott miró la pantalla de nuevo y vio la cara de Harlan Hurley torcida como la fea suástica de la bandera que estaba en la reunión. Hurley le dijo a Bo:

—A veces la gente tiene que defender lo que es justo y arreglar lo que está mal. Algún día van a entender que he estado haciendo ambas cosas, y la gente de este distrito escolar me va a convertir en un gran héroe. Ahora lárguese de mi oficina.

37

Qué extraño es para mí ver la vida a través de los ojos de un hombre. A través de los ojos de mi asesino.

Qué extraño es experimentar sus estados de ánimo y obsesiones, sus penas y alegrías. Ver a un bebé y no anhelar abrazarlo, pero ver a una mujer hermosa y ansiarla con cada nervio. Qué extraño es ser el Ott Bowles que dispara una bala en el asiento junto a Sarah y escucharla gritar. Sentir la intensa, casi sexual, satisfacción de ejercer sobre mí un dominio y control completos y verme el terror en los ojos. Ver los pequeños movimientos de mi cabeza mientras conduzco por la carretera, sentir la suavidad de mi cuerpo a través de la pistola que me apretaba en el asiento trasero, sentir desprecio por mí y todo lo que yo represento pero, al mismo tiempo, sentirse atraído físicamente hacia mí e imaginarse cómo sería hacerme el amor. Qué extraño es verme suplicando por la vida de mi hija y por la mía y, por un instante, sentir simpatía por mí y preguntarme si debí haber secuestrado a una madre con su hija. Contar mis últimos días en el corredor de la muerte, aceptar mi muerte, contemplarla y enfrentar su presencia y ser entregado a ella, amarrado a una silla, electrocutado.

Qué extraño fue ver cuán insignificantes éramos Sarah y yo en la vida de Ott Bowles, lo poco que importábamos. Para Ott Bowles, Sarah y yo éramos símbolos, no seres humanos, una vía para lograr un objetivo, nada más que eso.

Por eso, al rememorar a través de los ojos de mi asesino, pude valorar la lógica de un secuestro, porque a través de esos ojos pude ver cómo todas las esperanzas de los Rabuñ de Kamenz se desvanecieron cuando mi esposo transmitió su video con Harlan Hurley y Samar Mansour, tallando sus iniciales en el árbol de la historia con las puntas torcidas de una suástica de hierro.

Esos días habían sido tan diferentes, tan mágicos y gloriosos para nosotros. Las cadenas nacionales reprodujeron el reportaje, e hicimos una fiesta para celebrarlo. Nunca tuvimos en cuenta el impacto que tendría en Hurley, Mansour, y los otros miembros de *Die Elf*, porque ellos eran símbolos para nosotros, no seres humanos. Representaban nuestro enemigo invisible: el bravucón que está al doblar de la esquina, el falso profeta en el púlpito, el pensamiento subversivo que pudre la estructura de la sociedad. Como un pequeño David, mi Bo había matado a la gran bestia, y estábamos orgullosos. No teníamos idea de que mientras celebrábamos tan maravillosa victoria, Samar Mansour estaba sellando un casete de video con una copia de su documental en un sobre de correos acolchado, con la siguiente nota:

Ott,

La verdad es lo que queremos que sea.

Tal vez no nos veamos nunca más.

Siembra la semilla.

Tu amigo,

Sam

AL DÍA SIGUIENTE, la policía arrestó a Harlan Hurley por cargos múltiples de robo, fraude postal y electrónico y asociación delictiva. La cacería de Samar Mansour culmina con la confirmación de que abandonó el país y que posiblemente estaba en el Líbano. Dos días después, Ott recibe la cinta en Buffalo y la coloca en el videocasete de su dormitorio después de que su madre se va a dormir.

El documental de Sam Mansour está bien estructurado y muy bien producido, tal y como había prometido. Comienza con una lúgubre y catatónica avalancha de fotografías históricas en blanco y negro que aparecen y desaparecen de la pantalla: hombres en uniformes nazis, las caras atemorizadas de mujeres y niños a quienes obligan a subir a vagones de trenes, cercas con electricidad que rodean campos de concentración, barracas de prisiones, duchas, montones de cadáveres en descomposición, chimeneas, incineradores. Las imágenes se suceden cada vez más rápido hasta que finalmente se van apagando en una pantalla oscura.

De esa oscuridad surge el triste llanto de un oboe, el primer sonido que escuchamos en el documental, que toca un canto fúnebre para acompañar el lento paso por la pantalla de cientos de títulos de artículos, libros y filmes sobre el Holocausto, todos los que Sam Mansour pudo hallar durante su investigación. Cuando el último título sale de la pantalla, el oboe desaparece con el rugido de la sinfonía de Wagner *Die Walküre*, y entonces la burlona cara de Adolf Hitler ocupa toda la pantalla. Por último, el título del documental aparece sobre una vista aérea de Auschwitz, descendiendo por las rojizas venas de líneas herrumbrosas de trenes que van hacia un campo de concentración y la plataforma donde millones de pies dan sus últimos pasos: *¿Qué ocurrió?*

Sam Mansour permanece en la plataforma mientras la cámara se acerca. Tiene puestos los mismos pantalones negros y la camisa azul que llevaba en el bar de Trudy. El color de la camisa es igual al de sus ojos. Su cabello oscuro y grueso está cuidadosamente peinado y espera por nosotros, el público, a que lo acompañemos. Su voz le queda bien para el papel: educada, evocadora, fidedigna, creíble. Irónicamente, se parece más a un rabino que a un estudiante palestino de doctorado que trata de desmentir el Holocausto. Con una sonrisa se presenta como Sam Mansour. Se le ve afable, imparcial, sin pasiones. Le hace al público una pregunta muy seria:

—¿Qué ocurrió?

Comienza a avanzar hacia las fatídicas duchas. La cámara lo sigue. Mientras camina, explica el propósito del filme y nos asegura que no tiene otra intención que mostrar la verdad. En la medida en que comienza a mostrar sus pruebas, nos pide que junto a él pasemos por alto tantas lagunas en la lógica y la evidencia como sea necesario, pero sigue regresando a "la verdad", siempre la verdad, insistiendo en ella, exigiendo que creamos que actúa de acuerdo con nuestros mejores intereses.

Como elemento cinematográfico, con los ángulos parabólicos de cámara, las acechantes luces de las torres de vigilancia y los efectos de sonido de los ecos de las cámaras de gas —

como si todo estuviera ocurriendo dentro de las duchas de un campo de concentración— el documental es excepcionalmente creativo al dar la impresión de que se está allí durante esos días siniestros. Al verlo por primera vez en su dormitorio, Ott se queda fascinado. La habilidad del realizador, y el deseo desesperado de Ott de creer, lo llevan a pasar por alto las advertencias implícitas en las exhortaciones de Sam a que se le crea y en las imputaciones sin fundamento de conspiración y encubrimiento que tuercen la lógica en la medida en que avanza el documental.

Ahora me doy cuenta de que la desesperada carrera de Ott para reivindicar a los Rabun de Kamenz al reelaborar un nuevo final feliz para Alemania y los judíos pudo haberlo llevado a traicionar el cuidadosamente embalsamado cuerpo de la historia nazi que él tan fiel y cuidadosamente había exhumado durante los largos años de prisión de Nonna Amina. Me doy cuenta de que solo bajo las ansias e influencia de justicia, esa droga tremendamente embriagadora y peligrosa, pudo Ott haber sido llevado a negar (como si la vida y la muerte en sí mismas solo se rigieran por los antojos cambiantes y caprichos subjetivos de cada cual) la masacre de 360.000 judíos en Chelmno, 250.000 en Sobibor, 600.000 en Bełżec, 360.000 en Majdanek, 700.000 en Treblinka y 1,000.000 en Auschwitz. De esa forma es que Ott Bowles vio en el "documental" de Sam Mansour —si es que así se le podía llamar a una mera propagación de mentiras— exactamente lo que él quería ver: la reivindicación de su familia, revelándose ante él como un dulce sueño.

BO HABÍA ESPERADO hasta que se transmitió la entrevista de Harlan Hurley para decirme que las noches de esos fines de semana que supuestamente estuvo de guardia en la estación las pasó en una camioneta alquilada, acampado en los bosques de las afueras del complejo de *Die Elf*, con un teléfono móvil en la mano y una de las escopetas de mi abuelo sobre las piernas, esperando que Bobby Wilson, su productor, saliera vivo con el video inculpatorio, y dispuesto a entrar a buscarlo si era necesario. Le hice jurar que nunca volviera a hacer algo tan estúpido.

Como recompensa por el éxito de la investigación y los riesgos que enfrentaron, la estación promovió a Bobby a productor ejecutivo y le ofreció a Bo el puesto de presentador de las noticias de la mañana, con la promesa de que lo pasarían a los horarios del mediodía y de las cinco de la tarde tan pronto como puliera sus habilidades. Estábamos en éxtasis. La gente en el mercado y el centro comercial comenzaron a pedirle autógrafos. De pronto me convertí en la esposa de una celebridad local. Eran tiempos felices: mi bufete de abogados progresaba, nuestra hija estaba creciendo sana y el sueño de Bo de convertirse en el presentador de una gran estación de televisión, o incluso de una de alcance nacional, era más prometedor que nunca.

DURANTE LA CONFUSIÓN que rodeó al arresto de Hurley y la fuga de Sam Mansour, Ott tuvo la presencia de ánimo de recoger las computadoras de *Die Elf*, los códigos cifrados y las contraseñas y guardarlas en un lugar seguro. La idea de secuestrarme a mí y a Sarah para que las estaciones de televisión transmitieran el documental vino después. En su favor hay que decir que nunca pensó hacernos daño. Eso fue idea de Tim Shelly.

38

El edificio del bosque a donde Ott Bowles y Tim Shelly nos llevaron a Sarah y a mí aquel viernes por la noche en octubre de 1994 era el pabellón de setas original de la granja del viejo Shelly, cerca de Kenett Square. Fue construido por el bisabuelo de Tim, Clifton Shelly, en los años 1930, cuando la mayoría de las setas se cosechaban silvestres y la gente comenzaba a aprender cómo cultivarlas para uso comercial.

Como su padre y su abuelo, Clifton Shelly era un productor lechero. Comenzó a experimentar con la cosecha de las setas cuando vio que la demanda existente por ese hongo comestible excedía el suministro de los recolectores experimentados, que deambulaban por los bosques húmedos con sacos en busca de las setas que retoñaban en la tierra sombreada por los árboles. Para reproducir y controlar mejor esas condiciones, Shelly erigió un edificio en forma de bloque, sin ventanas, al final de un desfiladero aislado, lejos de ojos fisgones y cerca de un estanque con suficiente agua, de donde se podía sacar hielo en invierno para refrescar el pabellón de setas en el verano. Muy pronto comenzó a producir cosechas considerables del hongo, que llevaba al mercado ante la mirada atónita de los recolectores, sorprendidos con el volumen y la consistencia del producto. En la medida que las técnicas del cultivo de setas avanzaron y aumentaron las ganancias, reemplazó las salas de ordeño y las casetas de almacenar maíz con pabellones de setas y abandonó el pabellón original al final del desfiladero porque era demasiado pequeño y estaba muy lejos para la producción a gran escala.

Tim Shelly estaba seguro de que nadie conocía la existencia del viejo pabellón de setas, y que sobre todo era desconocido para el gran conglomerado agrícola de California que había comprado el negocio de la familia en una subasta después de que su padre murió. Estaba lejos del resto de los edificios y retirado en las profundidades del bosque, y ahora lo rodeaba una alta maleza. Se lo sugirió a Ott y le contó sobre su plan de secuestrarnos a Sarah y a mí. En un lugar tan remoto, dedujo Tim, no habría posibilidad de detectarnos y, con paredes de mampostería y sin ventanas, era casi imposible escapar. Ott inspeccionó el edificio y pensó que funcionaría, pero para cerciorarse, fue allí a diferentes horas del día y la noche, e incluso permaneció por unos días en una edificación anexa al pabellón para ver si alguien lo notaba. Nadie se dio cuenta.

La edificación, que era básicamente una caseta de madera para almacenaje con unas cuantas ventanas, es donde Ott y Tim permanecieron después del secuestro. Antes de nuestra llegada, la pertrecharon con comida para varias semanas y le pusieron un generador, dos computadoras de *Die Elf*, un teléfono satelital y varias cajas llenas de rifles de asalto y municiones que se llevaron del complejo de *Die Elf.* Cubrieron el carro en que llegamos con un toldo y con palas le tiraron encima tierra de cultivar setas, para que no se le pudiera ver desde el aire. Fue desde esa edificación, y desde una de las computadoras, que Ott le envió un correo electrónico a Bo cuando llegamos, con una fotografía digital adjunta que había tomado de nosotras en el pabellón de setas.

Ott no intentó encubrir su identidad. Quería que el mundo supiera exactamente quién era y por qué hacía todo esto. Pero sí usó programas de codificación para ocultar el lugar donde estábamos, pasando su correo electrónico de servidor en servidor por todo el mundo, borrando los encabezamientos de los mensajes y los códigos de identificación para hacerlos parecer como que procedían de la India. La única demanda de Ott en el mensaje electrónico era que una cadena nacional de televisión transmitiera el documental de Sam Mansour en horario estelar. Prometió que si eso ocurría, entonces Bo y el mundo entero serían testigos de nuestro retorno seguro y él se rendiría a las autoridades. En el mensaje dijo que podían encontrar una copia del documental en un casete de video en el piso de mi automóvil, que estaba estacionado en un bosquecillo de pinos cerca del viejo camino de tierra en Ardenheim. No exigió dinero ni tampoco la liberación de Hurley. Solo pidió que el mundo considerara la posibilidad de que la existencia de las cámaras nazis de gas fue una invención, y que su familia y el pueblo alemán habían sido acusados injustamente de genocidio. Como Bo era un reportero de televisión, este simple pedido no resultaría demasiado. Le dio tres días para que hiciera los preparativos necesarios.

Ott no hizo ninguna amenaza explícita contra nuestras

vidas y honestamente nunca pensó llegar a ese punto. Tan convencido estaba de la imparcialidad del filme, que creyó que las estaciones de televisión iban a transmitirlo en cuanto lo vieran. A cambio, estaba dispuesto a cumplir su condena en la cárcel. La idea de convertirse en mártir por una causa lo atraía profundamente y le daba un sentido más elevado a su vida. Ott esperaba un mensaje en unas horas con la respuesta de Bo indicando la fecha y la hora de la transmisión, y ya tenía listo un televisor portátil desde donde podía ver el documental y seguir las noticias con los reportes de nuestro secuestro.

A pesar de que lo había pateado en la ingle durante mi intento de fuga, Ott estaba encantado con la forma en que todo salió la primera noche. Sarah y yo estábamos encerradas en el pabellón de setas, y a la hora Bo envió un correo electrónico donde decía que estaba haciendo todo lo posible para que le transmitieran el video, y le rogaba que nos devolviera sanas y salvas. Dos horas después, todas las emisoras de televisión difundían la noticia de nuestro secuestro, con fotos de Sarah y mías, así como de Ott, Harlan Hurley, Tim Shelly y Sam Mansour. El hecho de que Bo fuera reportero de televisión y yo abogada —y que Sarah y yo habíamos sido secuestradas por un grupo defensor de la supremacía blanca que intentaba desmentir el Holocausto— desató una tormenta mediática. La posible existencia de un misterioso documental sobre el Holocausto, la cacería internacional de un árabe y el habilidoso uso de Ott de las computadoras, que ocultaba el lugar donde estábamos, hizo que la historia se volviera un furor. La mañana siguiente los programas noticiosos de televisión tenían a especialistas en grupos neonazis, el Holocausto, negociación de rehenes y de internet, además de paneles con debates entre expertos judíos, cristianos e islámicos y sus líderes, que se reunieron para confrontar la patología subyacente en grupos como *Die Elf*. Era precisamente el tipo de atención mediática que Ott quería.

Lo único que preocupaba a Ott en todo esto era cómo su madre, Barratte Rabun, estaba haciendo frente a los acontecimientos. Barratte se negó a hacer declaraciones a los reporteros que acosaban la mansión de Buffalo. Pero, para sorpresa de Ott, ya el sábado en la tarde algunos de los canales estaban transmitiendo reportes balanceados y sensibles sobre Barratte, Amina y los Rabun de Kamenz, explicando cómo Amina había salvado a los Schrieberg en Alemania, cómo los Rabun habían sido asesinados a tiros por los soldados rusos y cómo Amina y Barratte fueron violadas, así como el litigio sobre los teatros de los Schrieberg y su propiedad. Algunos comentaristas incluso comenzaron a dar una imagen casi compasiva sobre por qué Ott pudo habernos secuestrado en aras del documental del Holocausto, lo que provocó que Ott creyera ahora con más certeza que había hecho lo correcto.

Todo lo que él quería a fin de cuentas era justicia. Comenzó a comparar su actuación con las valientes hazañas de Amina en Alemania, cuando no era mucho más joven que él. Incluso, comenzó a vernos a Sarah y a mí de la forma en que Amina vio a los Schrieberg, dándonos "heroicamente" lo que necesitábamos para sobrevivir: agua, comida, fórmula para bebés, pañales y un austero, pero seguro, refugio en el bosque. Dos peces vulnerables en medio de mortíferas anémonas. Se preguntó a sí mismo: *¿No estoy protegiendo a esta mujer y a su hija de esos que les harían daño, de hombres como Tim Shelly y otros miembros de Die Elf, que un día de estos las perseguirán hasta matarlas? ¿No estarán más seguras cuando se conozca la verdad del documental?*

SARAH DORMÍA MIENTRAS yo permanecía despierta y preocupada durante nuestro primer día de cautiverio en el escuálido y apestoso pabellón de setas. La única luz venía de pequeños agujeros y ranuras alrededor de la puerta y el único baño era un cubo que estaba en una esquina. No sabía nada sobre el documental y estaba convencida de que nos habían secuestrado como parte de un plan de extorsión para que liberaran a Harlan Hurley. Suponía que ya la policía y el FBI estaban buscándonos por todas partes. Solo teníamos que esperar hasta que nos hallaran y no hacer nada que provocara más a Ott o Tim. Rezaba a Dios, pidiéndole que nos liberara de nuestros enemigos. Y que los aniquilara.

Cuando Sarah despertó, la alimenté y le canté "Té caliente y miel de abejas" una y otra vez. Le conté historias sobre su papá y sus abuelos, y sus bisabuelos, e incluso su tatarabuela, Nana Bellini. Hacía mucho tiempo que no pensaba en Nana Bellini, y su recuerdo me calmó. Jugamos a las palmas y nos acurrucamos en nuestra bolsa de dormir. Sarah era tan buena y valiente. No protestó ni lloró. Creo que le gustó estar cerca de mí y también la oscuridad del lugar, que pudo haberle recordado de alguna forma cuando estaba en mi vientre.

Ott y Tim se turnaban para vigilarnos. Como los sujetos del famoso experimento de psicología de Stanford, con estudiantes universitarios a los que se les asigna el papel de prisioneros y guardias, Tim Shelley disfrutaba el papel de carcelero. Me empujaba por todo el lugar, ladrando órdenes y obscenidades, tirándonos la comida en el piso. Obviamente no tenía convicciones propias, solo actuaba por lo que otros le decían que tenía que hacer, pero estaba dispuesto a morir por ellos, por cualquiera al que pudiera endilgarle su adoración infantil en medio del vacío que dejó la muerte de su padre y el arresto de Harlan Hurley. Era un mercenario, no un mártir.

Ott comprendió eso y se aprovechó completamente de ello, jugando con las fantasías de combate de Tim y la camaradería de hombres en armas. Ott necesitaba la ayuda de Tim —su fuerza y experiencia en el manejo de armas— para llevar a cabo su plan. Para logarlo, le mintió en casi todo. Le dijo que nos mantendría secuestradas hasta que Harlan Hurley fuera liberado, y que el arresto y el secuestro iniciarían la guerra racial para la que se habían estado preparando desde hace tanto tiempo los grupos defensores de la supremacía blanca. Tim iba a ser un gran soldado en esa guerra, predijo Ott, un héroe. Y Ott le prometió a Tim que si las cosas salían mal, sus contactos familiares en Alemania y otros países, que ya habían auxiliado al coronel de las SS Gerhardt Haber y a otros nazis, los ayudarían a escapar a Suramérica, donde ya habría dinero esperándoles.

Tim le creyó cada palabra y ansiaba que llegara su momento de gloria. Pero al segundo día de esperar por el comienzo del verdadero combate, el aburrimiento se apoderó de él. Tim se había acostumbrado a hacer registros del pabellón de setas cada hora con su linterna, y examinaba las paredes y el piso de tierra para ver si Sarah y yo estábamos cavando un túnel para escapar. Terminaba su búsqueda con un cacheo de mi cuerpo, exigiendo que me inclinara con la cara y el brazo contra la pared, y las piernas bien abiertas. Todavía llevaba puestas mi falda negra y la blusa color crema que usaba en el trabajo. Las medias las destruí caminando por encima del suelo áspero, así que las había tirado hacía tiempo. En cada cacheo Tim se demoraba un poco más cuando me pasaba la mano por los pechos y entre las piernas. Después me decía que era una puta y se iba. Yo no respondía, porque me preocupaba que eso lo excitara más.

Bien entrada nuestra tercera noche en el pabellón de setas, Tim hizo su examen usual de las paredes y el piso, pero al final vino a la bolsa de dormir donde Sarah y yo estábamos acurrucadas y la arrancó de mi lado. Luché para que no me la quitara, pero me golpeó en la boca con el codo y mi cabeza chocó contra la pared. Tim se llevó a Sarah al otro lado del edificio y la dejó caer en una esquina. Sarah sollozó por un momento y después se tranquilizó. Traté de pararme para ir hacia ella, todavía mareada por el golpe contra la pared, pero Tim me lanzó de nuevo en la bolsa de dormir. A la luz de la opaca luz de la linterna comenzó a arrancarme la ropa.

Llamé a gritos a Ott e intenté arañar y morder a Tim, pero incluso si hubiese tenido dos brazos completos, él me hubiera dominado con facilidad. Era un hombre fuerte —ya no lo veía como a un muchacho— de una complexión sólida, con brazos y un pecho fornidos. Me abofeteó y me dijo que me callara. Como no lo hice, me golpeó varias veces hasta que me comenzó a salir sangre de la nariz y la boca, y me desmayé. Cuando recobré el conocimiento, estaba encima de mí. Me había quitado los calzones y subido el sostén, y se había quitado los pantalones.

Ott dormía normalmente dos o tres horas de por vez durante la noche y se acababa de levantar para hacer sus rondas. Estaba afuera orinando cuando escuchó mis quejidos ahogados que venían del pabellón de setas. Aún medio dormido, no traía su pistola. Lo primero que pensó cuando entró y vio a Tim retorciéndose encima de mí es que estaba en medio de la pesadilla que a veces lo aterrorizaba, en la que su madre, la tía Bette y Nonna Amina eran violadas en Kamenz.

Tim miró por encima del hombro y sonrió cuando vio a Ott parado en el umbral.

—Ella solo se acuesta con judíos —dijo—. Piensa que le gustan circuncidados, pero ya es hora de que sepa lo que se siente con un hombre de verdad. Espera tu turno afuera y ya veremos lo que piensa. No va a tomar mucho tiempo.

Ott perdió los estribos. Arremetió contra Tim y le pateó la cabeza con su pesada bota de la forma en que hubiese pateado a un perro que estuviera cogiéndose la pierna de un vecino. Tim se quedó desconcertado por un segundo, pero después respondió como el macho de cualquier especie cuando otro trata de quitarle a su pareja. Rugió desde el suelo, desencadenando contra Ott todos esos años de entrenamiento militar y la frustración de haber esperado tanto por esa oportunidad. Lo golpeó sin misericordia, lanzando su cuerpo en pánico contra los estantes y las paredes del pabellón de setas, como si fuera un muñeco.

Me puse de rodillas para buscar a Sarah y escapar, pero entonces vi los pantalones de Tim y la funda de la pistola apilados en la esquina. En sus ansias de destruir a Ott Bowles con sus propias manos, Tim se había olvidado de su arma. Mi abuelo me había enseñado a usar armas de fuego en la granja. Sabía cómo cargar una bala y como quitar el seguro, aunque mantener el pulso firme con solo una mano mientras disparaba era difícil para mí y a veces las balas se desperdiciaban.

Agarré la pistola de Tim, me puse de pie y disparé un tiro en la tierra junto a mí. El ruido fue ensordecedor e inmediatamente hizo que Tim y Ott dejaran de pelear. Los dos se volvieron hacia mí desconcertados. Entonces, como Tim había hecho con su padre en el museo de Ott en Buffalo, se me abalanzó. Salté hacia atrás y apreté el gatillo tres veces. Su cuerpo se sacudió una vez y un hilillo de sangre cayó en el suelo de tierra que tenía bajo el pecho. Su trasero desnudo brillaba con el sudor bajo la luz de la linterna.

Miré su cuerpo, estupefacta y horrorizada. Acababa de matar a un hombre. Al hombre que nos secuestró a mi hija y a mí, al que estaba tratando de violarme. No podía creer lo que estaba sucediendo.

Le apunté con la pistola a Ott, temblando violentamente, con el dedo en el gatillo. No sabía qué hacer. Solo quería que se fuera. Parecía tan anonadado como yo, y se quedó parado allí, esperando, al parecer casi deseando, que le disparara. Peor no podía hacerlo. Había arriesgado su vida para evitar que Tim me violara, y había impedido que Tim me disparara cuando yo traté de escapar en el carro. Le perdonó la vida a Sarah cuando podía haberle disparado a través de la ventana. De alguna forma, a pesar de que nos había hecho pasar por todo esto, sentí lástima por Ott Bowles y no quise hacerle daño.

—¿Por qué? —grité a todo pulmón—. ¿Por qué? ¿Todo esto por qué? ¿Para qué? —Me alejé marcha atrás en busca de Sarah, aún apuntándole con la pistola.

Sarah había comenzado a llorar cuando irrumpió la pelea entre Tim y Ott, pero se calmó después que yo hice los tres disparos. Le di la espalda a Ott y trastabillé en la oscuridad para encontrarla. Todavía estaba donde Tim la había dejado, enroscada sobre un costado. Me doblé y la cargué. Estaba húmeda, como si hubiese estado sudando mucho o se hubiese orinado en el pañal. Solo quería regresarla a casa, junto a su papá y la vida que habíamos creado, donde todos estaríamos a salvo. Sosteniéndola contra mí y empuñando el arma, caminé hacia la puerta.

Mantuve la vista fija en Ott todo el tiempo, iluminada por la linterna y la escasa luz del cielo nocturno. Él me observaba con recelo pero impasible, como si aceptara la tregua que le ofrecía. Pero cuando pasé por el umbral del pabellón de setas, hizo un movimiento para acercársenos. Estaba lista y esta vez no vacilé un momento. Disparé.

La bala hirió a Ott en una pierna, y cayó al suelo junto a Tim. Lo observé a través de la puerta por un momento, indecisa si debía disparar de nuevo o no. Pero de pronto me di cuenta de que Sarah no estaba retorciéndose ni llorando, a pesar de que yo acababa de hacer un disparo cerca de ella, con el mismo brazo que estaba sosteniéndola.

Me arrodillé para verla a la luz de la linterna. Comprendí por qué se le sentía tan húmeda. Sus ropas estaban empapadas en sangre y su pequeñito pecho estaba destrozado. Había sangre en sus hermosas mejillas y la perfecta piel blanca de su abdomen. Sus ojos pardos estaban bien abiertos, mirando hacia la nada.

Uno de los tres tiros que le disparé a Tim Shelly había alcanzado a mi bebé, a mi Sarah.

Había matado a mi propia hija.

39

Los cielos se abren como si todo el vacío que rodea a la Tierra estuviera lleno de agua y si hubiera roto de repente el sello que la contenía. Nunca he visto llover con tanta fuerza.

En medio de toda esta lluvia, Elymas y yo escalamos un acantilado en una montaña que forma una isla cada vez más pequeña, tratando de alejarnos lo más posible de la orilla del mar, que ahora cubría lo que hasta hacía apenas unos minutos eran praderas áridas y bosques mediterráneos. Las ramas de olivos, cipreses y granados se mecen entre las olas como si fueran montones de algas, y van quedando atrapados en ellas distintos objetos flotantes, como hierbas, moras, pétalos marchitos, estiércol, maderos, objetos de alfarería y los cadáveres distendidos de animales: el detrito de la Tierra sobre la que una vez crecían estos árboles y extendían sus ramas hacia el Sol. Cabría preguntarse, ¿qué sol? Porque, a pesar de ser el mediodía, apenas un atisbo de luz ultravioleta logra traspasar la penumbra y llegar hasta la superficie del planeta sin esperanza.

Elymas me buscó y me encontró cuando caminaba por el bosque para llegar a la sala de audiencias y presentar el alma de Otto Rabun Bowles.

—Nos queda una visita que hacer, Brek Abigail Cuttler, para encontrarnos con otros que tienen interés en el resultado del caso —dijo—. Ven conmigo, no te demoraremos mucho.

Supuse que Elymas me llevaría a ver a Bo y quizás a mis padres pero, en lugar de ello, sus ojos invidentes se abrieron y me transportaron al terrible diluvio del Cudi Dag. El cielo está lleno de relámpagos y truenos. Elymas está más arriba en el acantilado. El agua parece subir metro a metro, en lugar de centímetro a centímetro, y las olas se tragan las colinas y todo lo que encuentran en su camino.

—¡Nos vamos a ahogar! —le digo a gritos en el acantilado mientras la lluvia me corre por la cara.

—¡No te preocupes, Brek Cuttler! —responde Elymas, también a gritos—. El Cudi Dag tiene más de dos mil metros de altura. Aquí es donde se refugió Noé. Debemos apurarnos.

Nos queda menos de la tercera parte de esa altura. Nos apretamos contra la superficie del acantilado para hacer el ascenso final. Elymas utiliza sus dedos retorcidos como ganchos, introduciéndolos entre las grietas. Se suelta accidentalmente solo una vez, pero esto le cuesta perder su bastón de cuatro patas, que cae dando tumbos contra los peñascos hasta alcanzar finalmente las agitadas olas del mar más abajo. Mantengo cierta distancia de Elymas, pues temo que me arrastre consigo si se cae. Ahora estoy tan anciana y ajada como Elymas; me muevo con lentitud y cautela, jadeo y me detengo a menudo. Subo por el acantilado como una cabra lisiada, valiéndome del muñón de mi brazo derecho para mantener el equilibrio y casi sin poder ver mis próximos pasos debido a las cataratas que me nublan los ojos. Bajo el aguacero, mi ropa se disuelve en una masa de hilos y tintes que cuajan entre las arrugas de mi piel.

Al llegar a la cumbre, encontramos un monasterio construido con adobe y paja y gruesas vigas, rodeados de un jardín de rocas en forma de anillo, en el que hay bloques de arenisca, cuarzo y mármol por aquí y por allá. Detrás de la pequeña edificación hay una estrecha escarpadura que, si el tiempo estuviera mejor, ofrecería una magnífica vista de las otras montañas, más bajas, y de las planicies de Ararat. Al extremo opuesto, en la cresta de basalto gris, se ha esculpido un bajorrelieve de una inmensa barca de madera encallada en la mar brava, a la espera de ser rescatada, bajo las alas meditabundas de un cuervo y una paloma. Sobre la cubierta de la barca se reúne una manada de animales que tuvieron la fortuna de haber escapado de la inundación: son parejas de cada especie de mamífero y reptil. En la proa, se yerguen las figuras humildes de un hombre y una mujer.

Elymas me insta a que entre en el monasterio, donde encontramos una pequeña capilla que recibe calor de un fuego que arde sin leña dentro de una chimenea de piedra. El hogar está rodeado por toscos taburetes de madera dispuestos en semicírculo y, entre estos y las llamas, se interpone una pequeña mesa rectangular que los monjes usan como altar y mesa para comer. En su centro hay una insólita menorá de bronce, deslustrada, como cubierta por una cera negra. Un crucifijo con un solo brazo, como el que colgaba del cuello de mi tío Anthony, está pegado al tronco y a las ramificaciones más bajas de la menorá. El Rey de los Judíos aparece con su brazo izquierdo doblado hacia arriba, a lo largo de la amplia curva de la ramificación, con un gesto de exaltación sublime.

Elymas me hace pasar a través de un nicho, junto a la celda de uno de los monjes, amueblada con una cama de listones de madera, suspendida sobre el suelo por tiras de hierro. Entramos en la cocina, donde hay una pequeña mesa para preparar alimentos, una cisterna desbordante de agua de lluvia y tres toneles de madera repletos de frutas secas y nueces, como si el monasterio estuviera habitado. Cuando salimos de la cocina y volvemos a la capilla, encontramos que todos los taburetes, menos uno, están ocupados por monjes que visten túnicas con capuchas de color marrón. Miran hacia el lado opuesto de donde nos encontramos, hacia el altar con su extraña menorá y, sobre su regazo, cada uno tiene una computadora portátil cuya pantalla miran con fijación y reverencia, inclinados como si estuvieran orando. El halo de la luz fluorescente de las pantallas los hace parecer como los santos de los íconos medievales.

Damos la vuelta para verles las caras y quedo sorprendida al descubrir que el primer monje es Karen Busfield, que lleva su uniforme azul de la Fuerza Aérea debajo de su túnica marrón. De su cuello cuelga la estola de lino blanco en la que yo le había bordado con hilos de oro las letras alfa y omega, y que le había regalado en su ordenación. Es una pieza sencilla y conservadora, sin los coloridos diseños eclesiásticos que ella prefería, pero era lo mejor que podía hacer con una sola mano. Karen usó esa estola el día en que nos casó a Bo y a mí, y también el día en que bautizó a Sarah. Pero trató de devolvérmela el día en que Bill Gwynne y yo le recomendamos que aceptara la oferta del gobierno de retirar los cargos de traición y espionaje a cambio de un licenciamiento honroso y de tenerle en cuenta el tiempo que ya había pasado en prisión. Solo se le pedía que se declarara culpable de transgresión en una instalación del gobierno y que prometiera mantener la confidencialidad de lo que había pasado en el silo de misiles.

Me le acerco y le toco el hombro:

—Karen, soy yo, Brek. ¿Qué haces aquí?

Karen alza la vista de la pantalla de su computadora, pero no me reconoce por lo anciana que estoy. Sus mejillas están cubiertas por la sal de sus lágrimas secas. Afuera, la tormenta continúa con todas sus fuerzas. Las vigas del monasterio se tensan como la espalda azotada de un penitente que recibe su castigo. Karen cierra los ojos y empieza a murmurar un cántico entre dientes.

A su lado está sentada mi suegra, Katerine Schrieberg-Wolfson, que resulta ser el segundo monje del Cudi Dag. Mantiene apretadas dos fotografías contra el costado de su computadora. La primera es de Sarah, su nieta, y la segunda es una foto en blanco y negro de su padre, el abuelo de Bo, parado frente a uno de sus teatros en Dresde. Katerine no llora mientras se mantiene mirando fijamente la computadora. Ha sido testigo de muchas penas en su vida para volver a llorar. Solo lamenta nunca haberle dicho a Amina Rabun que aquel día aciago en Kamenz, cuando Dios dio la espalda a cristianos y judíos, fue su padre, Jared Schrieberg, quien hizo los disparos desde el bosque para distraer la atención de los soldados.

—¡Pobre Amina! —se lamenta Katerine—. Pero, ¿no es una bendición que no haya vivido para ver a su único heredero llegar a este punto? Ah, ¡y ahora mi preciosa nieta y mi nuera pagan por nuestros pecados! ¿Cuándo terminará esto?

Katerine tampoco da ningún indicio de haberme reconocido. En lugar de ello, mira con desconfianza al monje que tiene sentado a su lado, Albrecht Bosch, que golpea frenéticamente su teclado con los dedos manchados de tinta. Bosch llora profusamente, como lloraría un padre a un hijo, y ruega en vano ante la pantalla:

—¡No! ¡No! ¡No!

Albrecht Bosch creía que había entendido el sufrimiento de Ott Bowles y que, al compartir con él sus propias penas, le había mostrado el camino a seguir. Había sido un amigo para Ott, el padre que nunca podría ser, ocupando el lugar del padre que el joven nunca tuvo. Desde su taburete en el monasterio, Bosch le envía a Ott otro mensaje electrónico, en el que le suplica que se entregue. Pero ya ha pasado la hora de su última imploración y Albrecht ha vuelto a quedar solo en un mundo que nunca lo acogió de veras.

Tad Bowles y Barratte Rabun, sentados en los taburetes junto a Bosch, siguen incrédulamente el drama que se desenvuelve en sus computadoras. Ambos están preocupados, no por su hijo, sino por las dificultades que tendrán que enfrentar en sus propias vidas debido a su comportamiento. A Tad le preocupa su reputación:

—¡Mi nombre quedará vinculado para siempre con el de un asesino! —vocifera.

A Barratte Rabun también le preocupan los nombres y apellidos, pero en otro sentido: en lugar de lamentar la necesidad urgente de deshacerse de un apellido, lamenta haber perdido la oportunidad de salvar la honra de otro, el de los Rabun, que ahora ha sido mancillado hasta quedar irreconocible y, con él, se ha enturbiado el sueño de la familia desde hace tanto tiempo, de volver a respirar en los cuerpos de sus hijos y nietos. Barratte ruega a los cielos:

—¿Cómo? ¿Cómo es posible que los haya perdido de nuevo? ¡Dos veces en una vida!

La computadora que se encuentra sobre el regazo de Barratte, donde una vez abrigó este precioso sueño lleno de tales esperanzas, le envía el mensaje de que, efectivamente, el sueño se ha perdido para siempre. Ese mensaje le confirma lo que su prima Amina había comprendido y le había explicado desde hacía mucho tiempo: que la misericordia de Dios nunca verterá su luz sobre los Rabun de Kamenz. Barratte cierra la computadora y la lanza al fuego. No quiere conceder otro momento de satisfacción al dios implacable de aquella reliquia perversa y sin sentido que está sobre la mesa del altar.

El taburete del centro del semicírculo está vacío. En el que le sigue, está sentado Harlan Hurley, que lleva un uniforme naranja de prisión debajo de su túnica marrón. Tiene una sonrisa maliciosa de oreja a oreja, como si estuviera frente a un juego de computadora en el que va ganando arrasadoramente. Los acontecimientos se han sucedido de una forma que ni en sus grandiosos sueños hubiera podido predecir. El escándalo de usar fondos del distrito escolar para dar apoyo financiero al grupo *Die Elf* y la producción del documental han hecho que el drama fascistoide de Hurley ocupe las primeras planas de todos los diarios importantes y los segmentos principales de todas las emisiones de noticias y programas de comentarios políticos. Sus crédulos defensores han inundado las ondas radiales con palabras de apoyo, y su buzón, con envíos de dinero.

Después de Hurley en la capilla están sentados mis pobres padres, con la vista fija en sus computadoras, agobiados por la angustia y la incredulidad. Ni siquiera se percatan de que estoy parada junto a ellos. ¿Cómo se puede empezar a describir la agonía de unos padres que son testigos del asesinato de su propia hija y de su nieta? En sus rostros apesadumbrados en la cima del Cudi Dag, puedo percibir la alegría inconmensurable de los primeros momentos de mi vida, el jubiloso asombro que, con la vulnerabilidad del nacimiento, se eleva y vuelve a proclamar ante un mundo cínico la existencia del amor incondicional. No fui capaz de soportar el peso de ese amor cuando me hice adulta. Me convencí de que no merecía recibirlo, aunque me di cuenta de que ese mismo amor emanaba de mí con el nacimiento de mi hija. No obstante, aquí está de nuevo, saliendo a borbotones de los rostros destrozados de mis padres, revoloteando contra las pantallas de las computadoras en un intento inútil de escudarme contra todo daño, de proteger al objeto agonizante de una gracia infinita.

Todos los relojes digitales en el extremo inferior de las pantallas de las computadoras sobre los regazos de los monjes del Cudi Dag indican las 4:02:34 a.m. del 17 de octubre de 1994. Las pantallas parpadean con una luz intensa, como si fueran a reventar en llamas, y entonces muestran mi figura que sostiene el cuerpo de Sarah, sangriento y sin vida, bajo la tenue iluminación de la granja de setas. Grito sin que se oiga ningún sonido, como si se tratara de una película silente. Mis dedos dejan caer la pistola. Ott Bowles, con un agujero de bala en la pierna, se arrastra por el suelo para alcanzarla.

Las pantallas de las computadoras no pueden mostrar lo que está pensando Ott Bowles en ese momento, pero yo sí lo sé. Ahora su alma me pertenece y somos para siempre un solo ser. Ott piensa en Amina, Barratte y los Rabun de Kamenz. Piensa en los Schrieberg y en lo desagradecidos que han sido. Piensa en el mundo y lo despiadado que ha sido. Piensa en Harlan Hurley y en Sam Mansour y en la manera en que mi esposo los ha destruido. Piensa en Tim Shelly y en la forma en que lo maté, matando a mi propia hija. Piensa en cómo acudió corriendo para ayudarnos a salir de la granja de setas pero, a cambio, yo lo maté a sangre fría. Piensa en lo injusta y desigual que ha sido la vida.

Sobre todas las cosas, Otto Rabun Bowles piensa en la justicia.

Ahora sabe que el documental nunca saldrá al aire y que él siempre será incomprendido, culpado y condenado por las muertes de Tim y Sarah. Los Rabun siempre han sido incomprendidos, culpados y condenados por cosas que nunca hicieron.

Las pantallas de las computadoras sobre los regazos de los monjes muestran al fin lo que he sido incapaz de aceptar desde mi llegada a Shemaya. Ott Bowles alza la pistola y hace tres disparos silenciosos que me perforan el pecho. Me desplomo encima del cadáver de Sarah. Al cabo de unos instantes, la policía irrumpe en la granja de setas. Después de todo, consiguieron rastrear los mensajes electrónicos de Ott.

40

El gigantesco puño de la tormenta golpea el tejado del monasterio del Cudi Dag, como exigiendo que los culpables comparezcan para ser sentenciados. Al no apaciguarse la tormenta, la propia montaña empieza a temblar y el mar arremete contra la cumbre, arrasando la puerta del monasterio. La estatuilla del Salvador de un solo brazo que está sobre la menorá es desprendida de sus clavos y cae de cabeza en el agua. Ninguno de los monjes se atreve a recuperarlo (puede ser que a ninguno de ellos le importe) pues él es el único que podría perdonar a los condenados, pero en el monasterio del Cudi Dag ya no hay cabida para el perdón.

—¡Búsquenlo! —les grito.

Pero no me refiero al Salvador. Me refiero al pecador, Otto Rabun Bowles, a quien ardo de deseos de atrapar, convertirme en su instrumento de tortura y estar cerca de él para poder oír sus alaridos. La descarga eléctrica que con tanta suavidad puso fin a su vida es apenas el comienzo de lo que tengo planeado para él.

Harlan Hurley salta desde su taburete cegado por el pánico, pues cree que la tormenta quiere llevarse a su alma. Quizás sea así, porque, cuando llega junto a la puerta del monasterio, una descarga eléctrica lo vaporiza instantáneamente y solo deja su silueta marcada a fuego sobre la madera. Barratte Rabun, Albrecht Bosch y Katerine Schrieberg-Wolfson presencian esto con horror, pero deciden cruzar el mismo umbral, pues creen que ya la tormenta ha quedado satisfecha. También ellos son desintegrados inmediatamente por otros tres relámpagos.

El agua ya me llega a las rodillas y, por primera vez, veo a Bo y a mi abuelo Cuttler sentados en un rincón del monasterio, sin prestar atención a las aguas que suben a su alrededor, mirando fijamente la pantalla de una computadora que se encuentra entre ellos. Mi abuelo Cuttler no entiende de computadoras y mira perplejo a la pantalla, que ahora está en blanco. Juntos, aprietan las teclas, en un intento desesperado por reiniciar la máquina.

DESPUÉS DE FOTOGRAFIAR la escena del crimen en la granja de setas, el forense nos lleva a Sarah y a mí a la morgue. Bo llamó a Karen y le pidió que estuviera presente cuando identificara nuestros cadáveres. Era lógico que se lo pidiera. Aunque Bo era judío, Karen había bautizado a Sarah apenas seis meses antes, sobre la bella pila bautismal de plata de la vieja iglesia sueca. Aquella mañana, segura de que el propio Cristo había dicho que Sarah era de los suyos, Karen sostuvo en alto a mi niña para que la congregación pudiera presenciar el milagro bendito de la fe y el agua y, resplandeciendo con orgullo de madre (porque Bo y yo le habíamos pedido que fuera la madrina de Sarah), llevó consigo a su nueva ahijada hasta el púlpito para recitar el sermón. Sarah escuchaba sin proferir sonido, como si deseara comprender.

Karen oró mucho por que Cristo los acompañara aquel día en la morgue cuando el forense alzó las sábanas. Oró por que Cristo reclamara el alma de la niña que había aceptado hacía tan poco tiempo y de la mujer, esposa, madre y amiga cuya vida había terminado. Nos ungió las cabezas con aceites sagrados y rogó por nuestras almas. Pero Cristo no acudió a su llamado; por lo menos, no lo hizo de una forma que Karen pudiera reconocer. Dio un alarido de angustia:

—¿Dónde estás? ¡Maldito seas! ¿Dónde estás?

UN ARRASADOR TORRENTE de agua llena el monasterio. El diluvio se traga entero el monte del Cudi Dag. Bo, mi abuelo y mis padres huyen aterrorizados, pero entonces Bo atisba la estatuilla del Cristo de un solo brazo flotando en el agua y mira de nuevo a Karen.

—¡Ahí tienes a tu Salvador, ministra! —dice, riendo como un maniático—. ¡La justicia lo clavó en la cruz y ahora lo ha liberado!

Karen chapotea en el agua, tratando de recuperar el Cristo roto, de la misma forma en que tratábamos de atrapar cangrejos en el río Juniata Menor. Karen se abalanza, pero el Cristo se le escurre entre los dedos y desaparece bajo el agua.

—¡No lo encuentro! —grita—. ¡No lo encuentro!

Alcanza a verlo dos veces más y de nuevo se le escurre entre los dedos cuando aumenta el nivel de las aguas, que lo arrastran a la tormenta.

Karen es la última de los monjes en salir del monasterio. Antes de su salida, se quita la estola blanca que le regalé y su insignia con alas de la Fuerza Aérea. Las lanza al fuego encima de los restos chamuscados de la computadora de Barratte Rabun, que aún arde.

Como Karen sale sin mirar hacia atrás, no ve que las aguas, al subir de nivel, apagan las llamas y arrastran intactas la estola y la insignia. Flotan libremente una junto a otra durante un momento, como una paloma y un cuervo que buscan tierra firme. La estola es la primera en quedarse entre las largas ramificaciones de la menorá, luego le sigue la insignia y, juntas, se aferran a las ramas hasta que las aguas también envuelven a la menorá. En el último instante, mientras la menorá desaparece bajo un remolino de agua, la estola y la insignia vuelven a alzar el vuelo en busca de una señal de compasión entre las aguas.

Ya el agua nos da por el pecho. Elymas me toma de la mano.

—¡Tenemos que llegar al arca, antes de que sea muy tarde! —grita.

DE REPENTE, ELYMAS y yo nos encontramos sobre la cubierta de una gran arca de madera en una oscuridad casi total. La tormenta golpea la embarcación y somos arrastrados de un lado a otro por las grandes olas. Pero Elymas insiste en que tenemos que quedarnos sobre cubierta y no tratar de refugiarnos bajo esta.

Oigo los sonidos de ansiedad producidos por los animales

que se encuentran bajo mis pies: es la cacofonía de todo un zoológico reunido bajo un solo techo. Cada vez que el arca cabecea, los berridos de los animales se hacen oír más, pero también empiezo a escuchar otros gritos: unos terribles e incesantes alaridos y gemidos nos llegan desde fuera del barco, por encima del viento y los truenos, por encima incluso de los ruidos de los animales. Son los sonidos más escalofriantes y espeluznantes que he oído en mi vida.

—¿Qué es? —pregunto.

Elymas alza su dedo torcido y señala más allá de la borda. Las nubes se disipan apenas lo suficiente para que los débiles rayos del sol iluminen el mar revuelto hasta el horizonte. En toda esa distancia, hasta donde alcanza la vista en cualquier dirección, las aguas están cubiertas de una densa capa de cadáveres hinchados, tanto de humanos como de animales. Con cada ola, los cuerpos chocan y rechinan contra el casco del arca. En este mar de horror, los humanos que aún viven usan como balsas a los muertos, aferrándose a los cadáveres de sus madres y padres, hijos e hijas. Piden misericordia y perdón en idiomas que nunca he escuchado. El hedor de la carne en descomposición es abrumador y me produce arqueadas.

Se abre una escotilla, por donde sale un anciano, curtido, de barba gris y atormentado, seguido de un joven y su esposa. Observan el tétrico espectáculo que cubre la superficie del mar y se horrorizan.

—¡Rápido! ¡Rápido! —grita el joven—. ¡Tenemos que rescatarlos, a todos los que podamos! ¡No podemos dejar que se ahoguen!

El joven y su esposa empiezan a correr por toda la cubierta en busca de cuerdas, pero el anciano les dice que tienen que parar.

—¡No! —les ordena—. Ellos han elegido y han sido senten-ciados en consecuencia. Solamente a nosotros nos han consi-derado virtuosos. Solo nosotros nos salvaremos.

La esposa del joven se arrodilla a los pies del anciano.

—¡Oh, por favor, padre, te lo ruego, déjanos ayudarlos! —suplica—. No podemos soportar su sufrimiento. Son perso-nas que nacieron como tú y como yo, y que han hecho el mal y el bien, como tú y como yo. Estoy segura de que puedes reco-nocer eso. Solo tú, padre, fuiste elegido como justo y virtuoso, y los justos deben compadecerse de los desdichados. Nuestra barca es grande y podríamos salvar a cientos, o a miles. ¡Por favor, padre, debemos intentarlo!

—¡Llévatela de aquí! —ordena el anciano—. Llévatela de mi vista inmediatamente o la lanzaré por la borda con los demás. No oigo los gritos de esas almas. Ya es muy tarde para llorar.

El hijo fulmina a su padre con la mirada, pero inmediata-mente lo obedece y lleva de nuevo su esposa al interior de la embarcación. El anciano vuelve a mirar al mar y luego a los cielos. Las gotas de lluvia golpean su rostro, de forma que pa-recería que está llorando. Pero entonces, también él regresa sobre sus pasos y cierra bien la escotilla tras de sí. Como una mortaja de lino, empapada de aceites dulces y especias, las nubes descienden sobre el mar, como si comprimieran el aire pútrido contra las olas y amortiguaran los gemidos y gritos.

El rechinar de carne y huesos contra el casco del arca con-tinuó durante ciento cincuenta días.

Y entonces las aguas se retiraron.

Elymas y yo estuvimos presentes cuando Noé envió al cuervo y a la paloma y cuando esta regresó con una rama de olivo. Noé y su familia fueron los únicos seres humanos que abordaron el arca y los únicos que desembarcaron cuando esta al fin encalló en el monte Ararat. No se salvó nadie del mar.

Ese día, Noé construyó un altar e hizo un sacrificio que fue muy grato para Yahweh. Bendijo a Noé y a sus hijos y les ordenó volver a poblar la tierra. Cuando Yahweh olió la carne quemada del holocausto ofrecido por Noé, prometió no volver a destruir la Tierra con un diluvio. Como constancia de ese pacto, aparecieron arcoíris entre las nubes.

Después de presenciar todo esto, Elymas me dijo:

—Luas acusó a Noé de cobardía, pero ahora conoces la verdad, Brek Cuttler. Cuando hombres menos dignos que él hubieran titubeado, Noé no trató de escuchar a la humanidad. Lo importante en esta historia no es el amor, sino la justicia.

ENTONCES, SIN MÁS dilación, volví a encontrarme en el bosque al fondo de la casa de Nana, en camino a la estación de Shemaya. Ya no estaba allí Elymas. Yo era de nuevo una joven, vestida con mi traje negro de seda, cubierta de manchas de fórmula para bebé que se convertían en sangre. Me dirigía a la sala de audiencias para presentar el caso del No. 44371.

41

El No. 44371 está sentado en el mismo banco donde yo me encontraba cuando llegué por primera vez a la estación de Shemaya. Es como si no hubiera pasado el tiempo. El suelo sigue cubierto con manchas de mi sangre, aún pegajosa, que enrojecen las suelas blancas de las zapatillas de prisión del No. 44371.

Él tiene exactamente el mismo aspecto que me imaginé tendría después que el verdugo le aplicara una descarga de 4.000 voltios que le recorriera todo el cuerpo. Su cabeza está calva y en algunas partes parece carne cruda, mientras que otras han quedado chamuscadas y convertidas en ceniza donde le aplicaron el electrodo. Su piel y su rostro son del color de la leche rancia. Tiene las muñecas y tobillos cubiertos de escoriaciones. Los ojos se le salen de las órbitas y se ha defecado en los pantalones. Tiene en sus manos un objeto pero, cuando me ve, lo esconde y baja la vista, con la esperanza de que el suelo se abra y lo devore. El No. 44371 sabe que hoy es el día en que deberá hacer frente a su eternidad.

Junto al No. 44371, al extremo opuesto del banco, está sentada una niña que también mira fijamente al suelo. Parece conocida, como si fuera Amina Rabun de joven, cuando jugaba con su hermano en el cajón de arena, o Katerine Schrieberg de niña, cuando acompañaba a su padre al café en Dresde, o Sheila Bowles, cuando jugaba con una muñeca en su cama en el sanatorio. Esta es como todas las niñas, inocente, preocupada, soñadora, pero está desnuda en el banco, pálida y demacrada como la muerte.

¿Qué pudo haber hecho para ser traída a este lugar?

Como en respuesta a mi pensamiento, me mira y dice:

—Dios castiga a los niños por los pecados de sus padres.

Por todo el gran salón se siente un eco bajo y retumbante, como el ruido de un tren que entra en la estación. Aparto la vista de la niña y entonces veo a Gautama, el escultor de la esfera del cóctel. Lleva el mismo taparrabos con los colores del arcoíris, envuelto en torno a su cadera y sus muslos, y está pasando su mágica esfera de piedra entre los postulantes. Les sonríe, como si fuera un buhonero que trata de vender sus mercaderías, pero ellos no le prestan atención, ni siquiera cuando la esfera se acerca y les muestra sobre su superficie los patrones de sus vidas, marcando el trayecto de sus existencias hasta la actualidad.

Cuando llega frente al No. 44371, Gautama detiene la esfera, que primero se pone lisa y luego muestra de repente los detalles grotescos de la vida de Otto Bowles, que cruzan la esfera de un lado a otro como una pelota de hilo: por aquí un joven avergonzado e iracundo, incapaz de perdonarle a su padre que haya golpeado a su abuelo en el juego de fútbol, por allá un hombre que dispara tres balas contra mi pecho y pide que lo condenen a morir en la silla eléctrica. En su arrogancia, al estar sentado en este banco, bajo la bóveda de vigas y travesaños oxidados que, vista desde arriba de la estación de Shemaya, podría parecer como la tapa de una alcantarilla en algún callejón abandonado del universo, el No. 44371 no se percata de que su vida está tallada sobre la esfera, ni piensa en la necesidad de ningún sistema de alcantarillado para llevarse el residuo de la Creación. Insiste tozudamente en mirar hacia abajo, como si retara al suelo a alzarse y apoderarse de él. No capto el llanto de su alma, como lo capté en el momento ingenuo de compasión que tuve en mi oficina antes de confrontarlo. No oigo nada. Tomo nota para incluir su insolencia en mi presentación.

—Saludos, hija mía —me dice Gautama.

La superficie de la esfera vuelve a cambiar cuando me acerco, y esta vez reproduce los patrones de mi propia vida. Solo había podido ver pequeños atisbos durante el cóctel, entre los pares de puertas, pero ahora se ven con gran detalle, como un mapa de carreteras sobre un globo terráqueo. El sendero empieza con mi nacimiento en la parte superior de la esfera y con la primera injusticia: la de ser obligada a salir del vientre de mi madre, separándome para siempre de su abrigo y protección. Seguidamente, las puertas se abren en el funeral de Nana y la injusticia de ser abofeteada por mi madre, la que me trajo al mundo y me amó, porque lloré cuando me obligaron a besar el cadáver de mi abuela. La esfera muestra las noches en que mi madre estaba demasiado ebria o deprimida como para ocuparse de mí, y sus despiadadas peleas con mi padre, a quien el egoísmo y sus otras preocupaciones le impedían darse cuenta de lo que sucedía. Al traspasar otro umbral, me veo metiendo la mano derecha en la cadena transportadora, ofreciéndome como sacrificio a mis padres. Y luego, detrás de otras puertas más, soy una niña con un brazo amputado, llorando en medio de un grupo de muchachos que han escondido un brazo en sus chaquetas y me rodean con sus mangas vacías al viento. El Padre O'Brien me asegura que Dios hará justicia más adelante, pero Bill Gwynne me dice que la justicia se puede hacer ahora y, por lo tanto, testifico que el protector de la cadena estaba en su lugar pero no funcionó debidamente cuando tropecé con él. Unos niños torturan a cangrejos de río en baldes, y yo les hago un juicio. Ese día decido que seré abogada, porque la justicia es la única salvación.

La esfera da un giro. Ahora me veo junto a mi abuelo, preocupados los dos por los precios del combustible y la recesión durante los años setenta, y también me veo leyendo los tratados de mi otro abuelo sobre la equidad y el derecho. Mi padre anuncia que se vuelve a casar y mi madre decide abrir una botella de ginebra para celebrar la noticia, junto con otro aniversario de la muerte de mi tío Anthony en Viet Nam. Ningún chico me pide ir con él al baile de fin de curso, pues todos me tienen mucho miedo y yo también se lo tengo a ellos.

La esfera vuelve a girar y ahora estudio derecho; estoy reunida con mi primera clienta durante una pasantía en la clínica del bienestar social. Le prometo que conseguiré que se haga justicia con ella y sus ocho hijos, que llevan tres días sin comer. Apabullo a los burócratas con un montón de documentos jurídicos y gano fácilmente el caso. Posteriormente, estoy de pasante en la fiscalía de distrito de Filadelfia, donde tengo un encuentro con mis primeras víctimas de delitos violentos y también les prometo que se les hará justicia. Me preparo mejor que el defensor público, que está abrumado por el trabajo, y gano fácilmente la condena deseada. Durante los veranos, trabajo en grandes firmas de derecho empresarial, con mesas de conferencia de granito y obras de arte caras en las paredes. Le prometemos al presidente de una empresa química que haremos todo lo posible por derrotar la demanda colectiva entablada por los herederos de personas que habían perdido la vida después de verse expuestos a los pesticidas producidos por su empresa. La investigación legal que realicé para el caso es muy completa y creativa, lo que crea tan buena impresión en los socios de la firma que me ofrecen un trabajo a tiempo completo, aunque lo rechazo.

La esfera vuelve a girar. Tengo en mi cama a Bo, que me pide que nos casemos. Llena de alegría y amor, le digo que sí. Nuestra boda es maravillosa, una fantasía hecha realidad.

Nos mudamos a Huntingdon. Convenzo a mi suegra de que entable una demanda contra Amina y Barratte Rabun para recuperar su herencia. Ahora sé cómo conseguir y controlar la justicia, cómo plegarla a mis deseos y saborear sus muchos placeres.

La esfera da un giro por última vez. Es un día cualquiera de mi vida junto a mi esposo. Lo regaño porque ha vuelto a dejar la ropa tirada por todo el suelo. Siempre lo hace, por mucho que se lo diga. Lo ataco como a un testigo hostil en un juicio. No puede defenderse. Simplemente me escucha sentado, en sus pantalones cortos y camiseta, con cara confundida. Al ver que ni se disculpa ni reconoce la gravedad de su falta, lo someto también a la justicia. No estoy dispuesta a dejar sin castigo ni siquiera unos calcetines o una ropa interior fuera de lugar, por temor a que la injusticia sofoque mi vida y mi mundo. Muestro los colmillos y aprieto los puños. Lanzo cosas de un lado a otro de la habitación, hirviendo de ira irracional e injustificada. Entonces la esfera vuelve a cambiar y me muestra en mi despacho legal, preparando un escrito basado en un tecnicismo legal para ayudar a Alan Fleming a no tener que pagar sus deudas.

La esfera ya casi ha cerrado el círculo y muestra las dos últimas elecciones que hice en mi vida. La primera es la decisión de no dispararle a Ott Bowles en la granja de setas. En ese caso, escogí la puerta de la derecha. La segunda es mi cambio de parecer, mi decisión de dispararle cuando se me acerca. En ese caso, escogí la puerta de la izquierda. Con esa decisión, se cierra el círculo y la esfera ha vuelto al lugar donde empezó todo: al lugar de amor incondicional antes de verme separada del vientre de mi madre.

Gautama hace rodar levemente la esfera hacia el No. 44371, cuyas elecciones entonces se superponen a las mías. De algún modo hemos tomado caminos similares. Nuestro fin en la granja de setas parece casi una certidumbre matemática, el resultado inevitable de una serie de ecuaciones y principios geométricos paralelos. Ambos nos pasamos la vida protegiéndonos del insoportable dolor de la injusticia, renunciando a la inconcebible posibilidad del perdón.

La niña que está sentada en el banco se despabila. Le parece interesante la esfera y trata de tocarla extendiendo su brazo derecho, pero no logra porque solo tiene un muñón que termina en el codo. Ahora me acuerdo de ella: la había visto en el gran salón durante el cóctel, cuando Luas me mostró a los postulantes entre las sombras. En aquel momento no pude ver dentro de su alma y, por alguna razón, ahora la superficie de la esfera tampoco me revela nada más sobre ella.

La esfera vuelve a borrarse. Aparecen dos pares de puertas.

Son como versiones en miniatura de las puertas de la sala de audiencias. Sobre uno de los pares de puertas aparece la palabra "Justicia" y, sobre el otro, la palabra "Perdón".

—Hace mucho tiempo Noé estuvo ante estas puertas —dice Gautama—. Y Jesús de Nazaret también tuvo que humillarse ante ellas. Ahora te ha llegado a ti la hora, hija mía.

La niña mira a Gautama y luego a mí, y retrae el muñón de su brazo.

—Viste a Yahweh dejar que todos murieran —continúa Gautama—. Madres, padres, bebés. Navegaste junto a Noé por el mar del horror. Oliste la podredumbre de sus cuerpos y escuchaste sus gritos patéticos.

—Así fue —respondo.

—Cuando las aguas se retiraron y volvió el sol, viste a Noé alzar la vista al Culpable. Lo viste con tus propios ojos, hija mía, y aun así, todavía no ves.

—Vi la justicia divina desplegarse en distintos arcoiris —le respondo para defenderme.

—Los arcoiris no tienen los colores de la justicia, hija mía, sino los del perdón.

—Dios no perdonó a nadie.

—Eso es cierto, hija mía. Pero Noé sí perdonó a Dios, cuya alegría produjo el colorido que se pudo apreciar entre las nubes. Miles de años después, en una tarde oscura y terrible, los humanos torturaron y asesinaron a Dios. Ese día, Dios los perdonó y el colorido de nuestra alegría se puede apreciar en la mañana de Pascua. Hija mía, la incondicionalidad del amor solo se demuestra cuando se le entrega a quien menos lo merece. Lo que aún no entiendes es que la justicia es exactamente lo contrario de todo lo que representa el amor y de todo lo que eres. Mientras más busques justicia, más te alejas del lugar donde quieres estar. En el Reino de Dios solo se puede entrar por el sendero del perdón.

El No. 44371 se levanta del banco y camina hasta el otro lado de la estación de trenes, dejando atrás a la niña y el objeto que tenía entre sus manos.

—Pero el amor es justicia —le digo a Gautama.

—No es así, hija mía —responde Gautama—. Caín mató a Abel para hacer justicia. Dios mandó el diluvio universal para hacer justicia. La gente crucificó a Jesús de Nazaret para hacer justicia. El terror y el asesinato son instrumentos de la justicia, no del amor. Cada guerra que se ha librado y cada daño que se ha infligido han sido en nombre de la justicia. Los soldados matan porque creen que su causa es justa. Los asaltantes atacan porque creen que tienen una causa justa. La justicia es lo que motiva al cónyuge abusivo, al padre iracundo, al niño que grita, al vecino que pelea y al país indignado. Quien busca justicia no es resarcido, sino dañado porque, para obtener justicia, hay que cometer una injusticia. Dios experimentó la justicia perfecta cuando inundó la Tierra y destruyó la posibilidad del mal, pero el precio de conseguir esa justicia perfecta le resultó insoportable. Toda la creación fue destruida y Dios quedó separado de todo lo que amaba y todo lo que lo podía amar. Por eso es que se cuenta este relato, hija mía. No es una invitación, sino una advertencia. Los arcoiris contienen el pacto de Dios de nunca volver a buscar justicia.

—Pero no buscar justicia equivale a permitir que otros nos hagan daño, que nos convirtamos en víctimas.

—No, hija mía. No buscar justicia equivale a amar a quienes nos hacen daño y a salir victoriosos de las situaciones. El amor no es pasivo ni sumiso. Es la aplicación decidida de la fuerza opuesta al odio y el miedo, y exige un gran esfuerzo y habilidad. El guerrero que responde con sus armas recibe honor y celebración pero, ¿cómo se puede calificar de valentía un enfrentamiento con armas de fuego? El verdadero valor radica en enfrentarse a las armas con los brazos abiertos y no dejarse llevar por el odio y el miedo, aunque sea bajo pena de muerte. Es cierto que un asaltante podría no llevar adelante su ataque si tiene miedo de encontrar castigo, pero también es cierto que podría ignorar la amenaza del castigo y seguir adelante con el ataque. En ese caso, ¿podría decirse que la justicia impidió que se cometiera el delito? Todos nacemos con libertad de elección. La persona sensata que elige amor en lugar de justicia sabe controlarse. Al proporcionar amor incondicional, pone fin a su sufrimiento y vuelve a entrar en el jardín de donde provino. Al reencontrarse con su Creador, sabe al fin lo que significa ser Dios.

Extiendo la mano y tomo el objeto que Ott Bowles dejó en el banco. Es la estatuilla del Cristo de un solo brazo que se desprendió de la menorá en el Cudi Dag. La niña parece despertar de su letargo y me extiende su mano izquierda tímidamente. Le doy la estatuilla. La toma y camina hasta el otro lado del depósito de trenes, donde se encuentra Luas, que acaba de entrar y se está sentando en un banco junto a un nuevo presentador que acaba de llegar a la estación y se ha sentado en el banco, solitario y perplejo. Es primera vez que lo veo. La niña le ofrece la estatuilla a Luas, pero este le pide con un gesto que se vaya y ella obedece. Luas le sonríe al nuevo presentador de la misma forma en que me sonrió a mi llegada, como diciendo: *Sí, hijo mío, ya veo. Veo lo que temes ver, pero haré como si no me hubiera dado cuenta.*

42

El hombre que está sentado en el banco trata de negar y ocultar sus heridas, como hice yo a mi llegada pero, ahora que soy presentadora, las puedo ver y también veo los últimos momentos de su vida.

Su nombre es Elon Kaluzhsky. Tiene una inmensa herida en el abdomen y le faltan partes de la cara y la frente, además de los dos brazos y piernas. Veinte minutos antes de su llegada a la estación de Shemaya, cuando su cuerpo todavía estaba entero, se despidió de su bella esposa y de sus tres preciosos niños para irse a trabajar y caminó las dos cuadras hasta la parada de autobús desde su apartamento en una tranquila calle de Haifa. El *Rosh Hashaná* empezaría esa noche al caer el sol, y Elon Kaluzhsky iba pensando en la cena de celebración que le aguardaba con su familia. Le encantaban los dátiles y, mientras caminaba hacia la parada, iba pensando en la oración del *Rosh Hashaná* que se debe decir antes de comer dátiles: "Sea tu voluntad, Dios, que nuestros enemigos sean destruidos".

Con la mente ocupada en este pensamiento, Elon tomó el último asiento disponible en el autobús expreso número 35, que lo llevaría a las oficinas, ubicadas en el centro de la ciudad, de la lucrativa empresa israelí de exportaciones donde llevaba las cuentas. Esa mañana estaba lleno de buena voluntad y saludó en forma muy agradable al hombre que estaba sentado a su lado, que iba extrañamente abrigado con un largo sobretodo en un día de calor veraniego. El saludo no le fue devuelto, pero ni siquiera así se le estropeó a Elon su alegre ánimo. Sonrió bondadosamente a la pareja de ancianos que estaba sentada al otro lado del pasillo y a la simpática y joven secretaria que iba al lado de ellos. Más atrás iban sentados varios hombres de negocio que leían el periódico, un grupo de estudiantes de secundaria y una madre joven que llevaba a su bebé entre sus brazos.

El autobús expreso cobró velocidad y los edificios de Haifa fueron pasando con rapidez. En medio del viaje, el hombre excesivamente abrigado se puso de pie con toda calma, se apoyó en uno de los postes para los que viajaban de pie y, de su sobretodo, sacó un fusil automático de asalto. Sin decir palabra, abrió fuego contra todos los pasajeros, barriendo el autobús en un arco. Al suelo cayó una lluvia de casquillos de proyectiles y la sangre roció el aire mientras caían al piso los cuerpos de la pareja de ancianos, la secretaria, los hombres de negocio, los estudiantes de secundaria y la madre joven, que todavía sostenía en sus brazos a su bebé, también herido de muerte.

Elon Kaluzhsky, que hasta ese momento iba pensando en los dátiles y en su significado, era un hombre atlético y reaccionó valerosamente. Se lanzó contra el hombre armado y lo inmovilizó contra el suelo.

—¡Árabe de mierda! —le gritó en hebreo—. ¡Hijo de puta!

El hombre le escupió en la cara y dijo:

—*La ilaha illa 'llah.*

Entonces detonó la bomba suicida que llevaba atada a la cintura.

LUAS ABRAZA A Elon, que acaba de darse cuenta de que su propia sangre es lo que sale por la enorme herida de su abdomen. Ahora está llorando incontrolablemente sobre el banco. Luas se lo lleva consigo, a un lugar que Elon cree que es la casa donde se crió en las afueras de Moscú, para que allí lo atienda un espíritu amoroso que cree que es el alma de su madre, quien murió de cáncer diez años antes. A la salida del depósito de trenes, Elon no se percata de que la persona que estaba sentada en el banco siguiente al suyo era precisamente el árabe que se había inmolado y había matado a Elon con la bomba suicida, de modo que ambos terminaron en la estación de Shemaya. Puedo ver también los últimos momentos de la vida de este hombre y reconozco su cara y sus pensamientos. Samar Mansour no iba pensando ni en pasajeros ni en dátiles cuando abordó el autobús expreso número 35 en Haifa. Ni siquiera vio las caras de quienes lo rodeaban. Solo veía soldados israelíes que disparaban contra niños palestinos.

El día antes había subido mucho la temperatura en Ramala y los clientes de la cafetería se habían vuelto irritables debido al calor, a los humillantes puntos de control israelíes y al hecho de verse acorralados en sus barrios como si fueran animales. Cuando Samar Mansour oyó los disparos, salió corriendo por el callejón bloqueado y entró en la línea de fuego para ver si podía ayudar. Por el mismo callejón, venían corriendo hacia él varios niños que se habían puesto a tirar piedras a los soldados israelíes. Cuando llegó al lugar de los disparos, vio tendidos en el suelo los cuerpos de tres niños sobre charcos de sangre. Los soldados israelíes apuntaron con sus armas contra la gente que se asomaba a los muros y los tejados. Samar alzó el cuerpo de uno de los niños heridos y lo llevó hasta una ambulancia que acababa de llegar. El niño había recibido un disparo en una pierna y no estaba malherido. Samar trató de reconfortarlo.

Otros hombres llegaron hasta la misma ambulancia, con los cuerpos de los otros dos heridos. A sus espaldas, Samar oyó la voz de una mujer que se lamentaba, gritando, "¡Hanni! ¡Hanni!" mientras trataba de llegar hasta donde estaba uno de los chicos. Samar se dio cuenta al instante de que el pequeño estaba muerto. Las municiones militares tienen un efecto atroz en el cuerpo de un niño.

En ese momento, algo cambió en Samar Mansour. Pensó en su padre, a quien los israelíes habían dejado huérfano y se había visto obligado a llevar las maletas de un arqueólogo estadounidense para sobrevivir. Pensó en su documental sobre el Holocausto, con el que no había logrado ningún efecto, y en sus teorías, con las que no había conseguido liberar a nadie. Pensó en Hanni, el pequeño cuya vida en Ramala había estado llena de aflicciones, y en su madre, que nunca olvidaría la horripilante imagen de su hijo aquel día.

LUAS VUELVE AL depósito de trenes después de dejar a Elon Kaluzhsky con su madre y se sienta en el banco junto a Samar.

—Bienvenido a Shemaya —le dice—. Me llamo Luas.

Al igual que Elon, Samar trata de ocultar y negar sus heridas, pero en realidad no es mucho lo que queda de él: solamente la cabeza y algunos pedazos de carne y huesos apilados grotescamente sobre el banco. No obstante, en su imaginación, Samar mantiene la integridad de su cuerpo. Luas le sonríe, como diciendo: *Sí, hijo mío, ya veo. Veo lo que temes ver, pero haré como si no me hubiera dado cuenta.*

Al otro lado de la estación de Shemaya, Gautama va rodando su esfera de piedra hacia donde se encuentra un joven musculoso, sentado solo en un banco. Reconozco a este joven: es Tim Shelly. Está cubierto de sudor y no lleva pantalones, exactamente como lo vi la última vez en la granja de setas. Se producen los cambios correspondientes en la superficie de la esfera, pero no puedo mirar.

—Te corresponde elegir, hija mía —me dice Gautama desde lejos—. Estás parada frente a las puertas, como todos los que han llegado antes que tú y todos los que vendrán después. ¿Qué puerta escogerás?

43

Ya no recuerdo nada.

Mis ojos, ¿eran azules como el cielo, o marrones como la tierra recién labrada? Mi cabello, ¿formaba rizos que me llegaban hasta el mentón o me cubrían los hombros? Mi piel, ¿era blanca o morena? Mi cuerpo, ¿era grueso o delgado? ¿Me gustaba vestir con ropa de seda hecha a la medida, o con ropa áspera de algodón y lino?

No recuerdo. Solo sé que fui mujer, y esto no tiene que ver únicamente con el hecho de tener vientre y senos. Durante un instante, recordé linealmente todos los momentos de mi vida, que empezaron con vientre y senos y también terminaron allí. Pero ahora estos recuerdos se van difuminando, como el lastre que se lanza de un barco para que no lo hunda la tormenta.

Recuerdo cuando abrí las puertas de la sala de audiencias y entré para presentar el alma de Otto Rabun Bowles. Allí me recibió el ser procedente del monolito, pero no me dejó llegar hasta la silla del presentador.

—Por aquí —dijo, señalando hacia el propio monolito.

Se abrió una fisura en la pared de zafiro. Entré y subí varios niveles por unas escaleras hasta la apertura triangular de arriba, por la que la luz entra pero no sale. Llegué hasta un pequeño balcón desde el que, al mirar hacia abajo, podía ver el reluciente suelo ambarino de la sala de audiencias. A lo lejos, se veían otras salas de audiencia, miles de ellas, con miles de monolitos de zafiro que se elevaban como chimeneas sobre el perfil de una ciudad, extendiéndose hasta el horizonte y más allá.

En una de las salas cercanas a la mía, Mi Lau, la niña vietnamita, estaba de pie junto a la silla del presentador y, extendiendo sus brazos, anunció:

—LES PRESENTO A ANTHONY BELLINI... ¡HA ELEGIDO!

La energía de las paredes de su sala le recorrió todo el cuerpo a Mi Lau. En ese instante, se vio en la sala un túnel excavado en la tierra debajo de una aldea, a la familia de Mi Lau, a mi tío Anthony, una granada y una horrenda explosión. El ser del monolito finalizó la presentación cuando mi tío se llevó la pistola a la cabeza y apretó el gatillo. Pero Dios no emitió ningún juicio sobre el alma de Anthony Bellini desde el balcón del monolito. Es que Dios ni siquiera estaba presente. El balcón estaba vacío.

En otra sala cercana, Hanz Stössel declaraba:

—LES PRESENTO A AMINA RABUN... ¡HA ELEGIDO!

Ya había visto antes esta presentación y sabía cuál era el final. El balcón seguía vacío. Nadie oía los gritos de Hanz Stössel, que clamaba justicia desde su celda en una prisión israelí.

En otra sala, la joven Bette Rabun alzaba los brazos y gritaba:

—LES PRESENTO A VASILY PETROV... ¡HA ELEGIDO!

La sala se convirtió en la habitación de la pequeña Bette en Kamenz, donde un soldado soviético llamado Vasily la inmovilizaba por los brazos mientras uno de sus camaradas la golpeaba y la violaba en la oscuridad. En el balcón del monolito no había nadie que pudiera presenciar este crimen ni condenar al prisionero.

En otra sala de audiencias, Elon Kaluzhsky alzaba los brazos y gritaba:

—LES PRESENTO A SAMAR MANSOUR... ¡HA ELEGIDO!

El autobús expreso número 35 entró de pronto en su sala de audiencias, acompañado por el ruido de los disparos y de la explosión de la bomba. Una vez más, el balcón del monolito permaneció vacío. Nadie presenció los últimos y terribles momentos de la vida de Elon Kaluzhsky.

Desde una sala a mis espaldas, me llegó la voz de Luas:

—LES PRESENTO A NERÓN CLAUDIO CÉSAR... ¡HA ELEGIDO!

Me di la vuelta y vi cómo traían a Luas encadenado ante Nerón. Siguiendo instrucciones del emperador, un soldado romano alzó su espada y lo decapitó. La cabeza calva y ensangrentada de Luas rodó hasta quedar a una pulgada de los pies del emperador. Este la alejó de una patada y luego, con un gesto, dio la orden de que limpiaran el desorden. El ser del monolito puso fin a la presentación y Luas salió caminando de la sala de audiencias. No había nadie mirando desde el balcón y nadie condenó a Nerón por su delito.

Instantes después, Luas apareció en mi sala de audiencias, acompañado por Samar Mansour. Tomaron asiento como observadores. Samar Mansour examinó la sala con fascinación y asombro, como lo hice yo en mi primera visita.

—Brek Cuttler presentará el caso de Otto Bowles —susurró Luas.

—¡Estoy aquí! —le grité a Luas, pero no me oía.

Entonces entró en la sala Haissem, el niño que había presentado el alma de Toby Bowles. Luas estaba visiblemente decepcionado, como lo estuvo cuando Toby no compareció para presentar el caso de su padre.

—Ah, eres tú, Haissem —dijo Luas, frunciendo el ceño—. Esperábamos a la Sra. Cuttler... Bueno, no importa. Haissem, te presento a Samar Mansour, el abogado más nuevo de mi grupo. Samar, te presento a Haissem, el presentador más antiguo en Shemaya. Debo decir, Haissem, que Samar ha llegado justo a tiempo. Acabamos de perder a Amina Rabun y ahora parece que también perdimos a la Sra. Cuttler.

—Bienvenido a la sala de audiencias, Samar —dijo Haissem, con una cortés reverencia—. Yo también ocupé tu lugar para ver una presentación por primera vez. Abel presentó el difícil caso de su hermano Caín. Pero eso fue mucho antes de tus tiempos, Luas.

—Efectivamente —dijo Luas.

—Ha habido muy pocos cambios desde entonces —dijo Haissem—. Luas se asegura de que los casos pendientes se procesen rápidamente, aunque su número va en aumento. Somos afortunados de tenerte aquí, Samar, y tú eres afortunado de tener a Luas como mentor. No hay mejor presentador en toda Shemaya.

—Si te exceptuamos a ti —replicó Luas.

—Para nada —dijo Haissem—. Yo me ocupo de los casos fáciles.

—Pocos considerarían que Sócrates y Judas son casos fáciles —dijo Luas—. Yo no soy más que un funcionario.

Haissem hizo un guiño a Samar.

—Que no te engañe —dijo—. Sin Luas no existiría Shemaya.

Estrechó la mano a Samar y le dijo:

—Ahora tengo que prepararme y hacer mi comparecencia. Nos volveremos a ver, Samar, después de tu primer caso. Estoy seguro de que te irá bien aquí.

Haissem avanzó hacia el centro de la sala de audiencias. El ser del monolito salió y le susurró algo, y luego volvió a entrar. Haissem se puso de pie, alzó los brazos describiendo un elegante arco y, con una voz mucho más fuerte que la de los otros presentadores, casi como si fuera una explosión, dijo:

—LES PRESENTO A BREK ABIGAIL CUTTLER... ¡HA ELEGIDO!

RECUERDO OÍR LOS ruidos del agua y del viento, de risa de delfines y canto de aves, de niños que hablan y padres que suspiran, de estrellas y galaxias que viven y mueren... los sonidos de la respiración de la Tierra, como si uno pudiera oírlos desde el otro lado del universo. Recuerdo haber oído a Dios en esos sonidos, pidiendo perdón a gritos desde el Cudi Dag, y también recuerdo haber oído a la humanidad, pidiendo perdón a gritos desde el Gólgota. Y en esa misma música se expresaba también el júbilo inefable de Noé, que extendía sus brazos hacia lo alto desde el litoral para perdonar a su Padre y, por encima de eso, el júbilo inefable de Dios, que extendía sus brazos hacia abajo desde la cruz para perdonar a sus hijos. Y en algún otro lugar, más débil, pero inconfundible, se oían los gritos de Otto Rabun Bowles y, junto a estos, el canto de otra alma, tan llena de júbilo que se escuchaba por encima de todos estos sonidos, repitiendo una y otra vez la misma frase:

—¡SOY AMOR! ¡SOY AMOR! ¡SOY AMOR!

Era el canto del amor incondicional: el canto de Eva que volvía al Jardín del Edén después de un viaje tan largo y aterrador. El canto se oía cada vez más alto a medida que continuaba la presentación de mi vida y, en esa canción, pude oír la perfección divina porque oía la totalidad de la Creación: en ella estaba contenida mi llegada al mundo y también el primer abrazo de mi madre. Había flores y música, sol y lluvia. Había montañas y mares, libros, esculturas y pinturas. Había novios y novias y hermanos y hermanas sentados en columpios en los portales, niños que jugaban en cajones de arena y un joven que acudía corriendo a defender a una mujer. También había caballos, veleros y bebés. Manzanos y animales de ganado, y madres que amamantaban a sus pequeños. Había pan, agua y vino. Ojos y orejas, piel y cabello, labios y brazos y piernas. Había agua y mantas, ocasos, lunas y estrellas, trabajo y juego, héroes y heroínas. Había generaciones en esa canción, y también generosidad y abnegación. Y había amor, pero también miedo. El abuso de un padre y el egoísmo de un hijo, una abogada deshonesta y su cliente deshonesto, un adúltero y su amante, un soldado y su arma, una cámara de muerte y un incinerador, personas racistas, mentirosos, borrachos, violadores y ladrones. En esa canción había niños que torturaban a cangrejos de río, y también estaba el Dios que había masacrado a sus propios hijos y los hijos que habían masacrado a su propio Dios.

El ser del monolito se me acercó en el balcón y me preguntó si ya había llegado a un veredicto o si quería ver más pruebas. Le dije que ya había visto suficiente. El ser volvió a la sala de audiencias y puso fin a la presentación. Luas y Samar Mansour abandonaron la sala de audiencias, pero Haissem se quedó.

Entró en el monolito y oí sus pasos por las escaleras, pero el alma que apareció en el balcón y me saludó no era la del niño Haissem. Era Nana Bellini. ¡Y traía a Sarah consigo!

Me acerqué corriendo y tomé a Sarah en mi brazo. Mi bebé preciosa, mi niña linda. Estaba perfecta, íntegra, ilesa. Exactamente como la recordaba cuando la recogía en la guardería, vestida con su juego de pantalones y sudadera, sonriéndome ampliamente con los labios manchados de galletas de barquillo, con el cabello oscuro y denso y lleno de rizos, como el de su padre.

En medio de mis lágrimas, mientras apretaba a Sarah contra mí, veía desde arriba cómo la sala de audiencias se llenaba de almas. Allí estaban Tobías Bowles, Jared Schrieberg y Amina Rabun, todos radiantes y hermosos. Después llegaron Claire Bowles, Sheila Bowles y Bonnie Campbell. También estaban Henry Collins y Helmut Rabun, y la madre, el padre, el tío, el abuelo y los primos de Amina. Estaba mi tío Anthony y, detrás de él, la familia de Mi Lau. Entonces el grupo se dividió, como para dejar pasar a una persona muy importante. Un joven que llevaba una bandeja se abrió paso entre ellos.

Entró en el monolito y subió las escaleras, pero titubeó al final cuando nos vio a Sarah y a mí. Al principio no lo reconocí. Se veía muy distinto con aquella abundante cabellera y sus ojos tan claros y azules.

Sarah le sonrió y el joven se acercó. Se arrodilló y colocó la bandeja ante nosotros. Era una bandeja de plata con una tetera de plata y tres tazas de plata.

—Té caliente y miel de abejas —dijo Ott Bowles, con los ojos llenos de lágrimas—, compartiremos entre los tres.

NOTA DEL AUTOR

Me crié en una granja en el centro de Pennsylvania, pero mis padres no eran granjeros. Mi padre era agente de seguros y mi madre, ama de casa. Como no nos ganábamos la vida trabajando la tierra, yo no era aceptado por los niños de las granjas cercanas. Fui sometido a varios años de hostigamientos, acosos e intimidaciones. Hasta una noche en que un grupo de ellos lanzaron un ataque contra mi casa y mataron a una perrita nuestra que dormía en su corral: era una pequeña y simpática Beagle que se llamaba Paula y la habíamos criado desde que era cachorrita. La policía no hizo nada. Una semana después, sufrimos otro ataque nocturno en el que volaron nuestro buzón. Cegado por la ira, los perseguí en mi carro con un revólver cargado, calibre .32. Logré acorralarlos contra un granero. Cuando salieron de su camioneta, en la oscuridad y con las luces altas de mi carro sobre ellos, eché mano al revólver que llevaba en el asiento del pasajero.

En ese momento, me imaginé lo bien que me sentiría al hacer justicia y matarlos a tiros después de todo lo que me habían hecho. Lo había visto muchas veces en las películas y en la televisión: el héroe primero se convierte en víctima y luego obtiene su venganza. Había sufrido muchos abusos y humillaciones a manos de ellos. Y ahora habían matado a una criatura inocente. Si estaban dispuestos a dispararle a un perro, ¿no sería yo el próximo? Era hora de detenerlos y hacerlos pagar;

se lo habían buscado. Abrí la puerta. Sin embargo, en el último segundo, un sorprendente instante de claridad inesperada, pensé en todo lo que perdería si apretaba el gatillo... y también en todo lo que perderían ellos. En un pestañazo, tuve que hacer un cálculo de culpabilidad y castigo, de violencia y paz, pasado, presente y futuro, y de si debía quitarle la vida a otro ser humano. Fui juez, jurado y verdugo. Podía haber decidido una cosa o la otra. Pero, de algún modo, milagrosamente, a pesar de todo el dolor que había soportado, en ese momento me di cuenta de que el precio de obtener venganza era demasiado elevado. Quité la mano de la pistola y volví a casa. Fue una decisión importantísima que definiría el resto de mi vida.

Poco tiempo después, decidí que quería ser abogado. Esto me permitiría hacer justicia contra aquellos que me habían hecho el mal y contra otros, de forma legítima, sin tener que pagar un precio por ello. De hecho, a mí es a quien me pagarían por hacerlo. O eso creía.

Me esforcé mucho y me gradué de derecho en una prestigiosa universidad. Hice una pasantía en la fiscalía de distrito de Filadelfia y una práctica como asistente de un juez de tribunales federales. Después de eso, me incorporé a una influyente firma de abogados, donde me dediqué a litigios civiles y gané un jugoso salario.

Llegué a ser muy hábil para litigar y ganar los casos. Abrumaba y destruía a mis oponentes con mis investigaciones legales, declaraciones juradas, interrogatorios y mociones — o sea, con las sagaces armas del fiscal civil. Cada victoria nos llenaba de satisfacción a mis clientes y a mí. Pero sucedió algo inesperado. Al cabo de un tiempo, empecé a darme cuenta de que cada una de esas victorias se había obtenido a un enorme costo para mis clientes y para mí. Para poder obtener la justicia que tan desesperadamente ansiábamos, tenemos que dedicar prácticamente toda nuestra energía y nuestro tiempo a idear formas más novedosas y mejores de hacer que el contrincante sufriera, hasta que se rindiera o fuera derrotado. Lo extraño es que esto implicaba que nosotros también teníamos que sufrir al igual que ellos, pues nos convertíamos en instrumentos de su sufrimiento. Tanto mis clientes como yo nos veíamos obligados a volver a experimentar, a un nivel obsesivo y ampliado, el entuerto original que había dado inicio al conflicto, sin importar si se trataba de una lesión personal, una pelea familiar, enfermedad, acto delictivo, persecución del gobierno o disputa comercial. Algunos casos duraban años, por lo que, en efecto, lo que hacíamos era repetir una y otra vez la experiencia de ser víctimas, al escarbar en la vieja herida, manteniéndola viva y abierta. Increíblemente, en mi calidad de abogado, recibía cuantiosas sumas para provocar este sufrimiento a mis clientes, y a mí mismo. No obstante, a pesar del dinero y de las victorias, estaba cada vez menos feliz con mi vida y lo mismo les pasaba a mis clientes. Después que desaparecía la emoción inicial de haber ganado, nos sentíamos peor, pero queríamos ganar aun más. En medio de todo esto, empecé a preguntarme: ¿será que las batallas que estoy ganando me hacen perder una guerra mucho más importante? ¿Cómo es posible?

Mi abuelo era un devoto pastor de la Iglesia de los Hermanos. Yo fui criado en la iglesia episcopal e incluso pensé en la posibilidad de hacerme ministro episcopal. Con posterioridad, estudié las principales religiones del mundo y me hice miembro de la Sociedad Religiosa de los Amigos (los cuáqueros). Así que empecé a buscar respuestas en mi formación espiritual. En el Sermón del Monte, Jesucristo nos enseña que, cuando alguien nos ofende, no deberíamos buscar justicia sino poner la otra mejilla y perdonar. El Buda tiene un mensaje similar. Nunca comprendí esa exhortación. Cuando alguien me hace daño, mi instinto me dice que debo retribuirlo con la misma moneda. Deberían pagar por su falta y no me siento bien hasta conseguirlo. Por eso es que existe la justicia y los tribunales y es lo que Moisés estableció en las leyes en que se basa la mayoría de los sistemas de justicia de Occidente y del Medio Oriente: "Ojo por ojo y diente por diente". Sin embargo, Jesucristo nos decía exactamente lo contrario. Al parecer, nos quería decir que era mejor arrancar el carro e irse, como había hecho yo aquella noche con los niños del campo. Por implicación, también parecía indicarnos que la abogacía y todo el sistema de justicia tienen defectos esenciales. Personalmente, esto me creaba un dilema profesional y espiritual, pero con el que también tienen que vérselas todos los demás seres humanos. En este mundo, es inevitable que nos sintamos ultrajados en una infinidad de ocasiones y maneras a lo largo de nuestras vidas. ¿Cuál es el camino hacia el restablecimiento de la felicidad y la paz cuando esto sucede: buscar justicia u ofrecer perdón?

Ese es el conflicto fundamental que se desarrolla en *El juicio de los ángeles caídos.* Quise examinar este tema bajo las más extremas circunstancias que pudiera imaginar: cuando el alma llega al más allá, en la sala de audiencias del Juicio Final, donde lo que está en juego es toda la eternidad y hasta el propio Dios tiene que rendir cuentas por el mayor acto de justicia de todos los tiempos, el Diluvio Universal. ¿Qué pasaría si uno fuera uno de los abogados que representan a las almas en esta sala de audiencias celestial? ¿Qué pasaría si uno fuera una de las almas que tiene que encarar a este Juez y encarar, además, todas las elecciones decisivas que hizo a lo largo de su vida? Y,

¿qué pasaría si en esta sala se le pidiera a un abogado que representara al alma de su propio asesino en el Juicio Final? ¿Quedaría algún espacio para la posibilidad inconcebible del perdón?

Al explorar estas cuestiones fundamentales de la condición humana, quise escribir una novela que fuera, al mismo tiempo, un relato emocionante e inspirador. Al escribir el libro y descubrir las respuestas inesperadas a estas interrogantes, quedé sorprendido y transformado.

AGRADECIMIENTOS

Solo con una profunda humildad aparece mi nombre en la portada de este libro. En muchos sentidos, el relato se remonta a miles de años atrás y es obra de miles de autores. Yo me clasificaría más bien como escribano.

Pero hasta los escribanos se benefician de la indispensable ayuda que posibilita su labor. En mi caso, hay que empezar por la extraordinaria generosidad de mi esposa, Christine, que trabajó conmigo en este proyecto, me apoyó de forma infatigable y resuelta y fue una editora sumamente exigente durante más de una década. Lo que Christine me ha aportado a mí y al mundo me deja sin palabras. Mi hija Alexandra tenía menos de un año cuando empecé a escribir este libro pero, a lo largo de este proceso, fue creciendo y llegó a desarrollar un talento de escritora suficiente para editarlo como una profesional. Dentro de poco será más que una simple escribana. Mi hijo Adam aún no ha llegado a esa madurez, pero sí tiene una edad suficiente como para haber soportado la carga de tener a un padre obsesionado con un sueño. Por llevar esa carga tan bien y con tanta paciencia, humor, alegría y amor, le expreso mi gratitud y la esperanza de que insista en sus sueños, porque a veces estos se hacen realidad. Otras personas que entran en esta categoría de inspiradores, estimuladores, contribuidores y portadores de cargas han sido mi madre, Faye Kimmel, mi

hermano y mi cuñada, Martin y Sherri Kimmel, y mis primos
Myers Kimmel y Sielke Caparelli y su esposo, David.

Mi amigo de la secundaria Stephen Everhart, que se ha
convertido en un extraordinario maestro de inglés, me aportó
desde el principio su apoyo incondicional y su incisiva capacidad de edición. También recibí un aliento constante y crucial,
así como una labor de edición igualmente incisiva, de parte
de mi suegro, Louis Savelli, un hombre enciclopédico y de
múltiples talentos. Este libro se ha beneficiado en gran
medida de su capacidad intelectual y su sensibilidad.

Por último, pero primero que todo lo demás, quiero llenar
de elogios y agradecimientos a los profesionales dedicados
que se arriesgaron y pusieron sus habilidades al servicio de
hacer llegar esta obra a un público más amplio. Sam Pinkus
fue el primer agente literario que se dedicó a promover la
publicación de este libro y fue seguido varios años después
por el inmensamente talentoso Matt Bialer. Luego el gigante
de las ediciones Larry Kirshbaum asumió su responsabilidad,
no solo como agente literario, sino como editor y persona
sabia y penetrante que aportó matices inesperados a la labor.
Ahora el libro se encuentra en las manos capaces de Jay Man-
del y el maravilloso y entusiasta agente fílmico Jerry Kalajian.
Los trotamundos Lance Fitzgerald y Tom Dussel se han
encargado de negociar la publicación del libro en otras tierras
e idiomas, mientras que el erudito e intrépido revisor Mark
Birkey ha mejorado enormemente la calidad del original en
inglés (si aún queda algún error, es mío y solo mío). La asistente editorial Liz Stein se asegura de que todo funcione, y
Lisa Amoroso y Chris Welch crearon fantásticos diseños
para la portada y para el interior del libro. Además, un equipo
no identificado pero muy valorado de artistas, vendedores,

distribuidores, libreros, diseñadores de sitios web, lectores y seguidores de las redes sociales hará que suceda el milagro.

Con la excepción de aquellos a quienes tal vez he olvidado y les pido perdón, me queda una persona a quien agradecer. Cuando la productora y editora Amy Einhorn, de *Amy Einhorn Books,* leyó por primera vez el manuscrito, me dijo: "Normalmente no publico novelas espirituales, pero si lo hiciera, publicaría esta". No se me ocurre un elogio mejor para este libro, o para su productora. Amy dio un inmenso y valeroso salto de fe al publicar algo que se refiere al más allá. Con su brillante labor de edición, dejó aquí partes de su alma. Amy es una de las heroínas del mundo editorial. Siempre le estaré agradecido.

1. ¿Cuál es el principal debate legal, filosófico y teológico que se desarrolla en este libro? ¿Cuál es su importancia para nuestras vidas aquí en la Tierra?

2. ¿Qué significado tienen la profesión de Brek, como abogada, y la de su mejor amiga Karen Busfield, como eclesiástica, para este debate?

3. Brek Cuttler se vuelve una abogada de almas en el Juicio Final. ¿Usted cree que hay un Juicio Final después de la muerte? Si es así, ¿el libro contradice o refleja sus puntos de vistas con respecto a cómo debe desarrollarse?

4. Al convertirse en abogada de almas, Brek es capaz de experimentar lo más íntimo de los pensamientos, sentimientos y recuerdos de otras personas. ¿Qué aprende ella de esta experiencia?

5. Luas, el mentor legal de Brek en el más allá, ha estado presentando la misma alma en el Juicio Final por dos mil años. ¿Por qué? ¿Qué significa esto?

6. Brek consagra su vida a la búsqueda de la justicia. ¿Qué beneficio ella obtiene al dedicarse a esta vida? ¿Cómo

neficia a otros? ¿Qué costo tiene para ella? ¿Qué costo
para otros?

7. Mahatma Gandhi, quien también fue abogado, dijo una
vez: "La verdadera función de un abogado es unir las partes
separadas". ¿Es así cómo Brek ve su papel de abogada? ¿Así
es cómo los abogados funcionan en nuestra sociedad en la
actualidad?

8. ¿Cómo se define la palabra *justicia* a través del libro? ¿Cam-
bia la definición? ¿La justicia tiene más de un significado?

9. ¿Cómo define usted la justicia? ¿Cómo la define la sociedad?

10. ¿Qué significa la justicia cuando los líderes de nuestra
nación dicen que ellos van a "hacer que los terroristas enca-
ren la justicia"? ¿Qué significa cuando, después que un criminal ha sido ejecutado, nuestros líderes proclaman "Se ha
hecho justicia"?

11. ¿La justicia está en conflicto con el perdón? ¿Se pueden
reconciliar ambos?

12. ¿En qué se parecen Ott Bowles y Karen Cuttler? ¿En qué
ellos se diferencian?

13. ¿Alguna vez se arrepintió Ott Bowles de sus infames pecados? ¿Es necesario su arrepentimiento?

14. Ott Bowles y Samar Mansour debaten el Holocausto y el
conflicto Israelita-Palestino. ¿Usted está de acuerdo con

alguno de los puntos de vistas expresados durante el debate? ¿Cómo el debate simboliza el conflicto desarrollado a través del libro entre justicia y perdón?

15. ¿A quién representan los siguientes personajes: Haissem, Elymas, Luas? Explique.

16. Nana Bellini, bisabuela de Brek, dice que Brek puede ayudar a que Lua finalmente abandone Shemaya. ¿Cómo lo ayuda Brek?

17. Al final del libro, ¿quién se revela como el máximo Juez en el Juicio Final? ¿Está usted de acuerdo? ¿Por qué o por qué no?

18. Al Juicio de los Ángeles Caídos se le ha llamado una parábola moderna y una alegoría. ¿Cuál es el mensaje de la parábola? ¿Cuál es el significado de la alegoría?

19. ¿De alguna manera la novela ha alterado sus creencias o comprensión del mundo? ¿Cómo?

James Kimmel, Jr., es autor de *Suing for Peace: A Guide for Resolving Life's Conflicts (Demandas de paz: una guía para resolver los conflictos de la vida)*. Obtuvo un doctorado en jurisprudencia de la Universidad de Pennsylvania y es un jurista que trata de concentrarse en la intersección entre la ley y la espiritualidad y en ayudar en el sistema de justicia penal a personas que padecen de enfermedades mentales y adicciones. Es miembro de la Sociedad Religiosa de los Amigos (los cuáqueros), y vive en Pennsylvania con su esposa y sus dos hijos. Esta es su primera novela.